द सोर्स

द सोर्स

ब्रह्मांड के रहस्य, मस्तिष्क का विज्ञान

डॉ. तारा स्वार्ट

अनुवाद : रचना भोला 'यामिनी'

MANJUL
मंजुल पब्लिशिंग हाउस

MANJUL

मंजुल पब्लिशिंग हाउस

कॉरपोरेट एवं संपादकीय कार्यालय

• द्वितीय तल, उषा प्रीत कॉम्प्लेक्स, 42 मालवीय नगर, भोपाल-462 003

विक्रय एवं विपणन कार्यालय

• सी-16, सेक्टर 3, नोएडा, उत्तर प्रदेश, 201301

वेबसाइट : www.manjulindia.com

वितरण केन्द्र

अहमदाबाद, बेंगलुरू, भोपाल, कोलकाता, चेन्नई,
हैदराबाद, मुम्बई, नई दिल्ली, पुणे

डॉ. तारा स्वार्ट द्वारा लिखित मूल अंग्रेजी पुस्तक द *सोर्स* का हिन्दी अनुवाद

The Source: The Secrets of the Universe, the Science of the Brain
by Dr Tara Swart – Hindi edition

First published in 2019 by Vermilion. Vermilion is a part of the Penguin Random House group of companies.

यह हिन्दी संस्करण 2023 में पहली बार प्रकाशित

ISBN 978-93-5543-228-5

अनुवाद : रचना भोला 'यामिनी'

मुद्रण व जिल्दसाज़ी : पार्कसन्स ग्राफ़िक्स प्रा.लि.

रॉबिन के लिए – पति, परम मित्र और आत्मीय बंधु।

और टॉम के लिए – मेरा पुत्र व अनपेक्षित आश्चर्य!

''कुछ व्यक्ति बहुत कम सजग प्रयासों के बल पर सफलता, सत्ता, संपदा तथा उपलब्धि पाने में कामयाब रहते हैं; अन्य काफ़ी कठिनाई से इन पर जीत हासिल करते हैं; परंतु कुछ ऐसे व्यक्ति भी होते हैं जो कुल मिला कर अपनी आकांक्षाओं, इच्छाओं व आदर्शों को पाने में सफल नहीं हो पाते। ऐसा क्यों है? यह कारण भौतिक नहीं हो सकता... इसके लिए मन की रचनात्मक शक्ति ही मनुष्यों के बीच का अंतर होगी। यह *मन* ही है, जो सारे परिवेश को पार करते हुए, हर बाधा पर विजय प्राप्त करता है...''

—चार्ल्स हेनल, द *मास्टर की सिस्टम* (1919)

अनुक्रम

प्रस्तावना

द सोर्स की ओर वापसी

'और फिर भी वर्षों की आशंका खोजती है, मुझे भी खोज लेगी, और पाएगी कि मैं भयभीत नहीं;... मैं अपनी नियति का स्वामी हूँ; मैं अपनी आत्मा का चालक हूँ।'

—इन्विकटस, विलियम अर्नेस्ट हेनले

जीवन में परिवर्तन ला देने वाले अवसर हमारे सामने प्रतिदिन प्रकट होते हैं। किसी संभावित साझेदार से अचानक भेंट होना, कोई ऐसा वाक्य जो किसी नए करियर के लिए मार्ग बना सकता था; हमारे अस्त-व्यस्त से जीवन में ऐसे क्षणिक अवसरों को आसानी से उपेक्षित कर दिया जाता है या उन्हें हम अस्वीकृत कर देते हैं। परंतु यदि हमें उचित प्रकार से सहायता मिल सके, तो हम अपने मन को इस तरह प्रशिक्षित कर सकते हैं कि इन क्षणों पर ध्यान देते हुए, इनका लाभ उठा सकें - और सीख सकें कि एक सेकेंड के भी छोटे से छोटे अंश को किस तरह दीर्घकालीन परिर्वतन में बदला जा सकता है। ऐसा इसलिए है क्योंकि हम जीवन से जो चीज़ें सबसे अधिक चाहते हैं - स्वास्थ्य, प्रसन्नता, संपदा, प्रेम - ये सभी हमारे सोचने, महसूस करने और उन पर काम करने की योग्यता से ही संचालित होती हैं या दूसरे शब्दों में कह सकते हैं कि मस्तिष्क ही यह कार्य करता है।

यह लंबे समय से न्यू एज विचारधारा का वादा रहा है - कि हम अपने मन को नया आकार देते हुए, अपने भाग्य को स्वयं नियंत्रित कर सकते हैं। संदेह के बावजूद, द *सीक्रेट* और इससे पहले आने वाले तंत्रों का प्रयोग सदियों से लाखों लोग करते आ रहे हैं। क्यों? क्योंकि, अगर हम रहस्य के आवरण को हटा सकें, तो उनके नीचे छिपी कई अवधारणाएँ बुनियादी रूप से शक्तिशाली होती हैं। इससे भी महत्त्वपूर्ण बात यह है कि अब उन्हें न्यूरो विज्ञान और व्यवहार संबंधी मनोविज्ञान के क्षेत्र की नवीनतम उपलब्धियों का समर्थन भी मिल रहा है।

मैं मन:चिकित्सा के क्षेत्र में विशेषज्ञता प्राप्त मेडिकल डॉक्टर हूँ, एक न्यूरोविज्ञानी जो एक एक्जीक्यूटिव कोच तथा मानासिक प्रदर्शन पर वक्ता बनी। मेरे सारे अध्ययन और अभ्यास ने मुझे केवल एक ही चीज़ के लिए आश्वस्त किया : हमारा दिमाग़ जैसे काम करता है, उसे सक्रिय रूप से

बदलने की हमारी योग्यता। विज्ञान तथा प्रमाणों पर आधारित मनोविज्ञान यह प्रमाणित कर रहे हैं कि हम सबके भीतर अपना मनचाहा जीवन प्रकट करने की शक्ति पाई जाती है।

यह बहुत निजी है : मैंने स्वयं अपनी यात्रा से यह जाना है कि मेरे मनचाहे जीवन को रचने की कुंजी मेरे अपने ही मस्तिष्क में छिपी है – जिसे मैंने द सोर्स यानी 'स्रोत' का नाम दिया है। इस पुस्तक में, आपके साथ ऐसे विचार और तकनीकें बाटूँगी जो मेरे लिए और मेरे ग्राहकों के लिए क़ारगर रहीं। इसके साथ आधुनिक मनोवैज्ञानिक शोध तथा न्यूरोविज्ञान को इस प्रकार टूलकिट की तरह प्रस्तुत किया गया है ताकि वह आपके मन पर लगे तालों को खोल सके। अगर आप बदलाव के प्रति आग्रही हैं, और इन सरल चरणों का पालन करते हैं तो आप जीवन को परिवर्तित कर देने वाले अवसरों को निखारने के लिए प्रस्तुत होंगे और अपनी पूरी संभावना व क्षमता का प्रयोग कर सकेंगे।

पहली पीढ़ी के प्रवासी भारतीय माता-पिता की सबसे बड़ी संतान होने के नाते, मैं सत्तर और अस्सी के दशक में, उत्तर-पश्चिम लंदन में, सांस्कृतिक विश्वासों, आहार तथा भाषाओं के कौतूहलपूर्ण मिश्रण के बीच पली-बढ़ी। मैंने जल्दी ही अपने आसपास चक्कर लगा रहे विविध प्रकार के विचारों को ग्रहण करना सीख लिया, परंतु भीतर ही भीतर कहीं संघर्ष जारी था। घर में, योग और ध्यान दैनिक चर्या का अंग थे, हम विशुद्ध रूप से शाकाहारी थे, आयुर्वेदिक आहार ग्रहण करते थे (जिसमें हल्दी को सभी रोगों के लिए गुणकारी बताया जाता था) और हमें अपना भोजन करने से पहले, भगवान को उसका भोग लगाना होता था। मेरे माता-पिता इन सभी रिवाजों के लाभ बताने की कोशिश करते परंतु वे बहुत ही अवास्तविक लगते और मैं केवल अपनी मित्र-मंडली के बीच फ़िट होने की कोशिश में थी। मैं एक ऐसा सादा जीवन चाहती थी जहाँ घर में जो भी हो रहा हो, वह मेरे आसपास की दुनिया के साथ पूरे तालमेल में हो।

स्कूल में, मैं और मेरा छोटा भाई, पुनर्जन्म की अवधारणा का नाम तक नहीं लेते थे परंतु घर में हमें धूप-बत्ती जला कर, भोग लगाते हुए अपने पूर्वजों की पूजा करनी पड़ती थी और हमें यह अच्छी तरह पता था कि वे किसी दूसरे आयाम में रहते हैं और निश्चित रूप से हमारे जीवनों

को प्रभावित कर रहे हैं। यह मेरे लिए आश्चर्य का विषय था, मेरे संयुक्त परिवार में इसे सबकी सहमति से मान लिया गया था कि मेरे रूप में ही स्वर्गीय दादी माँ ने ही फिर से जन्म लिया था। उन्हें सदा यही खेद रहा कि वे औपचारिक शिक्षा नहीं ग्रहण कर सकीं (वे भारत के एक गाँव में पली-बढ़ीं), इस तरह मुझ पर मेडिकल डॉक्टर बनने का दबाव बढ़ गया – यह मेरी संस्कृति का सबसे अधिक पूजनीय पेशा था, यह एक प्रकार का दैवीय पेशा था क्योंकि इसका संबंध जीवन और मृत्यु से था। मैं अपना कर्तव्य निभाते हुए, इसी पथ पर चलते हुए स्कूल व कॉलेज गई जहाँ और अधिक प्रश्न मेरी प्रतीक्षा में थे।

मेरा मानना है कि मैं यूनिवर्सिटी के आरंभिक कुछ वर्षों के दौरान अपने-आप को समझने के लिए ही, मनोचिकित्सा और न्यूरो विज्ञान की ओर आकर्षित हुई – मैं सही मायनों में क्या थी और यदि मुझे निर्णय करने की स्वतंत्रता हो तो मेरा सच्चा उद्देश्य क्या होगा। मैंने बीस वर्ष की आयु के लगभग, अपनी सांस्कृतिक विरासत को नकार दिया ताकि स्वयं को बचपन से ही लादी गई भारी अपेक्षाओं के बोझ से मुक्त कर सकूँ। मैंने घर छोड़ दिया और अपनी यूनिवर्सिटी की मित्र-मंडली के साथ फ़ैशन में रुचि लेते हुए, कपड़ों के माध्यम से स्वयं को अभिव्यक्त करने लगी, मैंने यूरोप और फिर दक्षिण-अफ्रीका का दौरा किया और इसी दौरान एक पुरुष मित्र भी मिला। मेरी अपने भावी पति से भेंट तब हुई जब हम दोनों मनोचिकित्सा के क्षेत्र में काम कर रहे थे, और हम ऑस्ट्रेलिया आ गए। इसके बाद हम बरमूडा में भी रहे, इन सभी प्रवासों ने संसार के प्रति दृष्टिकोण को बदला और लोगों व संस्कृतियों को समझने में सहायता की। परंतु पैंतीस वर्ष की आयु के आसपास जीवन में एक उल्लेखनीय मोड़ आया, जब मुझे एक साथ भारी व्यक्तिगत और व्यावसायिक संकट का सामना करना पड़ा।

एक मनोचिकित्सक के रूप में मेरा काम मुझे उदास करने लगा था, काम के लंबे घंटों और भारी दबाव के बावजूद बार-बार मन में यही विचार आता था कि मैं अपने रोगियों के साथ न्याय नहीं कर पा रही हूँ। मैंने मानवीय पीड़ा को बहुत निकट से देखा और सोचा कि मानसिक रूप से अस्थिर रोगियों के लिए यह जीवन कितना कठिन व क्रूर था। मैं अपने रोगियों का बहुत ध्यान रखती थी परंतु मन में यही विचार आता था कि वे केवल दवा और अस्पताल से कुछ अधिक पाने के अधिकारी हैं – अगर

उन्हें एक स्वस्थ दिनचर्या दी जा सके तो उनके संपूर्ण आरोग्य को पाने में मदद मिल सकती है। केवल रोग पर केंद्रित रहना ही मेरे लिए नकारात्मक होता जा रहा था, यहाँ चिकित्सा का परम लक्ष्य केवल इतना था कि रोगी सामान्य दशा में आ सके। मैं जानती थी कि बाहर एक ऐसी दुनिया भी थी जिसमें एक अच्छा नतीजा और भी बेहतर हो सकता था। मुझे लगा कि अगर मैं घटना के बाद केवल गहरे लक्षणों का उपचार करने के बजाए, स्वास्थ्य को आदर्श बनाए रखने के लिए कार्य कर सकूँ तो अपनी ओर से संसार के लिए बेहतरीन योगदान दे सकूँगी। आख़िर में, मैंने तय किया कि मैं यह सब छोड़ कर, इसी बारे में कुछ करूँगी। इसी दौरान मेरा विवाह संबंध टूटा और मेरी अपनी पहचान और आत्मविश्वास पर इसका विनाशक असर दिखाई दिया। ऐसा लगा जैसे मैं डूब रही थी, मेरे पास कोई सहारा नहीं था और दूर-दूर तक कोई किनारा नहीं दिख रहा था। मुझे अपने और साथ-साथ दूसरों के लिए भी मानसिक लोच को साधना सीखना था।

मैं अपने ही अस्तित्व से जूझ रही थी, सोच रही थी कि मेरा भविष्य क्या होगा और यह समझने की कोशिश में थी कि ऐसा क्या हुआ जिसने मेरा विवाह तोड़ दिया। मुझे यह सीखना था कि उस साझेदारी के बाहर मैं क्या थी जो मेरे आरंभिक वयस्कावस्था की बुनियाद रही थी। मैंने उस दौरान ऐसे मानसिक उतार-चढ़ाव का सामना किया जिसे शब्दों में नहीं बताया जा सकता, वह निराशा और हानि का मिला-जुला भाव था। हालाँकि इसी मानसिक पतन के बीच मुझे एक नई स्पष्टता भी मिली - उसी क्षण से एक संकल्प उभरा जिसके बारे मैं शायद पहले जानती भी नहीं थी, मुझे लगा कि मैं एक ऐसी यात्रा पर थी, जिस पर मुझे स्वयं प्रगति करनी होगी ताकि वास्तव में अपनी संभावना को साकार कर सकूँ।

कुछ साल पहले, जब सब कुछ सही तरह से चल रहा था, तो मैं सकारात्मक चिंतन और मानसिक चित्रण जैसी धारणाओं के संपर्क में आ चुकी थी। मैं तब भी एक डॉक्टर थी, आयु लगभग तीस वर्ष थी, सारी दुनिया की सैर करते हुए एक सुखद वैवाहिक जीवन जी रही थी। मैं काफ़ी हद तक बेपरवाह थी। मैंने आत्मविकास से जुड़ी अनेक पुस्तकों का अध्ययन किया क्योंकि बौद्ध धर्म तथा जुंग के मनोविज्ञान में रुचि थी। यह सब मेरे मेडिकल रूप से प्रशिक्षित साथियों के बीच अच्छे विकल्प के रूप में देखा गया जो प्राय: आत्म-विकास से जुड़ी पुस्तकों को नकारते थे।

परंतु मेरा मानना था कि हर प्रकार की अवधारणाओं के लिए एक नियत समय और स्थान होता है। मैंने 'पॉजिटिव थिंकिंग बाइबिल' नामक पुस्तक पढ़ी, जो कहीं अधिक गोपनीय थी : इसे *मास्टर की सिस्टम* कहते थे, जिसे चार्ल्स एफ़. हनेल ने लिखा था। यह मूल रूप से 1916 में प्रकाशित हुई थी। इसमें आकर्षण का नियम और इसके साथ ही मानसिक चित्रण की शक्ति और ध्यान जैसे विश्वासों को मिला कर प्रस्तुत किया गया था। मैंने किताब में दिए गए चरणों के अनुसार अभ्यास नहीं किया परंतु वे मेरे भीतर बस गए और मैंने संकल्प लिया कि अगर कभी ज़रूरत हुई तो मैं इनके पास ही वापस लौटूँगी। फिर मैं कई वर्षों तक इसे भूल गई और तब तक भूली रही जब तक मेरे प्यारे से जीवन में बिखराव नहीं हो गया, जिसे मैंने अपने हाथों से रचा था – मेरा विवाह संबंध टूटा, करियर में भारी बदलाव आया, मैं अकेले रहते हुए एक नया व्यवसाय करने लगी – तब मैं इस पुस्तक की ओर एक बार फिर से आकर्षित हुई।

मैं उस किताब में दिए गए अभ्यासों की शक्ति को जान कर आश्चर्यचकित हो गई। इसने हर सप्ताह मेरी सोच के ढाँचे में आने वाली नई और गहरी अंतर्दृष्टि के साथ जीवन को अपने तरीक़े से चलने की अनुमति दी। मैंने इस जानकारी के बल पर अपने भावों का प्रबंधन करना सीखा ताकि वे मुझे भाव-विभोर करने के बजाए मेरे लिए, मेरे साथ काम कर सकें। यह एक चुनाव था! वे मानसिक चित्रण, कुल मिला कर, हर हालात का ज़रूरत से ज़्यादा विश्लेषण करने के बजाए एक शक्तिशाली रूप थे। मैं हमेशा डूबने की मन:स्थिति से बाहर आई और ऐसा लगने लगा कि मेरे पास उबरने के लिए एक छोटा बेड़ा आ गया था। मेरे आगे एक द्वीप था और मेरे पास एक विज़न था कि मैं सुनहरी रेत पर खड़ी हूँ, पानी पैरों के नीचे से निकल रहा है, सूरज की गुनगुनी धूप चेहरे पर आ रही है और मैं सुरक्षित और ताक़तवर रूप में दुनिया के सामने हूँ। मैंने अपने लिए सालाना एक्शन बोर्ड बनाने का सिलसिला भी चालू कर दिया था। आप इसी पुस्तक में आगे देखेंगे, एक्शन बोर्ड ऐसे कोलॉज होते हैं जिन्हें अपने लक्ष्यों और महत्त्वाकांक्षाओं के प्रतीक रूप में बनाया जाता है, ये आपको निरंतर आगे बढ़ने के लिए प्रोत्साहित करते हैं। मेरे बोर्ड छोटी शुरुआत के साथ आगे बढ़े और आख़िर में आते-आते, वे इतने शक्तिशाली हो गए जिनकी मैं कल्पना तक नहीं कर सकती थी। इतने बरस बाद भी, मैं अब

भी उनसे लाभ उठाती हूँ – कितनी हैरानी की बात है कि उनमें से कितना कुछ मेरे लिए आज सच हो चुका है, छोटी से छोटी बात तक पूरी हुई है।

मुझे एक ऐसी शक्ति का अहसास हुआ जिससे मैं अपने और दूसरों के जीवन को प्रभावित करने के साथ-साथ दुनिया पर भी असर डाल सकती थी, इसके साथ ही अपने जुनून का पीछा करते हुए लोगों को शिक्षा दे सकती थी। मैंने हमेशा प्रचुरता और उदारता के सिद्धांत पर यक़ीन किया है – ये मेरे लिए बहुत ही सशक्त करने वाले सहज मूल्य थे – परंतु उस ज्ञान को दुनिया में अपने दोस्तों, परिवार, मरीजों और दूसरे लोगों तक पहुँचाना भी मेरे लिए बहुत अहमियत रखता था। मैंने स्वयं को उन्नत होते हुए, बुनियादी तौर पर बदलते हुए देखा और इससे भी ख़ास बात यह थी कि मेरी शिक्षाएँ इस तरह सामने आईं कि उनके साथ मैं अपने न्यूरोविज्ञान के और मनोचिकित्सा के ज्ञान का भी प्रयोग कर सकी – मेरा अपना ही दिमाग़ नए तरीक़े से काम करते हुए, मेरी नई जीवनशैली को प्रोत्साहित करने लगा।

जब मैं नए रास्ते पर आगे जा रही थी, अपने केंद्र को मस्तिष्क के इष्टतम उपयोग के विज्ञान की ओर ले जा रही थी, तब मैंने जाना कि हम मस्तिष्क की शक्ति को पूरी तरह से साधते हुए जीवन को मनचाही दिशा कैसे दे सकते थे। मैंने मस्तिष्क से जुड़े रहस्यों को सामने लाने के काम के लिए और अधिक निष्ठा रखते हुए, अपने विश्लेषणों, व्याख्याओं और शिक्षाओं को तैयार करते हुए, नए सिरे से परिभाषित किया।

मेरे वयस्क जीवन के दौरान न्यूरोविज्ञान का बहुत अधिक विकास हुआ, यह सब स्कैनिंग तकनीक के आगमन के कारण था। इन खोजों के कारण उन चीज़ों को भी मान्यता मिली जिन्हें मैं अंदर ही अंदर महसूस तो करती थी परंतु विश्वास करने से सकुचाती थी। इसके साथ ही मैंने उस प्राचीन विवेक की पृष्ठभूमि को भी अपनाया जो आधुनिक पश्चिमी जीवन के साथ बेमेल नहीं थी। ब्रेन स्कैनिंग ने मस्तिष्क के प्रभाव और मानसिक सेहत और ताक़त के महत्त्व के बारे में हमारे नज़रिए को बदल दिया है, इसके साथ ही हम मस्तिष्क की लोच की असीम शक्ति को खोल कर सामने ला सकते हैं और देख सकते हैं कि यह हमारे लिए क्या मायने रखती है।

मेरे अपने विकास और भावात्मक रूपांतरण के गहरे समानांतरों के साथ, मैं इन कड़ियों को जोड़ने में भी सफल रही कि मैं कौन हूँ, मैं क्या

करती हूँ और मेरा मानना था कि मैं दूसरों को भी इसे पाने में मदद कर सकती थी। मुझे यह भी पता चला कि अब मैं यह समझ सकती थी कि मैंने इस ग्रह पर जन्म क्यों लिया। अपने जीवन को साकार करने के लिए मुझे केवल यही करना था कि मैं वही करूँ जो मैं अच्छी तरह कर सकती थी – मुझे ग़लत चीज़ों पर ध्यान देने के बजाए अपने जीवन में सकारात्मकता की खोज करनी थी और इस तरह मेरी हर चीज़ पर इसका प्रभाव दिखाई देता।

न्यूरोविज्ञान के बारे में मेरी समझ और गूढ़ दर्शन को समझने की जिज्ञासा विपरीत ध्रुव नहीं रहे, ऐसा लगने लगा कि वे आपस में एक हो कर नया बदलाव लाने को तैयार थे। मेरे मित्रों, परिवार, रोगियों और कोचिंग ग्राहकों के विचार भी मेरे विचारों से मिले और बार-बार मेरे हृदय में छिपा सच ही सामने आने लगा।

अब मैं वह काम करने लगी जो मैं सचमुच करना चाहती थी और इसका हर उस जगह पर अच्छा असर पड़ा, जहाँ-जहाँ मैं गई। मैंने ख़ुद को ऐसे लोगों से घिरा पाया जो मुझे और मेरे काम को अपना सहयोग दे रहे थे। मैं हर साल लगातार अपने लिए एक्शन बोर्ड बनाती रही। मैंने अपने मन की बात लिखने के लिए डायरी रखी और हर घटना की भावात्मक प्रतिक्रिया को लिखने लगी। फिर मैंने धीरे-धीरे स्वयं को दोषारोपण और उत्तरदायित्व से क़तराने की भावना से दूर करते हुए, विश्वास और आभार पर केंद्रित करना आरंभ किया। मैं पूरी तरह से आज़ाद थी और ऐसे हालात में भी अपने आंतरिक संसाधनों पर भरोसा कर सकती थी, जिनके बारे में पहले यही लगता था कि मैं उनका सामना नहीं कर सकूँगी। मुझे पूर्वी दर्शन और संज्ञानात्मक विज्ञान से जो भी सीखने का अवसर मिला, उससे जीने का एक नया दर्शन सामने आया। समय के साथ, ये बदलाव धीरे-धीरे मेरे काम में दिखाई देने लगे और मैंने अपने लिए व्यक्तिगत संतोष और सुरक्षा का ऐसा स्तर प्राप्त किया जिसके बारे में कभी सोचा तक नहीं था।

मैं आपको इस अद्यतन, वैज्ञानिक जानकारी पर आधारित किताब में यही देने जा रही हूँ -इसमें आपको विज्ञान के साथ मेरे अनुभव और शिक्षाएँ मिलेंगी; आप जान सकेंगे कि मैंने अपने दिमाग़ को फिर से प्रशिक्षित कैसे किया कि वह हमारे गहरे सपनों को साकार करने के लिए हमारे कामों और भावों को निर्देशित कर सके। अपने मस्तिष्क को समझना और उसे अपने

बस में करना ही कुंजी है, और यही द सोर्स की शक्ति है। मुझे इस बिंदु तक आने में; यूनिवर्सिटी के नौ वर्ष, मनोचिकित्सा अभ्यास के सात वर्ष और एक्जीक्यूटिव कोच के रूप में दस वर्ष का समय लगा। पर मैं इस किताब में आपके साथ, अपने मस्तिष्क को साधने की कला का रहस्य बाँटने वाली हूँ ताकि आप भी अपने जीवन का रूपांतरण कर सकें।

—डॉ. तारा स्वार्ट, लंदन

परिचय

'चाहे आप सोचते हैं कि आप कर सकते हैं या आपको लगता है कि आप नहीं कर सकते - दोनों ही तरह से आप सही हैं।'

—हेनरी फ़ोर्ड

एक समय की बात है, हम मनुष्य अन्य आदिम जीवों और हमसे कहीं विशाल और ताक़तवर जीवों के साथ इस ग्रह की सतह पर घूमते थे। हम इस ग्रह पर मौजूद दूसरे जीवों की तुलना में कोई विशेष या असाधारण नहीं थे। हमारे पास अब की तुलना में छोटी खोपड़ी थी जिसमें हमारा लिम्बिक मस्तिष्क पाया जाता है – दिमाग़ का गहरा, प्राचीन, भावात्मक और सहज भाग – यह बाहरी कोर्टेक्स की पतली परत से ढँका होता है। और फिर... हमने आग की खोज की।

हम नहीं जानते कि हमने एक बड़ा कुदरती कोर्टेक्स विकसित किया और इसके साथ ही उपकरणों को प्रयोग में लाने की क्षमता या आग जलाने की समझ पैदा हुई; या फिर यह सब एक अचानक लगने वाली चिंगारी के कारण हुआ जिसने सारी दुनिया को बदल दिया। पर हमने इसका पोषण किया, हमें गर्माहट मिली, हमने मांस पकाया और प्रोटीन को और बेहतर तरीक़े से पचाने लगे। हमारा पाचन तंत्र सिकुड़ा और हमने मस्तिष्क के बाहरी कोर्टेक्स को विकसित करने के संसाधनों को दूसरे काम पर लगा दिया, जो धीरे-धीरे, अपने आसपास के लिम्बिक मस्तिष्क की तरह ही घना हो गया। कोर्टेक्स का यह तेज़ी से होने वाला विकास, मनुष्य जाति के ज्ञान-संबंधी उद्भव सबसे महत्त्वपूर्ण बिंदु था। और इसने ही हमें आज तक इस ग्रह का सबसे सफल प्राणी बनाया हुआ है।

मस्तिष्क के आधुनिक और तर्कसंगत भाग के विकास के साथ ही, भविष्य के लिए अनुमान करने और योजना बनाने की योग्यता और वाणी प्राप्त हुई। जब हम और अधिक तर्कशील होते गए और संप्रेषण करते हुए, विशालतम कबीलों में रहने लगे, तो हम बहुत बोलने लगे और महसूस करना कम कर दिया।

हम भावों से हट कर तर्क और तथ्यों तक आ गए और प्रतियोगिता के माध्यम से उत्तरजीविता ही हमारे लिए सब कुछ हो गया। हमने प्रचुरता के उस भाव को खो दिया जो तब तक हमारे साथ सदा बना रहता था, और हमें लगता था कि हम सबके लिए, सब कुछ पर्याप्त था। हमने भाग्य के साथ अपना संबंध खो दिया : हमें भाग्य को बस में करने की आवश्यकता थी और हम दूसरों से सब कुछ अधिक पाना चाहते थे। हमने सादा ज़िंदगी के संबंध रखने बंद कर दिए - जैसे अलाव के आसपास बैठ कर किस्से कहना-सुनना, तारों को ताकना या ज़मीन पर नंगे पैर चलना - हम कृषि और उद्योगों में रम गए, जिनमें पद और सत्ता के आगे शांतिपूर्ण सह-अस्तित्व या सहयोग का कोई मोल नहीं था। हमने अपने अस्तित्व को भुला दिया और बहुत सारे कार्य करने लगे, हम एक तरह से ऑटोपायलट यानी स्वचालित भाव में जीने लगे, जिसे हम स्वयं बंद नहीं कर सके।

एक सहस्राब्दि के बाद, हम एक ऐसी दुनिया में जी रहे हैं, जिसमें तर्क की प्रधानता है, भावों को कमज़ोरी माना जाता है और सहज भाव पर लिए गए निर्णयों के लिए बहुत कम या फिर कोई जगह नहीं है। हम भूल गए हैं कि हम कहाँ से आए हैं। हम समय के साथ अपने लिम्बिक मस्तिष्क को भूल गए हैं जो हमें उद्भव के इस स्तर तक लाया और हमने उसके बजाए कोर्टेक्स को पायदान पर खड़ा कर दिया है। हमने गहराई, आवेग और सहज प्रवृत्ति को अनदेखा करते हुए, सतह पर उभरने वाली क्षमताओं पर भरोसा करना आरंभ कर दिया है जैसे परीक्षाएँ, रट्टा लगा कर सीखना या लेन-देन से जुड़े संबंध - जो सच्चे आनंद की तुलना में सांसारिक लाभ से कहीं अधिक संबंध रखते हैं। हम ऐसा जीवन जी रहे हैं जिसमें तनाव भरा हुआ है और हमें यह तक देखने का भी समय नहीं कि हम कौन हैं, हम कहाँ जा रहे हैं और इस जीवन से क्या चाहते हैं। हम अब उस क्षण में हैं जिसमें तकनीक हमारे मन और शरीरों को इतना नष्ट कर देंगे जितना हमने कभी सोचा तक नहीं होगा। हम भारी बदलाव के मुहाने पर हैं।

विज्ञान में आस्था

इन सारे बदलावों के बीच, हमारे मस्तिष्क को क्या हो रहा है? जब मैं बड़ी हो रही थी, तो ब्रेन स्कैनर्स का कोई अस्तित्व ही नहीं था। अब स्वस्थ

मस्तिष्कों की परिष्कृत इमेजिंग के माध्यम से, हम वास्तव में देख सकते हैं कि विचार कैसे दिखाई देते हैं और दिमाग़ में गुस्सा, उदासी और प्रसन्नता कैसे प्रकट होते हैं। स्कैनिंग और अन्य शोधों के माध्यम से, हम बच्चों के दिमाग़ पर माता-पिता के व्यवहारों और संबंधों के प्रभाव के प्रमाण पा सकते हैं। अब समझ सकते हैं कि वयस्कों में भी, हर चीज़, शारीरिक व्यायाम से ले कर, ध्यान और सामाजिक संबंधों से ले कर तनाव तक, हमारे मस्तिष्कों को निरंतर नया आकार और साँचा प्रदान कर रहे हैं। इससे हमें एक नया सदंर्भ मिलता है जिससे सदियों पुराने विचार समझ में आने लगे हैं।

अब तक इस विचार को दुनिया में हर ओर से आलोचना मिलती आई कि हम चाहें तो अपनी सोच बदल कर अपना मनचाहा जीवन पा सकते हैं। इसके साथ ही वैज्ञानिकों के इस सुझाव को भी मान्यता नहीं मिली थी कि विचार अपने-आप में चुंबकीय होते हैं और ब्रह्माण्ड में बाहर की ओर घूमने वाली स्पंदनात्मक बारंबारता के साथ अपना प्रभाव डालते हैं। स्पंदन और अनुकंपन के इन दावों का प्रयोगजन्य विज्ञान में आधार नहीं था। नतीजतन अब तक इन्हें मानने के लिए आवश्यक था कि हम इन पर विश्वास करें : हमें इस विश्वास को चुनना था कि अगर हम सकारात्मक तौर पर सोचेंगे तो जीवन में कई वांछित तत्त्वों को चुन सकते हैं। इस तरह एक निष्क्रिय प्रक्रिया की छाप अंकित हो सकती है जिसमें हम किसी रेगिस्तानी द्वीप पर स्थित घर में बैठे-बैठे चमत्कारी रूप से दुनिया बदल सकते हैं। बेशक, यह असंभव है और किसी भी संशयवादी के कानों को आकर्षण का नियम, प्रकटीकरण और प्रचुरता आदि किसी जादुई सोच की अभिव्यक्ति लग सकते हैं।

हालाँकि, जिस तरह आधुनिक विज्ञान ने हमें दिखाया कि किस तरह सदियों पुराने अभ्यास जैसे माइंडफुलनेस और आयुर्वेद के कई प्राचीन चिकित्सा नियम, प्रमाणों पर आधारित लाभों से भरपूर हैं, उसी तरह हमारी न्यूरोप्लास्टीसिटी (मस्तिष्क की लोच और बदलाव की योग्यता) की समझ भी दिखाती है कि हमारे विचारों को निर्देशित करने से, ना केवल हमारा यथार्थ बोध प्रभावित होता है बल्कि हमारे संसारी जीवन की परिस्थितियाँ, हमारे संबंध और हालात भी प्रभावित होते हैं जिन्हें हम अपने जीवन में आकर्षित करते हैं या अपने जीवन में सहते हैं। हम जैसा सोचते हैं, उससे हमारा जीवन तय होता है। यह एक सादा किंतु शक्तिशाली विचार है।

हमारा दिमाग़ बचपन में सक्रिय रूप से बढ़ता और बदलता है। इसके विपरीत, वयस्कों के रूप में हमें स्वयं को सजग भाव से एक व्यक्ति के रूप में विकसित होने के लिए निर्देशित होना पड़ता है। हम अपने जीवन के अनुभव को निखारने के लिए अपने दिमाग़ की आंतरिक लोच का कितना प्रयोग कर सकते हैं, वह वास्तव में आश्चर्यजनक है और यह संदर्भ, *द सोर्स* में दिए गए सारे विचारों और अभ्यासों का आधार है।

छद्म विज्ञान के विपरीत जो आकर्षण के नियम के आंदोलन के अधिकतर लक्षणों को दिखाता है, एक न्यूरोविज्ञानी और मनोचिकित्सा के क्षेत्र में विस्तृत अनुभव रखने वाले मेडिकल डॉक्टर के तौर पर, मैं इन दावों को पूरे अधिकार से पेश करती हूँ। मेरी यह पहल, शरीर और दिमाग़ के प्रमाणित सह-संयोग पर आधारित है - वह विचार कि शरीर और दिमाग़ अलंघनीय रूप से आपस में जुड़े हैं और एक-दूसरे पर प्रारंभिक प्रभाव रखते हैं, जिसमें से अधिकतर न्यूरॉन डॉक्राइन सिस्टम के माध्यम से होता है (जिसमें हमारी ग्रंथियाँ और हार्मोन शामिल हैं) और ऑटोनॉमिक नर्वस सिस्टम (जिसमें मस्तिष्क से अलग सभी स्नायु तथा मेरुदंड पाए जाते हैं।) हमारी विकसित होने की योग्यता हमारे भावात्मक और तार्किक दिमाग़ की शारीरिक दशा और उससे पैदा होने वाले विचारों की योग्यता के अनुसार ही तय होती है। आज चाहे जो भी हालात या अवस्था क्यों नहीं हो, हमारे दिमाग़ की लोच का मतलब है कि हमारे पास दिमाग़ के पाथवेज़ (मार्ग) बदलने की योग्यता है और इस तरह हम अपने जीवन में बेहतर कल को न्यौता दे सकते हैं।

हमें कई बार अपनी विकासमूलक हार्डवायरिंग के नतीजों को चुनौती देनी होगी और स्वयं को कहीं दक्ष और सकारात्मक रूप में विचार करने के लिए पुन: प्रशिक्षित करना होगा। परंतु अब कार्रवाई करने का समय आ गया है। यह कोई अंधविश्वास नहीं बल्कि ऐसा विश्वास है जो विज्ञान पर आधारित है।

हमारा दिमाग़ ऑटोपायलट पर

आइए इस सोच से आरंभ करते हैं कि हम अपने दिमाग़ से कैसे पेश आते हैं। दिमाग़ की शक्ति को प्रकट करने का पहला उपाय यही होगा कि इसका

अनुचित लाभ उठाना बंद करें : हमारा मस्तिष्क हमारी सबसे बड़ी संपत्ति है, यही हमारे जीवन का संचालन करता है : हमारा आत्मविश्वास, संबंध, रचनात्मकता, स्वाभिमान, जीवन का उद्देश्य, लोच और भी बहुत कुछ।

हर मिलीसेकेंड में, हमारे दिमाग़ के छियासी बिलियन न्यूरॉन्स (दिमाग़ की कोशिकाएँ), शरीर और आसपास के माहौल से मिलने वाली इंद्रियों से जुड़े फ़ीडबैक के आधार पर प्रत्युत्तर देते हुए व्याख्या कर रहे हैं। दिमाग़ उन बातों का क्या अर्थ समझता है, उसके अनुसार ही वे सूचना को प्रोसेस और फ़िल्टर करते हैं। ये न्यूरॉन समय-समय पर नए भावों, क्रियाओं, स्मृतियों और संपर्कों को एक साथ लाते हुए नए कनेक्शन और पाथवे बना रहे हैं।

यह सब ख़ासतौर पर अवचेतन स्तर पर होता है और हम सभी अधिकतर इसी फ़ीडबैक लूप के अनुसार काम करते हैं, हम किसी कथित उत्प्रेरक के लिए अपने उत्तर को इसी तरह समायोजित और पुन: समायोजित करते हैं। बाहरी दुनिया से सूचना मिलती है और हम ढाँचों की पहचान के अनुसार प्रत्युत्तर देते हैं जो हमारे परिपक्व होने पर और अधिक गहरी छाप छोड़ने लगता है और हम उसमें और अधिक उलझते जाते हैं या अपने तरीक़ों से काम करने लगते हैं। ऑफ़िस जाते हुए रोज़ एक ही रास्ते के प्रयोग से (अधिकतर हम खिड़की से बाहर दिख रहे नज़ारे पर ध्यान नहीं देते या उन सड़कों को भी नहीं देखते, जिस पर हम चल रहे होते हैं) ले कर जाने-पहचाने (असंतोषजनक) संबंधों के मॉडल्स तक, हमारे जीवन अधिकतर भाग इसी ऑटोपायलट के नाम हो जाता है। हम बिना कोई सवाल किए, केवल दोहराव के बल पर बने कामों को बार-बार करते हैं और इस तरह यह हमारे मस्तिष्क में डिफ़ाल्ट पाथवे बन जाता है; हम कोई काम जितना अधिक लंबे समय से कर रहे होते हैं, उसके लिए हमारे मन में कोई सवाल पैदा होने की संभावना उतनी ही कम हो जाती है, चाहे वह हमारा मनपसंद रंग हो या हमारे जीवनसाथी का चुनाव।

इस ऑटोपायलट के साथ चलने का मतलब है कि जीवन परिचित ढाँचों पर चल रहा है, जो दिमाग़ के लिए कहीं अधिक प्रभावी है, क्योंकि इसमें बहुत अधिक ऊर्जा नहीं लगती। वैसे भी दिमाग़ को बदलाव से बचने के लिए वायर किया गया है, वह इसे अपने लिए ख़तरा मानता है और किसी भी तरह के परिवर्तन की आशंका पाते ही तनाव के लिए प्रतिक्रिया देता है, हम जोख़िम उठाने से डरते हुए, अपने दिमाग़ की सोचने की शक्ति

को घटा देते हैं (दिमाग़ द्वारा किए जाने वाले कार्य जैसे भावों का प्रबंधन, पूर्वाग्रहों को दूर करना, जटिल समस्याओं को हल करते हुए, लोचयुक्त सोच और रचनात्मकता) ताकि हम सुरक्षित रह सकें। इससे हमें संतोष मिलता है और यह कम से कम प्रतिरोध का मार्ग है, चाहे ऐसा करना हमारे हित में हो या नहीं हो। ऑटोपायलट पर, हम यह सवाल नहीं उठाते कि हमारे भीतर दबी हुई और अंकित हो चुकी ये आदतें कहाँ से आईं, ये हमारे काम आ रही हैं या नहीं; हम अपनी ओर से हथियार डालते हुए जीवन को अपने साथ घटने देते हैं, हम मान लेते हैं कि हमारे साथ जो घट रहा है उसमें से अधिकतर हमारे बस के बाहर है। परंतु हम जो भी काम करते हैं, वह किसी ढाँचे या पाथवे को बनाने पर ज़ोर देते हुए, हमारे ऑटोपायलट व्यवहारों को और संगठित करता है। हमें लगता है कि जीवन जैसा है, वैसा ही है और जीवन जिस रूप में हमारे लिए घट रहा है, हम काफ़ी हद तक इसके लिए कुछ करने के लिए शक्तिहीन हैं। हालाँकि, न्यूरोविज्ञान हमें दिखाता है कि अगर हम अपने दिमाग़ के पाथवेज़ को रीवायर करते हुए, दिमाग़ का नियंत्रण अपने बस में कर लें तो जीवन में लंबे समय तक रहने वाले सकारात्मक परिवर्तन कर सकते हैं।

द सोर्स (स्रोत)

द सोर्स एक अद्‌भुत, जटिल और परिष्कृत वस्तु है, जो हमारा संपूर्ण मस्तिष्क है – यह केवल कोर्टेक्स और हमारी नियोजन और निर्णय निर्धारण की योग्यता का एक नाम नहीं है। मस्तिष्क की सच्ची शक्ति इसमें ही छिपी है कि यह हमारी सोच और अनुभूति को एक करता है – कोर्टेक्स और हमारा लिम्बिक तंत्र एक साथ – हमारे अंत:करण का स्वर और हमारे पूरे शरीर के माध्यम से मिलने वाली अनुभूति। यह सब मिल कर जीवन का अनुभव बनता है जिसके हम सही मायनों में स्वामी हो सकते हैं; ऐसा स्वामित्व जो हमारी अपनी ही अद्‌भुत योग्यता पर विश्वास से भरा है कि हमारे अंदर शरीर और दिमाग़ मिल कर पूरी तरह से परिस्थितियों को बदलने की क्षमता व योग्यता रखते हैं।

जीवन भय, आधे-अधूरे उपायों, काश और पछतावों की देन नहीं होना चाहिए। हममें से प्रत्येक के दिमाग़ के भीतर जीवन को पूरी तरह से

जीने और बिना किसी लज्जा या उदासी के, आगे बढ़ने की क्षमता पाई जाती है। मैंने आधुनिक चिकित्सा, न्यूरोविज्ञान और अपनी सांस्कृतिक विरासत के मेल के माध्यम से सीखा कि यदि हम अपने मस्तिष्क की पूरी संभावना को जान लें, तो हम अपने जीवन को उस तरीक़े से पूरी तरह से अलग जी सकते हैं, जैसे अब तक जीते आ रहे थे।

द सोर्स के मूल में, हमारे न्यूरल पाथवेज़ और ढाँचे अपना काम कर रहे हैं जो बताते हैं कि हम किस तरह असजग रूप से उत्प्रेरकों और घटनाओं के लिए प्रतिक्रिया देते हैं – जैसे अपना आपा खोना या कुछ नहीं कहना, आहार से अवसाद कम करना या फिर मदद चाहना। यदि हम अपने प्रत्युत्तरों और व्यवहारों के लिए और अधिक सजग हो सकें, तो जीवन में आने वाली चुनौतियों के लिए और सजग हो सकते हैं। हमारी अपनी मानसिक अवस्था की सजगता और इस बात का ज्ञान कि अधिकतर दूसरे लोग हमारे सबसे अधिक जटिल और आलोचनात्मक सामाजिक मेलजोलों को संचालित करते हैं : इसे हम 'थ्योरी ऑफ़ माइंड' का नाम देते हैं और हम इसके बल पर अपने आसपास के लोगों के कामों को समझते हुए उनकी पड़ताल कर सकते हैं और उनका पूर्वानुमान लगा सकते हैं।

ऐसा क्या है, जो दूसरों के कामों को प्रोत्साहित कर रहा है, यदि हम इसे समझ सकें तो यह वाकई लाभदायक हो सकता है और इसका उदाहरण ऑटिज़्म के मामले में देखा जा सकता है, जहाँ हम ऐसा नहीं कर पाते। हम न्यूरोप्लास्टीसिटी की शक्ति के माध्यम से इन कामों को करने में और अधिक कौशलयुक्त हो सकते हैं (यानी हम सीख सकते हैं और बदल सकते हैं) और ब्रेन एजीलिटी मॉडल के माध्यम से अलग-अलग तरह के हालात में, विभिन्न लोगों के बीच संपूर्ण मस्तिष्क के चिंतन को लागू कर सकते हैं।

ऑटो-पायलट पर काम करने के बजाए मेटाकॉगनिशन या 'सोचने के बारे में सोचना' और 'अपनी सजगता के लिए सजग होना', द सोर्स के प्रमुख उद्देश्यों में से एक हो सकता है। यह काम प्री फ्रंटल कोर्टेक्स (पीएफ़सी) से होता है, यहाँ मूल शब्द 'मेटा' है जिसका अर्थ होता है, 'इससे परे।' पीएफ़सी दूसरे क्षेत्रों से इंद्रियों के संकेतों को मॉनीटर करते हुए, फ़ीडबैक लूप्स का प्रयोग करता है और निरंतर हमारे दिमाग़ को, बाहरी

दुनिया के हिसाब से अद्यतन करता है। हमारी सोच इसके अनुसार ही निर्देशित होती है। मेटाकॉगनिशन में हमारी मेमोरी की मॉनीटरिंग और आत्म-नियमन, चेतना और आत्म-सजगता शामिल है - ये वे महत्त्वपूर्ण क्षमताएँ हैं जो हमारी अपनी सोच का नियमन करते हुए, सजगता को अधिकतम करती हैं और सीखने और बदलने की संभावना को बढ़ाती हैं।

मेरा चार-सूत्रीय प्रोग्राम मस्तिष्क को पूरी तरह से जाग्रत करने के लिए बनाया गया है और आप इसके बल पर अपनी पूरी संभावना को पा सकते हैं जो मस्तिष्क की दीर्घकालिक मनोचिकित्सकीय समझ और न्यूरोविज्ञान की देन है, इसे कॉगनिटिव विज्ञान की ताज़ा जानकारी से अद्यतन किया गया है। मैंने इसमें गूढ़ और आध्यात्म पर आधारित तथ्यों के स्वस्थ मिश्रण को भी शामिल किया है। हम विस्तार से, आपकी भविष्य रचने की योग्यता के पीछे छिपे न्यूरोविज्ञान को जानने का प्रयत्न करेंगे - आकर्षण का नियम और आप किस तरह अपने मस्तिष्क को प्रशिक्षित कर सकते हैं कि वह आपके सपनों को साकार कर सके। हम इक्कीसवीं सदी के विज्ञान के साथ मानसिक चित्रण की शक्ति को देखेंगे और यह जानेंगे कि यह कैसे काम करता है और जब आप अपने मस्तिष्क को सकारात्मक सोच की खुराक देते हैं तो क्या होता है। हम यह जानने की कोशिश करेंगे कि आप एक्शन बोर्ड की मदद से अपने अभिप्राय को कैसे केंद्रित कर सकते हैं ताकि आप ऐसा जीवन जी सकें जो आपकी आंतरिक ज़रूरतों और आकांक्षाओं के प्रति सच्चा हो। इसका परिणाम एक प्रतिभाशाली मेल होगा जो आपकी सोच और प्रेरणा को प्रेरित करेगा और नकारात्मकता को सामने आने से पहले ही रोक देगा।

द सोर्स और आप

यह पुस्तक जीवन के लिए एक गाइड की तरह है जिसमें विज्ञान और आध्यात्मिकता का इस तरह मेल किया गया है कि यह एक व्यावहारिक और स्पष्ट जानकारी देने का माध्यम बन गई है। मैं चाहती हूँ कि आप अपने मस्तिष्क को जगा कर, इसकी सारी संभावनाओं को साकार करें ताकि आप जीवन से वह सब पा सकें जो आप असल में पाना चाहते हैं। ऑटोपायलट को बंद करें और आगे बढ़ने के लिए आवश्यक क़दम उठाएँ।

हम सभी नकारात्मक ढाँचों और व्यवहारों से पीड़ित होते हैं, कुछ आदतें जीवन को आसान तो बनाती हैं पर हमें प्रसन्न नहीं रख सकतीं। हम कुछ ऐसे भावों के बीच जीते हैं तो जीवन के लिए चुनावों को सीमित कर देते हैं परंतु यदि वे तय कर रहे हैं कि आप कैसे जीते हैं, तो आपको इनसे पार पाने का कोई उपाय करना होगा। इस समय आपके लिए अपनी सबसे गहरी माँगों और इच्छाओं के साथ शामिल होने का अवसर है, अब जीवन आपके अनुसार घटेगा।

आगे दिए गए कथनों को पढ़ें और देखें कि वे आप पर किस हद तक खरे उतरते हैं। यदि आपको लगता है कि आप उन्हें पढ़ कर अपनी गर्दन हिला रहे हैं तो यह किताब आपके लिए ही है।

संबंध

- मैं अपने बजाए दूसरों की कहीं अधिक परवाह करता हूँ।
- मैं संबंधों को स्वस्थ बनाए रखने के लिए संघर्ष करता हूँ। मेरा संदेह है कि बार-बार मेरी दीर्घकालीन प्रसन्नता को आशंकित करने वाली समस्याओं का कोई एक ढाँचा है।
- मैं अतीत में इतनी बुरी तरह से आहत हो रहा था कि मैंने किसी भी ख़ास व्यक्ति से मिलने से इंकार कर दिया।
- मैं अकेले रहने या डेटिंग गेम का शिकार होने के बजाए किसी भी संबंध के साथ जीना पसंद करूँगा।
- मैं किसी से मिलने को बेचैन हूँ ताकि मैं अपने दोस्तों के समूह में अकेला नि:संतान व्यक्ति नहीं रह जाऊँ।
- मैं लंबे समय से एक दुखदायी दीर्घकालीन संबंध के बीच हूँ और बचाव का कोई उपाय नहीं सूझता।
- मैं नए दोस्त नहीं बना पा रहा और अपने स्थापित मित्र समूहों से भी संपर्क स्थापित नहीं कर पा रहा। मुझे आगे बढ़ने का उपाय नहीं मिल रहा।
- मैं एक साथी और परिवार चाहता हूँ पर मुझे नहीं लगता कि इन घटनाओं पर मेरा कोई वश है।

कार्य

- मुझे फ़ैसले लेने में कष्ट होता है।
- मैं जानता हूँ कि किसी काम को बेहतर तरीक़े से कर सकता हूँ, पर कह नहीं सकता कि क्या मैं अपनी पूरी संभावना को साकार करने के लिए उचित प्रकार के कार्य कर रहा हूँ।
- मैंने कभी वेतन में वृद्धि या पदोन्नति के लिए नहीं कहा।
- मेरा काम मुझे नीरस लगता है, पर इससे बिलों का भुगतान होता है।
- मुझे अच्छी तरह पता है कि मैं क्या कर सकता हूँ और क्या नहीं कर सकता और मैं इसके अधीन हूँ।
- कई बार इतनी थकान हो जाती है कि बिस्तर से उठना भी भारी हो जाता है।
- मेरे पास बहुत से उपाय हैं कि मुझे अपने करियर से क्या चाहिए, पर यह नहीं जानता कि उन्हें साकार कैसे करना है।

निजी विकास

- 'कभी नहीं,' 'हमेशा,' 'चाहिए/ होना चाहिए,' ये शब्द मेरी सोच पर हावी रहते हैं।
- काश! मैं अपने जीवन को और अधिक नियंत्रण में रख पाता।
- मैं दिशाहीन महसूस करता हूँ और चिंता रहती है कि जीवन मेरे पास से यूँ ही निकल जाएगा।
- कई बार भावों की अधिकता द्रवित कर देती है।
- मैं अपने शरीर और छवि के बारे में जो भी अनुभव करता हूँ वह काफ़ी हद तक मेरे मनोभाव पर निर्भर करता है।
- कई बार मैं लोगों से द्वेष रखता हूँ - इनमें कई बार वे मित्र भी शामिल हैं जिनकी जीवनशैली मुझसे बेहतर है।
- मैं अधिकतर लोगों को अपने जीवन का धार्मिक संस्करण पेश करता हूँ जबकि अपने भीतर से उसे इतना बेहतर नहीं मानता।

- मैं कोई नया कार्य आरंभ करना या यात्रा पर जाना पसंद करूँगा - जीवन के साथ कुछ अलग करना चाहूँगा - परंतु मैं इसे विलंबित करता रहता हूँ।

अगर आप इनमें से किसी भी वक्तव्य को पहचान रहे हैं, तो आप समझ सकेंगे कि किस तरह न्यूरोप्लास्टीसिटी की मदद से आप अलग तरह से विचार करते हुए पुरानी धारणाओं तथा गहराई तक बसी आत्म-मान्यताओं को बदल सकते हैं।

यह पुस्तक भविष्य के लिए आपको अपनी मंशा, लक्ष्य और स्वप्न तय करने के योग्य बनाएगी और आप जीवन को जिस आदर्श रूप में देखना चाहते हैं, उसका संस्करण तैयार करने में मदद करेगी।

डायरी लेखन

इससे पहले कि हम आरंभ करें, एक नई आदत के आरंभ का महत्त्वपूर्ण समय है : डायरी लेखन। इस पुस्तक को पढ़ने के दौरान हम स्वयं से कई प्रकार के प्रश्न करेंगे, जान कर अपनाए गए ढाँचों व आदतों को सामने लाएँगे और एक संभावित उजले भविष्य के प्रति क़दम उठाएँगे, अतः समय निकाल कर डायरी तैयार करें ताकि आप उन बातों को नोट कर सकें जो आपको प्रसन्न और सशक्त बनाती हों।

इस अभ्यास से अधिकतम लाभ पाने के लिए, आपको प्रतिदिन अपनी डायरी में अपने विचारों तथा जीवन में लोगों व घटनाओं के लिए अपनी प्रतिक्रियाओं को लिखना होगा। आपको लंबी प्रविष्टियों को लिखने की आवश्यकता नहीं है, बस आपको अपने भावों, उद्देश्यों और व्यवहारों के लिए मुक्त व ईमानदार होना है।

तारा : मेरे सत्य का प्रकटीकरण

हालाँकि मेरा करियर परवान पर था, परंतु अपने रोमानी जीवन की बात आते ही मैं भय से मानो पक्षाघात से ग्रस्त हो जाती। मैं प्लेग की तरह आत्मीय संबंधों की उपेक्षा करती, कुछ साल तक केवल समय बिताने वाली डेटिंग करने के बाद, दो वर्ष पूर्व मुझे अहसास

हुआ मैं अपने विश्वास की कमी द्वारा नियंत्रित हो रही थी। विवाह टूटने के बाद मुझे लगता था कि दोबारा दिल को ठेस लग सकती है और यही भय मुझे आगे नहीं जाने दे रहा था। मैंने ख़ुद को पूरी तरह से विश्वास दिला दिया था कि मेरे लिए यही बेहतर और उचित था कि मैं दोबारा विवाह करने के बारे में विचार नहीं करूँ। इस तरह किसी वचनबद्ध संबंध के लिए प्रस्तुत होना, केवल समय और ऊर्जा की बरबादी थी। मुझे अपनी इस मान्यता को चुनौती देने के लिए कड़ी मेहनत करनी पड़ी - मेरे अपने भाव ही इस बदलाव की राह में बड़ी बाधा बने।

मुझे अपनी डायरी की सहायता से पता चला कि अविश्वास ही मुझे दोहराए गए ढाँचों के बीच ले जा रहा था, जिस जगह मैं आत्मीय संबंध बनाने से कतराती थी और केवल अपनी धारणाओं की पुष्टि से संतुष्ट रहती थी। मैंने इस तरह पेश आने का निर्णय लिया मानो मैं अतीत के चंगुल से बाहर आ गई थी और इस तरह सोचने और पेश आने का निर्णय लिया मानो मैं अपने भय से उबर चुकी थी। मैं इस तरह पेश आते हुए देखना चाहती थी कि मेरे भय में कोई सत्यता थी भी या नहीं। ऐसा कुछ नहीं हुआ। राह में बाधा अवश्य थी पर मैंने यह भी सीखा कि यही ठीक था और मैं पूरे विश्वास से आगे जा सकती थी जब तक सब सही तरह से चल रहा था। ख़ुद को आगे जाने से रोकना कोई उपाय नहीं हो सकता था।

द सोर्स से संपर्क

एक न्यूरो-मिथ (जो कभी नहीं जाएगा) कि हम अपने मस्तिष्क का केवल दस प्रतिशत ही प्रयुक्त कर पाते हैं। यह सत्य नहीं है, परंतु हमारी इस धारणा के पीछे छिपे लगाव ने उस वैज्ञानिक तर्क को भी झुठला दिया है हम जितना विश्वास करते हैं, मस्तिष्क के भीतर बढ़ने और बदलने की संभावना उससे कहीं अधिक है, यही हमारे जीवन को अलग तरह से दिशा भी दे सकता है।

इस पुस्तक में, ऐसे कोई दावे नहीं या किसी क्वांटम भौतिकी के बारे में बात नहीं की गई। इस थ्योरी को समर्थन देने के लिए वैज्ञानिक तर्क मौजूद रहेंगे। मैं आपके साथ चार-चरणीय योजना बाँटना चाहूँगी जिसे मैंने अपने रोगियों और कोचिंग ग्राहकों पर लागू किया और निजी रूप से भी

लाभ पाया जैसे मानसिक चित्रण, डायरी लेखन और जीवन की इच्छाओं को साकार करने के लिए एक्शन बोर्ड तैयार करना।

पहला भाग : विज्ञान और आध्यात्मिकता, आप आकर्षण के नियम तथा मानसिक चित्रण की शक्ति के पीछे छिपे विज्ञान को सीखेंगे। दूसरा भाग : लचीला मस्तिष्क न्यूरोप्लास्टीसिटी का अन्वेषण करता है और हमारा दिमाग़ किस तरह इसके काम करने के तरीक़े में बदलाव ला सकता है। तीसरा भाग : हम अपने जीवन को किस तरह जीते हैं, उसके अनुसार कुशल मस्तिष्क एक कुशल और संतुलित मस्तिष्क की शक्ति को प्रकट करता है। मैं आपको प्रोत्साहित करूँगी कि आप इस पुस्तक के अंत में दिए गए अभ्यासों को दोहराएँ। चौथा भाग : स्रोत को प्रकट करें – ताकि आपको स्रोत से संपर्क करने के लिए रोडमैप मिल सके।

यह पुस्तक आपको एक यात्रा पर ले जाएगी, विज्ञान और आध्यात्मिकता का मेल करते हुए, आपकी अंतर्दृष्टि को प्रेरणा में बदलने और स्वचालित भाव को कर्म में बदलने में सहायक होगी। यही स्रोत, द सोर्स की शक्ति है – आप समझ सकेंगे कि आप अपनी ही नियति के नियंता कैसे हो सकते हैं। आप एक नए आत्मविश्वास से भरपूर रूप को पाने के लिए केवल चार चरणों की दूरी पर हैं और इस तरह एक नया जादुई जीवन आपके पास होगा।

भाग 1

विज्ञान और आध्यात्मिकता

अध्याय 1

आकर्षण का नियम

'जिसकी अपेक्षा रखते हों, उसे आकर्षित करें, जो भी चाहते हों, उसे प्रतिबिंबित करें, वही बनें जिसका आप आदर करते हों, जिसकी प्रशंसा करते हों, वही दिखें।'

—*अज्ञात*

क्या आपके जीवन में कभी ऐसे दिन आए हैं, जहाँ सब कुछ बहुत ही उजला और बढ़िया था : आपके पास अनापेक्षित रूप से स्वादिष्ट नाश्ता करने का समय निकल आया था, क्योंकि आप अलार्म बजने से पहले ही पूरी तरह से तरोताज़ा और विश्रांत हो कर उठ गए थे। आपको किसी ऐसी चीज़ पर बहुत अच्छी डील मिल गई थी जिसे आप जाने कब से ख़रीदना चाहते थे या फिर आपको काम के दौरान एक अद्भुत अवसर मिला था? जब कुछ ऐसा घटता है, तब हम कहते हैं : 'आज तो मेरा दिन है,' या हमें लगता है कि आज जीत का सेहरा हमारे सिर ही होगा। हमें लगता है कि ये घटनाएँ हमारे वश में नहीं हैं। या फिर शायद आप किसी ऐसे को जानते हों जो हमेशा ही इतना क़िस्मतवाला रहता हो। ये वही लोग हैं जिसके दोस्त के पास किसी ऐसे कंसर्ट के अतिरिक्त टिकट होते हैं जिसके सारे टिकट बिक चुके हैं, उन्हें हमेशा फ़्लाइट में अपग्रेड मिलता है और वे अपने साथी के साथ ख़ुशहाल संबंधों में जीते हैं, जो उनसे पूरी तरह से अनुकूल होते हैं।

परंतु मैंने यह जान लिया है कि किस तरह ये सभी 'लकी' या सौभाग्यशाली क्षण पूरी तरह अनपेक्षित नहीं होते : यहाँ केवल आकर्षण का नियम अपना काम कर रहा है। केवल व्यावहारिक रूप से 'लकी' होने या फिर उन अच्छी बातों के बारे में सोचें जो आपके साथ हाल ही में घटी हों। हो सकता है कि काम के दौरान आपको कोई अवसर सौभाग्य लगा हो परंतु आप इसे अपने सफल प्रदर्शन का प्रतिबिंब क्यों नहीं मान सकते? अचानक ही किसी नए साझेदार से मिलने का अवसर भले ही सुनहरा मौक़ा लगे परंतु यह आपके उस सजग प्रयत्न का नतीजा भी हो सकता है, जो आपने लोगों से, सही जगह और सही समय पर भेंट करते हुए अर्जित किया हो। जीवन हमारे साथ केवल घट नहीं रहा; हम अपने हर काम के साथ इसे रच रहे हैं।

इस पुस्तक के मूल में, आकर्षण का नियम छिपा है। कुल मिला कर, यह उस उपाय का वर्णन करता है जिससे हम उन संबंधों, परिस्थितियों तथा भौतिक वस्तुओं को रच सकते हैं, जो हमारे जीवन में हमारी सोच के प्रत्यक्ष परिणाम के रूप में सामने आती हैं। हम उन पर केंद्रित होते हुए, उनका *मानसिक चित्रण* करते हुए और अपने कर्मों के माध्यम से अपनी ऊर्जा को उनकी ओर निर्देशित करते हुए, उन्हें प्रकट करते हैं। अगर आप अपनी ऊर्जा व ध्यान को जीवन में किसी चीज़ पर लगाने का विचार कर लेते हैं, तो आप उसे अपने जीवन में प्रकट कर सकते हैं।

'प्रकट करना,' प्राय: इसे विवादित माना जाता है और अस्वीकृत कर दिया जाता है। इसके साथ ही आकर्षण के नियम को भी पूरी तरह से नकारा जाता है परंतु मेरा मानना है कि यह मामला एक हद तक अर्थ-संबंधी प्रश्न का है। द *सीक्रेट* और द *मास्टर की सिस्टम* जैसी किताबों की सफलता, 'विचारों के स्पंदन' और 'उच्चतम शक्तियों' पर आधारित है और इस तरह 'प्रकट या अभिव्यक्त होने' को धार्मिक प्रमाणों तथा अंधविश्वासों के संबंध में लिया जाने लगा, जबकि वास्तव में इसका अर्थ है, 'कोई कार्य करना।' यह केवल अभिप्राय नहीं कर्म से संबंध रखता है। इस शब्द को चमत्कारी और निरंतर घटने वाली अपेक्षाओं के बोझ से लादने के बजाए हमें इसे अभिप्राय और कर्म के बीच एक केंद्रित और उद्‌देश्यपूर्ण संपर्क के रूप में लेना चाहिए। इस तरह हम इन प्रेरक पुस्तकों की विचारधारा को ग्रहण करते हुए आधुनिक विज्ञान का समर्थन देते हैं।

मैं प्रमाणों पर आधारित विज्ञान की सीमाओं के भीतर ऐसे छह नियम प्रस्तुत करूँगी जो आकर्षण के नियम का आधार हैं, उन्हें सहारा देने वाली मस्तिष्क की प्रक्रियाओं की खोजबीन करते हैं और इसके साथ ही व्यावहारिक गतिविधियाँ भी देते हैं जिनके बल पर आप इन नियमों का लाभ उठाते हुए भारी बदलाव ला सकेंगे। द सोर्स को इस तरह बनाया गया है कि यह आपके आदर्श जीवन को पाने में मदद कर सके। आकर्षण के नियम से जुड़ी विभिन्न लोकप्रिय किताबों में इन छह नियमों को अलग-अलग तरह से पेश किया गया है और आपको यह देख कर हैरानी होगी कि हम इनसे कितने वैज्ञानिक सत्य प्रकट कर सकते हैं।

अपना अभिप्राय सुनिश्चित करें

इससे पहले कि हम इन छह नियमों पर चर्चा करें, मैं विचार करना चाहूँगी कि आकर्षण के नियम के उत्साही, 'अभिप्राय बिंदु' को क्या कहते हैं। वे इसे दिल और दिमाग़ का मिलन स्थल कहते हैं, परंतु विज्ञान हमें दिखाता है कि इस धारणा में अंधविश्वास से कहीं अधिक छिपा है। जब हम अभिप्राय बिंदु से एक लक्ष्य तय करते हैं, तो वैज्ञानिक रूप से ऐसा होता है कि हमारा सहज स्वभाव, हमारे गहरे भाव तथा तार्किक चिंतन आपस में संघर्ष करने के बजाए एक हो कर काम करने लगते हैं। जब हम इन तीन आयामों की व्यवस्था से बाहर हों तो लक्ष्य प्राप्त करना असंभव होता है।

यह बहुत ही रोचक तथ्य है कि जब हम जीवन के चुनाव कर रहे हैं, तो उस समय हम अपने दिल, दिमाग़ और गट फ़ीलिंग को अलग-अलग मानते हैं और वे अक्सर हमें अलग-अलग दिशा में ही खींचते हैं - हम अपने भावों तथा शरीर से उठते सहज स्वर के आगे मस्तिष्क से मिलने वाले तर्कों को छोटा बना देते हैं (दोनों ही बड़े निर्णयों में, जैसे मनपसंद नौकरी चुनना बनाम करियर की प्रगति की वास्तविकता और छोटे चुनाव, जैसे सेल्स में महँगी जैकेट ख़रीदने या नहीं ख़रीदने का फ़ैसला करना)। विज्ञान दिन-ब-दिन हमारे शरीर और मन के आपसी संबंधों को समझाते हुए, शरीर और मस्तिष्क के संपर्कों की भी जानकारी दे रहा है। हमारे स्नायु और हार्मोन के दोहरी परस्पर क्रिया के कारण, हम पूरी स्पष्टता से देख सकते हैं, जैसे अगर हम भूखे या थके हुए हों तो इसका असर हमारे मूड या निर्णय लेने की क्षमता पर पड़ता है। हम डिप्रेशन के समय अपनी नींद, भूख, वज़न और कई अन्य शारीरिक लक्षणों में भी इसे पहचान सकते हैं। संपूर्ण-मस्तिष्क, संपूर्ण शरीर के स्तर पर इसे स्वीकार करने से हम वैज्ञानिक अभिप्राय को और बेहतर जान सकते हैं।

पीपा : एक कठिन चुनाव

जब मैंने पीपा को कोचिंग देना आरंभ किया तो उसका विवाह संबंध बिखर रहा था। उसका वकील पति सप्ताह में कई रातें ऑफ़िस में ही सो कर बिताता था और पिछले दस वर्षों के वैवाहिक जीवन में उस पर हमेशा काम का ही भूत सवार रहता था। पीपा बहुत उदास रहती थी। उनके घर में दो बच्चे थे और वह प्रायः सप्ताह के अंत में बच्चों

के साथ अकेली होती, क्योंकि उसका पति ऑफ़िस के काम में व्यस्त होता या काम से जुड़े दौरों पर चला जाता। वह उसे छोड़ने के बारे में कई बार सोच चुकी थी, उसने मुझे बताया कि उसे अपना विवाह भी झूठा लगने लगा था और वह बहुत अकेलापन महसूस करती थी। पीपा के परिवार और ससुराल वालों का आग्रह था कि वह अपने पति के साथ संबंध बनाए रखे। उनका कहना था कि ज्यों ही उसके पति को अगली पदोन्नति मिलेगी या बच्चे बड़े होंगे तो उसके हालात स्वयं ही सँभल जाएँगे। व्यावहारिक स्तर पर पीपा यह भी जानती थी कि यदि वह पति से अलग हो गई तो वह अपने मायके में नहीं रह सकेगी और उसे यह चिंता भी थी कि इस संबंध के टूटने के बाद उसे और उसके बच्चों को भारी बदलावों का सामना करना होगा।

मैंने पीपा को प्रोत्साहित किया कि वह एक्शन बोर्ड का प्रयोग करे और उस पर लगी छवियों के माध्यम से उस जीवन का मानसिक चित्रण करे, जैसा वह पाना चाहती है। यह पीपा के लिए एक अहम मोड़ साबित हुआ। जब वह अगले सप्ताह वापस आई, तो वह एक मज़बूत और शक्तिशाली बोर्ड बना चुकी थी। उसके बीच में एक ऐसी स्त्री की छवि थी जो कैमरे की ओर पीठ किए एक पर्वत पर खड़ी थी। उसके हाथ नितंबों पर टिके थे और वह आगे जाने को तैयार थी। वह जानती थी कि अब उसे एक कठिन यात्रा करनी थी परंतु वह उसके लिए पूरी तरह से तैयार थी। उसके बच्चों की निजी तसवीरों के अलावा, उन जगहों की तसवीरें भी लगाई गई थीं, जहाँ वह जाना चाहती थी। उन पारिवारिक रोमांचों की तसवीरें थीं जो वह अपने परिवार के साथ करना चाहती थी।

बोर्ड ने पीपा को वह सब देखने में मदद की जो वह अपने दिल और दिमाग़ से करना चाहती थी। इस तरह उसने अपने निर्णयों के आड़े आने वाले तार्किक मसलों को पहचाना। हालाँकि उनके हालात भी जल्दी ही बदल गए और साथ ही वह इतनी सशक्त भी हुई कि अंत में सबकी भलाई के लिए निर्णय ले सकी। वह भय को अपने निर्णयों की राह में बाधा बना देती थी, हमेशा बुरे से बुरे संभावित परिदृश्य ही सोचती रहती थी। उसका व्याकुल और भयभीत मस्तिष्क उसके भावात्मक मस्तिष्क को तार्किक मसलों और सीमाओं में डुबोए रखता था। एक्शन बोर्ड और हमारे एक साथ मिल कर काम करने के

बाद, वह अपने दिल और दिमाग़ को संतुलन में रखते हुए, भविष्य के लिए सच्ची मंशा को पाने में सफल रही।

उसने उस रात अपने पति से कहा कि वह उससे अलग होना चाहती है। शुरुआती सदमे के बाद वह मान गया। आज चार साल हो गए, वह तलाक़ लेने के बाद सुखद जीवन जी रही है और उसके अपने पति से भी दोस्ताना संबंध हैं। उसे इस बात में कोई संदेह नहीं कि उसने उचित निर्णय लिया था।

आप वास्तव में जो चाहते हों, उसे अपनी ओर आकर्षित करना

अपनी मंशा या अभिप्राय तय करने में कुछ भी रहस्यमयी या जादुई नहीं होता। बस आपको स्वयं से एक ही प्रश्न करना है : 'क्या मेरा जीवन उसी तरह चल रहा है, जैसा मैं इसे चाहता था/चाहती थी?' और यदि आपका उत्तर 'नहीं' में है, तो सोचें कि आप इसे कैसे पसंद करेंगे और फिर इसके बाद इस पर कार्रवाई करें। जब आप अपने मस्तिष्क की पूरी शक्ति – द सोर्स को सामने ला पाते हैं – तो हम उस तरह से सोचने और पेश आने लगते हैं जो हमें अपने विज़न को साकार करने में सहायक होगा।

बस आपको यह याद रखना होगा कि जब हमारे लक्ष्यों का जीवन के गहरे चुनावों और मूल्यों के साथ उचित सामंजस्य होता है, तो हमारे अभिप्राय और केंद्र सबसे अधिक शक्तिशाली होते हैं। उदाहरण के लिए, अगर आप एक उद्देश्य के साथ दूसरों की मदद करने से जुड़े काम की बजाए मजबूरन कोई ऐसा करियर चुनते हैं जिससे आप केवल पैसा कमा सकते हैं तो आपको नकारात्मक लक्षणों का सामना करना होगा जैसे तनाव और व्यग्रता। जब आप अपने सच्चे अस्तित्व से दूर जाते हुए ये काम करते हैं तो आपके शारीरिक, भावात्मक और आध्यात्मिक जीवन में तनाव झलकने लगता है। इसके अलावा, यदि आप अपनी साथी से पूरी होने वाली ज़रूरत के लिए समझौता करते हैं, क्योंकि आपकी जैविक घड़ी चल रही है, तो हो सकता है कि अंत में आप पाएँ कि भले ही बहुत से काम हो गए परंतु फिर भी गहराई में कहीं, बहुत कुछ अधूरा रह गया है।

ऐसे लक्षणों के कारण आपके भीतर से यह रुदन उठता है : 'मैं अपने लिए यह तो नहीं चाहता था।' ये आंतरिक संघर्ष ही हमारी रोगप्रतिरोधक क्षमता पर वार करते हुए, हमारी लोच को प्रभावित करते हैं। जब आप निरंतर तनाव की चपेट में रहते हैं, उदाहरण के लिए, आपका मस्तिष्क और शरीर तनाव से जुड़े हार्मोन कोर्टीसोल से भर जाते हैं जो श्वेत रक्त कोशिकाओं पर सीधा हमला करता है – यह हमारे प्रतिरोध तंत्र में बचाव की अग्रिम पंक्ति है।

इसके विपरीत, जब हम और अधिक संतुलित होते हैं, हमारे लक्ष्य और व्यवहार हमारे गहन अस्तित्व के साथ पूरे एक सीध में होते हैं, तो हम सफलता के बहुत निकट होते हैं। तब व्यग्रता और नकारात्मकता हमारी राह में बाधा नहीं बनते और तनाव से जुड़े हार्मोनों का स्तर बहुत कम होता है। तब हम बेहतर रोग प्रतिरोधक क्षमता के साथ स्वस्थ रहते हैं और छोटी-मोटी स्वास्थ्य संबंधी परेशानी से ले कर, सेहत से जुड़े बड़े मसलों को भी सुलझाने में कामयाब रहते हैं। मूड को नियमित करने वाले हार्मोन तथा अच्छा महसूस कराने वाले एंडोरफ़िन स्रोत को हमारे भीतर मुक्त रूप से प्रवाहित होने में सहायक होते हैं।

मैं इस बात को पूरा बल दे कर कह सकती हूँ क्योंकि मैंने उन लोगों के जीवन में इसके उदाहरण देखे हैं जिन्हें मैं कोच करती हूँ। कई सफल और प्रेरित व्यक्तियों ने यह माना कि वे तनाव के कारण ही क़ामयाब हैं और एड्रेनालिन और कोर्टीसोल की निरंतर उन्नत अवस्था प्रत्येक उस व्यक्ति के लिए आवश्यक है जो जीवन में कुछ बेहतर करना चाहता हो। वे अपने शरीर से मिलने वाले संकेतों को अनदेखा करते हैं, उन्हें लगता है कि ऐसे किसी हालात का सामना करना कठिन होगा; फिर चाहे वह पाचन से जुड़ी परेशानी हो या फिर मूड में बदलाव। दिल की तेज़ धड़कन हो या बहुत अधिक भावुक होना। ऐसा कई वर्षों तक चल सकता है। मेरा पहला काम उन्हें यही समझाना होता है कि वे इन लक्षणों को अनदेखा नहीं कर सकते और उन्हें इनकी जड़ तक जाना होगा : उनका दिल और दिमाग़ जो कहता है और जो कट्टर सोच उन्हें आगे घसीट रही है, इन दोनों के बीच आपस में कोई संपर्क नहीं होता और ना ही वे इसके लिए चुकाई जा रही शारीरिक या भावात्मक क़ीमत का आदर करते हैं। मेरा पहला काम यही है कि उन्हें यह समझाया जाए कि अब उन्हें थम कर अपने शरीर और मन

की बात सुननी होगी और वे वास्तव में जीवन से जो पाना चाहते थे, उसके संपर्क में आना होगा।

मेरे लिए, शरीर और मस्तिष्क के आपसी तालमेल को दर्शाने वाले रूपक के तौर पर अभिप्राय, इस बात की पहचान है कि स्रोत अपनी पूरी शक्ति के साथ संचालित है और हम सबको भी इसे पाने का प्रयत्न करना चाहिए। एक बार अगर हम अपने मन और शरीर को पूरी तरह से तालमेल में लाने में सफल रहे (भाग तीन में इस विषय का विस्तार से अध्ययन करेंगे) तो हमारी प्रेरणा और ऊर्जा भी शक्तिशाली रूप से संरेखण में होंगे।

अपना अभिप्राय निश्चित करें

मैं चाहती हूँ कि आप अभी अपना अभिप्राय या मंशा तय करें : ऐसा लक्ष्य जिसमें वह सब शामिल हो जो आप अपने भविष्य के लिए पाना चाहते हों। यह आपको बड़ा और निडर लगना चाहिए; एक बड़ी तसवीर जैसी आकांक्षा जिससे आपके जीवन के वे हिस्से झलकते हों, जिनमें आप बदलाव लाना चाहते हैं। इसे अपनी डायरी के पहले पन्ने पर लिखें।

इस बदलाव को लाने का विचार रोचक और उत्साहजनक होना चाहिए। जब आप आँखें बंद करें और इसकी कल्पना करें तो यह जीवंत हो जाए, आप इस तसवीर को अपने मन में देखते हुए अपने भीतर महसूस कर सकें। इसे सोच कर आपका हृदय इच्छा से छलक उठे। इसके साथ निम्नलिखित पंक्तियों को शामिल कर सकते हैं :

- एक आलीशान व्यवसाय खड़ा करने का आत्मविश्वास और एक अच्छा जीवन साथी खोजना।
- साहस और दूरदर्शिता ही अब से मेरे सारे निर्णयों को संचालित करेंगे और मैं भय से मुक्त रहूँगा।
- मैं किसी कठिन संबंध/पारिवारिक हालात को बदल दूँगा और भावात्मक नियमन को साधूँगा।
- अच्छी सेहत और जीवन के उद्देश्य के साथ जीवन में प्रसन्नता की तलाश करना।
- अपने लिए करुणा का रवैया रखते हुए, अपने अंतःकरण की आवाज़

को सुनते हुए ऐसा जीवन साकार करना है जिसका मैंने सपना देखा है। जिसे पाने का मैं हक़दार हूँ।

अपने लक्ष्यों के कारण सीमित नहीं हों – उड़ान ऊँची रखें। जब आप इस पुस्तक के साथ चलेंगे तो आप सीख सकेंगे कि आप अपना कुछ भी मनचाहा पाने के लिए, उस स्रोत की मदद कैसे ले सकते हैं। हम अगले अध्याय से यह पड़ताल आरंभ करेंगे कि आप अपनी सबसे आंतरिक इच्छाओं का कैसे सामना कर सकते हैं। अगर आपको आगे चल कर अपने अभिप्राय या इरादे को बदलना हो या उसमें सुधार लाना हो तो आगे चल कर एक्शन बोर्ड पर यह काम हो सकता है। आप अभी से अपने एक्शन बोर्ड के लिए तसवीरों का संग्रह करना चालू कर सकते हैं और यह विचार भी कर सकते हैं कि कि आपका भावी जीवन कैसा होने वाला है।

आइए, अब हम उन छह सिद्धांतों में से प्रत्येक को लें जो बदले में आकर्षण के नियम को रेखांकित करते हैं और देखते हैं कि आधुनिक तंत्रिका विज्ञान हमें उनके बारे में क्या बताता है।

पहला नियम : प्रचुरता

आकर्षण के नियम के मूल में, 'प्रचुर ब्रह्माण्ड' से संपर्क साधने का विचार ही छिपा है और यदि आप स्रोत को साधना चाहते हैं तो आपको इस पहले नियम पर काम करना होगा। क्योंकि आकर्षण शब्द का प्रयोग अनेक प्रेरक गुरुओं द्वारा अवैज्ञानिक तरीक़े से किया जा चुका है और हो सकता है कि आप भी इसे आत्म-विकास की मीठी गोली समझ कर नकारना चाहें। परंतु यदि हम इस पर एक बार गंभीरता से सोचें, तो यह संभव है कि हमें एक सामान्य बुद्धि से भरपूर नज़रिया मिले जो वैज्ञानिक तथ्यों से भरपूर है।

प्रचुरता के लिए आंतरिक संघर्ष

अधिकतर लोगों में मन में, दो नज़रियों के बीच जंग छिड़ी रहती है : प्रचुरता और अभाव। ये उन दो सड़कों की तरह हैं, जिन पर चलने के लिए आपको चुनाव करना है, इनमें से प्रत्येक हमें जीवन के लिए विविध अनुभव देता है।

प्रचुरता का संबंध सकारात्मक चिंतन और उदारता से है, जिसमें यह विश्वास रहता है कि इस संसार में सबके लिए सब कुछ भरपूर है, और जब हम अपनी मनोवांछित सफलता की कामना करते हैं तो हम उसे संभावनाओं के लोक का हिस्सा बना देते हैं। प्रचुरता हमारे आत्म-विश्वास और स्वाभिमान को बढ़ाते हुए, कठिन समय के दौरान लोच बनाए रखना सिखाती है और यह संक्रामक और उत्पादक है। यह हमारे आसपास एक सुंदर वातावरण और समाज को रचती है। 'समान चीज़ें समान चीज़ों को आकर्षित करती हैं।' और जब आप अपने आसपास देखेंगे, तो आपको सकारात्मक और आत्मविश्वास से भरपूर लोग मिलेंगे, जो आपके दोस्त, साथी, व्यावसायिक साझेदार या आपके जैसी सोच वाले लोग हो सकते हैं।

वहीं दूसरी ओर जब हम अभाव के नज़रिए से सोचते हैं तो हमारी पहली प्रेरणा भय होती है। हम नकारात्मक रूप में सोचते हैं, हम इसी बात से ज़्यादा जुड़े रहते हैं कि हमारे पास क्या नहीं है और ऐसा क्या है जो क़ारगर नहीं होगा जैसे हमारी अपनी कमियाँ और हमारे हालात! हम हर चीज़ को इसी पैमाने पर परख़ते हुए, अपने-आपको बाधाओं और सीमाओं में बाँध लेते हैं। हम अपने लिए एक सीमित और बचावकारी सुविधाजनक दायरा बना लेते हैं जिसमें हम किसी भी तरह के जोख़िम और परिवर्तन से अपना बचाव करना चाहते हैं। हमें लगता है कि हमें अपने आने वाले बुरे समय को पहले ही जान लेना चाहिए या हमारी मनोदशा ऐसी होती है कि आसमान से गिरे और खजूर पर अटके। हमारे पास अक्सर इस बात के लिए कोई सबूत नहीं होते कि अगर हमने जोख़िम लिया तो हमारे साथ बुरा ही होगा। अगर हम प्रचुरता की सोच के साथ वे जोख़िम उठाते हैं तो हमारे साथ निश्चित रूप से अच्छा ही होता है।

अपने जीवन के बारे में सोचें। क्या कभी ऐसा हुआ कि आप किसी काम में उलझ गए - कोई ऐसी नौकरी जिससे आप नाख़ुश हों, कोई ऐसा संबंध जो क़ारगर नहीं रहा, कोई ऐसी दोस्ती जो अब दोस्ती नहीं रही - क्योंकि आप अनिश्चितता और बदलाव से डरते रहे? क्या आपको ऐसा लगता है कि कुछ नया आरंभ करने से असफलता ही हाथ आएगी और आप उसकी चिंता में डूब जाते हैं? अकसर ऐसा तब होता है जब हम पहले ही धोखा खा चुके होते हैं - मेरा एक दोस्त अपने किसी साथी की खोज करके विवाह करना चाहता था परंतु उसने हाल ही में कुछ बुरे अनुभव पाने

के बाद अपनी तलाश रोक दी। उसके अनुभव उसके दिमाग़ में अभाव की सोच से उपजे हैं। दिमाग़ के ये नकारात्मक पाथवे तब तक मज़बूत होते रहते हैं, जब तक हम जीवन के साथ इस तरह पेश आते रहते हैं मानो सबसे बदतर घटना हमारे साथ ही होनी है।

भय एक शक्तिशाली भाव है और यह हमारे दिमाग़ के मूल भाग में बसा है। इस अवस्था में, हमारे दिमाग़ में भाव और स्मृतियों को मिलाने वाले हिस्से आवश्यकता से अधिक सक्रिय हो जाते हैं और वे अपनी ओर से लाल झंडी दिखाने लगते हैं। वे रक्षा तंत्र के रूप में, हमारी पुरानी यादों और असफलताओं को आगे ले आते हैं ताकि हमें ख़तरे से बचा सकें। इस तरह एक ऐसा फ़ीडबैक लूप बन जाता है जो वह प्रतिक्रिया पैदा करता है, जो हमें हमेशा ख़तरे से दूर भागने में मदद करती है।

यह रोचक बात है, हमारे दिमाग़ में मिलने वाले समान लाभों की तुलना में हानियों का असर दोगुना होता है और हम अपनी ओर से हर संभव कोशिश करते हैं कि उस संभावित हानि से परे जा सकें, और हमें मिलने वाले संभावित पुरस्कार को अनदेखा कर देते हैं। व्यवसाय में दोष संस्कृति इसी व्यवहार से जुड़े पक्षपात पर निर्भर करती है क्योंकि लोग इतने भयभीत होते हैं कि वे बुरे निर्णयों और उन हालात में सामने आने वाली चुनौतियों पर आवाज़ नहीं उठा पाते। आपको वह आख़िरी मौक़ा याद है जब आपने वेतन बढ़ाने का आग्रह किया था और बॉस आपको नापसंद करने लगे? या फिर यह लड़का जो तीन बार मिलने के बाद अचानक ओझल हो गया? 'अगर आप फिर से स्वयं को ऐसे हालात में लाते हैं तो आपको लगता है कि आपके साथ दोबारा ऐसा हो सकता है,' हमारा दिमाग़ बार-बार अपनी ओर से हमारे लिए बेहतरीन ही करना चाहता है। हालाँकि ऐसी अभाव की मानसिकता के साथ जीने से हमारे जीवन में सकारात्मक बदलाव नहीं आ पाता, हम एक जगह ठहर कर सड़ने लगते हैं। हमारे पास जो है, हम उससे ही चिपक कर रह जाते हैं क्योंकि हमारा ध्यान उन बातों की ओर अधिक है जो हमारे पास नहीं हैं। हमें कुछ भी खोने से भय होता है और जोख़िम उठाने से बचने लगते हैं। जोख़िम और ख़तरे से गहरा संबंध रखने वाला दिमाग़ लोचयुक्त प्रचुरता की सोच नहीं अपना पाता या पूरे दिल और दिमाग़ से निर्णय नहीं ले पाता।

यह बहुत महत्त्व रखता है कि हमारी सोच, प्रसंग के अनुसार ही समायोजित हो। हम सभी अपने जीवन के किसी न किसी क्षेत्र में, किसी न किसी विशेष परिस्थिति के अनुसार एक से दूसरे तनाव के झूले पर झूलते रहते हैं। उदाहरण के लिए, अधिकतर लोगों में दीर्घकालीन तनाव पैदा होने पर जोख़िम उठाने की प्रवृत्ति कम हो जाती है। जब हम किसी महत्त्वपूर्ण डेडलाइन के लिए जटिल परियोजना पर घंटों काम करते हैं, तो हम उस बढ़िया अवसर का प्रयोग करते हुए अपने लिए नया घर ख़रीद सकते हैं या हमें लग सकता है कि अब किसी साथी से मिलने के बारे में गंभीरता से सोचा जा सकता है। यह एक सहज स्वभाव है और एक निश्चित हद तक तार्किक प्रतिक्रिया भी है। परंतु जब आप यह सोचते हैं कि हममें से अनेक लोग निरंतर तनाव की स्थिति में जीते हैं, तो यह देखना आसान हो जाता है कि अभाव की सोच किस तरह उन पर हावी हो जाती है, यह हमें कहीं का नहीं छोड़ती और हम अगले स्तर जाने के लिए प्रगति नहीं कर पाते।

अभाव की मानसिकता जीवन के किसी एक क्षेत्र में भी बसी हो सकती है जो तत्काल तनाव पैदा करने वाले कारकों से अलग होगी। अपने जीवन के बारे में सोचें और स्वयं से पूछें कि आप किस जगह प्रचुरता या अभाव से भरी सोच का प्रयोग करते हैं : संबंध में, काम में, दोस्ती में या फिर नई चीज़ों का प्रयोग करते हुए। ज़रा सोचें कि यह किस तरह आपको और आपके भावी सपनों को प्रभावित कर रहा है।

हम अपनी सोच को किस तरह बदल सकते हैं ताकि स्वयं को प्रचुरता से भरा जीवन जीने के लिए राज़ी कर सकें? प्रचुरता से भरी सोच, इस बात पर निर्भर करती है कि हम अपनी सोच के ढाँचों को बदल कर, नई सोच के लिए जगह बनाना चाहते हैं या नहीं; पिछली बातों और बुरी यादों से छूट कर, नए प्रमाणों और विचारों के साथ उड़ान भरना चाहते हैं या नहीं? न्यूरोविज्ञानियों ने इस विषय में अपनी ओर से प्रयास किए : शोध में प्रगति का अर्थ था कि हम जिन चीज़ों को सच मानते आए थे, अब उन्हें प्रमाणों का सहारा नहीं मिलेगा। हमारे पास पहले से जो अवधारणाएँ थीं, उनका नए सिरे से मूल्यांकन होना था और इसमें वह मस्तिष्क भी शामिल था जो वयस्कावस्था से ही हमारी सोच में शामिल होता है जैसे बाएँ बनाम दाएँ दिमाग़ की सोच, स्त्री और पुरुषों की सोच में अंतर और लैंगिकता के जैविक आधार आदि।

यदि आप परिभाषा के अनुसार विज्ञान के साथ हैं, तो आप असफलता के साथ भी सहज होंगे और कुछ नया सीखने और निरंतर सुधार करने की सोच के साथ आगे बढ़ेंगे। जीवन में, विज्ञान की तरह, यदि हम पिछले विश्वासों को त्याग कर, परिवर्तन को गले लगाना चाहें तो प्रगति हमारे लिए सरलता से सामने होती है। व्यक्तिगत रूप से रूपांतरण का भाव चाहिए तो अपनी ही सोच के लिए ईमानदारी रखनी होगी और अपनी सोच में बदलाव के लिए तत्परता लानी होगी।

प्रेममयी क्लेयर बनाम काम के समय दयनीय क्लेयर

मेरे एक पुरानी दोस्त है, क्लेयर। जो अपने संबंधों और मित्रता के लिए प्रचुरता से भरी प्रशंसनीय पहल रखती है। उसने हाल ही में एक लंबे समय से चले आ रहे संबंध को समाप्त कर दिया, क्योंकि अब वह क़ारगर नहीं रहा था। अब वह एक ऐसे आशावादी व्यक्ति से मिल रही थी जिसका स्वभाव आनंदी था। उसके पास बहुत सारे अच्छे दोस्त हैं और उसे नए दोस्तों के साथ मिलने के अलावा अपनी पुरानी दोस्तियों को बनाए रखना भी पसंद है।

हालाँकि, कार्यस्थल पर उसकी कहानी सबसे अलग है। वह कई वर्षों से एक ही कंपनी में दयनीय रूप से फँसी हुई है। सीनियर उसे ऐसे काम दे देते हैं जो कोई नहीं करना चाहता और उसे लगातार पदोन्नति से दूर रखा जा रहा है। पिछले चार वर्षों से उसे जो भी मिलता है, वह उसे यह बताने से नहीं चूकती कि उसकी कंपनी में उसके साथ कितना बुरा बर्ताव हो रहा है पर वह उसे छोड़ नहीं पा रही। क्यों? उसका बचपन दो फ्रीलांसर माता-पिता के साथ बीता, जिनके पास नियमित रूप से काम नहीं रहता था, इसलिए उसे वित्तीय अस्थिरता से बहुत डर लगता है। अपनी पहली बड़ी नौकरी के दौरान उसे कुछ ऐसे दुखदायी अनुभव हुए जिससे उसके सारे डर जीवित हो कर सामने आ गए। नतीजतन वह अपने कार्यस्थल पर परिचित काम की सुरक्षा से चिपकी हुई है। जब भी करियर की बात आती है तो अभाव की सोच ही आगे आ कर कोई निर्णय नहीं करने देती।

हम चाहते थे कि क्लेयर की मदद की जाए ताकि वह अपने लंबे अरसे से चले आ रहे नकारात्मक विश्वास के ढाँचे से उबर सके।

उसे देखना था कि वह इस आशंका के कारण करियर की असुरक्षा से जुड़े उपाय कर रही थी।

हमने उसी विचार को उसके साथ आज़माने की सोची, जिससे वह अपने संबंधों और लोगों के साथ पेश आती थी। हमने कोशिश की कि वह अपने ऑफ़िस में भी इसी रवैए के साथ काम करे। कुछ समय तक प्रयोग करने के बाद, उसे यह विचार लागू करने का उपाय मिल गया, जो उसके दिल और दिमाग़ के लिए पूरी तरह से प्रामाणिक था। उसे अहसास हुआ कि उसके अच्छे संबंध बनाने के कौशल और नेटवर्किंग से मिलने वाले आनंद के कारण ऐसा कभी नहीं होगा कि उसे चाहने से भी कहीं काम नहीं मिले।

इसी आत्मविश्वास से भरपूर होने के बाद, वह प्रचुरता से भरी सोच के साथ काम पर जाने लगी और ऐसे चुनाव करने लगी जो उसके मनपसंद थे। अब उसे अपने कार्यस्थल पर यथास्थिति को बनाए रखने की आवश्यकता नहीं थी।

हम सभी कहीं न कहीं क्लेयर की तरह हो सकते हैं, हालाँकि हमारी अभाव की यह सोच हमें हमारे रोमानी संबंधों, हमारी भलाई, सामाजिक और पेशेवर जीवन में भी दिखाई दे सकती है।

अपने-आप से पूछें कि आपके भीतर कोई ऐसे गहरे जमे हुए विश्वास हैं जो आपको वे बदलाव करने से रोक सकते हैं जो आप अपने जीवन में करना चाहते हों। उदाहरण के लिए, शायद आप पर काम का बहुत बोझ हो और शायद आप काम बाँटना चाहते हों और फिर आपको लगे कि आपको ऐसा नहीं करना चाहिए, क्योंकि आपको मन ही मन उस ताक़त और नियंत्रण का आनंद आता हो कि केवल आपके पास ही ऐसी जानकारी है। आपको भय हो कि अगर आपने अपने काम को दूसरों के साथ बाँटा तो कोई उस काम को आपसे भी बेहतर कर सकता है। यह अपने-आप में बड़ा जोख़िम से भरा लगता है, ना? हम अक्सर असफलता के भय के लिए इसी तरह के बहाने बनाते हैं। हो सकता है कि आप प्रत्यक्ष तौर पर इनके लिए सजग नहीं हों परंतु यदि आप स्वयं से पूछें कि अभाव की कौन-सी सोच आपके जीवन को आकार दे रही है तो यह उन सीमित अवचेतन विश्वासों को सामने लाने की दिशा में पहला क़दम होगा जो आपके जीवन में मौजूद हो सकते हैं।

प्रचुरता का चुनाव

इसके विपरीत, जब आप प्रचुरता की सोच के साथ होते हैं तो आपके मन में यह विश्वास होता है कि सुधार की संभावना हमेशा होती है। किसी भी प्रचुर सोच वाले मन के लिए चुनौती, सीखना और कठिनाई सहज रूप से पुरस्कार योग्य होते हैं। वह मानता है कि इनके माध्यम से सुधार और विकास पाया जा सकता है। चाहे कला हो, समस्या को हल करना हो या फिर संबंधों की बात हो – बुद्धिमत्ता, रचनात्मकता और कौशल – इनका अभ्यास करते हुए सुधार लाया जा सकता है। छोटी असफलताओं को अवसरों तथा यात्रा के अंग के रूप में नए सिरे से पेश किया जाता है : अपने काम को इस नज़रिए से देखने पर आपको अपने कौशल में सुधार का अवसर मिलता है। कोई असफल रोमानी संबंध आपको यह समझने में सहायक होता है कि आप वास्तव में अपने साथी से क्या पाना चाहते थे।

यहीं स्रोत को सामने लाने की शक्ति छिपी है। अगर आप एक प्रचुर सोच का चुनाव करते हैं तो यह जीवन के साथ पूरी तरह से लीन होने की वचनबद्धता है। आप निष्क्रियता के बजाए सक्रियता को चुनते हुए जीवन से स्वचालित मोड यानी ऑटोपायलट को बंद कर देते हैं। डेटिंग के लिए दोबारा जाना, घर बदलना या फिर यात्रा पर जाने जैसे बदलाव, आपके लिए कठिन नहीं रहेंगे। हो सकता है कि दिल का टूटना, बजट से जुड़ी परेशानी या फिर उर्वरता से जुड़ा मसले आपके ठीक सामने हों, जब आपने कभी इनके बारे में सोचा तक नहीं हो, पर यदि आप बदलाव के भय से उबर सके तो आप अपने भविष्य को सुरक्षित रख सकते हैं। कठिनाइयों का सामना करते हुए सबसे मज़बूत इच्छा यही होती है कि आप अपने सुविधाजनक दायरे में बने रहें। ऐसा उस समय ख़ास तौर पर होता है, जब हमें अपने विकल्पों और व्यवहार के ढाँचों का विस्तार करना हो।

जब हम प्रचुर सोच के साथ जीते हैं तो इसका हमारे मस्तिष्क पर क्या प्रभाव होता है? अध्यापक और बच्चों के मनोविज्ञानी बहुत पहले समझ गए थे कि सकारात्मक व्यवहार की प्रशंसा करते हुए, अनुशासन, प्रोत्साहन, प्रेरणा, कड़े परिश्रम आदि में सुधार किया जा सकता है और बुरी आदतों के लिए सज़ा देने के बजाए सकारात्मक आदतें विकसित की जा सकती हैं। यही हमारे काम और संबंधों के लिए भी सच होता है, पर जब हमारा दिमाग़

इसे नहीं समझता तो यह हमें थोड़ा कठिन लग सकता है। हम सभी किसी न किसी स्तर पर ऐसी प्रवृत्ति रखते हैं, जब हमारा दिमाग़ किसी संभावित पुरस्कार से प्रेरित होने के बजाए जोख़िम से बचने को प्रश्रय देता है। सकारात्मक सोच, प्रचुर मानसिकता का एक अहम पहलू है। इसका मतलब है कि आपको नकारात्मकता पर विचार करने के बजाए सकारात्मकता पर केंद्रित रहना होगा। सकारात्मक अभिकथनों के साथ नकारात्मकता को दूर करना होगा, दूसरों के लिए भरोसा और उदारता विकसित करनी होगी और यह मान कर चलना होगा कि जीवन बहुत अच्छा और यह आपको आगे फलने-फूलने में सहायक हो सकता है।

आपको कार्यस्थल पर निरंतर सजग रूप से सकारात्मक सोच के बीच रहना है, अपने-आप से यह संकल्प करें। जैसा कि हम अध्याय-4 में चर्चा करेंगे, सोच के आदतन बने ढाँचों (सजग और असजग दोनों) को बदलने के लिए प्रयत्न और बार-बार किए जाने वाले अभ्यास की आवश्यकता होगी। जहाँ अभाव की सोच गहराई तक होती है, वहाँ असंख्य न्यूरॉन्स और न्यूरल पाथवे होंगे जिनमें आपको हर बात में 'अगर ऐसा हो गया तो...' के साथ बदतर से बदतर सोचने की आदत होगी और यह आपके स्वभाव का हिस्सा बन जाएगा।

असफलता को नए सिरे से तैयार करना

यदि आप प्रचुर सोच को अपनाना चाहें तो उसके लिए एक आसान-सा उपाय यह हो सकता है कि आप उस तरीक़े को बदल दें जिसे आप असफल मानते हों। अभाव की सोच के साथ, जब आप असफल होते हैं तो आपके भीतर से कोई कहता है, 'देखा, मैंने तो पहले ही कहा था...' आपका यह आंतरिक निंदक ही आपको यक़ीन दिलाता है कि आपको अपने महत्त्वाकांक्षी लक्ष्यों पर काम नहीं करना चाहिए। वहीं दूसरी ओर, प्रचुर सोच रखने वाले, असफलताओं को भी सफलता के अनिवार्य तत्त्व के रूप में स्वीकार करते हैं।

दुनिया के कुछ महान आविष्कार इसी तरह, प्रयोगात्मक रूप से ही सामने आए हैं। टेफ़्लॉन और प्लास्टिक से ले कर माइक्रोवेव तक सब कुछ इसी तरह असफल प्रयासों के साथ ही सामने आए जबकि उस समय

कुछ और बनाने की कोशिश की जा रही थी। चार्ल्स एम्स, ने अपनी एक परियोजना के अधीन एक कमाल की कुर्सी तैयार की और इसके बाद उनकी अनूठी तकनीक से पैरों की खपच्चियों के लिए प्लाईवुड की मोल्डिंग होने लगी। 2003 में, यूसीएलए की महिला स्नातक छात्रा जेमी लिंब ने संयोगवश एक आविष्कार किया जिसे आज हम 'स्मार्ट डस्ट' के नाम से जानते हैं। यह उस समय हुआ जब वे सिलिकॉन चिप ख़राब हो गए जिन पर वह काम कर रही थी। जो भी बचा, उन अवशेषों में उसने पाया कि चिप के अलग-अलग हिस्से अब भी सेंसर की तरह काम कर रहे थे। आज इन्हें चिकित्सा तकनीक से ले कर, विशाल स्तरीय आर्थिक-अनुसंधान के लिए प्रयुक्त किया जाता है। वियाग्रा, दुनिया की सबसे अधिक बिकने वाली दवा है – इसे मूल रूप से उच्च रक्तचाप तथा दिल के दौरे के दौरान छाती में होने वाले दर्द के इलाज के लिए बनाया गया था। ये सभी उन खोजों के प्रमुख उदाहरण हैं जो प्रयोगों और 'असफलता' के बाद सामने आए।

यदि हम अपनी 'असफलताओं' का नए सिरे से मूल्यांकन करें और उनके लिए यह सोच अपना लें कि अभी कहानी ख़त्म नहीं हुई तो बेशक़ हम अपनी कहानी नए सिरे से लिख सकते हैं। यह हमारे बीते हुए संघर्षों का आंतरिक प्रसंग होगा। जब हम प्रचुर सोच को अपनाने का निर्णय ले लेते हैं, तो हमेशा एक सकारात्मक बदलाव आता है। सफलता ऐसी ही होती है। इसका मतलब है कि हम अपने लक्ष्यों तक जाने की लोच प्राप्त कर लेते हैं और पहली ही बाधा पर हार कर नहीं बैठ जाते।

हाल ही के वर्षों में एक वाक्य बार-बार सुनने को मिलता है, 'क्योंकि तुम इसके हक़दार हो।' यह बड़े काम की बात है। हममें से बहुत कम लोग ही सही मायनों में यक़ीन रखते हैं कि हम हक़दार हैं। इस तरह हम अपने मनचाहे सपनों से सजा संसार रच सकते हैं, परंतु हम सबके मन में इच्छा होती है कि काश! हमारे पास ऐसा करने की ताक़त और आज़ादी होती। जब आप पूरे संसार को प्रचुरता के फ़िल्टर से देखने का चुनाव करते हैं और अभाव की सोच से मुँह मोड़ लेते हैं, तो आप आत्मविश्वास को सामने लाने के लिए आत्म-संदेह को पीछे कर सकते हैं और एक नए यथार्थ का स्वागत कर सकते हैं।

दूसरा नियम : प्रकटीकरण

हम सबने कहीं न कहीं इस अद्भुत अनुभव को महसूस किया है – आप एक बड़े समूह के साथ अवकाश मनाने के बारे में सोचते हैं और आपका एक मित्र फ्रांस में बड़ा-सा घर आरक्षित करने के बाद आपको आने का न्यौता देता है, या आप अपने काम के सिलसिले में किसी चीज़ से बहुत जुड़ाव महसूस कर रहे हैं और अचानक उसी क्षेत्र की प्रमुख परियोजना उसी समय आपकी गोद में आ जाती है – यह विश्वास करना भी वास्तव में अद्भुत लगता है कि जब हम अपनी गहरी इच्छाओं पर केंद्रित होते हैं और उन पर पूरा ध्यान लगाते हैं तो इससे हमारे आदर्श जीवन को प्रकट होने में सहायता मिलती है। ये उदाहरण तो दुर्लभ संयोग हैं और मैं निश्चित रूप से यह हिमायत नहीं करती कि आप मन ही मन कुछ सोचें और फिर हाथ पर हाथ रख कर, उसके साकार होने की प्रतीक्षा करते रहें। पर यदि आपका इरादा बहुत मज़बूत हो और उसके साथ कुछ सटीक क़दम उठाए जाएँ तो ये चीज़ें घट सकती हैं। आप दोस्तों के एक दल को अवकाश पर जाने के लिए पूछ सकते हैं और आप अपने नेटवर्क को सूचित कर सकते हैं कि आप किस तरह का काम खोज रहे हैं। अक्सर ये चीज़ें इसलिए सामने नहीं आतीं, क्योंकि हमारे पास इन्हें माँगने का आत्मविश्वास ही नहीं होता।

अपने आसपास के उदाहरणों से जानें कि ऐसा कब-कब हुआ होगा। केवल परिवार या मित्रों की सफलता से जुड़ी कहानियों पर ही ध्यान नहीं दें जिन्होंने सफल व्यवसाय खड़ा किया या फिर पर्वत के शिखर तक गए। आपको उन लोगों को भी देखना चाहिए जिन्होंने अपने जीवन में स्वास्थ्य से जुड़े अहम बदलाव किए हों या किसी अनजान से बात करके, अपने लिए ठीक वैसा ही घर पा लिया हो, जिसे वे कब से तलाश रहे थे। इसके लिए भी कई बहुत ही रोचक और क्लासिक उदाहरण देखे जा सकते हैं : एक्टर जिम कैरी का 1994 की तिथि के साथ, अपने लिए 10 मिलियन डॉलर का नक़ली चैक बनाना और नियत समय पर फ़िल्म *डंब ऐंड डंबर* से उतनी ही धनराशि में भुगतान प्राप्त करने से ले कर ओपरा विनफ़्रे के जीवन को बदल देने वाले विज़न बोर्ड।

अगर हम अपने सपनों से सजे जीवन को इस तरह प्रकट करने के बारे में सोचते हैं तो यह दीवानगी लग सकती है। हमें यही भय रहता है कि यह

क़ारगर होगा या नहीं या हमारी मेहनत व्यर्थ तो नहीं जाएगी या फिर अगर हमने ये विचार किसी से बाँटे तो हमें शर्मिंदगी उठानी पड़ सकती है या हो सकता है कि हमें कोई सकारात्मक उत्तर ही नहीं मिले। यही सोच कर हम बस बैठे ही रह जाते हैं और कुछ नहीं करते। हम यही इंतज़ार करते हैं कि क्या ये विश्वास किए बिना भी सच हो सकता है।

अक्सर, हमारी गहरी इच्छाएँ और अभिप्राय आपस में मेल नहीं खाते। हमने अभिप्राय की बात करते हुए इसके बारे में चर्चा की थी। इसके उन उदाहरणों पर गौर करें जो आप पर लागू होते हों। हो सकता है कि आप स्थिरता पाने के लिए पदोन्नति और वेतन में बढ़ोतरी के लक्ष्य पर केंद्रित हों जबकि आपका असली सपना यही था कि आप नए सिरे से प्रशिक्षण प्राप्त करते। या फिर आप किसी ऐसे दयनीय संबंध में फिर से वापस आ गए क्योंकि आपको लगा कि आप उसे क़ारगर बना सकते हैं। अपने जीवन के बारे में सोचें कि आपने वाकई अपने दिल की गहरी इच्छाओं के लिए सही मायनों में काम किया था और तब क्या हुआ था?

प्रकटीकरण का विज्ञान

यदि हमारी इच्छाएँ और अभिप्राय सही मायनों में संरेखण में होंगे तो हम मनचाहे जीवन को प्रकट कर सकते हैं। इसके लिए हमें इसकी कल्पना तथा मानसिक चित्रण में अपनी सारी इंद्रियों को शामिल करना होगा – इसे कहना, इसे सुनना, यह कैसा दिखता है, महसूस होता है, गंध और स्वाद का मानसिक चित्रण करना। इस तरह, हमारे सपने, हमारे दिमाग़ को मूर्त लगने लगते हैं।

इस केंद्र को पाने के बाद और अपने दिमाग़ से इसकी पूरी पहचान करवाने के बाद, दिमाग़ में दो मनोवैज्ञानिक प्रक्रियाएँ एक साथ चलती हैं जो इस शक्तिशाली मेल की व्याख्या करती हैं और बताती हैं कि प्रकटीकरण के असली प्रभाव क्या हो सकते हैं। ये प्रक्रियाएँ हैं – 'सलेक्टिव अटेंशन' (फ़िल्टर करना) और 'मूल्य आँकना।' आइए, इनके बारे में विस्तार से जानें :

सलेक्टिव अटेंशन (फ़िल्टर करना)

हमें हर क्षण लाखों सूचनाओं की बमबारी झेलनी पड़ती है – इनमें से अधिकतर आँखों और कानों के माध्यम से होता है, परंतु इसमें स्वाद, गंध और स्पर्श भी शामिल है। हमारे दिमाग़ को कुछ चीज़ों को पृष्ठभूमि में धकेलना पड़ता है ताकि हम उस काम पर केंद्रित हो सकें जो हम उस समय कर रहे हैं। यह सूचना स्मृतियों के रूप में दर्ज़ और जमा होती है और हमारे कामों और प्रतिक्रियाओं को निर्देशित और प्रभावित करने के लिए तैयार रहती है। सलेक्टिव अटेंशन एक संज्ञान संबंधी प्रक्रिया है जिसमें दिमाग़ इंद्रियों से मिली इनपुट को फ़िल्टर करते हुए अनावश्यक बाधाओं को हटा देता है।

यह हमारे लिम्बिक तंत्र का हिस्सा है जिसे 'थैलमस' कहते हैं, यही दिमाग़ की सलेक्टिव फ़िल्टरिंग का प्रबंधन करता है। उदाहरण के लिए, किसी मित्र से बात करने के दौरान, यह आपके दृश्य संबंधी निरीक्षणों से आँकड़ों को ग्रहण करता है (आपके सामने बैठे व्यक्ति की छवि और आपके द्वारा उसकी गतिविधियों और शारीरिक भंगिमा का निरीक्षण), इसके अलावा पूरे उतार–चढ़ाव और लहज़े के साथ उसकी आवाज़ और आपको मिलने वाली अन्य ग्रहणशील जानकारी। आप जब उससे बात कर रहे हैं तो उस दौरान आपके भाव आदि। थैलमस हमारी इंद्रियों के लिए गढ़ का काम करता है और सारी ग्रहणशील सूचना को जमा करने के बाद किसी यातायात अधिकारी की तरह, उसे दिमाग़ के उन हिस्सों में भेज देता है, जहाँ उन्हें जाना चाहिए। थैलमस दिमाग़ के इन हिस्सों के साथ तालमेल में रहता है ताकि आपको पता लग सके कि क्या प्राथमिकता है और किस काम को बाद में किया जा सकता है। और इस तरह छँटनी का यह स्तर वास्तव में आश्चर्यजनक है...

क्या आपने मनोचिकित्सक डेनियल लेविन और डेनियल सिमंस का बना प्रायोगिक वीडियो 1998 'डोर' देखा है? इस प्रयोग में, एक शोधकर्ता राहगीर को रोक कर रास्ता पूछता है, उसके हाथ में एक नक़्शा है। जब वह राहगीर नक़्शा हाथ में ले कर शोधकर्ता को रास्ता बताने लगता है तो उसी समय दो मजदूर शोधकर्ता और उस व्यक्ति के बीच में से निकलते हैं, उनके हाथ में एक दरवाज़ा है और इसी दौरान पहले शोधकर्ता का स्थान

दूसरा शोधकर्ता ले लेता है। राहगीर अब बिलकुल अलग व्यक्ति से बात कर रहा है। उल्लेखनीय बात यह रही कि पचास प्रतिशत रास्ता बताने वाले लोगों को यह पता ही नहीं चला कि उनके बीच से दरवाज़ा निकलने के बाद, सामने वाला व्यक्ति बदल गया है। उसका दिमाग़ नक़्शे, रास्ते और दिशाओं में इतना उलझा हुआ था कि दिमाग़ यह समझ नहीं सका कि रास्ता पूछने वाला व्यक्ति कोई और हो गया है। उसके दिमाग़ के थैलमस ने तय किया कि रास्ता पूछने वाला व्यक्ति इतना अहम नहीं था इसलिए उसने उससे जुड़ी ग्रहणशील सूचना को हल्का कर दिया, उसे धुँधला बना कर पीछे धकेल दिया। शोधकर्ताओं ने ऐसे ही कुछ और प्रयोग भी किए (आपने एक व्यक्ति को देखा होगा जो गुरिल्ला की पोशाक पहने बास्केटबॉल के मैदान में दिखाई देता है।)

यह फ़िल्टरिंग हर क्षण हो रही है। कई बार जब हम आँखें बंद कर, कोई ख़ास चीज़ याद करने की कोशिश करते हैं तो उस समय हम इसका ही प्रयोग कर रहे होते हैं या फिर किसी चीज़ पर ध्यान लगाते हुए, अपने कानों पर हाथ रख लेते हैं। यदि हम प्रकटीकरण की शक्ति को जानना चाहते हैं तो उसके लिए यह बहुत महत्त्व रखता है कि हम जानें और मानें कि हम भारी मात्रा में सूचना को नक़ार रहे हैं और केवल चुनी हुई जानकारी पर ही केंद्रित होने का चुनाव कर रहे हैं। आपको किस बात पर ध्यान देना है या किस बात पर ध्यान नहीं देना, यह उसके लिए एक शक्तिशाली कारण है - आप जिस बात पर सजग रूप से विचार नहीं करते, आप उसे प्रकट नहीं कर सकते।

मस्तिष्क की केंद्रित करने की क्षमता को कमतर नहीं आँका जा सकता। जब हम एक बार सराहने लगते हैं कि हमारा दिमाग़ हमारे कामों को प्रभावित करने के लिए सूचना का चुनाव कर रहा है और कुछ सूचनाओं को नहीं चुन रहा तो हम उन अनदेखी घटनाओं को भी सराहने लगते हैं जो हमारी मंशा के लिए बहुत महत्त्वपूर्ण हो सकती हैं। क्या आप पूरे भरोसे से कह सकते हैं कि आपका दिमाग़ अच्छी तरह चुनाव कर रहा है कि उसे किन बातों पर ध्यान देना चाहिए और किन बातों पर ध्यान नहीं देना चाहिए?

जैसा हमने पहले भी सीखा, दिमाग़ बार-बार अपनी डिफ़ाल्ट दशा में वापस आ जाता है, यानी वह हमें सुरक्षित रखना चाहता है, ताकि हम बच

सकें। दिमाग़ की बहुत सारी ऊर्जा यही तय करने में लगी रहती है कि कौन दोस्त है और कौन दुश्मन क्योंकि जब हम आदिम युग में जीते थे तो हमारे जीवित रहने के लिए ऐसा करना आवश्यक था। इसके विपरीत, आधुनिक समय में, हमें सक्रिय रूप से अपने दिमाग़ को निरंतर ऐसे पक्षपातों से दूर रखना है और स्वयं को अपने लक्ष्य और कहीं नए और ख़तरनाक लगने वाले चुनावों की ओर ले जाने के लिए साहसी, मुक्त और लोचयुक्त होना होगा। हमें केवल जीवित रहने के लिए जो करना है, उस पर केंद्रित होने के बजाए वह करना होगा जो हम पाना चाहते हैं जब आप साइकिल चलाते हैं तो रास्ते में आने वाले गड्ढों से डरने के बजाए अपने रास्ते पर ध्यान देते हैं, तभी आप अपनी मंज़िल तक पहुँच पाते हैं।

लिम्बिक तंत्र भी तय करता है कि हमें सजग विचारों और स्मृतियों के रूप में किसे बचाए रखना चाहिए। उससे ही पता चलता है कि हमें असजग भाव से अपनी आंकाक्षाओं और भावी योजनाओं को उठा कर, सचेत रूप से परिभाषित क्यों करना चाहिए। मिसाल के लिए, कल्पना करें कि आप ऐसे गुणों और योग्यताओं की सूची बना रहे हैं, जिन्हें आप अपने साथी में पाना चाहेंगे - ऐसी योग्यता और गुण जो आपसे मेल खाते हों और आपके निजी अनुभवों और इच्छाओं की देन हों- फिर आप गुणवत्ता पूर्ण समय निकालते हुए उस सूची को नियमित तौर पर देखते हुए यह जानने की कोशिश करते हैं कि ये गुण आपके लिए क्या मायने रखते हैं। आप लगातार अपने दिमाग़ को याद दिला रहे हैं कि उसे क्या खोजना होगा और सचेत रूप से अलार्म लगा रहे हैं ताकि आपको अपने से संबंधित चीज़ मिलते या दिखते ही पता चल सके। हो सकता है कि पहले आपने ऐसे ही सोचा हो कि आप किसी से कॉफ़ी के दौरान मिलेंगे या फिर बस स्टॉप पर मिला हुआ कोई व्यक्ति आपमें दिलचस्पी लेगा, क्योंकि आप अपने लिए मि. राइट या मिस राइट के मिलने की उम्मीद छोड़ चुके थे, पर अब आप किसी इंसान की ओर से एक मिलने वाले संकेत और सुखद मुस्कान की ओर ख़ास तौर पर ध्यान देंगे। आप किसी ऐसे युवक/युवती से मिलने के बारे में भी सोच सकते हैं जिसने आपको अपना बिज़नेस कार्ड दिया हो। यही वजह है कि आपको अपनी इच्छा पर ध्यान देने पर भी केंद्रित होना चाहिए ताकि आप अपने सपने को साकार रूप दे सकें।

मूल्य आँकना

जब आप सलेक्टिव अटेंशन को अपनाते हैं, तो आपका दिमाग़ आपके संपर्क में आने वाले प्रत्येक व्यक्ति, वस्तु, गंध, स्मृति... आदि का मूल्य आँकने लगता है। यह एक ऐसी गतिविधि है जो आपके दिमाग़ में अचेतन में ही चलती रहती है और इस तरह आपकी प्रतिक्रियाओं को निर्देशित करती है।

एक आदमी को सड़क पर पुरानी लाल मिनी कार पार्क की हुई दिखाई देगी और वह अपनी पहली कार की सुखद यादों में खो जाएगा जो इस कार जैसी ही दिखती थी, वह उसे याद करके मुस्कराएगा। उसके अवचेतन में मूल्य आँकने वाले तंत्र ने एक पुरानी याद को जीवित कर दिया जिसे वह भूल गया था पर अब भी उस जुड़ाव को देखते ही, वह फिर से अपनी किशोरावस्था की यादों में लौट गया। हो सकता है कि वह यह भी देखना चाहे कि वह गाड़ी किसने पार्क की है और वह उससे बात करना चाहे। सामान्य अवस्था में वह ऐसा करने के बारे में नहीं सोचता। कोई और व्यक्ति, जिसके दिमाग़ में वह लाल छोटा टैग (थैलमस और लिम्बिक तंत्र) नहीं है, हो सकता है कि वह उस कार की ओर ध्यान तक नहीं दे, चाहे वह कुछ दिन से उसके घर के बाहर ही क्यों ना पार्क हुई हो।

वेल्यू टैगिंग से तार्किक और भावात्मक तत्त्व जुड़े हैं। तार्किक टैगिंग में हमारे दिमाग़ में जमा सारा डाटा, हमारे मूल्य और उत्तरजीविता के लिए बमबारी होने लगती है। भावात्मक टैगिंग का अधिक संबंध हमारे सामाजिक सुरक्षा के स्तरों के मूल्य आँकने से है, यह समुदाय और बिरादरी के साथ हमारे जुड़ाव के भाव से भी जुड़ा है। यह उस अर्थ और उद्देश्य से भी जुड़ा है जो हमारी निजी और काम से जुड़ी पहचानें बनाता है।

इस प्रक्रिया के कारण, हम जिन चीज़ों की परवाह करते हैं या जिन्हें नकारात्मक मूल्य देते हैं, उनके लिए गैरअनुपातिक मूल्यांकन हो जाता है। हमें जिन चीज़ों से भय है या जिनके लिए हम अनिश्चित महसूस करते हैं, वे इसी श्रेणी में आती हैं। उदाहरण के लिए, अगर कोई पीड़ादायी ब्रेकअप से गुज़र रहा है, काफ़ी लंबे समय से अकेला है तो उसका मूल्यांकन तंत्र विरोधाभासी रूप से किसी साथी को खोजने और बच्चे पैदा करने के लिए पक्षपाती हो जाएगा। यहीं से दिमाग़ से कोई स्वर कहने लगता है कि वे इतने

लंबे समय से अकेले रह रहे हैं कि वे किसी दूसरे के साथ नहीं रह सकते या उनका करियर और सामाजिक जीवन अधिक मायने रखता है। इस तरह, वे किसी साथी के सामने आने पर सचेत नहीं होंगे पर कार्यस्थल में प्रमोशन की संभावना को भाँप लेंगे। क्या आप देख सकते हैं कि दिमाग़ उन्हें उस ओर जाने ही नहीं दे रहा जो उनका चुनाव नहीं है और इस तरह वे अपने सपनों से दूर हो जाएँगे।

बचपन में जब घर या स्कूल में हमारी निंदा होती है या हमें कहा जाता है कि हम नाकारा हैं तो इससे स्वाभिमान आहत होता है। हम अपने ही करियर के अवसरों को अनदेखा करने लगते हैं। अंदर ही अंदर हमें लगता है कि हम इन अवसरों के योग्य नहीं हैं। इसी तरह, अगर हमने कोई स्वस्थ खानपान योजना आरंभ की है परंतु हमारा विश्वास है कि हम उसे पूरा नहीं कर सकते तो हो सकता है कि हम जल्द ही लालच में आ कर बुरे चुनाव करने लगें। ऐसा इसलिए होता है कि हमारे दिमाग़ के पाथवेज़ को आकार देने वाले सशक्त भावात्मक अनुभव हमारे मूल्यांकन तंत्र को रास्ते से भटका सकते हैं। हम इनकी सुरक्षा के आवरण में छिपे रहते हैं, चाहे वे हमारे वर्तमान जीवन के अनुकूल नहीं हों। हमारी सलेक्टिव फ़िल्टरिंग संभावित करियर सफलता या रोमानी संबंध की पूर्णता के बजाए, हमें शर्म या निंदा से बचाना चाहेगी।

जब आप दिमाग़ को अनुमति देते हैं कि वह सजग भाव से आपके जीवन की मनचाही बातों पर केंद्रित हो, तो यह सजगता ही स्वचालित रूप से आपके हक़ में काम करते हुए, अवसरों को सामने लाकर खड़ा कर सकती है। यह कोई जादू नहीं – बस आप अपने सपनों के साथ संभावनाओं को देखते हुए आगे बढ़ने लगेंगे, जो आपका दिमाग़ आपको पहले नहीं दिखा रहा था।

तीसरा नियम : चुंबकीय इच्छा

सकारात्मक इच्छा और भावनात्मक गहराई जीवन की असली घटनाओं को आकर्षित करती है। 1954 में, रॉजर बैनिस्टर ने चार मिनट से भी कम समय में एक मील की दौड़ पूरी की, जबकि विशेषज्ञों का दावा था कि ऐसा मानवीय तौर पर करना संभव नहीं था और वास्तव में ख़तरनाक भी था।

बैनिस्टर को यक़ीन था कि वह ऐसा कर सकता था और जब उसने ऐसा किया तो उसके बाद रिकॉर्ड तोड़ने वालों का ताँता बंध गया। जॉन लैंडी ने दो महीने से भी कम समय के बाद ऐसा कर दिखाया। ऐसा क्या बदल गया था? अचानक ही कोई बेहतर उपकरण या सुविधा नहीं आ गए थे, बस लोगों के दिमाग़ में वह संभावना साकार हो गई थी और उसके बाद वे उसे करने में सफल रहे। हम जानते हैं कि अगर दिमाग़ में केवल कोई बात दर्ज़ हो जाए कि ऐसा हो सकता है तो दिमाग़ शरीर और बाहरी दुनिया में चल रही घटनाओं को बदल सकता है।

तत्वमीमांसक दृष्टि से, चुंबकीय इच्छा एक उपयोगी उपाय है, परंतु आपको इसे समझने के लिए बहुत अधिक शाब्दिक अर्थ पर नहीं जाना। आशावाद पर लिखे साहित्य और बदलाव व जोख़िम के लिए सकारात्मक भूख से पता चलता है कि एक व्यक्ति की लक्ष्य पाने की सोच और संकल्प ही तय करती है कि उनके साथ क्या होता है : क्या वे जोख़िम मोल लेते हैं, सकारात्मक बदलाव करते हैं या दूसरों के साथ कैसे पेश आते हैं। यूसीएल में हुए एक अध्ययन से पता चला कि दिल का दौरा पड़ने के बाद आशावादी लोगों के लिए सकारात्मक जीवनशैली के बदलाव लाना सरल रहा – उन्होंने धूम्रपान करना छोड़ा और फल–सब्ज़ी की मात्रा बढ़ाते हुए, निराशावादियों की तुलना में अपनी जीवनशैली को पूरी तरह से बदल दिया। नतीजतन, उनके दिल का दौरा पड़ने या कोई और गंभीर रोग होने की संभावना में भारी अंतर आया। निराशावादियों के लिए पहले दिल के दौरे के चार साल के अंदर ही दूसरी बार दिल का दौरा आने की संभावना दुगनी रही। भविष्य को बदलने के अवसर और संभावित नतीजे के लिए सकारात्मक रहते हुए, आशावादी अपने भविष्य पर गहरा असर डालने में सफल रहे।

यह एक तथ्य है कि हमारे साथ अपेक्षित और अनपेक्षित, दोनों तरह की घटनाएँ घटती हैं और हम इसी तरह उन बातों के लिए प्रतिक्रिया देते हैं जो हमारे लिए मायने रखती हैं। सकारात्मक इच्छा की सोच के बल पर हम अच्छी बातें घटित कर सकते हैं और इच्छा की भावनात्मक गहराई ही उसे अमूर्त रूप से साकार करती है। गहरे भावों से हमें नई ऊर्जा मिलती है। हम पूरे आत्मविश्वास के साथ ऐसे क़दम उठा सकते हैं जो सकारात्मक इच्छा को यथार्थ में बदलते हैं, वे हमें ख़याली पुलाव नहीं पकाने देते।

इसे घटने दें

चुंबकीय इच्छा के लिए मेरी अपनी यात्रा भी जारी है। जीवन के कठिन समय ही बदलाव लाने वाले अहम बिंदु होते हैं। मेरी आयु पैंतीस के आसपास थी, जब मैंने अपने करियर में जीवन का सबसे भारी बदलाव किया। मैंने एनएचएस डॉक्टर का पद त्याग दिया, यह एक बड़े संगठन में सुरक्षित और स्थिर नौकरी थी जिसमें अनिश्चितता का कोई काम नहीं था। यह मौत और ज़िंदगी का सवाल था पर वेतन नियमित था। मैंने बिना किसी नौकरी के, केवल थोड़ी-सी बचत के साथ क़दम उठाया और नए सिरे से सब चालू किया। पर कई साल तक मुझे यह समझ ही नहीं आया कि मैं एक डॉक्टर के अलावा कुछ और भी हो सकती थी।

हालाँकि, सतह के नीचे भारी बदलाव छिपे थे। जब मैंने यह क़दम उठाया, तब से दो साल के अंदर मेरे न्यूरल पाथवेज़ विकसित होते हुए बदले हैं। जब मैंने बौद्धिक चुनौती और जीवन अनुभव व मनोचिकित्सा के रूप में अपने संशय को जाना, तो मुझे निजी बदलाव की भावात्मक गहराई से जूझना पड़ा। मुझे समझ आ गया था मुझे इन चीज़ों से संतुष्टि नहीं मिल सकती थी। ये मेरे जीवन का लक्ष्य नहीं था। मैंने अपना ही काम करने का निश्चय कर लिया। करियर में बदलाव के साथ सकारात्मक इच्छा को जोड़ते हुए, मैंने हर्मीनिया इबारा की, *वर्किंग आईडेंटिटी* पढ़ी जो सफल करियर बदलावों के किस्सों से भरी थी। मैंने ऐसी सौ चीज़ों की सूची बनाई जो मैं चिकित्सा क्षेत्र में जाने के बजाए कर सकती थी। हालाँकि इनमें से एक ही जायज़ लगी पर किसी नए काम की शुरुआत के लिए वही काफ़ी थी। कई महीनों तक, मैंने अपना पूरा विज़न इसी बात पर केंद्रित रखा कि मैं चिकित्सा के क्षेत्र से परे, एक सफल और सार्थक करियर बना सकती थी और धीरे-धीरे वह संभावना साकार होने लगी।

मैं अपने भीतर से जितना निश्चिंत होने लगी कि मुझे कुछ और करने की ज़रूरत थी, बाहर से मेरा आत्मविश्वास उतना ही प्रखर होता चला गया। मैंने कुछ मेंटर्स की सलाह ली, मेरे भीतर इस महत्त्वाकांक्षा का बीज आ चुका था कि मुझे एक कोच बनना था पर मैंने कहा ना कि तब तक यह एक सपना ही था। मैं कोई व्यवसाय चलाने के बारे में कुछ नहीं जानती थी। खैर, एक दिन सुबह सो कर उठी तो मैं जानती थी कि मेरे लिए सही समय आ

गया था; मेरे न्यूरल पाथवे उस एक बिंदु पर आ चुके थे। मैंने सकारात्मक इच्छा और भावात्मक गहराई के बल पर ऐसा तूफ़ान पैदा कर दिया था जो मेरे जीवन में वास्तविक परिवर्तन ला सकता था। क़िस्मत से, मैंने कुछ हज़ार पाउंड की बचत की हुई थी और फिर मैंने सारे ज़रूरी प्रबंध भी कर लिए।

मैंने अपना काम छोड़ा, कोचिंग कोर्स में नाम लिखवाया और विदेश में अपने भावी परंतु अब भूतपूर्व पति के साथ दो साल बिताने के बाद लंदन आ गई। वह वर्ष 2007 था। विवाह टूट गया था और मुझे नए सिरे से सब काम करना था। मैं इस चीज़ के लिए मानसिक तौर पर तैयार नहीं थी कि सारा पैसा लग चुका था और बचे हुए ग्राहक नाममात्र का पैसा दे रहे थे। बस दोस्तों की सिफ़ारिश पर ही काम मिल पा रहा था। नेटवर्किंग के बारे में कोई जानकारी नहीं थी पर मैंने हिम्मत नहीं हारी, क्योंकि मेरे अंदर अपने काम को सफल करने की बहुत गहरी इच्छा मौजूद थी। मैंने निरंतर अपनी ऊर्जा उसी ओर लगाए रखी और 2008 तक कुछ कार्पोरेट ग्राहक सामने आए। मैंने एक विज़न बनाया कि 2011 तक, मैं बहुत सारे ग्राहकों के साथ, विविध परियोजनाओं के बीच स्वयं को एक सफल कोच के रूप में देखना है और इसके साथ ही सार्वजनिक वक्ता के रूप में सामने आना है। लेखन को जीवन का हिस्सा बनाना है। मैंने यह संकल्प लिया कि इतना पैसा कमाना है जितना एक डॉक्टर के रूप में नहीं कमाया था, क्योंकि यही सफलता की मूर्त माप थी और इसी से पता चलता कि मेरा निर्णय उचित था या नहीं? यह मेरी चुंबकीय इच्छा थी और इसने जीवन की वास्तविक घटनाओं को अपनी ओर खींचा।

इसी राह पर चलते हुए मुझे अपने और अपनी सबसे अच्छी दोस्त के माता-पिता के साथ रहना पड़ा और आख़िर में, जब मैं एक स्टूडियो फ़्लैट में रहने लगी तो कई बार अपने भूतपूर्व पति से किराया लेना पड़ता था। ऐसा करते हुए मैं अपने अमूल्य भविष्य के लिए लज्जा और भय महसूस करती। लोगों ने कहा कि मुझे एक सप्ताहांत में डॉक्टर के रूप में काम करना चाहिए ताकि थोड़े पैसे कमाए जा सकें पर मैं अपने हठ पर अड़ी रही और कहा कि अगर मैं उसी काम की ओर वापस गई तो ऐसा लगेगा कि मैं हार गई और मेरा आत्मविश्वास बिखर जाएगा – मैंने कभी अपनी टेक नहीं छोड़ी और इसी नतीजे के बल पर, मुझे सफलता पाने की प्रेरणा मिली। जब मैंने अपनी दोस्त 'जो' से बात की कि मेरे पास कोई ग्राहक नहीं थे और सारा पैसा ख़त्म

हो रहा था। वह टी.वी. के लिए स्वतंत्र रूप से काम करती थी। उसने कहा कि काम ज़रूर लौट कर आता है। मैंने उसकी बात पर भरोसा किया। ऐसा वाकई हुआ। इस विश्वास और नतीजों के साथ मेरा संकल्प और प्रेरणा भी तो थे – चुंबकीय इच्छा साकार हो रही थी। यह अपने-आप प्रकट हो रही थी।

मैंने लोच अपनाते हुए, अपने सामने आ रहे अवसरों को अपनाना सीखा। धीरे-धीरे अपने काम के दाम बढ़ाने लगी। मैंने सारी दुनिया में अपनी सेवाएँ देना चालू किया। मैं कोचिंग के अलावा सार्वजनिक वक्ता के रूप में भी काम करने लगी, जिनमें कभी पैसे मिलते थे और कभी नहीं मिलते थे। मैंने अपनी कोचिंग के काम में नई तकनीकों को अपनाया और अपनी टीमों के लिए सिग्नेचर मेंटर रेजीलियंस प्रोग्राम तैयार किया। अकेले काम करने के बजाए टीम में धीरे-धीरे लोगों को शामिल करती गई। मैंने विज़न तय किया कि कोचिंग के अलावा सार्वजनिक वक्ता के तौर पर भी पैसा कमाना था। अब यह राशि दुगनी हो चुकी है। जब मैं नए रास्ते पर चली और चिकित्सा क्षेत्र से परे हुई तो एक ऐसे भविष्य की कल्पना की जिसमें मेरे पास विविधता और संतुलन दोनों थे; न्यूरोविज्ञान के कुछ विषयों को पढ़ना पसंद था। इस तरह मैं लेखन और कोचिंग के साथ अपने नए घर में रहने लगी जिस जगह मैं निजी जीवन में बाधा दिए बिना काम कर सकती थी। मुझे यह कहने में बहुत ख़ुशी हो रही है कि मैं जितना सोच सकती थी, यह सब उससे भी बड़ी हक़ीक़त बन चुका है और जीवन का यह अनूठापन, मुझे और मेरी निजी भावात्मक आवश्यकताओं को संतुष्ट करता है। जब आप एक बार चुंबकीय इच्छा की शक्ति को अनुभव कर लेते हैं, तो यह बार-बार क़दम उठाने से कई गुना होती जाती है और फिर ऐसा कोई सपना अधूरा नहीं रह जाता, जिसे आप पूरा नहीं कर सकें।

चौथा नियम : धैर्य

हम जो पाना चाहते हैं, उसे विशुद्ध एकाग्रता और अभिप्राय के साथ चाहने पर भी, कई बार हम जल्दी ही हार मान लेते हैं या फिर उस प्रक्रिया के बीच ही निराश हो जाते हैं।

यह नियम आनंद मनाने से जुड़ा है, उससे भी महत्त्वपूर्ण बात है, आपको प्रक्रिया पर भरोसा रखते हुए, चीज़ों को सहज भाव से, अपने समय

के अनुसार सामने आने देना होगा, आपको लक्ष्यों और उन्हें पाने के बारे में बहुत अधिक आसक्त नहीं होना। मानसिक चित्रण और एक्शन बोर्ड की मदद से द सोर्स को सशक्त बनाने में ऐसे कौशल शामिल होंगे जो समय के साथ, संशोधित होंगे और आप अपने मस्तिष्क के पाथवेज़ को और मज़बूत कर सकेंगे। इससे पहले कि हम ऐसा करने के व्यावहारिक अभ्यासों की ओर चलें, आपके लिए इसमें छिपे नियमों को जानना भी बहुत महत्त्व रखता है। आपके व्यवहार और रवैए में बदलाव, और अधिक आत्मविश्वास से भरपूर होने, दूसरों पर भरोसा करने और नई वस्तुओं के प्रति आग्रही होने में थोड़ा समय लग सकता है। जब आप ये नए न्यूरल पाथवे तैयार करेंगे तो एक ऐसा बिंदु भी आएगा, जब आपको लगेगा कि कहीं भी, कुछ भी नहीं बदल रहा, फिर अचानक ही सब कुछ अपने-आप ठिकाने पर होगा और आप बिना किसी कोशिश के सब कुछ कर सकेंगे। मेरी एक दोस्त ने कुछ समय पहले ही अपने नए व्यवसाय के साथ इस हक़ीक़त को महसूस किया, जब वह हार मानने ही वाली थी तो व्यवसाय नए ही रूप में उसके सामने था। न्यूरॉन्स का संपर्क बनाने और दिमाग़ में नए पाथवे तैयार करने में बहुत प्रयत्न और संसाधन चाहिए। प्रगति धीमी लग सकती है और कई बार आप हार मानने लगते हैं। उसके बाद प्रक्रिया और उसका प्रभाव गति पकड़ लेते हैं। ऐसा इसलिए होता है क्योंकि नए स्वस्थ व्यवहारों के लिए बहुत ही समीक्षात्मक प्रभाव होता है, पर जब आप एक बार उस बिंदु को पार कर लेते हैं तो सब कुछ सहज और प्रयासहीन हो जाता है।

इसी तरह, किसी भी नए कौशल को अपनाने में आपको प्रयत्न और दोहराव को अपनाना होगा। आपने उसे पा लिया, यह अहसास और किसी आदत को अपना अंग बनाना ही इस बात का संकेत है कि आपके दिमाग़ के पाथवेज़ उस बिंदु तक आ गए हैं।

पाँचवाँ नियम : सामंजस्य

यह सिद्धांत हमें सिखाता है कि द सोर्स के माध्यम से जीवन हमें जो अंतर्दृष्टि, शक्ति और उपहार देना चाहता है, उन तक पहुँच बनाने के लिए हमें मन और शरीर में तालमेल बनाना होगा और यह जानना होगा कि वे आपस में संपर्क रखते हैं। यह एक ऐसा कौशल है, जिसे हमारी आधुनिक

जीवनशैली स्वीकार नहीं करती जिसमें हमारे शरीर को केवल ऐसा साधन माना जाता है जो हमें एक भेंट से दूसरी भेंट या फिर एक से दूसरे संबंध की ओर ले जाता है। हमें प्रति क्षण में अपने दिमाग़ और शरीर को एक साथ लाना होगा ताकि बेहतर चुनावों के लिए संतुलन और शक्ति मिल सके और हम अपना भावात्मक रूप से नियमन कर सकें। यही वजह है कि माइंडफुलनेस और उपस्थिति को द सोर्स का महत्त्वपूर्ण अंग माना जाता है।

यदि हम अपने साथ पूरे तालमेल के बीच जीना चाहते हैं और ऐसी दुनिया में विकसित होना चाहते हैं जो लगातार फल-फूल रही है तो हमें अपने तर्कसंगत मस्तिष्क, भावात्मक मस्तिष्क और पेट से जुड़े भावों, गट फ़ीलिंग को समझते हुए, इनके संदेशों का तालमेल करना होगा यानी हमें मन, शरीर और आत्मा में भेद करने के बजाए इन्हें एक स्थान पर लाना है। केवल तभी हम अपनी भावनाओं पर विश्वास रख सकते हैं और हमें यह आत्मविश्वास मिल सकता है कि हमारे समाजों में हमारे लिए क्या उत्तम और उचित है। ये संदेश अलग-अलग रूप में हो सकते हैं, जैसे किसी नई परिस्थिति का हमारी गहरी इच्छाओं और मूल्यों से उचित तालमेल होने पर शरीर के रोंगटे खड़े हो जाना।

जब भी आप अपने से अपेक्षित कार्य करने के बजाए अपने मन या शरीर की सुनते हैं तो क्या होता है, उसे अपनी डायरी में लिखें। दूसरे लोग क्या कर रहे हैं, यह जानना भी आँखें खोल देने वाला अनुभव हो सकता है।

यहाँ तक आपकी अपनी ज़रूरतों से थोड़ा भटकाव भी आपको महँगा पड़ सकता है जिसके लिए क़ीमत चुकानी पड़ सकती है जैसे अपने साथी की पसंद की जगह पर अवकाश मनाना या किसी ऐसे वर्क इवेंट पर जाना, जहाँ जाना ज़रूरी लग रहा हो। अगर आपने ऐसे बहुत सारे समझौते किए, अपनी गहरी ज़रूरतों और लक्ष्यों को अनदेखा किया तो आपके भीतर की बेचैनी और गुस्से से तनाव पैदा होगा। आपके अंदर तनाव के हार्मोन बढ़ेंगे और आपके लिए प्रचुरता के नज़रिए से सोचना कठिन हो जाएगा। तब आप अपनी सच्ची मंशा पर सही मायनों में केंद्रित नहीं हो सकेंगे।

ऐसे दो प्रमुख तंत्र हैं, जिन्हें हम निखार सकते हैं, जो हमारी गहरी प्रज्ञा और निजी शक्ति तक पहुँच बनाने में सहायक होंगे : अपने शरीर से मिलने वाले संदेशों को सुनना (आत्मविश्लेषण) और यह सुनने की कोशिश करना

कि हमारा मन हमसे क्या कह रहा है (सहज प्रवृत्ति/ गट फ़ीलिंग)। हमने अध्याय सात और आठ में देखा है कि इनके दौरान शरीर और दिमाग़ के साथ क्या होता है। इसके बाद, चौथे भाग में हम सीखेंगे कि डायरी लेखन, आभार सूची और माइंडफुल लिविंग के व्यावहारिक अभ्यास के साथ इस शक्ति को कैसे पाया जा सकता है।

छठा नियम : सर्वव्यापी संपर्क

यह वह विचार है जिससे हम आपस में और ब्रह्माण्ड में और एक-दूसरे से जुड़े हैं। यही नियम जीवन के लिए प्रचुर रवैया प्रदान करता है।

सामाजिक प्राणी होने के नाते, हमें आपस में संपर्क साधने की गहरी आवश्यकता महसूस होती है। आपस में संबंध बनाने की इच्छा और दूसरे लोगों के साथ आपसी तालमेल और करुणा के साथ पेश आना, न्यूरोवैज्ञानिक लिहाज़ से एक शक्तिशाली प्रेरक माना जाता है क्योंकि यह मस्तिष्क में समानुभूति के पाथवे सक्रिय करता है। प्रेम और विश्वास जैसे मोह से जुड़े भावों के साथ ऑक्सीटोसिन और डोपामाइन जैसे न्यूरोरसायनों का स्राव होता है, जिससे दिमाग़ के पुरस्कार तंत्र के रूप में आपसी स्नेह और आनंद की भावनाओं को सहयोग मिलता है। असंख्य अध्ययनों से पता चलता है कि जीवन में अर्थ और उद्देश्य होने से एक संतोष के भाव का गहरा नाता है।

हमें अपना जीवन इस तरह जीना होगा जो हमारे लिए लाभदायक होने के साथ-साथ दूसरों और ब्रह्माण्ड के लिए भी सामंजस्यपूर्ण हो, यह दूसरे लोगों और हालात के ख़िलाफ़ हमारी ऊर्जा को निर्देशित करने से कहीं बेहतर होगा। जब हम ऐसा करते हैं, तो हम ऐसे निर्णय लेते हैं जो ना केवल हमें हौसला देते हैं बल्कि हम उनके लिए ज़वाबदेह भी महसूस करते हैं। व्यापक अर्थों में, यह हमें उस ज़िम्मेदारी का अहसास दिलाता है कि हमें हमारी दुनिया में आघातयोग्य और अल्प सुविधाप्राप्त होना होगा, जो मस्तिष्क की नैतिक परिपथिकी (सर्किट्री) में गुँथा है।

यह सिद्धांत इस बात से संबंधित है कि जिस तरह आप संसार पर अपनी छाप छोड़ते हैं, उसी तरह संसार भी आप पर अपनी छाप छोड़ता है। आप इस नियम को व्यावहारिक रूप से कैसे लागू कर सकते हैं, यह मदद

आपको महात्मा गाँधी के इस कथन से मिल सकती है : 'वह बदलाव बनें, जो आप इस दुनिया में देखना चाहते हैं।'

न्यूरोप्लास्टीसिटी पर हुए ताज़ा शोध के अनुसार - मस्तिष्क वयस्कावस्था में स्वयं में बदलाव लाने की अद्भुत योग्यता रखता है - हमें बाहरी कारकों का शिकार होने ध्यान देने के बजाए इस बात पर केंद्रित होना चाहिए कि हम अपने जीवन में ऐसे कौन-से बदलाव ला सकते हैं जो हमारे आसपास के लोगों पर प्रेरक और प्रोत्साहित करने वाले प्रभाव पैदा कर सकें। उदाहरण के लिए, मन में बैर रखने या पूछे जाने की प्रतीक्षा करने के बजाए, संबंधों में सुधार के लिए थेरेपी ली जाए और पदोन्नति के लिए स्वयं आवेदन किया जाए। इस तरह हम बाहरी तौर पर, समाज, बातचीत, परिवेश और काम व संबंधों से जुड़ी हर चीज़ पर लाभदायक प्रभाव डाल सकते हैं।

सोचें कि ऐसा क्या है जिससे आपको जोश आता है - ऐसा क्या है जिसके लिए आप जुनून महसूस करते हैं - और कोई एक ऐसी चीज़ चुनें जो इसके सुधार में योगदान दे सके। यह आपके अपने ही घर में रीसाइकलिंग हो सकती है या आप सप्ताह में एक बार स्थानीय रूप से अपनी सेवाएँ दे सकते हैं। सर्वव्यापी संपर्क को पाने के अन्य सरल उपायों में से एक यह भी हो सकता है कि आप दुनिया के किसी दूसरे हिस्से में होने वाले अन्याय के ख़िलाफ़ सोशल मीडिया पर जागरुकता अभियान चलाएँ, आपको जिस संगठन की परवाह हो, उसके लिए चंदा जमा कर सकते हैं। किसी बूढ़े पड़ोसी की मदद कर सकते है। या फिर किसी प्रायोजित स्पोर्ट्स इवेंट में ट्रेनिंग दे सकते हैं।

अपने 'कबीले' पर करें विचार

हमें आदिकाल से ही सामाजिक संपर्कों की आवश्यकता रही है - हमारे आसपास हमारे कबीले के लोग - द सोर्स फलने-फूलने के लिए उन पर भरोसा रखता है। यह याद रखना बहुत ज़रूरी है कि इन संपर्कों की गुणवत्ता का हमारी सोच, मूड और बर्ताव पर गहरा असर होता है। छोटे बच्चों के लिए, यह तत्काल परिवार तक सीमित है पर जब हम बड़े हो जाते हैं, इसका बाहर की ओर विस्तार होता है। वयस्कों के पास अपने कबीले को नए सिरे से परिभाषित करने की आज़ादी होती है। हम अपनी मर्ज़ी से इस

संपर्क में सुधार कर सकते हैं – उन्हें बढ़ा सकते हैं, छँटनी कर सकते हैं या उन्हें फिर जगा सकते हैं ताकि वे दूरी बढ़ने से समाप्त नहीं हों। ठीक उसी तरह मस्तिष्क के संपर्कों के साथ भी होता है।

समाजशास्त्री और मनोचिकित्सक, हमारे दिमाग़ पर इन सामाजिक संपर्कों से पड़ने वाले असर को स्पर्श-संचार का नाम देते हैं और इस बारे में अभी शोध जारी है। अध्ययनों से पता चलता है कि हम अक्सर अपने आसपास के लोगों से तरह-तरह के तरीक़ों से प्रभावित होते हैं – जीवनशैली से जुड़ी आदतों (सेहतमंद और गैर-सेहतमंद) से ले कर भावों तक और यहाँ तक कि हमारे वित्त पर भी! उदाहरण के लिए, अगर किसी निकट मित्र का तलाक़ हुआ हो तो आपके तलाक़ की संभावना का जोख़िम भी बढ़ सकता है। इसी तरह, अध्ययन से पता चलता है अगर आपका मित्र मोटा है तो उसी साल आपके भी मोटे होने की संभावना 57 प्रतिशत तक बढ़ जाएगी। तनाव का संक्रमण भी, हाल ही में शोध का विषय रहा है। कैलगरी यूनिवर्सिटी के हॉचकिस ब्रेन संस्थान में टीम ने अपने अध्ययन में पता लगाया कि तनावग्रस्त चूहे जब अपने चूहे साथी से संबंध बनाते हैं तो उनके न्यूरॉन्स में एक जैसे बदलाव आते हैं जो दिमाग़ के तनाव के लिए प्रत्युत्तर देने के नियंत्रण से जुड़े हैं। इंसानों में भी, हमें ऐसी महिलाओं के उदाहरण मिले हैं जो एक साथ रहती हैं या मिल कर एक साथ काम करती हैं; दो या तीन महीनों में ही उनके मासिक धर्म के चक्र आसपास हो जाते हैं। ऐसे ही तंत्र के माध्यम से हम, अपने तनाव को दबाते हुए, एक-दूसरे के तनाव हार्मोन के स्तर को प्रभावित करते हैं।

आप जिन लोगों के साथ अधिकतर समय बिताते हों, उनका आप पर कितना प्रभाव होता है, इसे जानने के लिए निम्नलिखित उपाय अपनाएँ :

द पीपल ट्री

1. अपनी डायरी में, एक पेड़ बनाएँ जिसकी पाँच शाखाएँ बनी हों। उनमें से प्रत्येक पर अपने किसी निकटतम परिचित का नाम लिखें। ये आपके दोस्त, परिवार के सदस्य या सहकर्मी हो सकते हैं और वे लोग हो सकते हैं जो उस समय में आपको अपने जीवन में सबसे अहम लगते हों।

2. हर शाखा के साथ, ऐसे पाँच शब्द लिखें जो उस व्यक्ति को बहुत अच्छी तरह परिभाषित करते हों। ये सकारात्मक या नकारात्मक हो सकते हैं और आपको यह भी लिखना चाहिए कि वे आपके लिए क्या मायने रखते हैं।
3. प्राय: कहा जाता है कि हम उन पाँच लोगों का ही मेल होते हैं जिनके साथ हम अपना अधिक से अधिक समय बिताते हैं। इन शब्दों पर ध्यान दें और देखें कि आप उनमें से कितनों को अपने भीतर पहचान सकते हैं। उन शब्दों को अपनी किसी शक्ति को उनके साथ मिला कर देखें और अगर कोई नकारात्मक गुण मिलते हों तो उन्हें भी पहचानें।
4. फिर देखें कि आपके कौन-से अच्छे और बुरे गुण उन लोगों से मिलते हैं। उनकी संख्या कितनी है। अक्सर हम लोग दूसरों की परख उन बातों के लिए ही करते हैं जिनसे हम अपने मन में कहीं न कहीं डरते हैं।

जब आपका पेड़ पूरा हो जाए, तो उन पच्चीस शब्दों को ध्यान से देखें - यही गुण आपको निरंतर प्रभावित कर रहे हैं। इन लोगों का आपकी सोच पर क्या असर है? क्या उनके साथ आपका मेल-जोल द सोर्स को भरपूर बना रहा है या उसकी ऊर्जा सोख रहा है।

अगर आपका पेड़ नकारात्मकता से भरा है तो आपको उसमें बदलाव लाने के लिए क़दम उठाने होंगे। क्या आप अपने स्रोत पर पड़ने वाले नकारात्मक प्रभाव को कम करने के लिए इन गुणों या लक्षणों में परिवर्तन कर सकते हैं?

स्वयं से पूछें कि आपके भीतर से बेहतरीन को कौन बाहर ला सकता है? और किसे आपसे अलग होना होगा। अपनी डायरी में ऐसे तीन चरण लिखें जो आपको इन संबंधों को आगे की दिशा में ले जाने में सहायक हों और आप अपना मनचाहा भविष्य पा सकें। किसी एक ऐसे व्यक्ति को चुनें जिसके साथ आप अधिक से अधिक समय बिताना चाहेंगे और उससे सीखना चाहेंगे; जिसके साथ आप अपने संबंध को उसी तरह जारी रखना चाहेंगे जिसमें दोनों ही पक्षों को लाभ होता है और कोई ऐसा संबंध जिससे आप नाता तोड़ना चाहें या मानसिक दूरी बनाते हुए संबंध का प्रभाव समाप्त करना चाहें।

ये अभ्यास आपको दूसरे लोगों की सकारात्मक ऊर्जा के और निकट ला सकते हैं। आकर्षण का नियम इसी ऊर्जा पर आधरित है और हमें ही इसे पैदा करने और नियंत्रित करने वाला बनना होगा।

आकर्षण के छह नियम ऐसे साधन हैं जो आपको द सोर्स की पूरी शक्ति को प्रकट करने में मदद करेंगे। प्रकटीकरण और चुंबकीय इच्छा आपकी इच्छा के लिए सजगता बढ़ाते हुए, आपके कामों को दिशा दे सकेंगे। धीरज और सामंजस्य आपको अपने लक्ष्यों के साथ एकात्म करते हुए, अपने भीतर गहराई से जुड़ने का अवसर देंगे। आख़िर में प्रचुरता और सर्वव्यापी संपर्क आपको प्रोत्साहित करेंगे कि आप दूसरे लोगों और समाज के हित में अपने लक्ष्यों पर विचार करें। इस तरह आपको उद्देश्य की ऐसी शक्ति मिलेगी जो आपका मार्ग प्रशस्त करेगी। द सोर्स, यह आपको और अधिक लचीला बनाते हुए, करुणामयी बनाता है और आपकी सोच को समावेशी बनाने में सहायक होता है। इस तरह आप अपनी ही शक्ति की चेतना में गुणात्मक वृद्धि पा सकते हैं।

अध्याय 2

मानसिक चित्रण करें

'यदि आप नहीं जानते कि आप कहाँ जा रहे हैं, तो कोई भी रास्ता आपको कहीं नहीं ले जाएगा।'

–हेनरी किसिंजर

एक मल्टी ओलिंपिक गोल्ड मेडलिस्ट स्कीरलिंडसे वॉन, लगातार रन-अप से ले कर बड़े मैराथन तक, स्वयं को कोर्स पूरा करते हुए देखने का मानसिक चित्रण करती हैं :

मैं किसी भी दौड़ से पहले यह मानसिक चित्रण करती हूँ। जब तक मैं स्टार्ट गेट पर आती हूँ, तब तक सौ बार दिमाग़ में दौड़ चुकी होती हूँ, देख चुकी होती हूँ कि मैं अपने मोड़ कैसे काटने वाली हूँ... जब एक बार किसी कोर्स को देख लेती हूँ तो उसे कभी नहीं भूलती। इस तरह सही लाइन पर चलते हुए, उस दौड़ को पूरा करती हूँ जिसे पूरा करना चाहती हूँ।

बहुत से खिलाड़ी मानसिक चित्रण की तकनीक का प्रयोग करते हैं। मुहम्मद अली से ले कर टाइगर वुड्स तक, सबने मानसिक चित्रण को प्रतियोगिता के लिए मानसिक तैयारी का बड़ा हिस्सा माना है। खेलों से बाहर, असंख्य हस्तियों ने मानसिक चित्रण को ही अपनी सफलता का श्रेय दिया है। इनमें आर्नोल्ड श्वाज़ेनेगर, केटी पैरी आदि नाम शामिल हैं। केटी ने एक बार अपने विज़न बोर्ड के साथ तसवीर खिंचवाई थी, जो उन्होंने नौ साल की उम्र में बनाया था - उसमें ग्रेमी जीतने का सपना भी शामिल था, जो साकार हुआ।

आत्म-विश्वास और उपलब्धि की भाषा दृश्य संबंधी उदाहरणों से भरपूर है। हम कुछ अच्छा करने का सपना देखते हैं या हम अपने मन की आँखों से कुछ घटते हुए देखते हैं : जब हम अपनी इंद्रियों के संपर्क में रहते हुए, केवल तार्किक सोच पर ध्यान केंद्रित करने या ठोस उदाहरणों पर ध्यान देने के बजाए अपने मन को सहज भाव से उड़ान भरने देते हैं तो इसी बोली का प्रयोग करते हैं।

मानसिक चित्रण काम करता है, क्योंकि दिमाग़ आश्चर्यजनक रूप से बाहरी दुनिया में घटने वाली घटनाओं या फिर किसी काल्पनिक घटना के बीच अंतर नहीं कर पाता।

मानसिक चित्रण की शक्ति

एक छोटे-से उदाहरण से आरंभ करते हैं : कल्पना करें कि आप दरवाज़े पर अपने बाएँ पैर से आहट कर रहे हैं। इस तरह आप अपने दिमाग़ के उस हिस्से को सक्रिय कर रहे हैं जो यह काम करते हुए सक्रिय था। कई लोगों के मस्तिष्क स्कैन करने से भी यह पता चला है कि जो लोग कोमा में होने के कारण हिल नहीं सकते या कोई प्रत्युत्तर नहीं देते। उन्हें कल्पना करने को कहा जाता है कि वे कमरे में टहल रहे हैं और इसी कल्पना के दौरान वे दिमाग़ के उन हिस्सों को सक्रिय रखते हैं, जो वास्तव में चलने पर सक्रिय होते।

केवल कल्पना करने से ही आपको उस कल्पित काम के शारीरिक और मानसिक लाभ हो सकते हैं : बस कल्पना में ही वह चीज़ आपके लिए यथार्थ बन सकती है। अध्ययनों से पता चला है कि जो लोग कल्पना करते हैं कि वे किसी मांसपेशी को लोच दे रहे हैं, उन्हें सचमुच वही शारीरिक शक्ति मिलती है और कोर्टेक्स में ब्रेन पाथवे सक्रिय होते हैं, जो उस गतिविधि से संबंध रखते हैं। इसी तरह, जब एक्सरसाइज़ साइकोलॉजिस्ट गुआंग यू ने ओहियो के क्लीवलैंड क्लीनिक फ़ाउंडेशन में टेस्ट ग्रुप को काल्पनिक वर्कआउट करने को कहा, तो उन्होंने पाया कि उन लोगों में किसी शारीरिक गतिविधि के बिना भी, मसल मास बढ़ गया था। अद्भुत! उस अध्ययन में तीस युवा और स्वस्थ स्वयंसेवकों ने भाग लिया। पहले आठ लोगों को छोटी अँगुली को मानसिक रूप से संकुचित करने का प्रशिक्षण दिया गया; दूसरे आठ लोगों के दल ने कोहनी को मानसिक रूप से हिलाने का प्रशिक्षण लिया; और तीसरे दल को कोई प्रशिक्षण नहीं दिया गया, उन्होंने नियंत्रित दल के रूप में सभी गतिविधियों में हिस्सा लिया। अंत में, छह स्वयंसेवकों ने भौतिक रूप से अँगुली प्रशिक्षण का प्रदर्शन किया। यह प्रशिक्षण बारह सप्ताह तक चला, (पंद्रह मिनट प्रति दिन, पाँच दिन प्रति सप्ताह)। प्रशिक्षण के अंत में, पहले दल की अँगुली की क्षमता

35 प्रतिशत तक बढ़ी और दूसरे दल की कोहनी की क्षमता 13.5 प्रतिशत तक बढ़ी (जबकि उन्होंने कोई शारीरिक गतिविधि नहीं की थी)। इसके विपरीत, भौतिक प्रशिक्षण पाने वाले दल की अँगुली की क्षमता 53 प्रतिशत बढ़ी। नियंत्रित दल में कोहनी या अँगुली की क्षमता में किसी बदलाव का पता नहीं चला। हालाँकि शारीरिक व्यायाम करने वालों को लाभ हुआ परंतु काल्पनिक अभ्यास करने वाले दल के नतीजे चौंका देने वाले थे।

यह अध्ययन वही ठोस सबूत पेश करता है, जिसे खेल मनोविज्ञानी बहुत पहले समझ गए थे। हम जो पाना चाहते हैं, उनके लिए एक मानसिक छवि बनाने से और उन मानसिक चित्रणों का उत्तेजित शारीरिक संवेदनाओं से मेल करने से, हम इस गतिविधि में, अपने शरीर और दिमाग़ के संपर्क को सुधार सकते हैं। दिमाग़ इसे गहरे स्तर पर दर्ज करता है और असल जीवन में घटी किसी घटना के साथ इसका सकारात्मक संपर्क बनाता है। इसी तरह, हिप्नोथेरेपिस्ट आमतौर पर आपको अपनी कलाई पर एक इलास्टिक बैंड पहनने को कहते हैं। जब भी आप सोचे हुए काम को पूरा कर लें तो उसे एक बार ज़रूर खोलें। या फिर बाईं कलाई पर तीन बैंड पहनने को कहा जाता है। पूरे दिन में जब भी आप कोई सकारात्मक बात सोचें या फिर किसी सकारात्मक नतीजे का मानसिक चित्रण करें तो आपको उस बैंड को दाईं कलाई पर पहनना है, एक दिन में वे तीनों दूसरी कलाई पर आ जाने चाहिए।

जब आप शारीरिक और मानसिक ट्रिगर को एक साथ ले आते हैं, तो शरीर और दिमाग़ दोनों ही सक्रिय होंगे। मनचाहे नतीजे के लिए दोहरा दबाव पड़ेगा। हम अपने दिमाग़ को कोई ऐसा काम करने के लिए साध रहे हैं जिसे ना तो हमने पहले कभी देखा और ना ही कभी किया है। जब हम अपने आदर्श भविष्य का मानसिक चित्रण करते हैं तो दिमाग़ हमारे रोज़मर्रा के कामों और परस्पर क्रियाओं में उनके पहलुओं को पहचानने लगता है, ऐसे अवसरों को देखता है जो हमें उनकी ओर आकर्षित होने में सहायक हो सकते हैं।

किसी ख़ास घटना के लिए भी मानसिक चित्रण करना बहुत अधिक असरदार हो सकता है, क्योंकि यह इस प्रतिमान के विपरीत है कि कोई भी नया परिदृश्य, व्यक्ति या स्थान, मस्तिष्क द्वारा एक संभावित जोख़िम के तौर पर लिया जाता है। जैसे कोई उच्चस्तरीय मीटिंग, नौकरी का इंटरव्यू

या फिर कोई ब्लाइंड डेट। हम घबरा जाते हैं, क्योंकि हमारा दिमाग़ हर उस चीज़ के लिए प्रतिक्रिया देता है जिसे वह नहीं पहचानता या जो हमें हमारे सुविधाजनक दायरे से बाहर ले जाती है। जब भी दिमाग़ को किसी भी तरह के नए बदलाव दिखाई देते हैं तो वह संभावित जोख़िम से बचाव के लिए तैयार और सतर्क हो जाता है। यह अवस्था 'अभाव' की सोच से प्रेरित है – जो प्रचुरता की सोच की शत्रु है। हम अक्सर तनाव के दौरान इसके शिकार होते हैं, हमारी एड्रीनल ग्रंथियों से लगातार तनाव से जुड़े हार्मोन कोर्टीसोल का स्राव होता रहता है जो सेहत को नुक़सान करता है और महत्त्वपूर्ण रूप से इस मामले में, यह जोख़िम से बचाव के लिए हमारी निर्णय निर्धारण क्षमता पर भी असर डालता है। ये सभी चीज़ें हमारे स्वाभिमान पर वार कर सकती हैं और इन परिस्थितियों में मदद करने वाले विश्वास तंत्र की भी हानि होती है – अत: यह नई परिस्थितियों से हमारी सामना करने की योग्यता और प्रदर्शन को प्रभावित करता है।

जब हम किसी ख़ास घटना या परिस्थिति का पहले ही मानसिक चित्रण कर लेते हैं तो हम अनिवार्य रूप से अपने मस्तिष्क को यह समझा सकते हैं कि वह पहले से ही उस घटना या चुनौती से परिचित है जिसका हम मानसिक चित्रण कर रहे हैं। इस तरह उसका अविश्वास घटता है और वह प्रचुर मानसिकता के साथ आगे बढ़ सकता है। प्रचुरता की इस सोच के साथ हमारे लिए जोख़िम उठाना और अवसर लेना आसान हो जाता है।

जब मैं लोगों को किसी एक घटना के लिए तैयार करते समय मानसिक चित्रण का प्रयोग करती हूँ जैसे – नौकरी के लिए इंटरव्यू देने जाना, भाषण देना या प्रतियोगिता में जीतना आदि – तो वे अपने मन की आँखों से उस घटना के हर पहलू को देख लेते हैं। इसमें यह भी शामिल होना चाहिए कि उन्होंने क्या पहना हुआ है (कल्पना करें कि वे अपने पैरों में उस दिन पहने जाने वाले जूते देख रहे हैं और शरीर के कपड़े देख रहे हैं), वे किसके साथ हैं (कल्पना करें कि उनके भाषण और इंटरव्यू के बाद लोगों के चेहरे दिख रहे हैं), और वे कहाँ हैं। स्वयं को भरपूर परिदृश्य के बीच देखें और इसे एक सकारात्मक नतीजे के साथ समाप्त करें। यदि वे उस घटना से पहले, उक्त जगह पर जा चुके हैं या नहीं गए हैं तो वे उसे गूगल करके देख सकते हैं ताकि वह उन्हें अनजानी और अपरिचित नहीं लगे। वे चाहें तो घर से निकलने से पहले रूट मैप भी देख सकते हैं। हमें अनजाने

रूट पर निकलने से पहले ऐसा अवश्य करना चाहिए, जब भी किसी ख़ास इवेंट के लिए जाना हो तो हम अक्सर ऐसे कामों को उपेक्षित कर देते हैं।

हालाँकि इस तरह का मानसिक चित्रण निश्चित रूप से अधिक महत्त्व रखने वाली किसी घटना के काम आ सकता है, जबकि इस पुस्तक में हम मानसिक चित्रण की शक्ति को अगले स्तर तक ले जाएँगे। इसे आपके जीवन के लिए दीर्घकालीन नज़रिया बनाने में प्रयुक्त करेंगे और इसके पीछे छिपे न्यूरोविज्ञान की खोज करेंगे।

आपके भविष्य को रचने के लिए मानसिक चित्रण

मानसिक चित्रण की मदद से हम आकर्षण के नियम को दिशा दे सकते हैं और प्रचुरता और आशावादिता के दृष्टिकोण से देख सकते हैं। यह हमारी सजगता को जागरूक करते हुए काम करता है, हमारे ध्यान को उन चीज़ों की ओर निर्देशित करता है जिन्हें हम अपने जीवन में सबसे अधिक चाहते हैं। यह दिमाग़ को इस इच्छा से बाहर लाता है कि उसे हर नई या कठिन परिस्थिति में अपना बचाव करने की आवश्यकता है। यह दिमाग़ की दो विशेष क्षमताओं से भी बंधा है : अमूर्तीकरण और इंद्रियों की परस्पर क्रिया।

कल्पना/अमूर्तीकरण

अमूर्तीकरण या अमूर्त चिंतन दिमाग़ की वह योग्यता है जिसके माध्यम से वह उन चीज़ों को प्रकट कर लेता है जो उपस्थित नहीं हैं या कोई निश्चित आकार नहीं रखतीं – संभावनाओं की कल्पना या ऐसे ढाँचे जो उस जगह नहीं दिखते या बिंदुओं का मिलान करना। एस्ट्रोफ़िजिक्स जैसे अमूर्त विचारों से ले कर, भाषा के रचनात्मक उपयोग जैसे काव्य आदि में अमूर्तीकरण, तार्किक चिंतन के विपरीत है जिसमें हर चीज़ तयशुदा है और उसके लिए किसी रचनात्मकता या कल्पनाशीलता की आवश्यकता नहीं होती।

जब हम पूछते हैं, 'यदि ऐसा हुआ तो?' तब यह अमूर्त चिंतन है। जब हम किसी समस्या का सामना करते हैं और जब हम उसे छोटे-छोटे हिस्सों में बाँट कर नए तरीक़ों से हल करते हैं। इस तरह हम व्यवहार में आने वाले ढाँचों को पहचान कर, अपनी प्रतिक्रिया में सुधार कर सकते हैं। और आगे के लिए कुछ नए तरीक़े विकसित करते हुए आगामी की कल्पना कर सकते

हैं। मिसाल के लिए, हमारा सपनों से सजा घर : यह किस जगह है, हम क्या कर रहे हैं और हम उसमें किसके साथ हैं। हो सकता है कि अभी इस योजना का जीवन में कोई लेन-देन नहीं हो परंतु हम इस याद और लचीली सोचयुक्त छवि के साथ उसे इस तरह देख सकते हैं मानो वह घर तैयार हो चुका हो और हम उसमें रह रहे हैं।

मस्तिष्क में बहुत सारे और जटिल नेटवर्क होते हैं - ये डिफ़ाल्ट और कंट्रोल नेटवर्क हैं। डिफ़ाल्ट नेटवर्क की मदद से हम अमूर्त रूप से सोचते हैं, जो हमारे रोज़मर्रा के तनाव से भरे जीवन के दौरान तार्किक चिंतन के बीच भी कल्पना की गुंजाइश बचाए रखता है। इधर-उधर यूँ ही भटकना, ख़याली पुलाव पकाना, किसी उद्देश्य के बजाए आनंद पाने के लिए कुछ पढ़ना या मिट्टी से कोई बर्तन बनाना वगैरह जैसे काम हमारे दिमाग़ के डिफ़ाल्ट नेटवर्क को सक्रिय करते हैं। जब यह नेटवर्क फलता-फूलता है, तो हमें प्रेरणा प्राप्त होती है और हम कहीं बेहतर तरीक़े से अपनी भावात्मक बुद्धिमत्ता और सहज प्रवृत्ति को निखार सकते हैं। शायद यही वजह है कि हम अक्सर अवकाश मनाने या किसी उलझी हुई परिस्थिति से बाहर आने के बाद स्वयं को इतना सहज और उन्मुक्त पाते हैं। अपने जीवन को नए तरह से जीने का निर्भीक क़दम भी ऐसा ही उत्साह देता है। हमें नई संभावनाओं को देखने का अवसर मिलता है : हम पुरानी समस्याओं के नए हलों की कल्पना कर सकते हैं। फिर हमें उस पर अमल करना होता है।

पर हमारा तार्किक मन तो हमेशा ही चालू रहता है। दिमाग़ का कंट्रोल नेटवर्क ही इस डिफ़ाल्ट नेटवर्क के लिए पूरी तरह से विपरीत है - ऐसे पाथवेज़ की शृंखला जो हमारे काम के केंद्र तथा विश्लेषणात्मक सोच को संचालित करती है। जब आप इस नेटवर्क को आराम देने की सोचते हैं और अपने दिमाग़ को शांत करते हैं और अपने मन के आकाश में उड़ते हैं तो आपको इस कंट्रोल नेटवर्क को बंद करने में मदद मिलती है।

मानसिक चित्रण आपको तार्किक वर्चस्व से परे ले जाने में सहायक है और इसके जरिए कहीं अमूर्त और लोचयुक्त सोच को पाया जा सकता है। इसके लिए हमें अपनी सारी इंद्रियों की परस्पर क्रियाओं को मानसिक चित्रण से जोड़ना होगा ताकि दिमाग़ और शरीर के संपर्क को साधा जा सके - और यही वजह है कि मैं लोगों से पूछती हूँ कि उनका आदर्श विज़न

कैसा दिखता है, कैसा सुनता है और कैसा महसूस होता है, उसका स्वाद और गंध क्या है – इस तरह हम अपने जीवन के उन अनजान और ऐसे पहलुओं को भी अपना सकते हैं जिन्हें आपने अभी तक पाया भी नहीं है। द सोर्स आपको उन गहराई तक गए हुए कट्टर विश्वासों और ढाँचों को पाने में मदद करेगा जो आपकी सोच पर हावी रहते हैं और आपको अपने मन में ऐसे विकल्प बनाने की अनुमति देते हैं, जिनके बल पर आप विकसित हो कर आगे बढ़ सकते हैं। इस किताब और इसके भाग चार में दिए गए अभ्यास इसी तरह बनाए गए हैं कि वे आपके विचारों और व्यवहार से इन ढाँचों को अचेतन से चेतन में ला सकें जो आजीवन आपके साथ खेल करते आए हों। तब आप अपनी ही सोच को चुनौती दे सकेंगे और नए और भरपूर कर देने वाले विचारों के साथ होंगे।

इंद्रियों से जुड़े सह-संपर्क

दिमाग़ को बाहरी दुनिया से हमारी इंद्रियों के माध्यम से जो भी सूचना और जानकारी मिलती है, यह उसके माध्यम से ही हमारे लिए यथार्थ को रचता है। फिर जब वह जानकारी हमारे लिए किसी ख़ास याद को जगाते हुए इंद्रियों से जुड़े उत्प्रेरकों और उन बीती घटनाओं के बीच संपर्क बनाती है जिन्हें हम वास्तव में पहले अनुभव कर चुके हैं। गंध को एक याद के लिए सबसे सशक्त उत्प्रेरक माना जाता है – अच्छी या बुरी – परंतु सारी इंद्रियाँ यादों को इसी तरह जगाती हैं। इस प्रकार, हमारे पास स्वयं को सफलता तक ले जाने के लिए माध्यम है। हम अपनी इंद्रियों को प्रचुरता, संपन्नता या भरपूर संबंधों की यादों से जोड़ सकते हैं।

मानसिक चित्रण का आरंभ

जब मैं मानसिक चित्रण का प्रयोग करती हूँ तो लोगों को प्रोत्साहित करती हूँ कि वे किसी जिस भी चीज़ की कल्पना करते हों, उसका मानसिक चित्रण करें। मानसिक चित्रण ऐसा होना चाहिए जो हमारी सारी इंद्रियों को निखार सके, हमारी कल्पना को अनुभूति तक ला सके। अगर आप अपनी कल्पना की वस्तु को रंग, ध्वनि और गंध आदि के साथ देख सकें तो आपको उसका भरपूर अनुभव हो सकता है।

इस जगह आपको एक शक्तिशाली मानसिक चित्रण सिखाया गया है जो आपके भीतर चल रही सकारात्मक और नकारात्मक आस्थाओं को शक्तिशाली तौर पर पहचान सकता है।

सकारात्मक आप, नकारात्मक आप

कोई भी सार्थक निजी विकास आपकी उन्नत सजगता से आरंभ होता है और यह अभ्यास आपकी सजगता में विस्तार के लिए है। आपको डायरी के दो पन्नों पर यह टेबल दो बार बनाना है और इसे दिए गए तरीक़े से चार हिस्सों में बाँटना है।

शारीरिक	मानसिक
भावात्मक	आध्यात्मिक

'शारीरिक' का अर्थ है, आप अपने शरीर में क्या महसूस करते हैं; मानसिक भाव इस बात से जुड़ा है कि आपके मन में क्या चल रहा है; भावात्मक का अर्थ है कि आप क्या महसूस कर रहे हैं और भावात्मक का अर्थ है कि आप इस दुनिया में अपने अर्थ, उद्देश्य और स्थान के लिए, बुनियादी स्तर, अपनी गहराइयों से क्या अनुभव करते हैं। आप उस समय की सारी भावनाओं की नए सिरे से कल्पना करते हुए इन भावनाओं और विचारों को देखेंगे, जब आपने स्वयं को बहुत नकारात्मक, तनावग्रस्त और नाराज़ महसूस किया था : इसके बाद आप उस समय को याद करेंगे, जब आप आत्मविश्वास से भरपूर, प्रसन्न और संतुष्ट महसूस कर रहे थे। इससे भी वही भावनाएँ पैदा होनी चाहिए, जो आप उस समय को याद करते हुए महसूस कर रहे थे।

1. वह समय याद करें जब आप तनाव में थे, आत्मविश्वास घटा हुआ था और हालात आपके हिसाब से नहीं चल रहे थे। आपको वह समय याद होगा जब आपका साथी से विच्छेद होने वाला था या फिर आप किसी ऐसी मीटिंग को याद करके परेशान थे जो सही नहीं रही थी।

2. अपनी आँखें बंद करें और एक पल के लिए स्वयं को उस याद में खोने दें। यह समय फ़ोन में सैट कर लें ताकि आप एक मिनट से अधिक समय नहीं लें। इसके बाद, जो हुआ उसके दृश्य और ध्वनि का आनंद लें – उन बातों को भी याद करें कि आपने क्या पहना हुआ था या आप किसके साथ थे।
3. जब एक मिनट हो जाए, तो अपनी आँखें खोलें और उन चारों हिस्सों में लिखें। शारीरिक हिस्से में शायद आपने लिखा हो : 'थकान और मांसपेशियों में ऐंठन' मानसिक हिस्से में लिखा हो सकता है, 'दिमाग़ में दौड़ते विचार' और 'मैं ही क्यों?'; भावात्मक हिस्से में लिखा हो सकता है, 'उदास, नाराज़, अपमानित' और आध्यात्मिक हिस्से में लिखा हो सकता है, 'खोया हुआ और कटा हुआ।'
4. इसके बाद, ऐसा कोई समय याद करें जब आप प्रसन्न और संतुष्ट थे और जीवन बहुत अच्छा था। आँखें बंद करें और स्वयं को एक पल के लिए इस याद में डुबो दें। आपको पहले की तरह एक मिनट का ही समय लेना है। आप अपनी शादी का समय याद कर सकते हैं या वह जन्मदिन जब आप दोस्तों और परिवार से घिरे हुए थे और जीवन आशाओं से भरा था। वह सब शारीरिक, मानसिक, आध्यात्मिक और भावात्मक तौर पर कैसा महसूस होता था?
5. इस बार, दूसरे पेज पर बने चारों हिस्सों में अपने अनुभव लिखें।
6. अब इन दोनों नोट्स की आपस में तुलना करें। आपको जो भी दिखेगा, वह वाकई हैरतअंगेज़ होगा और इन दोनों के बीच कौन-से अंतर और असमानताएँ हैं? कोई भी सही या ग़लत उत्तर नहीं होते। यह देखें कि आपके लिए क्या प्रासंगिक है और उसे स्वयं को जड़ता से बाहर लाने के लिए प्रयुक्त करते हुए, अपने लिए कार्रवाई तय करें। हो सकता है कि आपको शारीरिक स्तर पर याद दिलाने की ज़रूरत हो कि आप कितनी मज़बूती से ज़मीन से जुड़े हैं या फिर आप किस सोच को अपनाए हुए हैं।

जब भी मैं यह अभ्यास करती हूँ तो शारीरिक विवरण वाला हिस्सा ही सबसे अलग होता है। ऐसा इसलिए है कि जब मैं अच्छा महसूस नहीं करती, तब

मैं सामने वाले से आँख नहीं मिलाती, मुस्कराहट नहीं देती और मेरी सारी शारीरिक भंगिमा भी बदल जाती है।

आप एक बुरे दिन को अच्छे दिन में बदलने के लिए क्या कर सकते हैं? अगर आप अपने मुश्किल क्षण को सबसे बेहतर क्षण में बदलना चाहें तो इसके लिए अपनी डायरी में उत्तर लिखें। पत्र और पत्रिकाओं में ऐसी छवियों की खोज में रहें जो आपके एक्शन बोर्ड पर आपके सकारात्मक रूप को दर्शा सकें।

अगर मेरे लिए अपनी सोच के ढाँचे को बदलना, भावों का नियमन करना या अपना हौसला बनाए रखना मुश्किल होता है तो मैं जान जाती हूँ कि मैं कम से कम अपनी चिबुक उठा कर, कंधों को पीछे की ओर तान सकती हूँ, लोगों की आँखों में आँखें डाल कर मुस्करा सकती हूँ।

पूरे एक सप्ताह तक, हमेशा अपने लिए एक सकारात्मक प्रोत्साहन का रवैया बनाए रखने का प्रयत्न करें। प्रशंसा से जुड़ी गतिविधियाँ प्रेम/विश्वास, आनंद/उत्साह जैसे भावों को सक्रिय करती हैं जिससे ऑक्सीटोसिन हार्मोन बनता है जो हमें अपने और दूसरों के लिए अपनेपन का अहसास दिलाता है। नतीजतन, जब हम इस तरह सोचने लगते हैं तो हम प्रचुरता के आधार पर काम करते हैं और हमें लगता है कि किसी दूसरे की सफलता, हमारी सफलता को कम नहीं कर सकती।

आत्म-आलोचना और नकारात्मकता, हमारे भीतर भय, गुस्सा, निराशा, लज्जा और अपराध-बोध जैसे भाव पैदा करती है। इस तरह हमारा नज़रिया अभाव की ओर जाता है और हम उसी स्थिति में बने रह जाते हैं, जब हमें लगता है कि किसी भी तरह का जोख़िम उठाना हमारे लिए और अधिक सज़ा मिलने का कारण बनेगा।

ज़रा सोचें कि आपका दिमाग़ कितना समय प्रभावी रूप से पिछले अच्छे या बुरे पलों को दोबारा जी रहा है और यह मानसिक चित्रण किस तरह आपकी सोच और निर्णय निर्धारण क्षमता को बदल देगा। आपको संकल्प लेना होगा कि आप इस सकारात्मक रवैए को बार-बार अपनाएँगे और ऐसे तरीक़े खोजेंगे जिससे सकारात्मक मानसिक चित्रण को एक नियमित आदत बनाया जा सके। आप चाहें तो प्रतिदिन इस अभ्यास की मदद से दो से तीन मिनट सकारात्मक चिंतन को दे सकते हैं और फिर

इसके लाभों को देखते हुए, इसकी अवधि को पाँच से दस मिनट किया जा सकता है। आप अपने ऊपर इसके प्रभाव देख कर दंग होंगे और देख सकेंगे कि आप दूसरों से कैसे पेश आते हैं और वे आपके लिए किस तरह प्रतिक्रिया देते हैं।

मानसिक चित्रण केवल आपकी मनपसंद वस्तु की छवि बनाने से नहीं जुड़ा, आपको कल्पना करनी होगी कि आप वास्तव में उस तसवीर में मौजूद हैं। आपके मुँह का स्वाद (सफलता का स्वाद), आपके आसपास की गंध (किसी घर पर किया गया नया पेंट, आपके करियर के दौरान किसी ख़ास खाने की ख़ुशबू, ख़ास मौक़ों के लिए आपका मनपसंद इत्र) और सबसे अहम बात, इसे पाने के बाद आपके शरीर की भौतिक दशा (प्रसन्नता या आत्मविश्वास कैसे महसूस होते हैं?)

हम इसका जितना अधिक अभ्यास करते हैं, उतना ही ध्यान देने लगते हैं कि ये कब हो रहा है या फिर वे कौन-सी चीज़ें हैं जो हमें उस आदर्श के पास ले जा रही हैं। शायद आप किसी ख़ास तेल के इस्तेमाल से अपने मानसिक चित्रण को और उचित रूप में कर सकें। मानसिक चित्रण से जुड़े ये अभ्यास और पुस्तक में अन्य स्थानों पर दिए गए अभ्यास, आपकी सारी इंद्रियों को आपके साथ मिल कर काम करने को प्रेरित करेंगे, आपके विज़न को साकार रूप देने के लिए मस्तिष्क के पाथवेज़ को भी आपके अनुरूप बनाने में सहायक होंगे।

भाग 2

लोचदार मस्तिष्क

अध्याय 3

आपका अद्भुत मस्तिष्क : द सोर्स की उत्पत्ति

प्राय: कहा जाता है हम इस समय अपने मस्तिष्क के बारे में इतना नहीं जानते जितना हमें बाहरी अंतरिक्ष के बारे में पता है; हमारे दिमाग़ के अंदर 1.5 किलोग्राम कोशिकाएँ कैसे काम करती हैं, इसकी बजाए हमें अपने ग्रह के आसपास के अज्ञात मैटर के बिलियन प्रकाश वर्षों की जानकारी है। परंतु हमारा दिमाग़ अरबों कोशिकाओं के साथ अनकही संभावनाओं को लिए हुए है। पिछले दशक के दौरान, हमने न्यूरोविज्ञान को जितना भी जाना, उसमें से रोचक जानकारी यह रही कि हमारा मस्तिष्क कितना बदल सकता है। यदि इसे केंद्रित प्रयास तथा सुनिश्चित अभ्यास मिल जाए तो इसमें कितना परिवर्तन आ सकता है।

हालाँकि, आप जितना दिमाग़ के शारीरिक तौर पर काम करने के बारे में जितना जानेंगे, आपके लिए द सोर्स की पूरी संभावना को साकार करना उतना ही आसान हो जाएगा। द सोर्स को साकार करने की यह योग्यता बहुत ही महत्त्वपूर्ण और रूपांतरणकारी है, यह हमें हमारी गहनतम इच्छाओं को पूरा करने में सहायक है; स्वस्थ और आपस में स्नेह से भरे संबंधों को बनाए रखने और भविष्य के लिए योजना बनाने में सहायक है।

नया विज्ञान, पुराना विज्ञान

कुछ समय पहले तक यही माना जाता रहा कि जब हम शारीरिक रूप से पूरी तरह परिपक्व हो जाते हैं तो हमारा दिमाग़ भी पूरी तरह से विकसित हो जाता है। हमें लगता था कि वयस्कों के सेंट्रल नर्वस सिस्टम (सीएनएस) में और नई कोशिकाओं का जन्म नहीं हो सकता, और इस तरह हम आजीवन अपने व्यक्तित्व और संभावना के लिए हार्डवायर्ड हो चुके होते हैं।

उदाहरण के लिए, हमें यह जानकारी लंबे अरसे से थी कि अगर हमारे हाथों और पैरों के स्नायु कट जाएँ तो वे आगे चल कर जुड़ सकते

हैं परंतु मस्तिष्क और मेरूदंड में ऐसा नहीं हो सकता। यही माना जाता था कि हम वयस्कावस्था में अपने शिक्षण, जानकारी और स्मृतियों के मिश्रण तथा कौशल को प्राप्त कर लेते हैं। हम अपने मन को चाहे बदल लें परंतु गहरे शारीरिक स्तर पर *दिमाग़* में किसी भी तरह का बदलाव लाना संभव नहीं था।

आधुनिक न्यूरोविज्ञान और ब्रेन स्कैनर्स के आगमन ने इन मान्यताओं को झुठला दिया है। अब हम जानते हैं कि एम्ब्रायोनिक नर्व सैल वयस्कों के सीएनएस में पाए जाते हैं, जिनमें से अधिकतर हिप्पोकैम्पस (यहीं हम अपनी नई यादों को बनाते और सहेजते हैं) में होते हैं। हालाँकि अभी यह विवादास्पद है कि ये अन्य क्षेत्रों में भी पाए जाते हैं या नहीं परंतु इनके होने की संभावना बढ़ रही है। हम प्रज्ञा के एक नए युग में जी रहे हैं, लगातार अपने दिमाग़ और इसकी उल्लेखनीय प्रक्रियाओं के बारे में नई-नई चीज़ें सीख रहे हैं। हम दिमाग़ और इसके बारे में जो भी जानते थे, उसके लिए यह पता लग चुका है कि वह पत्थर की लकीर नहीं है जो मिट नहीं सकती।

न्यूरोविज्ञान के क्षेत्र में प्रसिद्ध कहानियों में से एक, कैलिफ़ोर्निया के एक रेलवे कर्मचारी फ़ीनियस गेज की सुनाई जाती है जो काम के दौरान दुर्घटनाग्रस्त हुआ और हमारी दिमाग़ से जुड़ी जानकारी बहुत हद तक बदल गई। गेज लोगों के एक समूह में फ़ोरमैन था जो मिल कर रेल की पटरी पर काम कर रहे थे। उन्होंने एक चट्टान को तोड़ने के लिए बारूद लगाया और वह समय से पहले ही फट गया। एक मीटर लंबी छड़ गेज के गाल से होते हुए दिमाग़ को भेद कर, खोपड़ी के पीछे से निकल कर कई मीटर दूर जा गिरी। इस तरह उसके दिमाग़ का लेफ़्ट-फ्रंटल लोब का अधिकतर हिस्सा नष्ट हो गया। यह भी अद्‌भुत था कि इस दुर्घटना के बाद भी वह जीवित बच गया।

उसकी सेहत बहाली के बाद उसके व्यक्तित्व में आने वाले बदलाव इतने गहरे और तत्काल थे कि उसके दोस्तों ने उसे पहले वाला गेज मानने से ही इंकार कर दिया। जो रेलरोड कंपनी उसे एक मॉडल फ़ोरमैन मानती थी, उसने उसे उसके घटिया बर्ताव और निषेधों के अभाव के कारण काम पर वापस लेने से मना कर दिया। गेज के जीवन के बचे हुए बारह साल में डॉक्टरों और वैज्ञानिकों ने बहुत सारे अध्ययन किए कि शारीरिक सदमा

लगने पर दिमाग़ की क्या प्रतिक्रिया होती है। गेज की उल्लेखनीय कहानी पहला ऐसा असली केस थी जिसने इस बात पर रोशनी डाली कि दिमाग़ व्यवहार का प्रबंधन कैसे करता है, व्यक्तित्व को तय करते हुए अंतर्दृष्टि को संचालित करता है। गेज के बर्ताव में बहुत सारे बदलाव आए और वह अपने आवेगों को रोकने और कोई योजना बनाने के योग्य नहीं रहा। इसे देख कर यह माना गया (जो अब प्रमाणित है) कि प्री-फ्रंटल कोर्टेक्स (पीएफ़सी) आवेगों पर नियंत्रण के लिए अनिवार्य है और वही भविष्य के अनुमान और नियोजन का काम भी करता है।

हम अब ऐसी बातें और तथ्य जानते हैं, जिनके बारे में पिछले कुछ वर्ष तक सपने में भी नहीं सोच सकते थे। पिछले बीस वर्षों के दौरान, परिष्कृत ब्रेन-स्कैनिंग तकनीकों के आने के बाद, हमने दिमाग़ और इसके पाथवेज़ की सच्ची क्षमता और भव्यता का पता लगाना आरंभ कर दिया है। मैं आपको आपके मस्तिष्क की ऐसी ही यात्रा पर ले जाने वाली हूँ कि यह कैसे विकसित और व्यवस्थित होता है, इसमें हर उस चीज़ का नियमन कैसे होता है जो हमें अनुभव होती है। यही सब आपको 'आप' बनाता है। यही द सोर्स की उत्पत्ति है।

अद्भुत मस्तिष्क

हमारा सीएनएस, यह हमारे जन्म से ले कर विकसित होते हुए, हमारे जीवन के अंत तक विकसित होता रहता है। इसमें निम्नलिखित शामिल हैं :

- द *सेरीब्रल कोर्टेक्स* - मुड़ी हुई बाहरी सतह जिसे हम मस्तिष्क समझते हैं।
- *ब्रेनस्टेम,* जो ब्रेन को स्पाइनल कॉर्ड से जोड़ता है।
- *सेरीबेलम,* ब्रेन के पिछले हिस्से में होता है, यह संयोजन और गति से संबंध रखता है।

ये सभी अंग मिल कर काम करते हैं, ये आपस में किसी थ्री-डी जिग्सा पज़ल की तरह गुँथे हैं जिसमें 86 बिलियन टुकड़े हैं, हर टुकड़ा दिमाग़ की एक कोशिका का प्रतिनिधित्व करता है।

न्यूरॉन्स ही वे साधन हैं जिनके माध्यम से हम पूरे शरीर और इंद्रियों से सूचना देने और पाने का कार्य करते हैं और ये ही गति, व्यवहार, संप्रेषण और विचार का संयोजन करते हैं। न्यूरॉन मस्तिष्क के आसपास न्यूरल पाथवे यानी स्नायु मार्गों से मिली जानकारी के आधार पर, मस्तिष्क के भीतर इलैक्ट्रिकल सिग्नल देते हैं – जिनके माध्यम से हम देखते, सुनते और महसूस करते हैं, गर्मी या सर्दी के लिए संवेदना व्यक्त करते हैं, स्पर्श और भावात्मक प्रतिक्रिया का अनुभव पाते हैं।

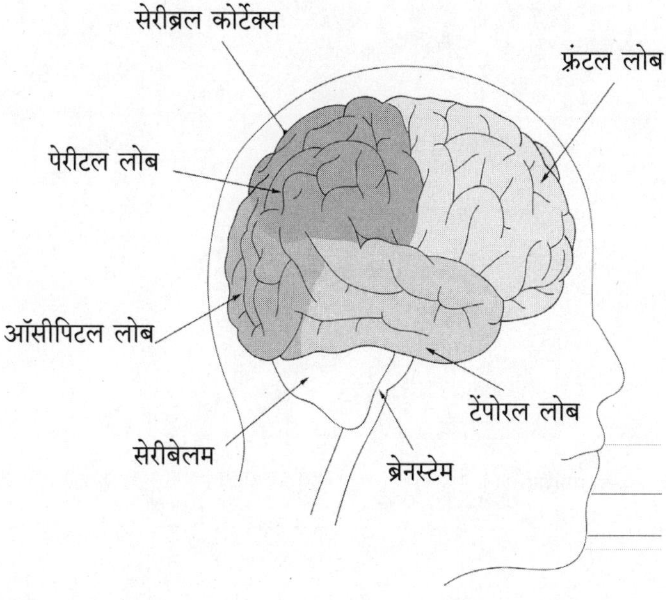

मनुष्य का मस्तिष्क

न्यूरॉन्स अद्‌भुत हैं। ये दिखने में पेड़ों जैसे लगते हैं : इनका 'तना' *एक्सॉन* और 'शाखाएँ' *डेंड्राइट्स* कहलाती हैं जो अन्य न्यूरॉन से सूचना जमा करती हैं और 'जड़ें' *एक्सॉन टर्मिनल* कहलाती हैं, जो दूसरे न्यूरॉन्स को इलैक्ट्रिक सिग्नल के रूप में संदेश देती हैं। ये जानकारी न्यूरॉन की जड़ों

तक इलैक्ट्रिकल संवेग के रूप में जाने के बाद, स्नायु के आख़िरी छोर तक पहुँचती है जिससे *न्यूरोट्रांसमीटर* नामक केमिकल बनता है, यही इसके और अगले न्यूरॉन के अंतराल *(साइनेप्स)* को भरता है।

यह न्यूरोट्रांसमीटर दूसरे न्यूरॉन की शाखाओं को मिलता है जिसकी वजह से दूसरे न्यूरॉन के स्नायु की जड़ों तक इलैक्ट्रिकल संवेग पहुँचता है और इसी तरह यह सिलसिला एक से दूसरे न्यूरॉन तक जारी रहता है।

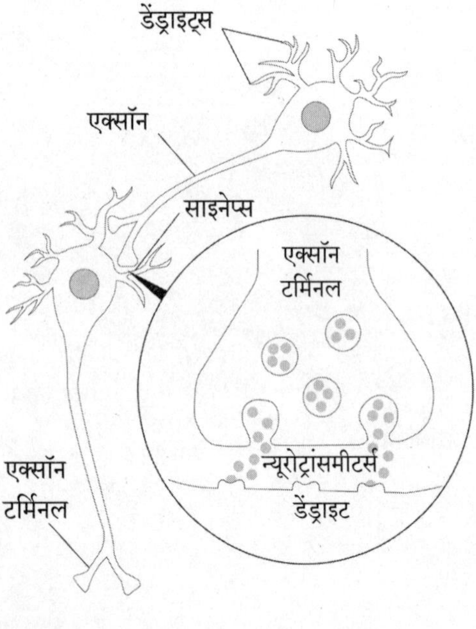

मस्तिष्क के न्यूरॉन्स (नर्व सैल)

हर न्यूरॉन बहुत परिश्रमी होता है – यह हर क्षण में एक हज़ार स्नायु संकेत दे सकता है और दूसरे न्यूरॉन्स के साथ दस हज़ार तक कनेक्शन बना सकता है। अब हम जानते हैं कि नए और मौजूदा न्यूरॉन तब और अधिक कनेक्शन बना सकते हैं, जब हम वयस्कावस्था में अपने आसपास होने वाले

अनुभवों के आधार पर अपने मस्तिष्क में और अधिक बदलाव लाते हुए विकसित होते हैं। हमारे सभी विचार उन केमिकल और इलैक्ट्रिक सिग्नल से निकलते हैं जो हमारे न्यूरॉन्स के बीच इन सिनेप्टिक अंतरालों के बीच से गुज़रते हैं। हम जितने अधिक कनेक्शन्स बनाते हैं, उतना ही द सोर्स पर लगे ताले को खोलने के योग्य हो जाते हैं।

ये सिग्नल्स हमेशा, एक साथ, अलग-अलग जगह पर घट रहे हैं, चाहे हम सो ही क्यों नहीं रहे हों। दरअसल, जब हम सोते हैं, तो हम नए पाथवेज़ बना रहे हैं, नए कनेक्शन बनाते हुए, कोशिकाओं को विकसित कर रहे हैं, ताकि पूरे दिन में हुए अनुभवों को प्रोसेस कर सकें। और फिर हम रोज़ की घटनाओं के लिए अपने मस्तिष्क के बदलावों के साथ प्रत्युत्तर को परिष्कृत करते हैं और पहले से अधिक परिपक्व और अनुभवी होते जाते हैं। जब ये पाथवेज़ मज़बूत होते हुए, समय और दोहराव के साथ स्थापित हो जाते हैं तो ये आदतें और व्यवहार के ढाँचे बनते हैं जिनके लिए हम सजग हो सकते हैं या नहीं हो सकते। न्यूरोप्लास्टीसिटी का अर्थ है कि हम वयस्कावस्था में इन ढाँचों में बाधा देते हुए, इन्हें परिष्कृत कर सकते हैं।

मस्तिष्क का प्रारंभ

कोख में फ़र्टीलाइजेशन के पहले तीन सप्ताह के बाद नर्वस सिस्टम का पहला लक्षण दिखाई देता है। एम्ब्रायोनिक सैल आकार लेता है, खुलता है और फिर मुड़ कर न्यूरल ट्यूब बनाता है जो एक छोर पर दिमाग़ और दूसरे छोर पर स्पाइनल कॉर्ड बनता है। यह हमारे डीएनए की बहुत ही जटिल और सूक्ष्म प्रक्रिया है और यही हमें बनाती है और बताती कि जब हम पैदा होंगे तो क्या होंगे।

हर छोटा-सा नन्हा मनुष्य वास्तव में, दुनिया में प्रवेश के पहले क्षण से ही किसी चमत्कार से कम नहीं होता। इसके बाद पहले दो वर्षों में दिमाग़ का तेज़ी से विकास होता है। हम चलना और बोलना सीखते हैं जो अपने-आप में अद्भुत है। शिशु का दिमाग़ जन्म के पहले कुछ सप्ताह में प्रतिदिन लगभग 1 प्रतिशत बढ़ता है। कुल मिला कर उसमें 64 प्रतिशत की वृद्धि होती है (यह पहले तीन माह में वयस्क आकार के तिहाई से आधे आकार तक आ जाता है।)

सेरीबेलम गर्दन के पिछले हिस्से में होता है जो गति और संतुलन से संबंध रखता है। जीवन के पहले तीन माह में यह दुगनी से भी अधिक गति से बढ़ता है। हम देख सकते हैं कि जब लोग शराब के नशे में होते हैं तो उनके सेरीबेलम पर क्या असर होता है। वे किसी छोटे बच्चे की तरह लड़खड़ा कर चलते है, क्योंकि शराब इसी हिस्से को सबसे अधिक प्रभावित करती है।

बच्चे के दिमाग़ का विकास दिखाता है कि पिछली सहस्राब्दि के दौरान हमारे मस्तिष्क किस तरह विकसित हुए हैं। जीवन के पहले चरण में जो भी अधिक महत्त्वपूर्ण होता है, उसके अनुसार ही सेरीब्रल कोर्टेक्स असमतल रूप से विकसित होता है। इसके फ़ोल्ड दो हिस्सों में विभाजित होते हैं – दायाँ और बायाँ गोलार्द्ध या हेमिसफ़ीयर (हमें यक़ीन था कि इनका दिमाग़ के काम करने के तरीक़े से गहरा संबंध होता है) परंतु बाद में हमने इसके बारे में और जाना।

सेरीब्रल कोर्टेक्स के हर हेमिसफ़ीयर में चार परिभाषित क्षेत्र या लोब्स होते हैं :

1. *फ्रंटल लोब्स* तर्कशक्ति, नियोजन, समस्या हल करने, शॉर्ट टर्म मेमोरी संग्रह और गति से संबंध रखते हैं।
2. *ऑसीपिटल लोब्स* आँखों से मिलनी वाली सूचना को प्रोसेस करते हुए, दिमाग़ में पहले से संग्रहीत जानकारी से जोड़ते हैं।
3. *टेंपोरल लोब्स* कानों, नाक और मुँह से मिलने वाली ऐंद्रिक सूचना को प्रोसेस करते हैं। इसके अलावा वे स्मृति के संग्रह से भी जुड़े हैं।
4. *पैरीटियल लोब्स* हमारे कान, नाक और स्पर्श की इंद्रिय संबंधी सूचना से जुड़े हैं।

दिमाग़ में देखने और सुनने संबंधी केंद्रों के अलावा भाषा के लिए भी सेंटर होते हैं परंतु ये सभी काम जटिल नेटवर्क के एक साथ काम करने पर निर्भर हैं, जैसे फ़िंगरप्रिंट, हम सबके दिमाग़ में सभी कामों के मैप भी अनूठे और सक्रिय होंगे।

एसोसिएशन एरिया कोर्टेक्स का वह हिस्सा है जो गति या संवेदना से नहीं जुड़े पर इंद्रिय संबंधी सूचना और दुनिया के बोधात्मक अनुभव की कहीं अधिक जटिल प्रोसेसिंग से जुड़े हैं। एसोसिएशन के ये एरिया नेटवर्क

की तरह संगठित हैं और पूरे दिमाग़ में विभाजित हैं और ये सिर के पिछले हिस्से में टेंपोरल, पैरीटियल और ओसीपिटल और प्री-फ्रंटल एरिया में होते हैं। पीएफ़सी सिर और कोर्टेक्स के अगले हिस्से में होता है और तर्क व रचनात्मकता को संचालित करता है। ये एसोसिएशन एरिया आपस में मिल कर, दिमाग़ और शरीर के आसपास घूम रही असंख्य सूचनाओं को सँभालते हैं। मनुष्य के बड़े होने के साथ-साथ पीएफ़सी का आकार बढ़ता है और यह बाहरी दुनिया के लिए उद्देश्य और प्रत्युत्तर, जोख़िम लेने, किसी लक्ष्य के लिए क़दम बढ़ाने की योग्यता से जुड़ा है - इसे प्राय: उच्च स्तरीय चिंतन और एक्जीक्यूटिव कार्रवाई से संबद्ध माना जाता है। जब यह पीएफ़सी पूरी क्षमता के साथ काम नहीं करता तो हम भटका हुआ महसूस करते हैं, बातों को भूलने लगते हैं, हमारा ध्यान केंद्रित नहीं होता और भावात्मक रूप से भी खीझने लगते हैं। हम अपने दिमाग़ की पुरानी आदतों और व्यवहार से ही इतना जुड़ जाते हैं कि अपने आसपास होने वाले बदलाव के बावजूद उन्हें ही लगातार दोहराते रहते हैं। क्या यह आपको सुनने में जाना-पहचाना लग रहा है?

एक आदर्श मस्तिष्क हमारे मन में चल रहे विविध विचारों का विश्लेषण करने के बाद नए समाधानों और प्रत्युत्तरों के साथ सामने आता है। हम सभी संपूर्ण मस्तिष्क से मिलने वाले इस लाभ को पाना सीख सकते हैं। हमें अपनी इंद्रियों और अमूर्त चिंतन की मदद से ऐसे ढाँचों को देखना होगा जो स्पष्ट तौर पर दिखाई नहीं देता। जब द सोर्स अपनी पूरी क्षमता से काम करता है, तो यह पाथवेज़ के साथ काम करने के दौरान नए कनेक्शन बनाता है। रचनात्मक चिंतन को बढ़ावा मिलता है और दिमाग़ ऑटोपायलट पर काम करना बंद कर देता है।

शिशुओं के दिमाग़ में, शुरुआती विकास के दौरान भाषा और मानसिक तर्क शक्ति से जुड़े क्षेत्र तेज़ी से बढ़ते हैं (फ्रंटल और पैरीटियल लोब्स के हिस्से)। दृष्टि से जुड़े एरिया (ओसीपिटल लोब्स) जन्म से ही इतने विकसित होते हैं कि बच्चा माता-पिता को पहचान कर उनसे लगाव पैदा कर सकता है। प्रेम, लोच और विश्वास जैसे अमूर्त कौशल हमारे परिवेश और संबंधों से प्रभावित होते हैं। इन्हें विकसित होने में समय लगता है - ये लगभग किशोरावस्था तक पूर्ण होते हैं, क्योंकि ये शिशु की उत्तरजीविता के लिए उतना अधिक महत्त्व नहीं रखते।

मस्तिष्क के अलग-अलग हिस्सों को जोड़ने वाले न्यूरल पाथवेज़ बचपन में ही विकसित हो कर मज़बूत होते हैं, वे 12 से 24 महीनों के दौरान चलना और बोलना सीखने की गहरी प्रक्रिया में विकसित हो जाते हैं। फिर किशोरावस्था में न्यूरल की छँटनी होती है जिनमें वह काम में नहीं आने वाले पाथवेज़ को हटाते हुए दिमाग़ को परिष्कृत पाथवेज़ के साथ विशेषज्ञता प्रदान करता है और ऐसे कौशल सीखता है जो उसे सामाजिक रूप से परस्पर अंत:क्रिया करने, उत्तरजीविता और प्रजनन के लिए चाहिए।

स्पाइनल कॉर्ड दिमाग़ और शरीर को आपस में जोड़ती है, इंद्रियों से मिली सूचना इसके माध्यम से ही ऊपर से नीचे और नीचे से ऊपर तक जाती है। इसे हम दोतरफ़ा सूचना हाईवे भी कह सकते हैं। स्पाइनल कॉर्ड, गति और सेरीब्रल कोर्टेक्स के संवेदन क्षेत्र, ब्रेन एजीलिटी मॉडल में शारीरिक बल की क्षमता से संबंध रखते हैं, जिसके बारे में हम अध्याय सात में जानेंगे। इस तरह हमें अपने शरीर के संदेश सुनने की योग्यता मिलती है और दोनों दिशाओं में दिमाग़ और शरीर के कनेक्शन में सुधार होता है।

लिम्बिक तंत्र

हमारे दिमाग़ के भीतर गहराई में, मुट्ठी के आकार का लिम्बिक तंत्र होता है, यह दिमाग़ के उन मूल भावात्मक और सहज प्रवृत्ति से जुड़े हिस्सों में से है, जहाँ हमारी असजग आदतें और व्यवहारों के ढाँचे जमा होते हैं। दिमाग़ के इस हिस्से का, द सोर्स की अधिकतम क्षमता को प्रकट करने से गहरा संबंध है। इसके प्रमुख भाग हैं एमिगडल, हाइपोथैलमस, थैलमस और बैसल गेंगलिआ जो व्यवहार, भाव, प्रेरणा तथा दीर्घकालीन स्मृतियों की रचना से जुड़े हैं (लिम्बिक शब्द लैटिन भाषा से लिया गया है जिसका अर्थ है सीमा या छोर)।

लिम्बिक तंत्र विवादित रहा है, क्योंकि न्यूरोविज्ञान की प्रगति के कारण इसकी सीमाएँ कई-कई बार परिभाषित हो चुकी हैं। यह सच है कि लिम्बिक ढाँचे भावों से गहरा संबंध रखते है। परंतु मस्तिष्क को एक संपूर्ण रूप से ऐसा तंत्र माना जाना चाहिए जिसमें निरंतर भाव प्रवाहित होते रहते हैं। जैसा कि हम आगे चर्चा करेंगे, हमारे भावों का प्रबंधन ही द सोर्स को साकार करने की कुंजी है। ख़ासतौर पर आधुनिक जगत में यह और भी

ज़रूरी हो जाता है जहाँ तर्क और विश्लेषण की अति के कारण भाव और सहज प्रवृत्ति की शक्ति को अनदेखा कर दिया जाता है। हम निर्णय लेते हुए और सफलता की माप करते समय तर्क के ही पक्ष में खड़े दिखाई देते हैं। अक्सर अपनी गहरी माँगों और इच्छाओं को उपेक्षित कर देते हैं। जिस प्रकार शारीरिक लिम्बिक तंत्र विवाद का विषय रहा है, उसी तरह तर्क और भौतिक सफलता के अन्य प्रतीकों को प्रश्रय देने के बजाए, द सोर्स को प्रकट करने के लिए संपूर्ण मस्तिष्क और भाव कहीं अधिक महत्त्वपूर्ण हैं। इस पुस्तक के अंत तक आप भी इस कथन की सत्यता को जान लेंगे।

लिम्बिक तंत्र हमारे सेरीब्रल कोर्टेक्स से आने वाली सूचना को प्रोसेस करते हुए, इसकी आउटपुट को पीएफ़सी और हाइपोथैलमस को देता है और एक अनिवार्य केंद्र बनाता है क्योंकि यह ताज़ा घटनाओं को ढाँचों की पहचान में बदलता है, हमारी प्रतिक्रिया में मदद करने के लिए भावात्मक, तार्किक और सहज प्रवृत्ति से जुड़े आँकड़ों का आपस में मेल करता है। इसमें सरल से ले कर जटिल भाव तक शामिल हैं; जैसे –'मेरा बच्चा रो रहा है, शायद वह भूखा है।' या 'मेरे मन में उठने वाले संदेह से हमारा संबंध टूट सकता है।' आदि। एमिगडल कोशिकाओं के दो बंडल हैं (दोनों एक-एक हैमिसफ़ीयर में स्थित हैं।) यहीं से सारी भावात्मक प्रतिक्रियाएँ आती हैं, जिनमें भय और नकारात्मकता के भाव प्रमुख हैं और वे व्यवहार संबंधी महत्त्व रखने के साथ-साथ किसी भी ट्रिगर के लिए प्रत्युत्तर ढाँचे भी बनाते हैं। लंबे समय बनी रहने वाली यादें कोर्टेक्स में संग्रहीत हैं, हिप्पोकैम्पस के न्यूरॉन, नई वृद्धि के लिए लोच, दिखाते हैं जो अल्प समय की स्मृति और मूड के लिए महत्त्वपूर्ण है।

दिमाग़ के अंदर गहराई में, हाइपोथैलमस को रेटीना, हार्मोन के स्तरों, रक्त और शरीर के तापमान में नमक/पानी के संतुलन से जानकारी मिलती है। इसके कई महत्त्वपूर्ण कामों में से एक यह भी है कि यह पीयूष ग्रंथि के माध्यम से नर्वस सिस्टम और हार्मोनल सिस्टम को जोड़ता है जिससे दिमाग़ और शरीर का संबंध और भी गहरा होता है। हाइपोथैलमस शरीर को सूचना देता है और पीनियल ग्रंथि के साथ सोने और जागने के चक्र से जुड़ा है, जो बॉडी क्लॉक के रूप में मेलाटोनिन का स्राव करता है। यह एक रोचक बात है, सत्रहवीं सदी के जाने-माने दार्शनिक और वैज्ञानिक डेस्क्रेट्स का मानना था कि पीनियल ग्रंथि ही आत्मा का प्रमुख स्थान है और हालाँकि

उनके अधिकतर सिद्धांत अप्रमाणित हो चुके हैं, फिर भी हिंदू और ताओ विचारधाराओं में पीनियल ग्रंथि से जुड़ी एक अवधारणा चली आ रही है। वे इसे तीसरा नेत्र (मन की आँख या आंतरिक नेत्र) कहते हैं। तीसरा नेत्र अवचेतन मन का सूचक है और कहते हैं कि यह लोगों को उनकी सहज प्रज्ञा से जोड़ता है। इसे योग, ध्यान तथा क्वीगोंग जैसे आध्यात्मिक अभ्यासों के बल पर और अधिक शक्तिशाली बना सकते हैं।

अंत में, लिम्बिक तंत्र में, बैसल गेंगलिआ, ब्रेनस्टेम की कोशिकाओं का नेटवर्क है जिसे हम पहले ऐच्छिक गतिविधि से संचालित मानते थे – पार्किन्सन और दूसरे न्यूरोडिजेनेरेटिव रोग यहीं दिखते हैं, परंतु फिर यह पता चला कि ये हमारी प्रेरणा तथा कर्म के स्तरों की भी कुंजी हैं (मानसिक और शारीरिक दोनों।) इन कोशिकाओं की योग्यताओं में सुधार करने से हम निरंतर प्रेरित रह सकते हैं जो द सोर्स को साकार करने की कुंजी में से है। यही वजह है कि हम स्वयं को फ़िट रखने के लिए जिम जाना पसंद करते हैं या करियर के पायदान पर आगे तक जाने के लिए कड़ी मेहनत करते हैं।

ब्रेन की कैमिस्ट्री

अगर हम चाहते हैं कि हमारा शरीर और दिमाग़ उचित संतुलन और सामंजस्य के साथ काम करते रहें तो हमें दिमाग़ के रसायनों में संतुलन बनाना होगा, इस असंतुलन का हमारे व्यवहार और भावों पर बहुत ही गंभीर असर हो सकता है। कई मामलों में डोपामाइन का असंतुलन स्किजोफ्रीनिया और सीरोटोनिन का असंतुलन अवसाद और बाइपोलर रोग का कारण बन सकता है। न्यूरोट्रांसमीटर ऐसे रसायन हैं जो न्यूरॉन्स के सबसे निचले छोरों में पाए जाते हैं जिनके कारण इलैक्ट्रिकल संदेश दूसरे न्यूरॉन तक जाता है और दिमाग़ में पाथवेज़ बनते हैं। दिमाग़ में कई तरह के न्यूरोट्रांसमीटर पाए जाते हैं, परंतु द सोर्स के लिए सबसे अहम न्यूरोट्रांसमीटर वही हैं जो हमारे व्यवहार से निकट संबंध रखते हैं। डोपामाइन ऐसा रसायन है जो आमतौर पर आनंद और पुरस्कार से जुड़ा है। यह उस तड़प का हिस्सा है, जो हमें चॉकलेट खाने के लिए, प्यार में पड़ने पर महसूस होती है। पर अफ़सोस, इसमें नशे की लत, उपभोक्तावाद, आवश्यकता से अधिक खाना और अपनी जेब से अधिक ख़र्च भी शामिल है। सीरोटोनिन को हैप्पी हार्मोन कहा जाता है, यह मूड और एंग्जायटी के संतुलन का संकेत देता

है। ऑक्सीटोसिन बच्चे के जन्म के समय होने वाले सकुंचन, स्तनपान, आलिंगन, प्रेम, भरोसे और आपसी लगाव के साथ बनता है। और हम सबने एंडोरफ़िन्स के बारे में सुना है – न्यूरोट्रांसमीटर्स, जो बहुत अधिक उत्तेजना के क्षण होते हैं जिसे एंडोरफ़िन रश भी कहा जाता है। जैसे कोई रेस जीतना या फिर आनंददायक शारीरिक संबंध, चाहे हम किसी भी कारण से यह एंडोरफ़िन रश महसूस करें। ये उन क्षणों के लिए प्रतिक्रिया होती है जो व्यायाम, तनाव, भय या पीड़ा में सामने आ सकते हैं। हमारा दिमाग़ हमें शांत करने की कोशिश करते हुए, पीड़ा के बोध से छुटकारा दिलाता है।

इन ट्रांसमीटर्स और हमारे मूड के स्तरों के कारण, भाव और चालन आपस में संबंध रखते हैं। हम कैसे सोचते हैं और अपने शरीर को किस तरह देखते हैं, उसके माध्यम से ही अपनी फ़िजियोलॉजी को सामान्य कर सकते हैं, हमें इन रसायनों के स्तरों, आपूर्ति, गुणवत्ता तथा प्रवाह की दया पर रहने की आवश्यकता नहीं है। द सोर्स हमें यह सीखने में सहायक होगा कि हम प्रचुरता से विचार कैसे कर सकते हैं। प्रसन्न होने के लिए मुस्करा सकते हैं, मूड में सुधार के लिए व्यायाम कर सकते हैं, तत्काल संतोष को विलंबित कर सकते हैं, तनाव और अवसाद से बचाव के लिए ध्यान कर सकते हैं आदि।

द सोर्स को अधिकतम करने की कुंजी यही है कि हम दिमाग़ के हर न्यूरोट्रांसमीटर पाथवे को जगाते हुए उनके बीच का संतुलन और प्रतिभार बनाए रखें। जानकारी का निरंतर प्रवाह हमें अनुमति देता है कि हम हर पाथवे से मिलने वाले आउटपुट और न्यूरोट्रांसमीटर्स के स्तरों को समायोजित करते रहें। हमें अपने लक्ष्यों के नियमन के लिए यही करना होगा। हमें भावात्मक और तार्किक दोनों प्रकार के चिंतन के साथ जोख़िम का अनुमान लगाना सीखना होगा। आदर्श रूप से, इस संतुलित और प्रोत्साहित अवस्था में हम शांत, प्रेरित और अंतर्दृष्टियुक्त रह सकते हैं। हमारे पास विकास और संतुलन के लिए उचित सामग्री और श्रेष्ठ दशाएँ उपलब्ध होती हैं।

आगामी अध्यायों में मैंने जो सामग्री और प्रोग्राम प्रस्तुत किए हैं, उन्हें पढ़ने से आप जान लेंगे कि द सोर्स की पूरी शक्ति को कैसे प्रकट कर सकते हैं और तर्क व भाव का संतुलन ही सबसे बड़ी कुंजी कैसे है। ये दो प्रमुख पाथवे ही एक दूसरे के पूरक हैं और एक सिक्के दो पहलुओं की तरह हैं। हमारे सभी निर्णयों पर भावों का प्रभाव होता है, और हमारे लिम्बिक

तंत्र में भावात्मक आवेग पीएफ़सी के तर्कसंगत विचार से नियमित होते हैं। पुस्तक के तीसरे भाग में आप इसे विस्तार से पढ़ेंगे, यह यिन और यैंग का पूरा संतुलन है और दिमाग़ी फुर्ती के दो स्तंभ हैं। परंतु जब हम तनाव में होते हैं तो हमारी निर्णय निर्धारण क्षमता अतार्किक हो जाती है, हम अपना संतुलन नहीं रख पाते और तर्क व भाव के दो पलड़ों पर झूलने लगते हैं या फिर किसी एक खेमे में डेरा लगा देते हैं। या तो तर्क का सहारा ले कर भावों को अनदेखा करते हैं या फिर भावों की अति में आ कर, तथ्यों का सामना नहीं कर पाते।

अपनी देख-रेख

आधुनिक युग की माँगों के चलते हमारा दिमाग़ लगातार तनाव और दबाव की चपेट में रहने लगा है इसलिए द सोर्स को हमारी मदद चाहिए कि हम इसके केंद्र को बरकरार रखते हुए, क्षमता को अधिकतम कर सके। यहीं से हमारी जीवनशैली में बदलाव सामने आता है - इसमें हमारे भोजन से ले कर, हर रात नींद के घंटे और शारीरिक व्यायाम आदि शामिल है - जिनसे हमें भारी लाभ हो सकता है।

हम मान कर चलते हैं कि हमारे दिमाग़ के पास सही तरह से काम करने के लिए सब कुछ है और हमें लगता है कि यह हमेशा सही तरह से काम करता रहेगा। हम अपनी कार को इस तरह देख-रेख के बिना नहीं रखेंगे, हम ध्यान देंगे कि उसकी नियमित रूप से सर्विस होती रहे और अगर कोई ख़राबी आए तो उसे ठीक किया जा सके। तो हमें ऐसा क्यों लगता है कि हमारा दिमाग़ हमेशा आदर्श अधिकतम क्षमता तक काम करता रहेगा और जब हम आवश्यकता से अधिक भोजन करें, नींद पूरी नहीं लें और नियमित अंतराल के बिना तनावपूर्ण माहौल में काम करते रहें तो यह स्वयं की प्राथमिकताओं को तय कर देगा? या फिर जब हम दिन के अधिकतर हिस्से में 'ज़ोन आउट' रहें?

जब हम अपने अद्भुत दिमाग़ और हमारे भविष्य को रचने की इसकी क्षमता की बात करते हैं तो यही उचित लगता है कि हम जानें - हमें इसे नियमित रूप से बुनियादी देख-रेख क्यों देनी चाहिए।

विश्राम

अधिकतर वयस्कों को हर रात सात से आठ घंटे की भरपूर नींद लेनी चाहिए। अमेरिका के नैशनल स्लीप फ़ाउंडेशन के 18 प्रमुख निद्रा विशेषज्ञों ने अपनी ताज़ा रिपोर्ट में यही सलाह दी है जबकि 98–99 प्रतिशत लोग ऐसा नहीं कर पाते। जब वे यह कोटा पूरा नहीं करते तो उनके दिमाग़ की गतिविधि पर गहरा असर होता है। समय के साथ, कम नींद लेने की आदत के कारण अल्ज़ाइमर रोग से ले कर मोटापे और मधुमेह की समस्या बढ़ जाती है। कम नींद और डिमेंशिया के बीच की कड़ी दिमाग़ के शुद्धि तंत्र के कारण है। इसे ग्लिमफ़ेटिक तंत्र कहते हैं, इसे दिमाग़ से विषैले तत्त्व निकालने में सात से आठ घंटे का समय लगता है। ये समय के साथ-साथ ऑक्सीडेटिव प्रक्रियाओं के कारण जमा हो जाते हैं जैसे तनाव और शराब और इसके साथ डिमेंशिया जैसे ख़तरे भी सामने आते हैं। इससे पता चलता है कि द सोर्स पर नींद का दीर्घकालीन प्रभाव होता है, परंतु इसका तत्काल प्रभाव भी उतना ही नुक़सानदायक है। नींद की कमी से द सोर्स की कार्रवाई बाधित होती है और अगर आप अपने मस्तिष्क की पूरी क्षमता को बाहर लाने के लिए गंभीरता से विचार करते हैं तो आपको इसे अनदेखा नहीं करना चाहिए। एक पूरी रात की नींद नहीं लेने से आपके आईक्यू पर गहरा असर हो सकता है।

नींद की कमी का संबंध दिमाग़ की रीऐक्टिविटी से भी है, यानी दिमाग़ सोच-समझ कर तर्कसंगत उत्तर देने के बजाए अपने मूल हिस्से से ही देगा। पूरी तरह से विश्राम पाने वाला दिमाग़ बेहतर निर्णय लेता है, उचित प्रकार से प्रत्युत्तर दे पाता है और कम नींद पाने वाले दिमाग़ की तुलना में इसकी स्मरण शक्ति भी अधिक होती है। जब आप भरपूर नींद लेंगे तो पता चलेगा कि आपके लिए अपने भावों और मूड को सँभालना भी आसान हो रहा है।

यू ट्यूब पर ऐसे अनेक वीडियो उपलब्ध हैं जिन्हें देख कर आप सोने से पहले ध्यान कर सकते हैं जैसे योग निद्रा साइकिक स्लीप। सदर्न कैलिफ़ोर्निया और यूनिवर्सिटी ऑफ़ कैलिफ़ोर्निया के अध्ययन के अनुसार नींद नहीं आने की शिकायत करने वाले 58 प्रतिशत रोगियों ने नियमित ध्यान के बाद पाया कि उनकी नींद की गुणवत्ता में सुधार हुआ। अध्ययन के अंत में, 91 प्रतिशत रोगी अपनी नींद की दवा को छोड़ने या बहुत कम करने में सफल रहे।

आपको अपनी नींद की गुणवत्ता में सुधार के लिए :

- हर रात सात से नौ घंटों की गहरी नींद लेनी चाहिए।
- रात को सोने से पहले मन को शांत करें और आख़िरी एक घंटे में स्क्रीन से दूर रहें।
- नींद से पहले ध्यान और मानसिक चित्रण गहरी नींद लाने में सहायक होंगे।

ईंधन

हमारा दिमाग़ हमारे शरीर के भार का केवल दो प्रतिशत होता है परंतु हमारे भोजन का कम से कम 25 से 30 प्रतिशत प्रयोग में लाता है और यह आगे के लिए ईंधन जमा नहीं कर सकता। शोधों से पता चलता है कि भूखे रहने से निर्णय निर्धारण क्षमता पर असर पड़ता है – छोटे और बड़े, दोनों तरह के निर्णय लेना कठिन लगता है। मिसाल के लिए जजों को ही लें, वे सुबह के समय या फिर लंच के बाद ज़्यादातर क़ैदियों की पेरोल के आवेदन को मंज़ूर कर देते हैं जब वे पूरी तरह से ऊर्जा से भरपूर होते हैं और उन्हें भूख नहीं लगी होती। एक अध्ययन में इज़राइली जजों के एक हज़ार से अधिक निर्णय देखे गए और पाया गया कि एक सत्र में लंच के बाद वाले पहले तीन क़ैदियों की मुक्त होने की संभावना, आख़िरी तीन क़ैदियों की तुलना में छह गुना थी।

प्रोटीन से भरपूर स्वस्थ और संतुलित आहार, साबुत अनाज (इनमें अनिवार्य अमीनो एसिड पाए जाते हैं जो कोशिकाओं के निर्माण में काम आते हैं) और विटामिन व मिनरल से भरपूर हरी सब्ज़ियाँ और गुड फ़ैट्स जैसे (नारियल का तेल, मछली और एवोकाडो) आदि का दिमाग़ पर गहरा असर होता है। वहीं दूसरी ओर बहुत अधिक प्रोसेस्ड आहार जैसे केक, बिस्कुट और दूसरे सुविधाजनक खाद्य पदार्थ, चीनी और सैचुरेटिड वसा की अधिक मात्रा (विशेष तौर पर ट्रांस फ़ैट), दिमाग़ के लिए नुक़सानदायक हो सकते हैं। इससे डिमेंशिया और मूड में उतार-चढ़ाव का ख़तरा बढ़ सकता है।

हम दिमाग़ पर पोषक पदार्थों के प्रभाव को जितना अधिक समझते हैं, किसी व्यक्ति के लिए आहार उतना ही अधिक गंभीर मसला हो जाता है, जो अपने दिमाग़ की पूरी क्षमता को सामने लाना चाहता है। आप चाहें तो दिमाग़ी ताक़त बढ़ाने के लिए इनका प्रयोग कर सकते हैं :

- सप्ताह में अधिकतर दिन, प्रतिदिन एक चम्मच नारियल के तेल का सेवन करें।
- प्रोसेस्ड आहार की मात्रा कम करते हुए, भोजन में मछली और एवोकाडो की मात्रा बढ़ाएँ।
- चीनी से भरे स्नैक्स लेने के बजाए नट्स और बीजयुक्त स्नैक्स का सेवन करें।
- पालक और ब्रोकली जैसी हरी पत्तेदार सब्ज़ियों की मात्रा बढ़ा दें।

नूट्रॉपिक्स

नूट्रॉपिक्स ऐसे तत्त्व हैं जो दिमाग़ी ताक़त बढ़ाते हैं - इन्हें स्मार्ट ड्रग्स भी कहते हैं। कई वर्षों से, छात्र और व्यवसायी लंबे समय तक कड़ी मेहनत करने के लिए कैफ़ीन लेते आए हैं और अब कुछ एडीडी, डिमेंशिया व नार्कोलेप्सी के लिए बनी दवाओं का इस्तेमाल करने लगे हैं ताकि उनके प्रदर्शन में सुधार आ सके। ऐसा कोई प्रमाण नहीं या बहुत कम प्रमाण है कि इन दवाओं के लेने से संज्ञानात्मक वृद्धि होती है। केवल जागने के घंटे बढ़ जाते हैं। मेरे एक न्यूरोसाइंस प्रोफ़ेसर के अनुसार, 'ये कुछ हद तक वियाग्रा की तरह हैं... ये एक बार का प्रदर्शन तो सुधार देंगे पर हमेशा के लिए आपकी शादी नहीं बचा सकते!' ये आपके मस्तिष्क में 'सुधार' नहीं करते।

हाइड्रेट

दिमाग़ में अनुमानतः 78 प्रतिशत जल पाया जाता है तो ऐसे में यह समझना आसान हो जाता है कि दिमाग़ की कार्रवाई का हाइड्रेशन के स्तर का सीधा संबंध होता है। हाइड्रेशन के स्तर में एक से तीन प्रतिशत की कमी, हमारे

केंद्र, एकाग्रता और स्मरण शक्ति को नकारात्मक रूप से प्रभावित कर सकती है। यही वजह है कि हर बच्चे को स्कूल में पानी की बोतल ले कर जाना चाहिए और हम वयस्कों के लिए भी ऐसा करना ज़रूरी है।

हम कई महत्त्वपूर्ण शारीरिक क्रियाओं के लिए जल का प्रयोग करते हैं जैसे जोड़ों की चिकनाहट और कोशिकाओं को पोषक तत्त्व और ऑक्सीजन पहुँचाना। अगर हम भरपूर पानी नहीं पीते तो हमारा शरीर अपने बुनियादी काम नहीं कर पाता और इसका सबसे पहला असर हमारी याददाश्त और ध्यान पर पड़ता है। हमारा दिमाग़ उत्तरजीविता के लिए उन्हें प्राथमिकता नहीं देता पर आधुनिक युग में ऐसा होता है। 2015 में हुए एक अध्ययन के अनुसार, पता चला कि जो ड्राइवर प्रति घंटे केवल एक घूँट पानी पीते हैं, वे उन लोगों की तुलना में दुगनी भूलें करते हैं जिन्होंने भरपूर पानी पिया हो। किसी व्यक्ति द्वारा की जाने वाली त्रुटियों की मात्रा वैसे व्यक्ति से तुलनीय थी, जिसके ख़ून में अल्कोहल फ़िलहाल निर्धारित ड्रिंक ऐंड ड्राइव की सीमा 0.08 प्रतिशत के अनुरूप हो। दो विश्वविद्यालयों द्वारा 2013 में किए गए एक अध्ययन से पता चला है कि जिन लोगों ने हमारे मानसिक कार्यों को करने से पहले एक पिंट पानी पिया था, उनमें प्रतिक्रिया का समय उनके मुक़ाबले 14 प्रतिशत तेज़ था, जो पीते नहीं थे। और अगर आप हैरान नहीं हों, तो हम में से प्रत्येक को अपने शरीर के हर 15 किलो वज़न के लिए एक दिन में आधा लीटर पानी पीना चाहिए।

जब आपको लगता है कि आपको प्यास लगी है या आपके होंठ सूखते हैं तो उस समय तक आप तीन प्रतिशत डीहाइड्रेट हो चुके होते हैं। पानी के अभाव में शरीर केमिकल और इलैक्ट्रिक संदेश नहीं भेज पाता। आपको ध्यान रखना है :

- एक औसत दिन में अपनी प्यास के स्तर को परखें। अगर आपको प्यास महसूस हो रही है तो आपके शरीर में पानी की कमी हो चुकी है। आपको नियमित रूप से पानी पीना है ताकि प्यास महसूस नहीं हो।
- अपने पास पानी की ऐसी बोतल रखें जिसे बार-बार भरा जा सके, वह हमेशा इतनी पास हो कि आप आसानी से पानी पी सकें।
- कैफ़ीनयुक्त पदार्थों के बजाए पानी या हर्बल चाय लें। अगर आप दिन में कई बार कॉफ़ी या चाय लेते हैं तो ऐसा करना आवश्यक है।

- खीरा या खरबूजा जैसे फल लें, जिनमें पानी की भरपूर मात्रा पाई जाती है।

ऑक्सीजिनेट

व्यायाम से ना केवल शरीर और दिमाग़ को ऊर्जा मिलती है बल्कि आप और अधिक गहराई से साँस लेते हैं, जिससे शरीर की सारी कोशिकाएँ ऑक्सीजिनेट होती हैं यानी उनका ऑक्सीजनीकरण हो जाता है। पता चला है कि इससे हमारी न्यूरोप्लास्टीसिटी में भी सुधार होता है। यह उन कारकों में से एक है जिसे न्यूरोविज्ञानी पर्यावरण संबंधी पोषण कहते हैं और अध्ययन बताते हैं कि व्यायाम करने से, कोशिकाओं को ऑक्सीजन की आपूर्ति बढ़ती है और वे सक्रिय एक्शन–न्यूरॉन तैयार रखती हैं ताकि ज़रूरत पड़ने पर मरम्मत का काम तुरंत हो सके।

नियमित व्यायाम करने से दिमाग़ को बहुत अधिक लाभ होते हैं। ग्यारह अध्ययनों के सामूहिक परिणाम से पता चला कि व्यायाम करने से डिमेंशिया के जोख़िम को तीस प्रतिशत तक कम कर सकते हैं। इससे दिमाग़ की फुर्ती भी बढ़ती है। जो लोग व्यायाम करते हैं, उनके लिए अपने भावों का प्रबंधन करना सरल होता है, सोच में लोच उत्पन्न होती और वे कई तरह के काम एक साथ काम करने के माहिर होते हैं।

जर्नल *न्यूरोविज्ञान लेटर्स* में प्रकाशित अध्ययन के अनुसार, टेक्सास यूनीविर्सटी के शोधकर्ताओं ने बीडीएनएफ़ नामक प्रोटीन के लिए व्यायाम के प्रभाव पर काम किया। इसे 'ब्रेन डिराइवड न्यूरोट्राफ़िक फ़ैक्टर' भी कहते हैं यानी स्नायु कोशिकाओं का विकास। बीडीएनएफ़ में दिमाग़ की कोशिकाओं की उत्तरजीविता, मरम्मत, मूड का नियमन और सीखने व याददाश्त जैसी चीज़ें जुड़ी हैं। अगर बीडीएनएफ़ का स्तर कम होगा तो कई तरह की मानसिक परेशानियों का सामना करना पड़ सकता है, जैसे अवसाद, बाइपोलर डिसऑर्डर और सीजोफ्रीनिया आदि। टेक्सास अध्ययन में, जितने भी वयस्कों में उच्चतम गहनता वाले व्यायाम किए, उनके शरीर में बीडीएनएफ़ के स्तर में बढ़ोतरी हुई और संज्ञानात्मक क्रियाएँ भी सुचारू हुईं। जब आप इसे करते हैं, तो कैसा महसूस करते हैं? मानें या मानें, जब हम ऐसा व्यायाम करते हैं तो हम उसका जितना अधिक आनंद उठाते हैं

और बोझ की तरह नहीं लेते, तो बीडीएनएफ़ का स्राव और अधिक होता है। दिमाग़ से जुड़े किसी भी काम में मंशा बहुत मायने रखती है : अगर आप कुछ करना चाहते हैं तो यह एक आशावादी, प्रचुरता से भरे रवैए को दिखाता है जो आपके लिए और अधिक लाभदायक है।

टहलना और दूसरे ऐरोबिक व्यायाम भी हिप्पोकैम्पस में बदलाव लाते हैं – हमारे दिमाग़ का यह हिस्सा याददाश्त, सीखने और भावात्मक नियंत्रण से जुड़ा है। हिप्पोकैम्पस की लोच बढ़ने, बीडीएनएफ़ के कारण नई कोशिकाओं के विकास के कारण और ऐरोबिक व्यायाम के दौरान उस क्षेत्र में रक्त नलिकाओं द्वारा अधिक ऑक्सीजन की आपूर्ति से – दिमाग़ के हिप्पोकैम्पस का आकार भी बढ़ता है। इस तरह समय के साथ दिमाग़ की कोशिकाओं का क्षय नहीं होता। अगर आप तेज़ी से पैदल चलने की आदत डाल लें तो यह भी हमारे दिमाग़ के लिए बहुत फ़ायदेमंद हो सकती है।

आप टेबल टेनिस या फिर कोई ऐसा खेल क्यों चुनते, जिसमें कई तरह के कारकों का मेल शामिल हो और आप सामाजिक रूप से दूसरों से मिल-जुल भी सकें। इस तरह के व्यायाम और सामाजिक मेल-जोल के कारण, दिमाग़ के कोर्टेक्स के उन हिस्सों में दिमाग़ की मोटाई बढ़ती है जो सामाजिक/भावात्मक कल्याण से जुड़े हैं। आप मांसपेशी बनाने के लिए भी व्यायाम कर सकते हैं जैसे नृत्य आदि, इससे भी मस्तिष्क को लाभ होगा। और अंत में, मेरे लिए निजी रूप से ऐसे व्यायामों में कार्डियो, मसल टोनिंग आदि शामिल है और तनाव को दूर करने में सहायक है। व्यायाम और माइंडफुलनेस के मेरे सभी प्रयोगों के बीच यही मुझे सबसे अधिक बेहतर लगे।

हममें से अधिकतर लोग तेज़ी से प्रदूषित हो रहे शहरों में जी रहे हैं, हो सकता है कि हमें आने वाले समय में अपने कमरे में वायु की गुणवत्ता के विषय में भी विचार करना पड़े। हम इसे नियंत्रित नहीं कर सकते इसलिए आसानी से इसके प्रभाव को भी अनदेखा कर दिया जाता है। साफ़ माहौल में व्यायाम करने के बजाए प्रदूषित इलाक़ों में व्यायाम करने से बीडीएनएफ़ के स्राव में कमी आती है या वह बिलकुल नहीं होता। जब हम व्यायाम करते हैं, गहरी साँस लेते हैं और किसी प्रदूषित सड़क के किनारे ऐसा करते हैं तो जान लें कि उस समय हम अपने फेफड़ों को ज़हरीले सूक्ष्म कणों

से भरने का प्रबंध कर रहे हैं। सेंट्रल लंदन की व्यस्त सड़क पर वायु की गुणवत्ता जाँचने से पता चला कि पैदल यात्रियों तथा मोटरसवारों द्वारा ली गई नाइट्रोजन ऑक्साइड की मात्रा, प्रति मिनट चार सिगरेट पीने के बराबर थी – इस तरह नई कोशिकाओं के विकास में कमी आती है, नई कोशिकाएँ नहीं बन पातीं या उन पर पूरी तरह से पाबंदी लग जाती है।

इस जगह आपको कुछ टिप्स दिए जा रहे हैं, आप व्यायाम करते समय, इन्हें ध्यान में रख सकते हैं :

- अपने लिए नियमित वर्कआउट की योजना तैयार करें, कुछ ऐसा जो आपको पसंद हो (सप्ताह में कम से कम तीन बार, तीस-तीस मिनट का लक्ष्य रखें।) इसे डायरी में लिखें ताकि यह आपको भूले नहीं। यह टेनिस से ले कर नृत्य या फिर तैराकी तक कुछ भी हो सकता है।
- अगर हो सके तो सड़क के किनारे या फुटपाथ पर व्यायाम नहीं करें। हवा के प्रदूषण से आपके बीडीएनएफ़ के स्तर कम होंगे, आपके दिमाग़ को व्यायाम से होने वाले लाभ नहीं मिलेंगे।
- अपनी ट्रेनिंग की गति में बदलाव करते रहें। छोटे और बड़े अंतरालों के साथ यह बदलाव लाते रहें। यह एक ही गति से मज़बूती करने वाले व्यायामों की तुलना में दिमाग़ और बीडीएनएफ़ उत्पादन के लिए लाभदायक होगा।

अपने माहौल को साफ़ रखें

हमारा भौतिक माहौल हमारे मूड, नज़रिए और तनाव के स्तर को बनाए रखने में अहम भूमिका निभाता है। थोड़ा समय निकाल कर उस जगह की व्यावहारिक हक़ीक़तों को भी जानें, जहाँ आपका अधिकतर समय बीतता है और फिर देखें कि द सोर्स आपके लिए किस तरह काम करेगा। स्वयं से निम्नलिखित प्रश्न करें :

- क्या मेरा घर प्रसन्न और शांत है?
- क्या कोई ऐसी जगह है जहाँ मैं स्पष्ट तौर पर सोच सकूँ?
- क्या मेरी कार्यशाला ऐसी है जहाँ मैं रचनात्मक और केंद्रित रह सकूँ?

अगर इनमें से किसी भी प्रश्न का उत्तर 'नहीं' में है, तो आपको कुछ उपाय करने चाहिए जिनके बल पर उनमें सुधार हो सके जैसे घर में सुखद रंगों और बनावट का प्रयोग, अपनी दीवारों और सजावट के लिए अच्छी वस्तुओं का प्रयोग करना।

घर का माहौल इंद्रियों को सुखद प्रभाव देता है जिससे आपको सुरक्षित और शांत रहने में मदद मिलेगी; इस जगह आप अपने तनाव और चिंताओं से मुक्त हो सकते हैं। हालाँकि, हमारी ली जाने वाली नींद की तुलना में ये कारक इतना महत्त्व नहीं रखते, पर फिर भी वे हमारी ऊर्जा, प्रेरणा और आत्म-छवि को प्रभावित करते ही हैं। यह ध्यान दें कि आपके घर का बिखराव कम होने से आपको बेहतर लगे। हर किसी इंसान में बिखराव और अव्यवस्था के लिए अलग-अलग सहनशीलता होती है। जैसे मेरी एक दोस्त को ऐसे बिखराव और अव्यवस्था के बीच रहने में कोई दिक़्क़त नहीं जबकि मेरे लिए कपड़ों के मामले में चीज़ों का व्यवस्थित होना मनोग्रसित-बाध्यता विकार (ओसीडी) की हद तक चला जाता है। आपको भी अपने-आपको समझते हुए क़दम उठाने होंगे ताकि आप अपने स्वस्थ परिवेश में रहते हुए, ऐसी जगह बना सकें जिसमें आपका दिमाग़ किसी भी ओर देखने पर भटकाव महसूस नहीं करे। ऐसा ही आपको अपने ऑफ़िस, काम की मेज़ और कंप्यूटर के लिए भी करना होगा।

इन टिप्स में से कुछ को आज़मा कर देखें। बेशक़ आपको तुरंत लाभ होगा :

- घर से पुरानी और कबाड़ हो चुकी वस्तुओं को निकाल दें।
- ऑफ़िस में यूँ ही पड़े काग़ज़ों को फ़ाइल करें, कंप्यूटर वाली मेज़ साफ़ रखें और कुछ ऐसा चुनें जिससे आपको बेहतरी का अहसास हो सके।
- फ़ोन में ध्यान भटकाने वाले एप्स के बावजूद यह ध्यान रहे कि आप तकनीक के गुलाम नहीं बनें।

अब सुधार के इन क्षेत्रों को जानने के बाद, अपनी डायरी के पीछे एक किए जाने वाले कामों की सूची लिखें, इसमें आपको लिखना होगा कि आप अपने दिमाग़ को सहारा देने, पूरी नींद लेने, उचित आहार लेने, भरपूर

पानी पीने, नियमित रूप से व्यायाम करने और अपने परिवेश को साफ़ और व्यवस्थित करने के लिए क्या करने वाले हैं।

जीवनशैली से जुड़े ये सभी कारक, हमारी सकारात्मक या नकारात्मक आदतों के साथ हमारी न्यूरोप्लास्टीसिटी और दिमाग़ के पाथवेज़ को भी प्रभावित करते हैं। हम अपने दिमाग़ के लिए भरपूर नींद, पोषक आहार, भरपूर पानी, दिमाग़ और शरीर को सशक्त करने वाले व्यायाम, माइंडफुलनेस और सकारात्मक ऊर्जा की प्राथमिकता तय करेंगे, तो हमारे लिए अपने भीतर संतुलन बनाना उतना ही आसान होगा।

आगामी अध्याय में, हम यह देखेंगे कि हम अपनी लोच और क्षमता के साथ सकारात्मक तौर पर द सोर्स के लिए कैसे निर्देशित हो सकते हैं। यह केवल दिमाग़ को भौतिक रूप से सुधारने की बात नहीं है, हमें बुनियादी तौर पर भी जीवन जीने के तरीक़े में बदलाव लाना होगा।

अध्याय 4

आपका लचीला मस्तिष्क : अपने न्यूरल पाथवेज़ को रीवायर कैसे करें

'21वीं सदी के अनपढ़ लोग वे नहीं होंगे जो लिख-पढ़ नहीं सकते, वे लोग होंगे जो सीख नहीं सकते, सीखे हुए को भुला नहीं सकते और फिर से नहीं सीख सकते।'

-एल्विन टॉफ़लर

चार वर्ष पूर्व, मुझसे कहा गया कि मुझे जल्द ही पढ़ने के लिए चश्मा लगाना होगा। मैंने ध्यान दिया कि मैं किताबों और फ़ोन को अच्छी तरह पढ़ने के लिए थोड़ी दूर रखने लगी थी और अब अपने गले के हार के हुक को बंद करने में परेशानी होने लगी थी। हालाँकि जब नेत्र चिकित्सक ने कहा कि अगर मैंने नज़र का चश्मा नहीं लगाया तो मेरी नज़र लगातार कम होती जाएगी तो मैंने अपनी न्यूरोप्लास्टीसिटी की समझ – मस्तिष्क की समायोजन करने और बदलने की क्षमता के आधार पर ऐसा करने से मना कर दिया।

मैंने उनसे कहा कि मैं अपनी घटती हुई नज़र को न्यूरोप्लास्टीसिटी के लिए प्रयोग की तरह लेते हुए देखना चाहूँगी कि क्या मैं इस बदलाव की गति धीमी कर सकती थी या इससे बचाव कर सकती थी। उनका कहना था कि अगर मैंने ऐसा किया तो जल्द ही सिर में दर्द और आँखों में थकान महसूस होने लगेगी।

मेरा यह प्रयोग, उस अध्ययन पर आधारित था जो मैंने वृद्धावस्था की साइकोलॉजिकल प्राइमिंग के प्रभाव पर किया था। 'साइकोलॉजिकल प्राइमिंग' एक ऐसा प्रभाव है कि बुढ़ापे का असर शरीर पर भी होता है – बुढ़ापे से जुड़ी हमारी सोच किस तरह हमारी शारीरिक योग्यताओं को प्रभावित करती है। एक अध्ययन से पता चला कि बूढ़े लोगों में उम्र बढ़ने से होने वाले शारीरिक और मानसिक क्षय पर उस परिवेश का प्रभाव होता है जिसमें वे रहते हैं (मूल अध्ययन 1979 में हुआ था जो किसी समीक्षात्मक पत्रिका में स्थान नहीं पा सका परंतु इसके निष्कर्षों को एलन लैंगर की पुस्तक *काउंटर क्लॉकवाइज़* में शामिल किया गया।) 1979 में, अस्सी वर्षीय वृद्धों को इस तरह रखा गया जिस जगह उन्हें यह दिखावा करना था कि वे बीस साल पहले का जीवन जी रहे थे – पुराने ज़माने का सामान,

पचास के दशक की तरह रेडियो सुनना और ऐसे ही दूसरे दृश्य संबंधी माध्यमों का प्रयोग! बस एक सप्ताह तक उस पुराने जीवन में जीने से उनकी याददाश्त में सुधार हुआ। सुनने और देखने की क्षमता निखरी और ताक़त भी पहले से बेहतर हो गई। अगर वे बीस साल पहले चश्मा नहीं पहनते थे या हाथ में छड़ी नहीं लेते थे तो उनसे वे चीज़ें भी कुछ समय के लिए ले ली गईं और पाया गया कि उन क्षेत्रों में भी उनकी सेहत पर कुल प्रभाव दिखाई दिया। बीस साल पहले वे जिस वस्तुओं के बिना जीते थे, उनके बिना जीने से, उनकी पुरानी यादें ताज़ा हुईं और दिमाग़ ने तत्काल उन बातों को फिर से स्वीकार करते हुए, उन्हें एक नई ज़िंदगी सौंप दी। दूसरे दल को भी उसी माहौल में रखा गया पर उन्हें अपने पिछले जीवन की तरह जीने के बजाए केवल उसके बारे में सोचना था, उनमें कमोबेश सेहत में सुधार पाया गया।

उन्होंने बहुत सारे महत्त्वपूर्ण बदलाव भी किए : प्रयोग में शामिल समूह को वर्तमान काल में अपनी जीवनी लिखनी थी मानो वे 1959 में हों और सबको उनके उस ज़माने की तसवीरें दी गईं जो उन्होंने दल में दूसरे लोगों को दिखाईं। उन तसवीरों को दीवारों पर लगा दिया गया। नियंत्रित दल को बीते समय को याद करना था और इस बात पर केंद्रित रहना था कि वह 1959 नहीं था (उनके परिवेश के बावजूद।) उस दल ने अपनी जीवनी को भूतकाल में लिखा और उनकी 1959 की तसवीरें शामिल नहीं हुईं। केवल वर्तमान वर्ष को ही लिया गया। लोच और फुर्ती के हिसाब से प्रायोगिक दल ने सुधार दिखाया और बुद्धिमानी की परख़ में जहाँ प्रायोगिक दल में 66 प्रतिशत सुधार हुआ, वहीं नियंत्रित दल में यह 44 प्रतिशत तक पाया गया। जब अजनबियों को पहले और बाद की तसवीरें दिखाई गईं तो उन्होंने कहा कि बाद वाली तसवीरों में लोग अधिक युवा लग रहे थे। यह सब बीबीसी के एक प्रोग्राम, द *यंग वन्स* में दोहराया गया। इसमें बूढ़ी हस्तियों को ऐसे ही सकारात्मक प्रभावों के साथ दिखाया गया था। अपने नाम नोट : हमें अपनी बढ़ती हुई उम्र का गुलाम बनने की आवश्यकता नहीं है!

मैंने सोचा कि मैं भी ऐसा ही प्रभाव कैसे पैदा कर सकती थी कि अपनी घटती हुई नज़र को बस में किया जा सके। मैंने पढ़ते हुए अपनी किताब को इतनी ही दूरी पर रखना चालू किया जिससे मुझे थोड़ी परेशानी हो। उसकी दूरी को नहीं बढ़ाया और ना ही चश्मा पहना। मुझे यह कहने में ख़ुशी है कि यह तरीक़ा कारगर रहा। अब मुझे सिरदर्द नहीं होता और मैं

पहले की तरह उतनी ही दूरी पर पढ़ने लगी हूँ, हालाँकि यह पहले-पहल कोई सजग प्रयास नहीं था। इससे ना तो मेरी नज़र कम हुई या उतनी ही रही, बल्कि पिछले चार साल में सुधर गई है; जब से मैंने इस तकनीक का प्रयोग करना आरंभ किया है। मेरे लिए यह बहुत ही सशक्त और आश्वस्त करने वाला अनुभव रहा और आप भी ऐसा कर सकते हैं।

जैसा कि मेरे मिनी-प्रयोग से स्पष्ट है कि सजग प्रयास और संकल्प से आप बुढ़ापे से जुड़े कुछ नतीजों को अपने से दूर रख सकते हैं जिन्हें आप अपने लिए अनिवार्य मानते हैं। अगर मैंने यह प्रयोग करने के बजाए चश्मा लगाना शुरू कर दिया होता तो मेरी आँखों की मांसपेशियों को इसकी आदत हो जाती और मेरे दिमाग़ में आँखों से जुड़े पाथवे जल्द ही इस नए समायोजन को अपना लेते। संक्षेप में, दिमाग़ लचीला होने के कारण, बहुत सारे बदलावों को पलट सकता है जो कभी आपको बहुत ही अनिवार्य लगे होंगे।

बुढ़ापे के साथ आने वाले लक्षणों को मानना और मानसिक और शारीरिक कार्यक्षमता में किसी भी प्रकार की कमी, अपने-आप में एक स्वयं पूरी होने वाली भविष्यवाणी हो सकती है। ऐसा इसलिए है क्योंकि मस्तिष्क संसाधनों के प्रति संवेदनशील है। जैसा कि हम जानते हैं, यह हमारी ऊर्जा का 25 से 30 प्रतिशत प्रयुक्त करता है इस तरह जब भी संभव हो तो इसका डिफ़ाल्ट ही सबसे आसान और असरदार रास्ता होगा। हालाँकि हक़ीक़त में ऐसा सबके साथ नहीं होता, क्योंकि मैं ऐसे किसी व्यक्ति को नहीं जानती जो अब तक अपने सफ़ेद हो चुके बालों को फिर से काला कर सका हो!

आपके नए रूप के लिए एक पाथवे

अपने दिमाग़ को उच्चतम शारीरिक दशा में रखने के प्रयत्नों से, हम चिंतन के नए उपाय विकसित कर सकते हैं, अपने एक्जीक्यूटिव दिमाग़ के काम करने के तरीक़ों को मज़बूती दे सकते हैं (जटिल निर्णय निर्धारण, समस्या हल करना, नियोजन, आत्म-मनन आदि) और अपने दिमाग़ के 'लड़ो या मरो' की आदिम प्रतिक्रिया को साधना सीख सकते हैं।

लोग अक्सर मुझसे पूछते हैं कि कोई नई आदत बनने में कितना समय लगता है (जो किसी नए या संशोधित ब्रेन पाथवे का आधार हो।) बेशक

इस बात से अंतर पड़ता है कि कोई आदत कितनी कठिन है। मिसाल के लिए, कोई नया जिम रूटीन अपनाने की तुलना में भावात्मक बुद्धिमत्ता को सुधारने में अधिक समय लगता है। परंतु न्यूरोप्लास्टीसिटी वचन देती है कि समर्पित प्रयास के बल पर, परिवर्तन अवश्य आएगा। न्यूरोप्लास्टीसिटी का यह नियम -दिमाग़ के चेतन और अवचेतन हिस्सों में नए पाथवे तैयार करने की शक्ति- एक कोच के रूप में मेरे सारे कामों का आधार है और यही हमारी आदतों और सोच में किसी भी तरह के गहरे और लंबे समय तक बने रहने वाले बदलाव का आधार भी है।

यह बहुत महत्त्व रखता है कि हम इसे आवश्यकता से अधिक जटिल नहीं करें। न्यूरोप्लास्टीसिटी के रोज़मर्रा के उदाहरण हमारे आसपास हैं। मैसाचुसेट्स इंस्टीट्यूट ऑफ़ टेक्नोलॉजी (एमआईटी) की नेतृत्व विशेषज्ञ तथा मेरी सहकर्मी ने तय किया कि वे आधुनिक न्यूरोविज्ञान शोध के बारे में पता करेंगी, उन्होंने मुझे एक न्यूरोविज्ञानी प्रोफ़ेसर से भेंट के बारे में बताया, जिन्होंने पूछा था कि मेरी सहकर्मी ने पिछले मंगलवार को लंच में क्या खाया था। जब उन्होंने पूरा ध्यान लगा कर, उसका उत्तर प्रोफ़ेसर को दिया तो वे बोले, 'यही न्यूरोप्लास्टीसिटी है। आपको उस ख़ास याद को दोहराते हुए संपर्क बिंदु को मज़बूत करना है।' यह इस बात का सादा-सा उदाहरण है कि हम किस तरह हर याद और विचार के साथ दिमाग़ के कनेक्शनों को मज़बूत बनाते हैं।

आप स्वयं अभी इसे दोहराएँ। मान लें, आप मिसाल के लिए पिछले शुक्रवार को याद करते हैं, या फिर कोई और यादगार दिन : कोई ख़ास जन्मदिन। इसे सिलसिलेवार सोचें। क्या हुआ? आप कहाँ थे? आपके साथ और कौन था? आपने कैसा महसूस किया? क्या वह याद प्रसन्नतावाली और कठिन थी? उसे दोहराते हुए, आपने दिमाग़ के भीतर गहराई में, हिप्पोकैम्पस के मेमोरी क्षेत्र में न्यूरॉन्स के बीच संपर्क को जगा दिया है। आप किसी याद को जितना अधिक दोहराते हैं, वे कनेक्शन उतने ही मज़बूत हो जाते हैं। यह दोहराव और भाव की गहराई का नतीजा है, आप चाहें तो इसे मीठी याद बना सकते हैं जो आसानी से आपको याद आ जाए या फिर कोई भयंकर याददाश्त बना सकते हैं जिसे आप भूलना चाहते हैं पर बार-बार उसे सोचते हुए, अपने साथ जोड़े रखते हैं। दोनों ही तरह से, यह नहीं भूलें, 'जो न्यूरॉन्स एक साथ फ़ायर होते हैं, वे ही एक साथ वायर होते हैं।' चाहे वह भलाई के लिए हो या नहीं हो।

द सोर्स में दिए गए जीवन को निखारने वाले अभ्यासों और मन का विस्तार करने वाले उपायों को आरंभ करने का पहला चरण यह होगा कि दिमाग़ बहुत गतिशील और लोचदार होता है और यह समर्पित प्रयत्नों के साथ अपने लिए पाथवे बना सकता है। जब भी मैं किसी को यह कहते सुनती हूँ, 'मैं ऐसा ही हूँ/ऐसी ही हूँ,' तब मैं लोगों से पूछती हूँ कि वे ऐसे क्यों हैं कि उन्होंने अपने लक्ष्यों को सीमित कर रखा है? तो यही उत्तर सुनने में आता है। मैं इस विश्वास को चुनौती देती हूँ। आपके लिए यह समझना बहुत मायने रखता है कि वास्तव में न्यूरोप्लास्टीसिटी क्या है; और निश्चित रूप से यह आपके लिए क्या होगी। आपको यह व्यक्तिगत रूप से समझ आना चाहिए।

अपनी शक्ति पर पुनः दावा करना

जब आप यह सोचते हैं कि आप अपने दिमाग़ के काम करने के तरीक़े में क्या बदलना चाहेंगे तो आपके मन में सबसे पहले कौन-सा विचार आता है? ज़रा सोचें, अगर आप किसी अलग ही प्रतिमान से कार्य करते तो आपका जीवन कैसा होता – और अधिक भरोसा, प्रचुरता या लोच। क्या आप पहले से प्रसन्न और सेहतमंद होते और आपके संबंध बेहतर होते? क्या आप अपने जीवन का कोई ख़ास क्षेत्र देख सकते हैं जिसमें आपका दिमाग़ नकारात्मक आदतों और पाथवे का शिकार हो? शायद आप 'परिचय' में दिए गए कथनों को पढ़ कर ख़ुद को याद दिला सकते हैं कि उनमें से ऐसा क्या है जो आपसे गहरा संबंध रखता है।

यदि यह सहायक है, तो अपने दिमाग़ को किसी कंप्यूटर के हार्डवेयर की तरह मूर्त ढाँचे की तरह मानें – कीबोर्ड, मॉनीटर और ड्राइवर। और आपका मन एक अमूर्त सॉफ़्टवेयर होगा जिसे आप इस कंप्यूटर पर चलाते हैं। परंतु इस रूपक में, आप कोई ऐसा कंप्यूटर नहीं जो आपकी मेज़ पर पड़ा है और किसी तरह का कोई बदलाव नहीं कर सकता। आप हार्डवेयर (न्यूरॉन्स) को उचित तालमेल में लाने के लिए पर्दे के पीछे से काम करने वाले इंजीनियर होने के साथ-साथ अपने डेटा (आपके विचार) को बदलने हेतु सॉफ़्टवेयर को अपडेट करने वाले कोडर भी हैं। आप कंप्यूटर चलाने वाली पावर सप्लाई को भी नियंत्रित करते हैं, यह सब उन चुनावों से

मिली ऊर्जा के बल पर हो पाता है जो आप अपने खान-पान, व्यायाम और ध्यान और जीवनशैली तथा दूसरों से मिलने-जुलने के बारे में लेते हैं। आप द सोर्स के आर्किटेक्ट, डिज़ाइनर और रखवाले हैं। आपके पास न्यूरल कनेक्शनों को बनाने, बनाए रखने और मिटाने की शक्ति है और यही प्रक्रिया न्यूरोप्लास्टीसिटी कहलाती है।

जो भी इस शक्ति में संदेह रखता हो, उसे विज्ञान में न्यूरोप्लास्टीसिटी के उल्लेखनीय उदाहरण मिल सकते हैं। न्यूरोप्लास्टीसिटी अपने सकारात्मक रूप में, आत्म-सशक्तिकरण की कुंजी है। यह इस बात का आश्वासन देती है कि प्रयासों के बल पर, हम अपने भीतर गहराई तक बसे नकारात्मक व्यवहारों और सोचने के तरीक़ों से उबर सकते हैं जिनमें बुरी और लत बन चुकी आदतें और संबंधों के ढाँचे भी शामिल हैं। मैंने लोगों को पक्षाघात और दिमाग़ी कैन्सर के शारीरिक प्रभावों, नशे और शराब की लत से ले कर खान-पान की अव्यवस्था तक, पूर्व दशा में आते देखा है - और इनमें रोज़मर्रा के जीवन से जुड़ी चुनौतियाँ भी शामिल हैं जो उतनी ही महत्त्वपूर्ण हैं जैसे तलाक़, दिल टूटना, वियोग, घर बदलना या करियर में आने वाला बदलाव।

न्यूरोप्लास्टीसिटी आश्वासन देती है कि हम क्षमा पा सकें। किसी पुरानी ठेस या हानि जैसी चीज़ से दिमाग़ को छुटकारा दिलाना कठिन होता है परंतु अक्सर यही पाथवे लज्जा, अविश्वास और क्षमा करने की अयोग्यता के साथ हमें उलझाए रखता है। हमारा दिमाग़ लगातार विकसित होते हुए, परिष्कृत हो रहा है और हम जो भी अनुभव करते हैं उनकी प्रतिक्रिया से सीख रहे हैं - घटनाएँ, भाव और लोग - हमें इसके बारे में सजग होना होगा और देखना होगा कि हम अपने दिमाग़ में कैसे इस प्रभाव का सामना कर सकते हैं। हम सच में ऐसा कर सकते हैं, पिछली चोटों को भुला कर उन पर वर्तमान का ताज़ा लेख अंकित कर दिया जाए।

मस्तिष्क की समायोजन करने और पुनःउत्पादित करने की शक्ति अद्‌भुत है। जब भी हम अपनी ही सोच में उलझा हुआ महसूस करते हैं, या फिर लंबे समय से स्थापित व्यवहारों में उलझते हैं, तो यह याद रखना सहायक होता है। यहाँ तक कि हमारे कुछ बुनियादी सहज गुण भी रीवायर हो सकते हैं। दिमाग़ के प्रमुख पाथवे वयस्कावस्था में बेहतर तरीक़े से

समयोजित हो सकते हैं। 1950 से '80 के दशक तक 'सिल्वर स्प्रिंग' मंकी प्रयोग हुए, जिनकी बहुत बदनामी हुई क्योंकि बंदरों के इलाज के बाद ही पेटा की स्थापना हुई और पशु अधिकार एक्टिविस्ट की ओर से हाई-प्रोफ़ाइल हमले किए गए – उन प्रयोगों में दिखाया गया कि जिन बंदरों की अभिवाही नाड़ी ग्रंथियाँ (केंद्रीय तंत्रिका तंत्र का वह हिस्सा जो बाजुओं से दिमाग़ तक संवेदना पहुँचाता है) और उनकी अधिकतर काम करने वाली भुजा बाँध दी गई तो उनके दिमाग़ का वह हिस्सा तत्काल विस्तार पाने लगा जो कम सक्रिय रहने वाली भुजा से जुड़ा था जो अब दूसरी भुजा के काम भी सामान्य रूप से कर रही थी : खाना खाने और ख़ुद को सँवारने का काम। ये नतीजे न्यूरोविज्ञान के विकास में किसी लैंडमार्क से कम नहीं थे, क्योंकि तब यह देखना संभव हो सका कि दिमाग़ में रीमैपिंग हो सकती थी। इससे पहले जो भी माना जाता था, इसके विपरीत इस मान्यता को बल मिला कि वयस्क मस्तिष्क माहौल के हिसाब से प्रतिक्रिया देते हुए अपने ढाँचे में बदलाव कर सकता था। बंदर हमारे निकटतम संबंधी माने जाते थे इसलिए जल्द ही यह पता चला गया कि ऐसा वयस्क मनुष्य के दिमाग़ में भी हो सकता था।

एडवर्ड टॉब नामक मनोचिकित्सक ने सिल्वर स्प्रिंग अध्ययन किए थे, फिर उन्होंने न्यूरोप्लास्टीसिटी की समझ के बल पर, पक्षाघात से ग्रस्त रोगियों के पुनर्वास का प्रयत्न किया। 'कांस्ट्रेन्ट इंड्यूस्ड मूवमेंट थेरेपी' ने कई लोगों को अपने अंगों का पुनः प्रयोग करने का मौक़ा दिया जो कई वर्षों से पक्षाघात के असर में थे। हमारे दिमाग़ की इसी योग्यता के बल पर, हम पक्षाघात जैसी चुनौतियों का भी सामना कर सकते हैं और यह हमारे लिए विशाल संभावनाओं के द्वार खोलती है। मैं अक्सर इन उदाहरणों की मदद से लोगों को प्रेरित करती हूँ, "देखो, हम वास्तव में अपने दिमाग़ और अपने भीतर बदलाव ला सकते हैं, इस इसके लिए कड़े प्रयत्नों और धैर्य की आवश्यकता होगी।"

1990 के दशक के बाद से, न्यूरोप्लास्टीसिटी के शोध में विस्फोट हुआ। लाखों 'टाइगर मॉम्स' का प्रेरित करने वाले अध्ययनों में, ब्रेन के स्कैनों से पता चला कि कोई वाद्य यंत्र बजाने से, न्यूरोप्लास्टीसिटी और सारे दिमाग़ के नए संपर्कों में वृद्धि होती है। संगीत बजाने वाले लोगों के दिमाग़ का स्नायु संबंधी समूह, उन लोगों की तुलना में घना था जो कोई

वाद्य यंत्र नहीं बजाते थे। इनमें से कुछ वृद्धि, कुछ निश्चित क्षेत्रों में दिखाई दीं – वायलिनवादकों के दिमाग़ के स्कैन से पता चला कि उनके दिमाग़ का जो हिस्सा बाएँ हाथ से जुड़ा था, वह आम लोगों के दिमाग़ के उस हिस्से की तुलना में कहीं घना था। दिमाग़ में दूसरी जगह दिखाई देने वाले बदलावों से पता चला कि कोई वाद्य यंत्र बजाने से वैश्विक मस्तिष्क लाभ होते हैं जिनका सीखने से कोई प्रत्यक्ष संबंध नहीं है जैसे मेमोरी की बेहतर प्रोसेसिंग या समस्या समाधान कौशल।

यह और पहले बहुभाषी लोगों से जुड़े वैश्विक मस्तिष्क लाभ विवरण से संकेत मिलता है कि यहाँ एक न्यूरोलॉजिकल 'बटरफ़्लाई प्रभाव' काम कर रहा है। दिमाग़ के किसी हिस्से में पाथवे में आने वाले बदलाव से दूसरी जगह भी बदलाव हो सकते हैं। न्यूरोप्लास्टीसिटी पैदा करने वाली गतिविधियों के सकारात्मक लाभ जटिल और विविध होते हैं।

न्यूरोप्लास्टीसिटी क्षतिपूर्ति की भी अनुमति देती है जैसे कि पहले सिल्वर स्प्रिंग मंकी और स्ट्रोक के मामलों में बताया जा चुका है; जो लोग जन्म से ही बहरे होते हैं, उनके दिमाग़ के न्यूरो–इमेजिंग स्कैनों के अध्ययन से पता चलता है कि दिमाग़ के जो हिस्से सुनने का काम करते हैं, वे विज़न की प्रोसेसिंग करने लगते हैं। ऐसे लोगों के भी मामले दर्ज हुए जिनके दिमाग़ का एक हिस्सा ग़ायब होता है या फिर पूरा सेरेबैलम ही नहीं होता। इन सभी मामलों में, दिमाग़, विविध और अनपेक्षित रूप से क्षतिपूर्ति करता है, दायाँ हिस्सा, बाएँ हिस्से के भी कई तरह के काम कर सकता है या फिर दूसरा हिस्सा, उस हिस्से के काम भी करने लगता है जो दिमाग़ में है ही नहीं। इन सब बातों से ना केवल दिमाग़ का रहस्य पता चलता है और इसके बारे में हमारी समझ की कमी झलकती है, परंतु इसकी उल्लेखनीय लोच और ढलनशीलता का भी पता चलता है। इस संदर्भ में, हम जो भी बदलाव लाना चाहते हैं, वे बहुत छोटे हैं और यह बात प्रोत्साहित करने वाली है।

न्यूरोप्लास्टीसिटी की क्रियाविधि

वैज्ञानिक रूप से न्यूरोप्लास्टीसिटी के लिए तीन प्रक्रियाओं को शामिल किया जाता है : सीखना, सुधारना और पुनः प्रशिक्षण।

सीखना

सबसे प्रत्यक्ष रूप सिनेप्टिक कनेक्शन से संबंध रखा है। सिनेप्स की गिनती में वृद्धि के माध्यम से, मौजूदा न्यूरॉन्स के बीच मज़बूत कड़ियों को गूँथना। यह सीख आपके लिए बी प्लस ग्रेड स्किल है – ऐसा क्षेत्र जिसमें आप जानते हैं कि आपके पास संभावना है और यदि आप अपनी ओर से कोशिश करने के लिए समय दें तो आप इसमें बेहतर हो सकते हैं। ऐसा करने के लिए आप स्पेनिश सीख सकते हैं जिसे आपने स्कूल के समय के बाद से इस्तेमाल नहीं किया, आप इसके पाठ सीख सकते हैं, इसे बोलने का अभ्यास कर सकते हैं और अवकाश मनाने के लिए स्पेन जा सकते हैं। इस लर्निंग मोड में आप किसी ऐसे इंसान की तरह स्पेनिश नहीं बोल सकेंगे जो वहीं का रहने वाला हो पर आपके लिए अपनी यात्रा के दौरान दूसरों से बात करना सहज होगा।

इस तरह की न्यूरोप्लास्टीसिटी से दिमाग़ में कम से कम दो प्रकार के संशोधन होते हैं :

1. न्यूरॉन्स के आंतरिक ढाँचे में बदलाव, उनमें से अधिकतर अपने छोरों पर नए सिनेप्स विकसित कर लेते हैं जिनकी वजह से वे दूसरे न्यूरॉन्स के साथ बेहतर संबंध स्थापित कर पाते हैं।
2. न्यूरॉन्स के बीच आपसी कनेक्शनों की संख्या बढ़ती है और इस तरह इन सिनेप्स के माध्यम से और न्यूरॉन्स आपस में संपर्क स्थापित करते हैं।

सुधारना

सुधारने या पर्फ़ेक्टिंग का संबंध माइलीलेशन नामक प्रक्रिया से है – न्यूरॉन्स के काम करने की गति को बढ़ाना जिसमें उन्हें एक सफ़ेद वसायुक्त इलैक्ट्रिक इन्सुलेटिंग परत से ढँक दिया जाता है जिससे ट्रासंमीशन की गति बढ़ जाती है। इससे न्यूरॉन्स से बने पाथवेज़ की क्षमता बढ़ती है जो पहले से आपस में जुड़े हैं, जैसे इन्सुलेशन यह सुनिश्चित करता है कि बिजली का अधिकतम उपयोग हो और उसका अपव्यय नहीं हो।

ऐसा तब होता है जब आप किसी काम के विशेषज्ञ हो जाते हैं, जिसे आप कई बरसों की उपेक्षा के बाद भी पहचान सकते हैं। यह आपका ए ग्रेड कौशल है। हो सकता है कि आपको संगीत की अच्छी समझ हो और आपने कई साल तक गिटार और पियानो बजाया हो। फिर आप अपने गिटार कौशल को सुधारने के लिए एक बैंड का हिस्सा बनते हैं और नियमित रूप से गिटार बजाने लगते हैं। आप जितना अधिक गिटार बजाते हैं, दिमाग़ उसे उतना अधिक समायोजित करने लगता है।

पर्फ़ेक्टिंग का सबसे बेहतर उदाहरण देना हो तो 'द नॉलेज' के बारे में बता सकते हैं, जिसके अनुसार लंदन के टैक्सी ड्राइवर अपने प्रशिक्षण के दौरान शहर की हर सड़क और गली के बारे में याद करते हैं। यूनिवर्सिटी कॉलेज लंदन के वैज्ञानिकों ने पाया कि इस शिक्षण के दौरान, उन चालकों के दिमाग़ में नेवीगेशन और मेमोरी वाला हिस्सा, जो हिप्पोकैम्पस में पाया जाता है, वह भौतिक रूप से घना हो जाता है। हालाँकि आपको दिशाओं का कितना भी ज्ञान हो, इसे सीखने के लिए बहुत प्रयत्न करना होता है। अक्सर अधिकतर चालकों को इसे साधने में एक से दस बरस का समय लगता है, पर फिर वे विशेषज्ञ हो जाते हैं। भले ही हमारा दिशा ज्ञान कितना भी अच्छा क्यों नहीं हो, अधिकतर लोग लंदन के टैक्सी चालकों जितने निपुण नहीं हो सकते।

पुनः प्रशिक्षण

न्यूरोप्लास्टीसिटी की प्रक्रिया के तीसरे हिस्से को वैज्ञानिक रूप से 'न्यूरोजिनेसिस' का नाम दिया गया है। इसे न्यूरोप्लास्टीसिटी की पहली दो प्रक्रियाओं की तरह अच्छे तरीक़े से नहीं समझा गया। यह वयस्कों के दिमाग़ में कम होता है, यह शिशुओं और बच्चों के दिमाग़ में होने वाले बदलाव से संबंध रखता है। इसमें एम्ब्रायोनिक स्नायु कोशिकाओं से परिपक्व और नए न्यूरॉन की वृद्धि शामिल है, जो अभी तक बने नहीं हैं परंतु उनमें न्यूरॉन बनने की संभावना है और वे दूसरे मौजूदा न्यूरॉन से मिल कर ऐसे नए पाथवे बना सकते हैं, जो पहले से दिमाग़ में नहीं थे। जैसे कोई ऐसा नया कौशल विकसित करना जिसके लिए आपके पास कोई प्राकृतिक योग्यता नहीं थी।

यह मेहनत का काम है और इसमें बहुत समय लगता है। इसे करने से पहले सीखने और सुधारने का काम किया जाता है। अध्ययनों से पता चलता है कि मनुष्यों में, न्यूरोजिनेसिस आयु के साथ कम हो जाता है। कुछ अध्ययन बताते हैं कि सभी वयस्कों में इसकी मात्रा नहीं पाई जाती। हिप्पोकैम्पस के आसपास एम्ब्रायोनिक न्यूरल कोशिकाओं को देखा गया है, जिस जगह स्मृतियों का संग्रह होता है परंतु वे वर्तमान में वयस्क के दिमाग़ में नहीं होतीं। इसका अर्थ हुआ कि आप व्यावहारिक तौर पर कोई ऐसा नया कौशल पाने की सोच रहे हैं जो आपके लिए नया और अनूठा है जो कभी-कभी आपको कुंठित कर सकता है और इसे वही लोग अपना सकते हैं जिनके पास पर्याप्त समय और ऊर्जा होंगे। मानो आप गोल्फ़ में महारत चाहते हैं जबकि आपने पहले कभी उसे नहीं खेला, आपके पास हाथ और आँखों का उचित संयोजन नहीं है और आपको उसमें कोई आनंद नहीं आ रहा। कुछ लोगों के लिए, हार मानने से पहले बहुत कम तरक़्क़ी होगी। दूसरे लोगों के लिए, वे मेहनत करते हुए क्षमता के मध्यम स्तर तक आ सकते हैं परंतु उन्हें अपने-आप से यह प्रश्न करना होगा कि यदि वे अपने इन प्रयासों को किसी और जगह लगाएँ तो बेहतर नहीं होगा।

सोफ़ी : अपने शरीर से कटी हुई

कुछ समय पहले, मैं एक लॉ फ़र्म में लोच से संबंधित प्रोग्राम चला रही थी और सोफ़िया एक साझेदार थी। वह पचास के क़रीब रही होगी और पहले बहुत सिगरेट पीती थी। बढ़ा हुआ वज़न, थका और मुरझाया हुआ चेहरा और ऊर्जा का भारी अभाव। सोफ़ी कॉलेस्ट्रॉल और ब्लडप्रेशर व डाइबिटीज की दवा ले रही थी। उसने बताया कि उसकी डाइबिटीज नियंत्रण में नहीं थी और पिछले दो साल से और बदतर होती जा रही थी।

मेरे लिए स्पष्ट था कि वर्कहॉलिक सोफ़ी, सोफ़ी की मूल पहचान से जुड़ चुकी थी और उसे उसकी शारीरिक दशा पर ध्यान नहीं देने दे रही थी। मैं चाहती थी कि वह ख़ुद को पहचाने, मैंने उससे कहा कि वह तीन दिन और तीन रातों तक हार्ट रेट वेरीएबिलिटी (एचआरवी) मॉनीटर पहने जो उसकी नींद, तनाव के स्तर, शारीरिक गतिविधि और कुल मिला कर लोच की जाँच करता। एचआरवी मॉनीटर दिल

के आसपास के स्नायु से संकेत लेता है ताकि हम जान सकें कि कब तनाव हुआ और कब करो या मरो वाली स्थिति के लक्षण सामने आए। इन आँकड़ों के आधार पर हम तय कर सकते हैं कि ये तनाव शारीरिक है या मानसिक।

अगले सप्ताह, एचआरवी मॉनीटर के नतीजे सामने आने से मैं दंग रह गई - उसके शारीरिक लक्षण ठीक नहीं थे। जब मैंने उसे यह बताया तो वह मेरी बात को अनसुना-सा करते हुए बोली, 'वह तो मुझे पहले ही पता था, मुझे डाइबिटिक न्यूरोपैथी है।' मैं यक़ीन नहीं कर सकी क्योंकि उसने पहले कभी मेरे आगे नाम तक नहीं लिया था। डाइबिटिक न्यूरोपैथी में लंबे समय तक डाइबिटीज का इलाज नहीं होने की वजह से स्नायु नष्ट हो जाते हैं। इसका मतलब है कि स्नायुओं के छोर कमज़ोर हो कर, हृदय के आसपास के स्नायुओं को प्रभावित कर रहे थे। सोफ़ी को कार्डियोवास्कुलर रोग होने का पूरा ख़तरा था और फिर उसे दिल का दौरा पड़ सकता था। मैंने उसे बताया कि वह मोटापे, तनाव, कॉलेस्ट्रॉल, रक्तचाप, मधुमेह और धूम्रपान का इतिहास रखती है इसलिए उसे दिल का दौरा पड़ने की संभावना है पर उसने अपने शरीर की इस दशा को मानने से इंकार कर दिया। वह अपने लंबे समय से चली आ रही ख़राब जीवनशैली के नतीजों को स्वीकार नहीं करना चाहती थी।

मैंने उसे बताया कि वह अपने लिए जो चुनाव कर रही थी, वह उन लोगों पर भारी पड़ सकता था जो उस पर निर्भर थे या उससे प्यार करते थे। मैंने देखा कि काम के समय जो दिमाग़ उसका पूरा साथ देता था, वही उसके शरीर और सेहत की अनदेखी को प्रोत्साहित कर रहा था। ऐसा लगता था, उसने मान लिया था कि अब वह नहीं बदल सकती पर कहीं न कहीं मेरी चेतावनी ने उसे भावात्मक रूप से सचेत अवश्य किया था। सोफ़ी ने सोचने का तरीक़ा बदलने की कोशिश की - विचार प्रक्रिया को नए सिरे से प्रशिक्षण देने का आरंभ ही उसे नए तरह के क़दम उठाने को प्रोत्साहित करने लगा।

सोच में बदलाव आते ही उसे व्यवहार में बदलाव लाने की प्रेरणा मिली। उसे कभी आगे जाने की ऐसी प्रेरणा नहीं मिली थी। वह अगली बार मिली तो उसका वज़न पहले से कम हो चुका था और चेहरे पर चमक आने लगी थी। उसने कहा कि वह हमारी बातचीत

के बाद से ऑफ़िस पैदल आने लगी और सीढ़ियों का इस्तेमाल करने लगी। उसने कुछ ही समय में दिन में दस हज़ार क़दम चलने का अभ्यास कर लिया और रोज़ कई कि.मी. पैदल चलती। वह रोज़ ग्रीन जूस पीने लगी और अपने खानपान में भी बदलाव किए।

जब सोफ़ी के नए बर्ताव ने अपनी ही गति पकड़ी तो सीखने की वह अवस्था और गहन होती गई और जब वह आदत बन कर, दिमाग़ में नए पाथवे बना रही थी तो सोफ़ी ने बताया, 'मैं ख़ुद को नई आदतों से जोड़ने के शुरुआती दर्द से उबर चुकी हूँ। मुझे पैदल चलना पसंद आ गया है और मैं सेहतमंद भोजन की तलाश में रहती हूँ। अब मैं अपने शरीर और सेहत को गर्व से देखती हूँ। अपना पूरा ध्यान रखती हूँ।' तो आपने देखा कि किस तरह सोफ़ी ने अपने व्यवहार और सोच के बल पर दिमाग़ में नए पाथवेज़ बना लिए। इस नए विकास के साथ उसके नकारात्मक पाथवेज़ अपने-आप ही नष्ट होंगे और उनके स्थान पर नए पाथवेज़ विकसित होते जाएँगे।

न्यूरोप्लास्टीसिटी और आप

दिमाग़ में बुनियादी तौर पर ढाँचे में बदलाव लाने का कोई सामान्य फ़ार्मूला नहीं है। जो एक इंसान के लिए सही है, वह आवश्यक नहीं कि आपके लिए भी सही हो। डॉ. लारा बॉयड कनाडा की ब्रिटिश कोलंबिया यूनिवर्सिटी में ब्रेन बिहेवियर लैब की डायरेक्टर हैं, उनके शोध से पता चला है कि किस तरह एक आदमी से अगले सात आदमियों तक, न्यूरोप्लास्टीसिटी के ढाँचे किस तरह अलग हो सकते हैं। वे बताती हैं किस तरह आपके दिमाग़ न्यूरोप्लास्टिक लक्षण आपके जेनेटिक्स से प्रभावित होंगे। एक बात तो तय है – जैसा कि आप अपेक्षा कर सकते हैं, नए न्यूरल पाथवेज़ बनाने में मेहनत लगती है। यह पहले-पहले एक काम की तरह लगता है जिसके लिए आपको स्वयं को बार-बार याद दिलाना पड़ता है और अपना संकल्प दोहराना पड़ता है। बेशक, कई बार आप फिर से पुराने ढाँचों की तरह चले जाते हैं और वही सोच भी अपना लेते हैं। यही वजह है कि जब आप कोई नया हुनर सीखते हैं, कोई नई भाषा या वाद्य यंत्र बजाना सीखते हैं तो हो सकता है कि एक सप्ताह में ही लगे कि आपने कुछ हासिल कर लिया और फिर उसके बाद तुरंत बाद ऐसा लग सकता है कि आप तो वहीं हैं जिस

ओर से चले थे। दिमाग़ के बदलाव चरणों में होते हैं और न्यूरॉन के बीच संपर्क को उत्तेजित करने वाले रसायनों में कुछ समय के लिए होने वाला बदलाव, दीर्घकालीन ढाँचे संबंधी बदलाव जैसा नहीं होता, जिसे लंबे समय तक दोहराने के बाद ही पाया जा सकता है। जब हम उसे अपनी आदत का हिस्सा बना लेते हैं तो वह हमारा सहज स्वभाव हो जाता है। ये दिमाग़ में उन पाथवेज़ के माध्यम से दिखाए जाते हैं जो मोटे, आपस में कहीं अधिक संबद्ध और उस व्यवहार के लिए अगले बेहतर पाथवे की तुलना में कहीं अधिक अलग होते हैं।

मस्तिष्क को परिवर्तन के लिए प्रोत्साहित करना शारीरिक और मानसिक तौर पर कठिन हो सकता है। कुंजी यही है कि आप यही मान कर चलें, ऐसा करना आसान नहीं होगा। जब मैंने हाल ही में यह तय किया कि मैं अपनी बोली जाने वाली भाषाओं से बिलकुल अलग भाषा सीखने की न्यूरोप्लास्टीसिटी चुनौती स्वीकार करूँगी (पैंतीस वर्ष की आयु के आसपास डेनिश भाषा) तो मुझे पता चला कि नब्बे मिनट के उस पाठ में साठ मिनट बाद ही मुझे कितनी थकान महसूस होती थी। मुझे नया शब्दभंडार सीखने के बाद तेज़ भूख लगती और थकान होने लगती। मैं एक ऐसी नई भाषा सीख रही थी जिसके नियम मेरी जानी-पहचानी भाषाओं अंग्रेज़ी और बंगाली (मैं बचपन से इन दो भाषाओं के बीच बड़ी हुई), फ्रेंच (नौ से सोलह साल की आयु में, स्कूल में सीखी थी) या अफ्रीकांस (पच्चीस वर्ष की आयु के बाद सीखी थी) से बिलकुल अलग थे।

यह भी एक रोचक बात थी कि मेरे डेनिश सीखने के अनुभव में यह तथ्य भी शामिल था कि अगर मैं किसी शब्द को याद करने के लिए दिमाग़ पर ज़ोर देती तो उस समय मेरे दिमाग़ में अफ्रीकांस शब्द आ जाता परंतु बंगाली या फ्रेंच भाषा का शब्द नहीं आता था। मेरे मित्र यूसीएल में न्यूरोविज्ञान के प्रोफ़ेसर हैं, उन्होंने बताया कि ऐसा इसलिए था क्योंकि हमारे बचपन में सीखी हुई और वयस्कावस्था में सीखी हुई भाषाएँ दिमाग़ के अलग-अलग हिस्सों में संग्रहीत होती हैं। यह भी हैरान कर देने वाली बात थी कि मैं दो या तीन महीने तक सीखने के बाद आसानी से अपने पाठ की अवधि को पूरा करने लगी। मेरे दिमाग़ ने उन सभी नए नियमों और प्रक्रियाओं को स्वीकार करने का कठिन काम कर लिया था और अब मैं अपने संग्रहीत ज्ञान पर पहले से अधिक भरोसा कर सकती थी।

इससे मुझे सबक़ मिला कि जब सब कठिन लगे तो ठीक उस समय पीछे नहीं हटना चाहिए। उस समय दूसरों से अपनी तुलना में समय नष्ट नहीं करें और पिछली उपलब्धियों को याद नहीं करें। केवल उसी पर केंद्रित हों, जो आप कर सकते हों और देखें कि आप आने वाले समय के लिए क्या कर सकते हैं।

दिमाग़ के स्कैन बताते हैं कि हर तरह की गतिविधि से दिमाग़ में बदलाव आते हैं, परंतु ये तीन कारक विशेष रूप से प्रभाव डालते हैं। अपने-आप से पूछें कि इनमें से कौन-से कारक इस समय आपके जीवन का हिस्सा हैं और आप इनकी संख्या को और अधिक बनाने के लिए क्या कर सकते हैं।

1. **नयापन :** यात्रा, नए कौशल सीखना और नए लोगों से मिलने के अनुभव। नए अनुभव, नए न्यूरॉन्स के विकास को बढ़ाने में सहायक होते हैं। आपने आख़िरी बार कुछ नया कब आज़माया था?
2. **ऐरोबिक व्यायाम :** पाया गया है कि इससे दिमाग़ में ऑक्सीटोसिन के प्रवाह में तेज़ी आती है और दिमाग़ से एंडोरफ़िन का स्राव होता है जिससे नए न्यूरॉन बनने में मदद मिलती है। क्या आप प्रतिदिन 10,000 क़दम चलते हुए, प्रति सप्ताह 150 मिनट ऐरोबिक व्यायाम करते हैं?
3. **भावात्मक उत्तेजन :** आप जितना अधिक अनुभव लेंगे और उन अनुभवों के साथ जितने अधिक भाव जुड़े होंगे, दिमाग़ पर उसका असर उतना ही शक्तिशाली होगा। यही वजह है कि दुख को बाँटने से आपस में प्रेम बढ़ता है। हम अध्याय - 6 में आपकी सकारात्मक और नकारात्मक दोनों प्रकार की भावात्मक प्रतिक्रियाओं का गहराई से अध्ययन करेंगे। संक्षेप में, भाव हम पर न्यूरोएंडोक्राइन प्रभाव रखते हैं। मिसाल के लिए, अगर आप अपने प्रियजन के साथ मिल कर हँसते हैं तो इससे बॉन्डिंग हार्मोन ऑक्सीटोसिन का स्राव होता है जो आपसी विश्वास से जुड़ा है। ऐसे ही कारणों से, ब्रेक-अप बहुत ही नकारात्मक हो सकते हैं और वे आपकी मानसिक सेहत पर नकारात्मक असर डाल सकते हैं, क्योंकि तनाव से जुड़े हार्मोन कोर्टीसोल के स्राव के साथ शर्म और उदासी का गहरा संबंध होता

> है। कई बार ऐसा लगने लगता है कि किसी को प्यार और भरोसा करने से दुख और हानि के सिवा कुछ नहीं मिलता। क्या आप किसी तरह के अच्छे या बुरे सशक्त भावों के उदाहरण खोज सकते हैं, जो आपकी यादों में गहराई से बसे हुए हों?

न्यूरोप्लास्टीसिटी, अच्छे अथवा बुरे के लिए दोहराव से जुड़ी होती है, आपके लिए यह याद रखना आवश्यक होगा कि नकारात्मक सोच या किसी लत से जुड़ा व्यवहार आपको तनाव, अवसाद, अनावश्यक चिंतन और आक्रामकता की ओर धकेल सकता है। जब आप एक बार इस तथ्य को जान लेंगे तो आप देख सकते हैं कि आपके अपने हित के लिए न्यूरोप्लास्टीसिटी की शक्ति को निखारना आपके लिए कितना महत्त्व रखता है। प्रचुरता के नियम को अपनाने और मैटाकॉगनिशन की शक्ति को अपनाने के लिए इसका होना ज़रूरी है। दिमाग़ इतनी आसानी से किसी ऐसी चीज़ को भुला नहीं सकता जिसकी याद उस पर अपनी छाप छोड़ चुकी हो और उसके लिए अनचाहे विचारों और व्यवहारों पर नए वांछित विचारों और व्यवहारों को लाना आसान होता है। बेशक इन संपर्कों की मात्रा और संख्या, इनके प्रयोग में लाने या नहीं लाने से बहुत संबंध रखती है। जैसे भाषा को ही लें। अगर आपने किसी ऐसी भाषा को बोलना बंद कर दिया जिसे आप अक्सर बोलते थे तो ये न्यूरॉन अपना असर खोने लगेंगे।

ऐसा क्या है जिसे आप अपने दिमाग़ में अंकित लेख पर फिर से लिखना चाहेंगे? आप कौन-सी नई आदतें बनाना चाहेंगे या आप अपने दिमाग़ में कौन से नए और सहायक पाथवेज़ बना सकते हैं जो आपके बदलावों को अपना सहयोग दे सकें? क्या आप किसी लत से छुटकारा पाना चाहते हैं? द सोर्स के साथ आपकी इस यात्रा में आपको समझना है कि आप मस्तिष्क की न्यूरोप्लास्टीसिटी शक्ति के आधार पर यह सब कर सकते हैं।

भाग 3

फुर्तीला मस्तिष्क

अध्याय 5

मस्तिष्क की फुर्ती : विभिन्न प्रकार की सोच के बीच जल्दी से परिवर्तन कैसे लाएँ

'हम जो भी हैं, यह उसी का नतीजा है, जो हमने सोचा : यह हमारे विचारों पर टिका है, यह हमारे विचारों से ही बना है।'

–गौतम बुद्ध

हम अधिकतर अपने मस्तिष्क से और अधिक शक्ति पाने के लिए पूरी तरह से सक्षम होते हैं। हम ऐसा नहीं करते, क्योंकि हमें यह अहसास नहीं होता कि हमारा मस्तिष्क कितना समझदार, लचीला और फुर्तीला हो सकता है। मस्तिष्क की यह दक्षता कुल मिला कर इसके आदर्श रूप से कार्य करने का हॉलमार्क है, जो हमारे जीवन के सभी पहलुओं पर लागू होती है : काम, परिवार, रोमानी संबंध और हमारी सेहत व आरोग्य। एक फुर्तीला मस्तिष्क यह सब कर सकता है :

- एक बार में एक काम पर पूरी क्षमता और गहनता से काम करना।
- एक ही हालात या समस्या के लिए अलग-अलग तरह से सोचना।
- विभिन्न चिंतनों के बीच तेज़ी से बदलाव करना।
- मिले-जुले समाधान पाने के लिए विभिन्न संज्ञानात्मक पाथवे से आए विचारों को मिलाना।
- केवल एक प्रकार की विचारधारा (जैसे बहुत अधिक तार्किक होने) से जुड़ने पर संतुलित रूप से विचार करना।

जब हम द सोर्स की पूरी शक्ति का प्रयोग कर रहे हैं, तो केवल एक प्रकार की सोच से ही नहीं जुड़े रहेंगे। एक दक्ष और निपुण मस्तिष्क वह होता है, जिसके सभी न्यूरल पाथवे पर्याप्त रूप से विकसित होते हैं। बेशक़, उनमें से कुछ दूसरों की तुलना में अधिक प्रमुख हो सकते हैं (हमारी ताक़त और प्राथमिकताएँ), परंतु दिमाग़ की चुस्ती का मतलब है कि हम अच्छी तरह जानते हैं कि हमारे शक्तिशाली और विकसित क्षेत्र कौन-से हैं और इस तरह हम संपूर्ण रूप से विचार करते हुए, अपने मस्तिष्क के संसाधनों को अपनी ओर खींच सकते हैं और अपने नए नज़रियों के अनुसार इसकी शक्तियों का प्रयोग कर सकते हैं।

एक संपूर्ण मस्तिष्क की पहल

मैंने ब्रेन एजीलिटी के लिए एक मॉडल का प्रयोग किया जो चिंतन के छह प्रकारों के बारे में बताता है जो दिमाग़ के न्यूरल पाथवे के सरल संस्करण से संबंध रखते हैं :

1. भावात्मक बुद्धिमत्ता : अपने भावों को साधना।
2. शारीरिक बल और आत्म-विश्लेषण - स्वयं को बाहर और भीतर से जानना।
3. गट फ़ीलिंग और सहज भाव - अपने पर भरोसा रखें।
4. प्रोत्साहन - अपने लक्ष्यों तक जाने के लिए लोच बनाए रखें।
5. तर्क - अच्छे निर्णय लें।
6. रचनात्मकता : आपके भविष्य और आदर्श जीवन का नमूना तैयार करना।

अगर हम इनसे मिलने वाले लाभों को मान्यता दें और यह सीखें कि इनकी शक्तियों पर एक साथ काम करते हुए संतुलन कैसे लाया जा सकता है – तो यही एक संपूर्ण मस्तिष्क की पहल है। यह हमें हमारे मस्तिष्क पर ज़बरदस्त नियंत्रण करने की ताक़त देती है। यह अभाव की सोच से विपरीत है और इसे प्रचुर और सकारात्मक मानसिकता विकसित करने की कुंजी भी कहते हैं।

जिस तरह हमारे नज़रिए में तरह–तरह के प्रभाव पैदा करके उसे निखारा जा सकता है, उसी तरह हमारे जीवन के पहलू भी एक–दूसरे को प्रभावित करते हैं। हमारे मस्तिष्क की शक्ति, द सोर्स के लिए यह सोचना उत्पादक नहीं है – यह कल्पना करना कि हमें अगर घर में बच्चों के साथ समस्या हो रही है या हम संबंधों की टूटन से गुज़र रहे हैं, तो इसका हमारे काम की क्षमता पर कोई असर नहीं होगा या फिर अगर हमने काम या नौकरी को खोया है तो इसका असर हमारे परिवार के संबंधों या दोस्ती पर नहीं होगा। यह समझना बहुत सहायक होगा कि यह किस तरह हमारे संसाधनों पर भारी पड़ सकता है और अपनी ओर से इसे रोकने के लिए क्या किया जा सकता है।

इसे समझने के लिए आप ऐसे गैस कुकर का उदाहरण ले सकते हैं जिसके नीचे चल रही आँच को अलग-अलग हालात में कम या ज़्यादा कर सकते हैं। हर लौ (ब्रेन पाथवे) और साथ ही सारे बर्नर्स के रख-रखाव का संबंध गैस आपूर्ति की देख-रेख से जोड़ सकते हैं। अगर एक ही बर्नर बहुत लंबे समय तक चलता रहा, तो यह दूसरे पाथवे के लिए गैस की आपूर्ति पर असर डालेगा और अगर ऐसा जारी रहा तो गैस आनी बंद भी हो सकती है और दूसरे शब्दों में इसे बर्नआउट भी कह सकते हैं। हमें मस्तिष्क के संसाधनों का बचाव करते हुए, सभी पाथवे के बीच संतुलन बनाए रखना चाहिए।

ये सभी पाथवे रोज़ किस तरह काम करते हैं? निम्नलिखित उदाहरण आपको यह समझने में मदद कर सकता है कि हमारे न्यूरल पाथवेज़ में क्या चल रहा है? आपके काम का उदाहरण लेते हैं, जब आप दूसरे लोगों से मिलते हैं, तब आपके दिमाग़ में क्या चल रहा है। मान लें कि आप सड़क पर जा रहे हैं और एक दोस्त को पास आते देखते हैं। अब निम्नलिखित उदाहरणों को पढ़ कर देखें और याद करें कि जब आप आख़िरी बार अपने किसी दोस्त के साथ मिले थे तो ऐसा ही कुछ हुआ था :

- भाव : हो सकता है कि आपने उसके हाथ में सगाई की अँगूठी देखी और आपको जलन महसूस हुई हो पर फिर दोनों के बीच बीते अच्छे समय को याद कर आपके चेहरे पर मुस्कान आ गई हो।
- भौतिकता : आपके पेट में एक गर्माहट का अहसास हुआ और आप तेज़ी से उसकी ओर बढ़ती हैं।
- सहज ज्ञान : उससे मिलते ही आपको अंदर ही अंदर अहसास हो गया कि उसके मन में उस समय क्या चल रहा है और आप उसे यह बता सकती हैं कि आप हमेशा उसके साथ हैं।
- प्रोत्साहन : आपने अपनी दोस्ती बनाए रखने के लिए हमेशा कड़ी मेहनत की है और इस तरह आपको भी अपने जीवन के कठिन समय में हमेशा मदद मिलती रही। आप भी उसके साथ ऐसा करने के लिए प्रोत्साहन महसूस करते हैं।

- तर्क : आपको याद है कि उसने पदोन्नति के लिए आवेदन दिया था, आप मन ही मन सोचते हैं कि इस बारे में पूछना है और फिर अपनी ओर से उसे इंटरव्यू के लिए टिप्स देने की सोचते हैं।
- रचनात्मकता : आप अपनी दोस्त के भविष्य की कल्पना करती हैं। आप सोचती हैं कि जब आपकी शादी हुई थी तो वह आपके साथ थी और परिकल्पना करती हैं कि आने वाले समय में उसके बच्चों को दिशा देने में मदद करेंगी। आप समझती हैं कि आप अपने भावी संबंध के लिए अभी से आधारशिला बना रही हैं।

यह सारी प्रतिक्रिया केवल कुछ ही क्षणों में पूरी होती है और सजग रूप से कुछ भी सामने नहीं आता। इस उदाहरण में आपने अपनी सहज अंतर्दृष्टि, प्रेरणा और भावात्मक आत्म-सजगता का परिचय दिया। आपको अपने भावों के नियमन के लिए थोड़ा काम करना होगा पर आपकी ओर से भौतिकता, तर्क और रचनात्मकता का अच्छा प्रदर्शन रहा। दूसरों से थोड़ा अलग होना सामान्य है। अधिकतर लोग केवल दो या तीन पाथवे का पालन करते हैं और दो-तीन पाथवे पर दबाव पड़ने पर अपना सकते हैं, परंतु वे उन्हें अपना अच्छा कौशल नहीं मानते। यह भी हो सकता है कि हम एक-दो पाथवे का पूरी तरह से प्रयोग ही नहीं करते हों। इस उदाहरण में जब आपको सगाई की अँगूठी देख कर जलन होती है तो इसमें गहरी भावनाएँ भी शामिल हो सकती हैं। यानी आपको नकारात्मक भावों का नियमन नहीं आता। इसी तरह, रचनात्मक पाथवे को कड़ी मेहनत करनी होगी कि वह नकारात्मक भावात्मक प्रतिक्रिया को अंतर्दृष्टि और सुधरी हुई आत्म-सजगता में बदल सके।

इस तरह न्यूरल पाथवे को समूहबद्ध करना एक सरलीकरण है - आपके दिमाग़ में कोई इकलौता पाथवे या फिर पाथवेज़ का ऐसा छिपा हुआ समूह नहीं है जो आपके निर्णय निर्धारण या तार्किक चिंतन को संचालित कर सके। उदाहरण के लिए, पाथवेज़ का आपस में जुड़ा हुआ यह जाल यह सुनिश्चित करता है कि आपके अलग-अलग तरह के विचार एक साथ सामने आ सकें और बहुत अधिक जटिल इलैक्ट्रिक सर्किट की तरह अलग-अलग बिंदुओं पर जुड़ सकें। इसी सर्किट में कुछ पाथवेज़ आपस में एक-दूसरे से बहुत अधिक संबद्ध होंगे।

भावात्मक नियमन या रचनात्मक चिंतन जैसे कम प्रयुक्त होने वाले पाथवेज़ के साथ समस्या यही है कि ये संकेत देते हैं कि शायद हम इस क्षेत्र में इतने अधिक सक्षम नहीं हैं, हम उस क्षेत्र के आँकड़ों को उपेक्षित कर रहे हैं, क्योंकि हम उसको सम्मान नहीं देते। यदि हम किसी एक पाथवे से मिलने वाले आँकड़ों को उपेक्षित करते हैं – तो इसके सबसे सामान्य उदाहरण यही सुनने में आते हैं, 'मुझे निर्णय लेने में परेशानी होती है क्योंकि मुझे समझ नहीं आता कि मुझे असल में क्या चाहिए?' 'मैं एक चतुर विचारक हूँ,' 'मैं काम के लिए भावुक नहीं हो सकता' – फिर हम इस तरह पेश आते हैं मानो हमारे भीतर ऐसा करने की क्षमता ही नहीं हो। यह हमारे दूसरे पाथवेज़ के वर्चस्व को भी प्रभावित करता है, जो क्षतिपूर्ति करने के लिए बीच में आते हैं और हमारी सोच के संतुलन को बिगाड़ देते हैं। गैस कुकर के उदाहरण पर वापस आते हैं, अगर एक या दो रिंग सही तरह से काम कर रहे हैं और बाक़ी दूसरे लगभग नाकारा हैं तो द सोर्स अपनी पूरी क्षमता के साथ काम नहीं कर पा रहा।

न्यूरोविज्ञानी और मनोचिकित्सक, डेनियल सीगल ने इसे अपनी किताब *माइंडसाइट* में कहा है, यह आपके दिमाग़ के कुछ हिस्सों को 'अलग करने' या 'रोकने' का काम करता है। इससे उन प्रतिरक्षा तंत्रों का पता चलता है जिन्हें हम कठिन या पीड़ादायी भावनाओं से बचाव के लिए लागू करते हैं। हम अपनी मूल भावनाओं से पीड़ित होने का चुनाव करने के बजाए, उन्हें दबाने, उनसे संपर्क तोड़ने, अनदेखा करने या किसी और जगह दिखाने का प्रयास कर सकते हैं। इस तरह सजगता बढ़ाने से हमें उन पाथवेज़ से पुनः संपर्क साधने का अवसर मिल सकता है जो बहुत अधिक वर्चस्व नहीं रखते और तब हमारे लिए और अधिक अविभाज्य रूप से चिंतन करना सरल होगा।

मेरे काम का अधिकतर हिस्सा इसी बात पर केंद्रित है कि लोगों की सोचने की क्षमता में विस्तार और सुधार हो सके, वे एक या दो प्रमुख पाथवेज़ पर भरोसा करने के बजाए कहीं अधिक संबद्ध और संपूर्ण पहल अपना सकें। पहले-पहल आपको यह कठिन और बनावटी लग सकता है कि आपको किसी भी समस्या या परिस्थिति के बारे में चिंतन के छहों तरीक़ों को ध्यान में रखते हुए सोचना है परंतु इस मॉडल का प्रयोग करने से धीरे-धीरे, हम प्रशिक्षित होंगे और ऐसा करना आसान होता जाएगा। द सोर्स

की संपूर्ण शक्ति को सामने लाने का यही उपाय हो सकता है कि हम सूचना के मुक्त प्रवाह के साथ एक फुर्तीले और अविभाज्य मस्तिष्क से काम लें।

इस जगह एक अभ्यास दिया गया है जिससे आप अपने दिमाग़ की फुर्ती और पाथवेज़ की जाँच कर सकते हैं। याद रखें, हमारे मन में अक्सर पूर्वाग्रह होते हैं कि हम कौन हैं और अपने बचपन के प्रभावों के कारण ही हम यह मान लेते हैं कि हम कौन-से कामों में अच्छे या बुरे हैं। आपको इस तरह की ग़लतफ़हमी से अपना बचाव करना होगा और अपने दिमाग़ के पाथवेज़ के लिए मुक्त और ईमानदार पहल अपनानी होगी।

हम इन छह पाथवेज़ के मूल्यांकन से आरंभ करेंगे ताकि अपने दिमाग़ की फुर्ती का अनुमान लगा सकें और देख सकें कि हमारी ताक़त और प्रगति किन क्षेत्रों में छिपी है :

अपने पाथवेज़ का मूल्यांकन करें

1. अपनी डायरी के दो पन्ने लें। डबल पन्ने पर एक गोल आकृति बना लें और उसके भीतर लिखें - द सोर्स।
2. बीच से आरंभ करते हुए छह शाखाएँ निकालें और उनमें से प्रत्येक को नाम दें - भाव, भौतिकता, सहज प्रवृत्ति, प्रेरणा, तर्क, रचनात्मकता।
3. आपकी ताक़त और प्राथमिकता किसमें छिपी है, इसे जानने के लिए, पन्ने के बीच, सौ प्रतिशत मस्तिष्क संसाधन की कल्पना करें। अपने निजी और कामकाजी जीवन से, हाल ही में पैदा हुए तीन हालात को याद करें जिनमें आपको पूरी दिमाग़ी ताक़त लगानी पड़ी जैसे कोई बहुत अहम मीटिंग, किसी पारिवारिक संकट से निपटना या फिर जीवन से जुड़ा कोई ख़ास निर्णय लेना।
4. सहज प्रवृत्ति, रचनात्मकता और तर्क कहीं अधिक आंतरिक और निजी कार्य हैं। भाव, भौतिकता और प्रेरणा बाहरी हैं क्योंकि इनका इस बात पर असर पड़ता है कि आप दूसरे लोगों से कैसे संबंध रखते हैं। इस बात को ध्यान में रखते हुए प्रतिशत दें कि आपने किन्हीं ख़ास घटनाओं और स्थितियों में इन पाथवेज़ का कैसे और कितना उपयोग किया। क्या कुछ ऐसे पाथवे थे जो उस दौरान आपके कोई

काम नहीं आए? अगर ऐसा बार-बार होता है तो क्या ऐसा हो सकता है कि उन पाथवेज़ पर काम करने से आपको लाभ होने लगे, क्योंकि हो सकता है कि आप उनकी तुलना में दूसरे पाथवेज़ पर अधिक काम कर रहे हों।

यह अंतर्दृष्टि ही आपके केंद्र को सूचित करेगी कि आगे जाने और अभ्यास के लिए किसे मज़बूत बनाना होगा। उन्हें एक समान संतुलित होने की आवश्यकता नहीं परंतु आपको हर तरह के पाथवेज़ में मज़बूत होना होगा क्योंकि आपको पता है कि आपकी बड़ी ताक़तें क्या हैं।

आपको अपने भावों के प्रबंधन के हिसाब से भी मज़बूत अनुभव करना चाहिए, अपने-आप को जानना, अपने मन की बात सुनना और जीवन को मनचाहे रूप में रचने के लिए प्रेरित रहना। उस समय आपको केवल तर्क के भरोसे रहने की आवश्यकता नहीं है। हो सकता है कि आपने पहले जो सोचा था आप उससे कहीं अधिक सहज और रचनात्मक हों। या हो सकता है कि आप किसी एक पाथवे को पूरी तरह से उपेक्षित कर रहे हों : उसके काम और फ़ीडबैक को रोक रखा हो। इन ढाँचों की दीर्घकालीन क़ीमत पर विचार करें और अपने विचार लिखें।

फ्रेड : सोच को कई गुना करना

फ्रेड एक बैंक में काम करता है और पहले अपने सारे बड़े निर्णय (निजी भी), एक स्प्रेडशीट पर, लाभ और हानि के बारे में विस्तार से लिखने के बाद ही लेता था। वह बहुत ही तार्किक था। वह वित्तीय रूप से बहुत अधिक प्रेरित था और कई बार सफलता की भूख और वित्तीय लक्ष्य, उसके काम और जीवन के कम पुरस्कार वाले पहलुओं को अनदेखा कर जाते थे। नतीजतन उसने कुछ बुरे फ़ैसले किए। उसने काग़ज़ों पर अच्छी दिख रही एक डील को पक्का किया जबकि उसका मन कह रहा था कि उसमें हाथ नहीं डालना चाहिए। वह एक निवेश के लिए लोगों के उत्साह की छूत का शिकार हो गया, साथियों के बीच उत्साह की लहर ने उसे अंधा कर दिया और वह उस संभावना के विपरीत सोच कर निर्णय नहीं ले सका।

मैंने उसके साथ अपने ब्रेन एजीलिटी मॉडल पर काम किया और उसके पाथवेज़ को सँवारा गया, हमने पहचाना कि उसे अपने मन की बात सुनना सीखना होगा और प्रमुख निर्णयों को करने के लिए रचनात्मक सोच अपनानी होगी। कुछ समय तक उसने अपना हर निवेश, चिंतन के छह तरीक़ों के नज़रिए से किया। उसकी प्रेरणा का ही नतीजा था कि एक बार मेरे मॉडल को अपनाने के बाद, वह हर हाल में उसे अपने लिए क़ारगर करना चाहता था। मैंने उसके साथ यह अभ्यास तीन महीने तक जारी रखा जब तक वह स्वयं उन कामों को सहज भाव से नहीं करने लगा और निर्णय लेने से पहले दिल और दिमाग़ दोनों का प्रयोग नहीं करने लगा।

अपने पाथवेज़ को खोलें

अगर कोई काम ऐसा है जो बहुत अधिक अमूर्त नहीं तो उसके लिए समानुभूति दिखाने की चुनौती लेना कहीं अधिक सरल होता है, इसलिए हमें कुछ निश्चित व्यवहारों और नए व्यवहारों को पुराने व्यवहारों पर लिखते हुए इस असंतुलन को दूर करना होगा। यह कुछ इस तरह के लक्ष्यों को अपनाने से कहीं अधिक प्रभावी हो सकता है, जैसे –'अपनी भावनाओं को खुल कर प्रकट करो,' 'दूसरे लोगों की भावनाओं को बेहतर तरीक़े से समझो;'अक्सर इस तरह की माँगों के साथ ही प्रत्यक्ष और अप्रत्यक्ष चेतावनी भी जुड़ी रहती है जैसे : 'वरना नौकरी से हाथ धो बैठोगे,' 'अगर तुमने ऐसा नहीं किया तो हमारा ब्रेकअप...' इस तरह व्यक्ति के मन में अभाव की सोच जन्म लेती है और यह लंबे समय तक प्रेरक का काम नहीं कर सकती।

इस जगह ऐसे कुछ कारण दिए जा रहे हैं, जिनके कारण आपके पाथवे ब्लॉक हो सकते हैं, यह विवरण मेरे रोगियों और ग्राहकों के साथ अनुभवों के आधार पर है। देखें कि इनमें से आप कुछ को पहचान पाते हैं :

- भाव : आप ऐसे माहौल में पैदा हुए हैं, जहाँ 'लड़के रोते नहीं' जैसी बातें कही जाती हैं या फिर आपके परिवार में भावों को खुल कर प्रकट करते हुए रोना और चीख़ना-चिल्लाना होता है, तो आपके लिए मौजूदा जीवन में अति तक जाने वाले भावों को सँभालना मुश्किल होगा।

- शारीरिक बल/भौतिकता : जब आप बड़े हो रहे थे तो आप छोटे/बड़े, मोटे/बहुत दुबले थे या मुहाँसों से परेशान थे इसलिए आज भी आत्मविश्वास की कमी के कारण आप दूसरों से आँखों में आँखें डाल कर बात नहीं कर पाते/आपको सामने वाले की बात का संकेत नहीं समझ आते और इसी वजह से पदोन्नति नहीं हो पा रही।
- सहज प्रवृत्ति - आपने किशोर अवस्था में जो निर्णय लिए, उनके लिए आपका बहुत मज़ाक़ उड़ाया गया इसलिए अब आप अपने मन की बात सुनने की हिम्मत नहीं रखते।
- प्रेरणा - आपके पास जीवन में कभी कोई अर्थ या उद्देश्य नहीं रहा। आपने मनपसंद करियर की खोज करने के बजाए स्थिर नौकरी में ही संतुष्टि कर ली है जिससे अच्छा वेतन मिलता है।
- तर्क - आपसे कहा गया कि आप कोई काम करने लायक़ होशियार नहीं इसलिए आप यूनिवर्सिटी और परीक्षा व अच्छी याददाश्त से जुड़ी हर चीज़ से क़तराने लगे।
- रचनात्मकता - आपके टीचर और पेरेंट्स ने कहा कि आप कला और संगीत में अच्छे नहीं थे और रचनात्मक इंडस्ट्री में जाने वाले बच्चे अपने आर्ट स्कूलों में सबसे आगे थे, इसलिए आपने कहीं अधिक सुरक्षित और विश्वसनीय पेशे और गतिविधि को ही अपने लिए चुना।

अपनी सजगता बढ़ाएँ कि इनमें से कौन-से क्षेत्र आपको रोक रहे हैं। आपके ऐसे कौन-से पाथवे हैं जो बंद हो चुके हैं या जिन तक आप पहुँच नहीं बना पा रहे क्योंकि अब तक आप उन पुराने विश्वासों से चिपके हुए हैं जो आपकी कोई मदद नहीं करते। हमने इस विषय पर ध्यान देते हुए, किताब के चौथे भाग में व्यावहारिक अभ्यास दिए हैं जिनकी मदद से आप पुराने और स्वयं को सीमित करने वाले विश्वासों पर नए वांछित व्यवहारों को अंकित सकते हैं। हालाँकि आपको अभी से अपनी डायरी में यह लिखना आरंभ कर देना चाहिए कि आप वास्तव में जीवन से क्या चाहते हैं और ऐसा क्या है जो आपको रोक रहा है। इसके साथ ही आपको ऐसी छवियों का संग्रह आरंभ कर देना चाहिए जिन्हें आप बाद में अपने एक्शन बोर्ड के लिए प्रयोग में लाना चाहें।

विपरीत और सोर्स

जैसा कि मैंने कहा, मैं बहुत सारे दार्शनिक और आध्यात्मिक विचारों से प्रेरित हूँ और उन्हें अपने इस काम में शामिल किया है। इसके अतिरिक्त, ब्रेन एजीलिटी माडॅल, यिन और यैंग के चीनी संतुलित विचार को और भी निखारता है - यिन और यैंग, अंधकार और प्रकाश, पौरुष और स्त्रैण, कार्य और जीवन; यह अवधारणा कि विपरीत बल सृजन तथा जीवन के बने रहने के लिए आवश्यक हैं। यदि मस्तिष्क पूरी तरह से दक्ष हो तो द सोर्स को पूरी क्षमता के साथ सामने आने का अवसर मिलता है। व्यक्ति की निर्णय निर्धारण क्षमता पहले से बेहतर होती है। न्यूरोविज्ञान के दृष्टिकोण से, यह बात मुझे बहुत अच्छी तरह समझ आती है : यह पूरी तरह से तर्क और भाव के संतुलन से संबंध रखता है।

अवसर और फुर्तीला मस्तिष्क

अपने ही विचारों को चुनौती देना आरंभ करें कि आपकी सोच कितनी संपूर्ण और अविभाज्य है। हम सबके पास सोचने के लिए अपने तरीक़े होते हैं और हमारे पास पहले से तयशुदा विचार हैं। हमारी कमियाँ कौन-सी हैं, आप उन्हें अपने विकास के क्षेत्र मान सकते हैं और विभिन्न परिदृश्यों में तरह-तरह के पाथवेज़ का प्रयोग कर सकते हैं।

आप चाहें तो सोचने के लिए छह तरीक़ों का प्रयोग कर सकते हैं जैसे फ्रेड ने किया या फिर कोई ऐसा तरीक़ा खोज सकते हैं जिसे आप आमतौर पर सोच के नए और वैकल्पिक साधनों के रूप में नहीं चुनते। आप अपने मस्तिष्क तक जितनी अधिक पहुँच रखेंगे, आपके लिए द सोर्स की शक्ति को सामने लाना उतना ही आसान होगा। आगामी अध्यायों में, हम हर पाथवे पर काम करते हुए, उनके पीछे छिपे वैज्ञानिक आधार को देखेंगे और उन व्यावहारिक अभ्यासों की बात करेंगे जो उनकी शक्ति को अधिकतम कर सकते हैं। जब आप इन अध्यायों को पढ़ें तो आपसे आग्रह है कि आप इस विषय में सोचें कि हर पाथवे आपके मस्तिष्क में कितनी सहजता से प्रवाहित है। क्या आपका मस्तिष्क उस तक अपनी पहुँच रखता है? क्या

इसमें कोई बाधा या अवरोधक है? आप इस संतुलन और प्रवाह को वापस पाने के लिए क्या कर सकते हैं?

मस्तिष्क में इन बदलावों के अलावा, यह सब नई आदतों के निर्माण से भी जुड़ा है। किसी भी छोटे-से बदलाव को लाने के लिए 21 से 66 दिन का समय लग सकता है जैसे आप यह बदलाव लाना चाहें कि अब से आप पीने के पानी की मात्रा बढ़ा देंगे। परंतु और अधिक जटिल जैसे समानुभूति पैदा करना, लोच और आत्मविश्वास बढ़ाने जैसी चीज़ों के लिए आपको अंकों के बजाए गुणात्मक आकलन पर आधारित होना चाहिए। ये आपके जीवन में वास्तविक बदलाव लाते हैं – आपके संबंधों में सुधार या आपके स्वाभिमान में वृद्धि?

जब आप हर पाथवे को पूरी तरह से समझ कर, द सोर्स की शक्ति को अधिकतम करना सीख लेंगे तो आपको अच्छी तरह समझ आ जाएगा कि आपको कहाँ अधिकतर काम करना है और आगे चल कर अपने एक्शन बोर्ड पर किन चीज़ों पर केंद्रित होना है। हो सकता है कि इन बातों ने आकार लेना आरंभ कर दिया हो, क्योंकि आप अपने एक्शन बोर्ड के लिए तसवीरें जमा कर रहे होंगे। यह उस संपूर्ण को अनुभव करने के मार्ग का आरंभ है, आपके पास यह जानकारी है कि आप वे सब साधन रखते हैं जिनके बल पर आप सपनों से सजे संसार को पा सकते हैं। आइए, आरंभ करें!

अध्याय 6

भाव : अपनी भावनाओं को साधें

'हमें लोगों से पेश आते हुए, याद रखना चाहिए कि हम तार्किक जीवों से पेश नहीं आ रहे हैं। हम भावुक प्राणियों से पेश आ रहे हैं।'

—डेल कारनेगी

हम यहीं से आरंभ कर रहे हैं, क्योंकि भावात्मक निपुणता, उन सभी मार्गों में से सबसे महत्त्वपूर्ण है, जिन पर काम किया जाना चाहिए। ऐसा आंशिक तौर पर इसलिए है क्योंकि लोग सबसे अधिक अपने भावों से ही जूझते हैं और इस तरह इनमें ही बदलाव की संभावना छिपी है, पर इसके साथ ही ये इसलिए भी महत्त्वपूर्ण हैं क्योंकि ये इतने गहरे, बुनियादी और आदिम होते हैं कि इनमें ही बाक़ी सब पर गहरा असर डालने की क्षमता पाई जाती है, इनमें ही बाक़ी सबको प्रभावित करने वाला एक्स फ़ैक्टर छिपा है - शरीर का संपर्क, सहज प्रवृत्ति, प्रेरणा और संबंध और हमारे भविष्य की रचना के लिए हमारी ओर से श्रेष्ठ निर्णय ले पाने की योग्यता।

हमें यह भी याद रखना चाहिए कि आधुनिक जीवन ने हमारी उस योग्यता को बाधित कर दिया है जो कई प्रकार से हमारे भावों से संबंध रखती है, ऐसा केवल सामाजिक अपेक्षा और सामाजिक मीडिया के माध्यम से ही नहीं हुआ, इससे हमारे करियर और जीवन की दिशा भी प्रभावित होती है। हमें भावात्मक बुद्धिमत्ता से ही बदलाव की शुरुआत करनी होगी।

अपनी भावनाओं की दया पर नहीं जिएँ

हमारी संपूर्ण और अनूठी मानवीय बुद्धिमत्ता को प्रकट करने के लिए, हमें सीखना होगा कि हम किस तरह अपनी भावनाओं की दया पर जीना छोड़ सकते हैं और पूरी गंभीरता और सटीकता से दूसरों के भावों को समझते हुए, उनके लिए उचित प्रतिक्रिया दे सकते हैं - अपने काम, परिवार और संबंधों में बेहतरी ला सकते हैं। तर्क और भाव का संतुलन बहुत महत्त्व रखता है, बाक़ी सब कुछ बीच में ही है, परंतु केवल यही पारंपरिक सोच

कि 'तर्क अच्छा है,' और 'भाव बुरे होते हैं,' अब नए वैज्ञानिक सच की ओर बढ़ रही है कि हमारे अपने भावों को साधने में ही हमारे जीवन को बदलने की कुंजी छिपी है।

हाल ही के वर्षों में, इस विषय में हमारी सोच बदली है कि हमारे भाव किस तरह काम करते हैं। हमें लगता था कि भाव ही हमें डांवाडोल करते हैं और इधर-उधर खींचते हैं, अब हम समझते हैं कि हम इन पर कहीं बेहतर नियंत्रण रख सकते हैं। मस्तिष्क के स्कैन्स से हमें पता चला है कि भावात्मक प्रतिक्रिया क्या होती है, दिमाग़ में भाव कैसे ट्रिगर होते हैं और कैसे उन्हें सजग भाव से साधा जा सकता है। इससे भी अधिक सकारात्मक पक्ष यह है, आधुनिक न्यूरोविज्ञान दिखाता है कि हम अपने भावात्मक नियमन में सुधार के लिए बहुत कुछ कर सकते हैं, बेहतरी के लिए अपने आंतरिक लैंडस्केप को बदल सकते हैं और अपने जीवन के अनुभव में बदलाव लाने के लिए भावों के संपूर्ण फलक का प्रयोग कर सकते हैं।

इमोशन शब्द, लैटिन भाषा के शब्द *'इमोटेरे'* से आया है, जिसका अर्थ है 'एनर्जी इन मोशन' (गतिशील ऊर्जा)। इस ऊर्जा से जुड़ी भावनाएँ इसके सूक्ष्म भेद और लक्षण को प्रकट करती हैं और फ़िल्टर का काम करती हैं जिसके माध्यम से हम अपने जीवन का अनुभव पाते हैं। एक निष्क्रिय प्रक्रिया के बजाए, भावों की अनुभूति को एक सक्रिय और पुन: उत्पादित करने वाली प्रक्रिया मान सकते हैं, हालाँकि ये हमेशा ऐसे महसूस नहीं होते, ख़ासतौर पर तब, जब हम गुस्से या उत्तेजना जैसे किसी सशक्त भाव की चपेट में होते हैं। इन भावों को देख कर यही लगता है कि ये अनैच्छिक रूप से आते हैं, परंतु यदि हम स्रोत को अधिकतम कर सकें, तो हमें इन भावों को वश में करने की शक्ति मिल जाती है – तब हम किसी दास की अपेक्षा स्वामी की तरह व्यवहार करने लगते हैं।

एक तरह से, इस विचार में थोड़ी सच्चाई तो है कि भाव आगे ही होते हैं। ये हमारे लिम्बिक दिमाग़ के एमिगडला में पाए जाते हैं। जब ये एक बार एमिगडला में दर्ज़ हो जाते हैं तो दिमाग़ हमारे वर्तमान हालात की भावात्मक प्रतिक्रिया को मौजूदा स्मृतियों से जोड़ देता है जो हिप्पोकैम्पस में जमा है। फिर प्री फ्रंटल कोर्टेक्स यह तय करता है कि इनमें से किन यादों

को दोहराना है और जब हमारे भाव पिछले अनुभवों के ढाँचों की पहचान से फ़िल्टर हो जाए तो उनका क्या अर्थ निकालना है। इस आधार पर ही, हमारा दिमाग़ तार्किक चिंतन, सहज प्रवृत्ति और विश्लेषण के लिए भावात्मक विवेक का प्रयोग करता है। जब आवश्यकता होती है तो यह घटना और अनुभव किए गए भाव के अनुसार क्रिया और व्यवहार को सुनिश्चित करता है।

कई बार, हमारे सारे भाव एक साथ हमला कर सकते हैं और ऐसे में हमारे प्रत्युत्तर में किसी भी तरह से संतुलन बनाना असंभव चुनौती लगने लगता है। जब ऐसा होता है, तो विरोधाभासी रसायनों की वजह से हमारा दिमाग़ चकराने लगता है। मिसाल के लिए, गहरी ईर्ष्या के बीच, प्रेम, गुस्सा और घृणा भी एक साथ सक्रिय हो सकते हैं और एक-दूसरे की तुलना में आगे आ सकते हैं। ऐसे मामलों में आपको लग सकता है कि इन भावों से छुटकारा तभी मिल सकता है जब आप अपने या किसी पर वह गुस्सा निकाल लें। आपने द सोर्स से जो भी सीखा या जो अभ्यास किए, वे आपको इस योग्य बना देंगे कि आप इस तरह पेश आ सकें जिस पर आपको गर्व हो।

आठ प्रकार के भाव

इससे पहले कि हम यह सीखें कि अपने भावों को वश में कैसे रखना है, हमें उन सभी भावों का अध्ययन करना होगा, जो हमारे लिए मौजूद हैं। हमें देखना होगा कि हमारे लिए वे क्या अर्थ रखते हैं।

आगे आपको चित्र में आठ प्रकार के भाव दिखाए जा रहे हैं।

जैसा कि हमने पहले भी सीखा, हमारे सभी भाव, निश्चित न्यूरोट्रांसमीटर्स के स्तरों से संबंध रखते हैं। इन आठ प्रमुख भावों में, पहले पाँच उत्तरजीविता से जुड़े भाव (गुस्सा, भय, घृणा, लज्जा और उदासी), तनाव से जुड़े हार्मोन, कोर्टीसोल को रिलीज़ करते हैं।

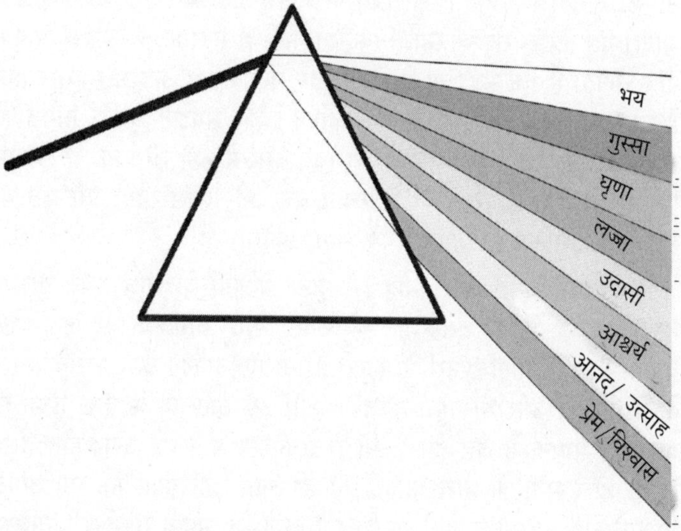

बुनियादी मानवीय भावों का स्पेक्ट्रम

ये चेतना के स्तर से नीचे काम करते हैं और जटिल व्यवहार पैदा करने का कारण बनते हैं। यही भावनाएँ आपको संभावित तनावपूर्ण हालात से बचने की सलाह दे सकती हैं, जैसे सार्वजनिक रूप से बोलना या किसी अनजाने व्यक्ति से भेंट करना। यदि इन पर ध्यान नहीं दिया तो ये आपके लिए बहुत ही हानिकारक हो सकती हैं। यह आपको हर तरह की वर्जना से बाँध कर अशक्त बना सकती हैं। ये दिमाग़ के 'करो या मरो' भाव को भी अपने बस में कर लेती हैं और आप हमेशा इनकी दया पर जीवित रहते हैं। इनके कारण आपको अपनी प्रतिक्रिया को वश में करने में भी परेशानी हो सकती है और आप अपना आपा खो सकते हैं।

न्यूरॉन रिसेप्टर पर, ऑक्सीटोसिन, सीरोटोनिन और डोपामाइन के प्रभाव से प्रेम/विश्वास और आनंद/ उत्साह के भाव जुड़े हैं जिन्हें मोह से जुड़े भाव भी कहते हैं। ये दिमाग़ में रिवार्ड सिस्टम को सक्रिय करते हैं और हम उन व्यवहारों को बार-बार दोहराना चाहते हैं जिनसे हमारे मन को

अच्छा लगता है, जैसे किसी प्रिय के गले लगना या दौड़ के लिए बाहर जाना। यह तंत्र स्वस्थ व्यवहार विकसित करने में सहायक है – जब आपको पता चलता है कि सुंदर या बेहतर दिखने पर कितना अच्छा महसूस होता है तो आप स्वयं ही जिम जाना चाहते हैं। हम समझते हैं कि बिगड़े हुए लड़के शराब पीते हैं और संबंधों को सही तरह से नहीं जी पाते, वे लत का शिकार हो जाते हैं परंतु अंत में रिवार्ड वर्क और एक्सरसाइज़ भी लत बन सकते हैं, इसलिए हर जगह संयम होना अनिवार्य है।

'उत्तरजीविता' और 'मोह' से जुड़ी श्रेणियों के बीच एक आश्चर्य छिपा है। यह एक से दूसरे भाव की ओर हमारी प्रतिक्रिया को जाने योग्य बनाता है, इसे 'पोटेंशिएटर' भी कहते हैं। नोराएड्रेनालिन दूसरे न्यूरोकेमिकल के प्रभाव को और भी गहरा करता है और इस आश्चर्य के पीछे छिपा है। यह वही भावना है जब हम किसी रोलरकोस्टर में सबसे ऊपर होते हैं या किसी हॉरर मूवी के बीच होते हैं तो हमें पता नहीं होता कि हम अगले मिलीसेकेंड में हँसने वाले हैं या चिल्लाने वाले हैं। अपनी सामान्य प्रतिक्रिया से अलग जाते हुए, यदि हम इस भाव को जगा सकें तो हम अपने जीवन में बहुत-सी चीज़ों को बिलकुल अलग तरीक़े से देख सकेंगे; जैसे किसी ऐसे दोस्त से अपनी परेशानी के बारे में कहना जो आपसे अलग नज़रिया रखता हो और उत्तरजीविता की अवस्था से बाहर आ कर प्रचुरता और आत्म-सजगता के बीच समाधान देता हो। थेरेपी, कोचिंग या शॉक से इलाज करना आदि भी इसीलिए किए जाते हैं ताकि हमें किसी सामने आने वाले हालात को अलग तरह से देखने और सोचने की चुनौती मिल सके।

हम अपने दिमाग़ को जो दिखाते हैं, इस पर उसकी ही छाप पड़ जाती है, यदि हम एक स्वस्थ संतुलन पाना चाहते हैं तो हमें अपने भावों को साधते हुए, प्रेरित रहना होगा। हमें अपने जीवन में बहुत सारे भाव चाहिए परंतु उनका आवश्यकता से अधिक या कम होना उचित नहीं है।

आप और आपके भाव

हम सभी बचपन से ही सीखते हैं कि दूसरों के साथ कैसे पेश आना है, अपने-आपको अभिव्यक्त करते हुए किस तरह प्रेम देना और पाना है और आपस में मतभेदों को कैसे दूर करना है। जब हम जीवन में आगे बढ़ते हैं,

तो ये छाप हमारे जीवन की परिस्थितियों और संबंधों पर भी दिखने लगती है। इस शक्तिशाली अवचेतन प्रक्रिया की पूरी पड़ताल होनी चाहिए, क्योंकि इसका हमारी ओर से चुने गए संबंधों पर गहरा असर हो सकता है, हम ख़ुद को किस तरह देखते हैं, कैसे सोचते हैं और पेश आते हैं।

आपके परिवार के भावात्मक प्रोफ़ाइल का इस बात पर गहरा असर होगा कि आप अपने भावों का प्रबंधन कैसे करते हैं या उन्हें कैसे प्रकट करते हैं। जो लोग उचित रूप से भावों को प्रकट करने वाले परिवारों से आते हैं, जहाँ आपस में तेज़ आवाज़ में होने वाली बहसें, चीख़ना-चिल्लाना और रोना होता है, उनके लिए किसी अंतर्मुखी व्यक्ति से संबंध बनाना मुश्किल हो सकता है, क्योंकि उक्त व्यक्ति अपने-आपको बहुत ही नियंत्रित भाव से प्रकट करेगा। कार्यस्थल पर होने वाली बहसों में भी उनके लिए इस तरह पेश आना कठिन हो सकता है।

एक छोटी प्रश्नोत्तरी

स्वयं से ये सवाल करें और फिर एक-दो क्षण तक उत्तरों पर विचार करें। इसके बाद चाहें तो इन्हें अपनी डायरी में लिख लें :

1. जब आप बड़े हो रहे थे तो आपके परिवार का भावात्मक रूप क्या था? आपसी मतभेदों और मुश्किल बातचीत को कैसे हल करते थे?
2. आप अपनी भावात्मक प्रतिक्रिया के कितने संपर्क में हैं?
3. आप कितनी आसानी से अपने भावों का नियमन करते हैं, गुस्से और नाराज़गी जैसे भावों से कैसे उबरते हैं या स्वयं को उसी क्षण में वापस कैसे लाते हैं?
4. आपके लिए किसी नए इंसान के साथ संबंध स्थापित करना कितना आसान होता है?
5. जब आप किसी से बात कर रहे हों तो आपके लिए किसी के साथ भावात्मक प्रतिध्वनि का अनुभव कैसा होता है - आपस में समझ और संपर्क का परस्पर भाव।

मन में एक तसवीर तैयार करें कि आपकी भावात्मक ताक़त और विकास के क्षेत्र कौन से हैं? क्या अलग-अलग लोगों के साथ आपकी भावों

को नियंत्रित करने की शक्ति में अंतर आता है? आपके भाव तनाव के दौरान कैसे बदलते हैं? क्या आप कार्यस्थल पर सब कुछ सँभाल लेते हैं पर घर आते ही आपका गुस्सा सातवें आसमान पर होता है? क्या आप किसी मौज-मस्ती से भरे अवकाश के दौरान अलग तरह से पेश आते हैं?

भावात्मक रूप से बुद्धिमान या फिर केवल भावात्मक

भावात्मक रूप से बुद्धिमान होने और संवेदनशील होने में अंतर होता है। अक्सर जो लोग स्वयं को संवेदनशील कहते हैं, वे अपनी भावनाओं को ध्यान में रख कर ऐसा कहते होंगे, कई बार ऐसे ही लोग दूसरों की भावनाओं के प्रति असंवेदनशील होते हैं। यह भी ध्यान देने योग्य बात है कि ऐसा हमेशा नहीं होता। कई बार ऐसे मौक़े भी आते हैं जब भावात्मक रूप से बुद्धिमान भी अहंकारी भावात्मक सोच की चपेट में आ कर, आसपास के लोगों पर पड़ने वाले भावात्मक प्रभाव को अनदेखा कर देते हैं, कई बार मिडलाइफ़ क्राइसिस या तलाक़ जैसी परेशानियों के समय ऐसा होता है। मेरे अनुभव में, स्त्री और पुरुष, दोनों ही इस श्रेणी में आते हैं, हालाँकि आपको थोड़ी गहराई और विनम्रता से विचार करना चाहिए कि क्या ऐसा आप पर भी लागू होता है।

निकोला : 'भावना प्रधान' मनुष्य नहीं

मैं निकोला नामक महिला के साथ काम करती थी - उसका कहना था कि वह एक भावनाप्रधान मनुष्य नहीं थी और उसे पूरा यक़ीन था कि मैं उसमें बदलाव लाने के लिए कुछ नहीं कर सकती थी। उसकी उम्र पैंतीस के लगभग थी, वह एक रेस्तराँ में मैनेजर थी और लोग उसे एक ऐसे मैनेजर के रूप में जानते थे जो अपना फ़ीडबैक देते हुए बिलकुल परवाह नहीं करती थी कि सामने वाले का उस पर क्या असर हो सकता था। वह कभी स्टाफ़ के साथ चाय या जन्मदिन के केक समारोह में शामिल नहीं होती। सहकर्मियों से बात

करने के बजाए अपनी सीट पर रह कर काम करना ही पसंद करती थी और उसे उनके निजी जीवन में कोई दिलचस्पी नहीं थी। इस तरह, उसके कामकाजी संबंध अच्छे नहीं थे। मैंने उसे कहा, ''तुम्हें अपनी इस सोच को बदलना होगा कि तुम भावनाओं में आना पसंद नहीं करतीं।'' फिर मैंने उसे कुछ ऐसे ई-मेल के ज़वाब देने में मदद की जो उन स्टाफ़ कर्मचारियों को दिए जाने थे, जिनके साथ उसके कामकाजी संबंध अच्छे नहीं थे। मैंने उसे कहा कि अपने वाक्यों में, 'मैं सोचती हूँ' के बजाए 'मुझे लगता है' का प्रयोग करे। उसके लिए लोगों से सामने आ कर बात करने के बजाए इस तरह लिख कर अपनी शब्दावली में बदलाव लाना सहज था।

निकोला के बच्चे छोटे थे और अपने काम की व्यस्तता के बावजूद उसके उनके साथ बहुत अच्छे संबंध थे। मैंने उससे पूछा कि वह बच्चों के साथ जिन पेरेंटिंग मूल्यों को अपनाती थी, क्या उन्हीं मूल्यों को अपने वेटिंग स्टाफ़ पर लागू कर सकती थी - हालाँकि सब कुछ उसी तरह करना ज़रूरी नहीं था, बस उन मूल्यों के हिसाब से पेश आना था। इस तरह उसके लिए अपनी टीम को सँभाल पाना और भी आसान हो गया।

कुछ सप्ताह तक भावात्मक संपर्क के अभ्यास जैसे - बिना बाधा के सुनना, आँखों में आँखें डाल कर बात करना, कई सारे काम एक साथ करने के बजाए लोगों की बातें आराम से सुनना और 'मुझे लगता है,' 'मैं भरोसा करती हूँ,' 'मुझे अच्छा लगेगा' जैसे वाक्यों का प्रयोग किया गया। निकोला ने, 'मेरे हिसाब से,' 'मैंने तय किया है,' 'मैं चाहती हूँ' जैसे वाक्यों का प्रयोग बंद कर किया और उसने बताया कि अब स्टाफ़ के साथ उसके संबंधों में एक कमाल का परिवर्तन आ गया है।

ज़रा सोचें, यह पढ़ कर आपको कैसा लगा, क्या ऐसी ही कोई पहल आपके जीवन के किसी क्षेत्र में लाभ दे सकती है? क्या आप एक क़दम पीछे हट कर, अपने घर और काम के दौरान किए जाने वाले कामों में बदलाव ला सकते हैं? क्या कुछ ऐसे शब्द हैं जो आपको बेहतर तरीक़े से प्रकट नहीं करते, क्या आप उनकी जगह कुछ नए शब्द प्रयोग में ला सकते हैं?

हमारे लिए एक टूलकिट

दरअसल हमारे भावात्मक लैंडस्केप को बस में करने की कुंजी भी हमारे ही पास है। हमारे भाव ही ऐसे टूल या साधन हैं जिन्हें हम अपनी प्रतिक्रियाओं को तैयार करने के प्रयोग में ला सकते हैं। मैंने कई वर्ष पहले, हार्वर्ड के साइकोलॉजी के प्रोफ़ेसर एलन लैंगर को एक कान्फ्रेंस में बोलते सुना था, वे भावों के बारे में कह रहे थे कि इन्हें किसी रसोइए की रसोई में रखी सामग्री की तरह लें। हम इनकी दया पर नहीं जी रहे। हम अपनी मर्ज़ी से उसी तरह भावों को चुन सकते हैं, जिस तरह हम खाना बनाते हुए सामग्री का चुनाव करते हैं। हमारा दिमाग़ लगातार इस प्रक्रिया में लगा रहता है, वह सारी सामग्रियों के मेल से, किसी हालात के लिए प्रतिक्रिया बनाता है : जैसे हैरानगी, उमंग या फिर डर की लहर।

मैं अगर इसे बताना चाहूँ तो यही कहूँगी कि अगर कोई हमें नाराज़ करता है तो हम अंडे की भुर्जी बना सकते हैं या केक बेक कर सकते हैं। हमारा ज़वाब पूरी तरह से हमारे बस में है। बेशक, सबकी तुलना में कुछ लोग ऐसा करने में कहीं ज़्यादा माहिर होंगे। जो लोग ख़ुद को भावों की दया पर जीवित मानते हैं, वे ऐसे भूतिया रसोइयों की तरह हैं जो बिना कुछ जाने, स्वचालित भाव से निरंतर भाग रहे हैं, काम कर रहे हैं।

हमें अपने कार्यस्थल पर भावों के नियंत्रण की योग्यता पानी होगी। जैसे माइंडफुलनेस, विचारों के बीच थम कर कुछ सोचना और फिर अपनी प्रतिक्रिया देना जैसे अभ्यास हमारे लिए क़ारगर हो सकते हैं।

'एमिगडल हाईजैक' पर करें विचार

डेनियल गोलमैन ने 1996 में अपनी पुस्तक *इमोशनल इंटेलीजेंस* के माध्यम से 'एमिगडल हाईजैक' की अवधारणा को लोकप्रिय किया था। उनका कहना है कि यह एक ऐसी अवस्था है जब आप सशक्त भावों से इस तरह घिर जाते हैं जैसे गुस्सा या भय- तो जैसे आप उनके हाथों हाईजैक हो जाते हैं। आप अपनी ही सोच और कामों को बस में नहीं रख पाते। पिछले कुछ दशकों में, विज्ञान बहुत आगे आ गया है और हम जानते हैं कि ऐसी अवस्था में इन भावों

का प्रबंधन करना कठिन होता है पर फिर भी यह हमारे बस में है कि हम इन्हें पहचान कर, प्रबंधन करें और अपने व्यवहार में बदलाव ला सकें। जब मैंने कार्यस्थल पर इस विश्वास को चुनौती दी तो एक भी व्यक्ति ऐसा नहीं था जो अपने गुस्से को बस में करने में विफल हुआ हो। यह एक दिलचस्प बात है कि हमारे विश्वास का हमारे व्यवहार पर कितना गहरा असर होता है - चाहे वह अवचेतन रूप से ही क्यों ना हो। इस पुस्तक, में आपको बार-बार यह अवसर दिया जाएगा कि आप उन सभी मान्यताओं को तोड़ने की चुनौती दे सकें जिन्हें आप अब तक सच मानते आए थे - जो अब आपके काम नहीं आ रहीं, तभी आप एक नया और अलग भविष्य रच सकते हैं।

भावात्मक साक्षरता का निर्माण

भावों तथा उनके कारण हम पर होने वाले असर को सीखने से, भावात्मक तौर पर साक्षर होने में मदद मिल सकती है। हम अपने मन में भाव के उठते ही उसे पहचान कर, लेबल कर सकते हैं। प्रतिदिन ध्यान करने वालों पर हुए शोध से पता चला कि उनके भीतर बड़ी मात्रा में भावात्मक साक्षरता पाई जाती है, वे दूसरों की तुलना में अपने मूड को कहीं अधिक स्थिर रख पाते हैं। येल में हुए अध्ययन से पता चला है कि नियमित रूप से ध्यान करने से, अनावश्यक चिंतन से बचाव होता है - इस तरह का चिंतन प्रसन्नता के स्तर को कम कर देता है।

पीछे दिए गए स्पेक्ट्रम के चित्र को देख कर जानने की कोशिश करें कि आपके जीवन में किन भावों का अधिक महत्त्व है और कौन से भाव ऐसे हैं जो आपके हिसाब से, आपके जीवन का हिस्सा नहीं हैं। हो सकता है कि आपने कुछ भावों को दबा रखा हो या आपके पास उन्हें व्यक्त करने को शब्द नहीं हों। इनमें से हर भाव, हमें अलग तरह से प्रभावित करेगा, पर आपके कोई भाव आपको उनसे विरक्त करते हुए, पूरी तरह से बस में नहीं करते। जब आप इस तरह का वस्तुगत माध्यम बना कर रखते हैं तो सशक्त भावनाएँ आपको अपने बस में नहीं करतीं। जब भी 'उदासी' या 'गुस्सा' उभरें तो उन्हें अपने-

आप से कहें, हो सकता है कि यह आपको छोटी-सी बात लगे पर हैरानी की बात यह है कि इसका असर कितना नाटकीय हो सकता है।

मैंने कई ग्राहकों के साथ काम किया है, जो अपने गुस्से को बस में रखने की कोशिश करते हैं। चीख़ते समय इनका चेहरा लाल हो जाता है और ये तब तक चिल्लाते हैं, जब तक ये रो नहीं देते। एक आदमी तो अपने जूनियर्स के सामने ही रोने लगता था। मेरे कई ग्राहकों ने बताया कि कई बार तो उन्हें पता ही नहीं चलता था कि वे इस तरह का बर्ताव कर रहे थे - जब घटना के बाद उनके साथियों और सहकर्मियों ने शिकायत करना चालू किया तो उन्हें सोचना पड़ा कि वे क्या कर रहे थे। यही वजह थी कि मैंने 'एमिगडल हाईजैक' के मिथ को नकारते हुए उनसे कहा कि वे इस बात को स्वीकारें कि उनका यह बर्ताव सहन करने के योग्य नहीं था और दोबारा नहीं होना चाहिए। ऐसा लगता था मानो मैं फिर से बाल मनोचिकित्सा क्लीनिक में हूँ।

उनमें से सभी यह देख सकते थे कि उन्हें इस चीज़ को रोकना होगा पर साथ ही वे एक ऐसे बर्ताव को रोकने के लिए संघर्ष कर रहे थे जिसमें वे सबसे बेहतर थे, बस उसके बारे में आंशिक तौर पर जानते थे। मैंने उनसे कहा कि अगली बार जब भी ऐसा हो तो वे अपनी प्रतिक्रिया दें और फिर स्वयं से पूछें कि क्या वे उस जगह अलग तरह से पेश आ सकते थे? फिर अगली बार ऐसी परिस्थिति सामने आते ही, चाहे वे अपने व्यवहार को उस क्षण के लिए नहीं रोक पाएँ पर अपनी भावात्मक अति प्रतिक्रिया को पहचान ही लेते थे। उसके बाद मैंने उनसे कहा कि ज्यों ही वे अपने ऐसे बर्ताव को देखें तो उसे रोकने की कोशिश करें। फिर उन्होंने अपने गुस्से के आरंभिक लक्षणों को पहचानना सीखा और उससे परे जाते हुए, 'स्टॉप' मैथड का अभ्यास करने लगे।

'स्टॉप' का अभ्यास करें

मैं इस अभ्यास का प्रयोग तब करती थी, जब मैं एक बाल मनोचिकित्सक के तौर पर काम कर रही थी। यह तकनीक अक्सर परिवार के थेरेपिस्ट बच्चों के साथ प्रयुक्त करते थे जो अचानक बहुत गुस्से में आ जाते थे और उसे

बस में नहीं कर पाते थे। मैंने अपने एक्जीक्यूटिव कोचिंग ग्राहकों के साथ इसका प्रयोग किया।

आँखें बंद करें और स्वयं को वैसा ही महसूस करने दें, जैसा आप बहुत गुस्से में आने पर महसूस करते हैं। कुछ ऐसा याद करें, जिसे याद करते ही आपका पूरा शरीर गुस्से से भर गया हो। उस गुस्से को अपनी त्वचा, अपनी छाती, अपने चेहरे, मांसपेशियों और मन में महसूस करें। जब आप इससे भर चुके हों, तो कल्पना करें कि आपने अपने मन में एक बड़ा-सा लाल रंग 'स्टॉप' का बोर्ड उठा रखा है, जिसे देखते ही आपकी उस भावना को वहीं रुकना होगा, अपनी मांसपेशियों को ढीला छोड़ें और गुस्से को अपने से दूर जाने दें। तब तक यह अभ्यास करें, जब तक आप शांत रहने के लिए असल जीवन में इन चीज़ों को महसूस नहीं कर सकते।

जब आप शारीरिक अभ्यास करने लगते हैं, कोई योग या ध्यान जैसा माइंडफुलनेस अभ्यास करते हैं तो ऐसे विस्फोटक भावों से अपना बचाव कर सकते हैं और इस तरह आने वाले समय में इन्हें विकल्प की तरह जीवन से बाहर कर सकते हैं। हालाँकि, कई बार जब आप भावात्मक रूप से भावुक हों तो उस समय थोड़ी देर बिस्तर पर लेटें और नए सिरे से उठ कर शुरुआत करें। आपका मन शांत हो जाएगा।

एक नया प्रतिमान

हम सभी भावों से भरे हैं, चाहे हम इसे मानें या नहीं मानें। हमारा हर निर्णय भावों के आधार पर ही होता है। जब हम अपनी भावात्मक बुद्धिमत्ता का अभ्यास करते हैं, तो हम अधिकतर इनके लिए एक डिफ़ाल्ट सैटिंग का अभ्यास कर सकते हैं। कई बार तनाव के ऐसे क्षण आते हैं, जब हमारा मन अभाव की चिंता में आ कर, उत्तरजीविता के स्तर पर आ जाता है, परंतु हम इसे जितनी जल्दी पहचान लें और संतुलन साधने की कोशिश कर लें, उतनी ही जल्दी संभावित ख़तरों से स्वयं को बचा सकते हैं।

सहज रूप से, हम आसानी से देख सकेंगे कि हमारे गिरने के लिए कौन-से गड्ढे दिखाई दे रहे हैं। हो सकता है कि हम बरसों के भावात्मक उतार-चढ़ाव के कारण ख़ुद को बिखरा और टूटा हुआ महसूस करते हों, पर यदि हम चाहते तो इनसे अपना बचाव कर सकते थे। या फिर शायद

हम इसका विपरीत करना चाहते हैं, हम अपने भावों को दबा कर, हर चीज़ पर आवश्यकता से अधिक सोचते हैं और फिर हमें लगता है कि हमने अपने दिल की बात नहीं सुनी इसलिए हम हार गए। हमारी ओर से कोई भी अच्छा निर्णय नहीं ले पाने की असफलता दिखाती है कि अब सच को अपनाने का समय आ गया है : द सोर्स को पूरी तरह से प्रकट करने के लिए, हमें अपने भावों को साधना ही होगा, यही हमारी अंतिम आशा है। अपने-आप को भावात्मक रूप से दुर्बल समझना किसी काम नहीं आएगा और ना ही स्वयं को भावों से परे रखने से बात बनेगी। भाव हमें वह बनाते हैं, जो हम हैं और यही संसार और इसके जीवन के लिए हमारे सारे अनुभव का संचालन करते हैं।

क्या आप कोई ऐसी मिसाल ले सकते हैं जहाँ आपने अपने कुछ भावों को दबा दिया हो? कोई ऐसी मिसाल जिसमें आप अपने उलझे हुए निजी हालात के साथ पूरी करुणा से पेश आए हों?

बेहतर आत्म-देख-रेख, माइंडफुलनेस और व्यावहारिक अभ्यासों की मदद से हम और अधिक प्रचुर रवैए के साथ जी सकते हैं, जहाँ हम अपने भावों के बस में रहने, उनसे डरने या उन्हें दबाने के बजाए उनसे अपनी शक्ति वापस ले सकते हैं।

इसके बाद, हम अपने मन और शरीर के संबंधों का अन्वेषण करेंगे। हम यह देखेंगे कि अपनी शारीरिक और भावात्मक अवस्था का बेहतर मेल करने के लिए इन्हें मज़बूत कैसे बना सकते हैं।

अध्याय 7

शारीरिक बल : स्वयं को जानें

'आपका शरीर वह सब सुनता है जो आपका मन कहता है।'

—नाओमी जुड

सामान्य रूप से, हमारे मन और शरीर के बीच संपर्क साधने से, हमारी देख-रेख के सभी पहलुओं को सहारा मिलता है : जब शरीर अच्छा महसूस करता है तो वह हमें बताता है कि हम उसकी अच्छी देख-रेख कर रहे हैं। शरीर किसी अतिरिक्त ध्यान या सहारे की माँग नहीं करता। शरीर की इमेज और अपने साथ आरामदेह महसूस करना भी इससे ही जुड़े हैं। हमारा शरीर हमारी सेहत से जुड़े व्यवहारों की कहानी अपने साथ ले कर चलता है : हमारे ट्राईसैप जिनके बल पर हम स्विमिंग पूल से उचक कर बाहर आते हैं, जब हम आरामदेह और आत्मविश्वास से भरपूर महसूस करते हैं तो उस समय हमारी चिबुक एक ओर झुकना, पूरे सप्ताह तक डेस्क पर काम करने के बाद लुढ़कने वाले कंधे और फिर योग कक्षा के बाद शिथिल होने वाले कंधे। ये सब अपनी ही कहानी सुनाते हैं। नीचे दिए गए बॉडी स्कैन का अभ्यास करें और स्वयं से पूछें कि आपका शरीर आपसे क्या कहता है।

बॉडी स्कैन

पूरे एक सप्ताह तक, दिन में एक बार यह अभ्यास करें। नोट करें कि हर अभ्यास के बाद आपने कैसा महसूस किया। आपने क्या देखा? आपने क्या महसूस किया?

- एक कुर्सी पर आराम से बैठें, अपने हाथ गोद में रखें और पैर फ़र्श पर टिके हों। आदर्श रूप से अगर जूते उतार सकें तो बेहतर होगा ताकि आपके पैर धरती को छू सकें। यह ध्यान दें कि आपने हाथ या पैर मोड़े हुए नहीं हों। अब अपनी आँखें बंद करें और विश्रांत हो जाएँ।
- **अपना पूरा ध्यान शरीर पर केंद्रित करें।** महसूस करें कि यह विश्रांत है या तनावग्रस्त है? यह आसपास की जगह और दीवारों, लोगों या

कपड़ों से घिरा है। जब आप बैठें तो अपने शरीर के वज़न पर गौर करें, कुर्सी पर बैठने के अहसास को महसूस करें। महसूस करें कि आपके हाथ गोद में हैं और पैर धरती को छू रहे हैं। आपके शरीर का जो भार कुर्सी की सतह पर है, उसे महसूस करें।

- **कुछ गहरी साँसें लें।** चार तक धीरे-धीरे गिनते हुए, अपने नाक से हौले से साँस लें और फिर उससे भी धीमी गति से साँस बाहर छोड़ें। जब आप साँस भीतर लें, तो उस ऑक्सीजन पर ध्यान दें जिसे मिलने से आपका शरीर जीवंत हो रहा है और हर बार साँस छोड़ते हुए, महसूस करें कि आप पूरी तरह से विश्रांत हो रहे हैं।
- **अपना ध्यान, धरती पर रखे पैरों पर लगा दें।** अब धरती और पैरों की छुअन से होने वाली संवेदना को महसूस करें : उसका भार और दबाव व तापमान। अपने अँगूठे फैलाएँ। अपने शरीर को थोड़ा उठाएँ और अपना ध्यान टाँगों पर ले आएँ जो कुर्सी पर टिकी हैं। अब देखें कि उन पर कोई दबाव, बेचैनी, भारीपन या हल्कापन तो नहीं है।
- **अपना ध्यान कुर्सी से सटी पीठ से लगा दें।** अपनी रीढ़ की हड्डी से उठते हुए उसके मध्य तक आएँ।
- **अब अपना ध्यान पेट की ओर ले आएँ।** यह देखें कि आपका पेट तना हुआ है या ढीला है। इसे ढीला छोड़ दें। एक साँस लें।
- **अपने हाथों पर ध्यान दें।** आपके हाथ तनाव में हैं या भिंचे हुए हैं? उन्हें ढीला छोड़ें और देखें कि क्या आप अपने ध्यान को एक-एक अँगुली पर केंद्रित कर सकते हैं।
- **अपनी बाजुओं पर ध्यान दें।** अपनी बाजुओं में होने वाली किसी भी हलचल को महसूस करें। अपने कंधों को नीचे धकेले बिना ही विश्रांत होने दें।
- **अपने ध्यान को अपनी गर्दन और कंठ के पास ले आएँ।** अपने चिबुक को थोड़ा-सा नीचे करें ताकि आपकी रीढ़ की हड्डी थोड़ी लंबी हो सके। विश्रांत हो जाएँ। अपने जबड़े को ढीला छोड़ें। अगर आप आपकी जीभ तालू से सटी है तो इसे भी नीचे आने दें। अपने चेहरे की मांसपेशियों और यहाँ तक कि अपनी आँख की पुतलियों को भी सहज होने दें।

- **अपना पूरा ध्यान सिर के ऊपरी हिस्से पर ले जाएँ।** ध्यान को वहीं लगाते हुए, अपने सिर के ऊपरी हिस्से से रीढ़ तक एक सीधी रेखा को महसूस करें फिर अपने ध्यान को पूरे शरीर तक फैला दें। ऐसा महसूस करें कि मानो आप पूरी तरह से एकात्म, श्वास लेने वाली इकाई हैं।
- तीन तक गिनते हुए **गहरी साँस भरें**, और फिर अपनी आँखें खोल दें।

अब लिखें कि आपने क्या महसूस किया। शरीर के किन अंगों में तनाव था? क्या आपके शरीर का एक हिस्सा दूसरे की तुलना में अधिक विश्रांत था? क्या आप सजग भाव से शरीर को विश्रांत करते हुए, ऐसा करने में सफल रहे?

अंतर्ग्रहण

हम सभी उन इंद्रियों से परिचित हैं जिनके माध्यम से हम पूरे संसार का ध्यान करते हैं : दृश्य, ध्वनि, स्वाद, गंध और स्पर्श। 'अंतर्ग्रहण' अपने-आप में अलग है, इस इंद्रिय के बारे में लोगों को अधिक जानकारी नहीं है। यह हमें महसूस करने और समझने में मदद करती है कि हमारे शरीर में क्या चल रहा है। यह हमें हमारे ही शरीर को पढ़ने और उसके संकेतों को समझने में मदद करती है जिनमें भूख, प्यास, शरीर का तापमान, हमारे दिल की धड़कन और हमारे पाचन की अवस्था शामिल है।

जो बच्चे इस इंद्रिय के साथ मेल नहीं साध पाते, उन्हें यह जानने में मुश्किल होती है कि उन्हें कब भूख या प्यास लगी है या वे कब गर्मी या सर्दी महसूस कर रहे हैं। अब एक क्षण के लिए विचार करें कि आपको खाने के अंत में यह कैसे पता चलता है कि आपका पेट भर गया है या फिर आपको शौचालय जाना है। अधिकतर लोग आसानी से इन संकेतों को जान लेते हैं परंतु कुछ और संकेत बहुत ही सूक्ष्म स्तर पर होते हैं क्योंकि ये भावनाएँ निरंतर काम करती हैं और प्राय: इनकी ओर ध्यान नहीं जाता। अगर रोज़मर्रा के उदाहरणों की बात करें तो आपको यह पता चल जाता है कि काम से विश्राम लेना होगा, क्योंकि आपकी ऊर्जा का स्तर घट रहा है या अपने साथी के साथ हो रही बहस के दौरान कब कमरे से बाहर चले जाना है ताकि आप कुछ ऐसा नहीं कह बैठें कि आपको उसके लिए बाद में पछताना पड़े।

जीवन के अनुभव अंतर्ग्रहण की योग्यता से टकराते हैं। शारीरिक संकेतों को समझने की आपकी योग्यता जैसे कि भूख नहीं लगना आदि उस तरीक़े से प्रभावित होती है जिसे आपने कई तरह की भावनाओं को अनदेखा करते हुए या बहुत-सी भावनाओं को उपेक्षित करते हुए सीखा है। सेहत, भावों और भलाई के लिए आपके परिवार का रवैया भी इसे प्रभावित करेगा। मैंने देखा है कि जिन लोगों के माता-पिता बहुत ही कड़ा व्यवहार रखते हैं और बच्चों की चिंताओं को खारिज़ करते हुए उन्हें मूर्ख कहते हैं तो हो सकता है कि किसी भावात्मक प्रतिक्रिया के दौरान वह बच्चा अपने शरीर के संकेतों को नहीं समझ सके या शारीरिक और मानसिक तौर पर उनकी संवेदनशीलता को नहीं जाने। यदि आपने स्वयं को सिखाया है कि आपको दूसरी चीज़ों को प्राथमिकता देते हुए शरीर के संकेतों को अनदेखा कर देना चाहिए तो आपके लिए शरीर और मन के इस संपर्क को खोल पाना चुनौतीपूर्ण हो सकता है।

यदि हम, हमारे शरीर की ओर से मिलने वाले आंतरिक संकेतों को पहचान कर उससे संप्रेषण नहीं कर पा रहे तो यह इस बात का उदाहरण है कि हम अपने शरीर की आंतरिक अवस्था से बाहर हैं। हमारा दिमाग़ लगातार शरीर से मिलने वाले संकेतों को विशेष न्यूरल सबवे - ब्रेनस्टेम, थैलमस, इंसुला, सोमाटोसेंसरी और इंटीरियर सिंगुलेट कोर्टेक्स में भेजता रहता है। यह शरीर की शारीरिक अवस्था के अनुसार विस्तृत फ़ीडबैक देता है जैसे 'मुझे गर्मी लग रही है,' या फिर 'मुझे अच्छा लग रहा है,' या फिर 'मुझे तनाव महसूस हो रहा है।' शरीर की कुछ दशाओं जैसे तापमान, रक्तचाप आदि को बनाए रखने में यह प्रक्रिया बहुत महत्त्व रखती है और संभावित रूप से आत्म-सजगता में भी वृद्धि करती है। हम इन संकेतों को जितना बेहतर जानने लगते हैं, हमारे शरीर और दिमाग़ का संपर्क उतना ही अच्छा होने लगता है।

अंतर्ग्रहण सिग्नल अनेक न्यूरल पाथवे के साथ मस्तिष्क तक आते हैं जो हमारे हृदय, रक्त, फेफड़ों और त्वचा से संबंध रखते हैं (इसके अलावा अन्य शारीरिक लक्षण भी शामिल हैं जैसे गैस्ट्रोइंटस्टाइनल, जेनिटोयूरीनरी, एंडोक्राइन और इम्यून तंत्र) यदि आप पहले से ही अच्छी तरह से तालमेल में हैं तो आपका इम्यून इंटेरोसेप्शन आपको बता सकता है कि कब आपको जुकाम होने वाला है, कई बार आपको कई दिन पहले ही रोग के लक्षण

पता लगने लगते हैं। आप जानते हैं, कई बार रोग से कई दिन पहले ही आप बेचैनी महसूस करते हैं, तब आपको पता होता है कि कुछ होने वाला है पर कोई लक्षण साफ़ तौर पर नहीं दिखते। पहले हम इसे सहज प्रवृत्ति मानते थे, पर अब हम समझते हैं कि यह हमारी अंतर्ग्रहण शक्ति का कमाल है। हमारा शरीर अनेक माइक्रोसिग्नल देता है, जो हमें बताते हैं कि हमारा इम्यून तंत्र संघर्ष कर रहा है, चाहे वह दिल की धड़कन का बढ़ना, सिर चकराना या फिर गले में होने वाली खरखराहट ही क्यों ना हो। हमारा दिमाग़ इन सभी बातों को दर्ज करता है और हमें चेतावनी देता है ताकि हम इस ओर ध्यान दें। फिर यह हम पर निर्भर करता है कि हम कुछ अतिरिक्त सप्लीमेंट लें, बहुत सारे तरल पदार्थ लें, रात को समय पर सो जाएँ, या फिर इन लक्षणों को अनदेखा कर दें।

हममें से बहुत से लोगों ने 'हॉलीडे सिकनेस' को महसूस किया होगा। हमारी पहली छुट्टी के ही दिन सर्दी लग जाती है या पेट ख़राब हो जाता है। यह एक बड़ा चेतावनी संकेत है कि हम शरीर से दिमाग़ को मिलने वाले संदेशों को समझ नहीं रहे या समझ कर भी अनदेखा कर रहे हैं। ज्यों ही हमारी ओर से बचाव कमज़ोर होता है तो रोग प्रतिरोधक तंत्र भी कमज़ोर होने लगता है। यह दूसरी तरह से भी काम कर सकता है, तनाव और व्याकुलता के कारण ऐसे मनोदैहिक दर्द हो सकते हैं जिनका शरीर से कोई लेना-देना नहीं है। इसे पहचानने के लिए, मैं कई बार अपने-आप से बात करती हूँ और देखती हूँ, 'क्या मैं किसी कारणवश होने वाले दर्द से अस्वस्थ हूँ या फिर यह तनाव के कारण हो सकता है?'

अंतर्ग्रहण दिमाग़ और शरीर में उसी तरह भौतिक पाथवे का प्रयोग करता है, जैसे हमारी पाँचों इंद्रियों के स्नायु आँखों, कानों, जीभ आदि को जोड़ते हैं और इसी तरह दिमाग़ के वे हिस्से जो देखने, सुनने और सूँघने से जुड़े हैं। हालाँकि यह कहीं अधिक जटिल और रहस्यमयी इंद्रिय है, जिसे प्रयोगशाला के कुछ और शोधों से प्रकट किया जाएगा, यह एक ऐसी इंद्रिय है जिसे हम अपने शरीर और दिमाग़ के संपर्क में सुधार के लिए अपना सकते हैं या फिर अपने कल्याण और स्रोत की संभावना को बढ़ा सकते हैं। यही वजह है कि हमारे निजी विकास के लिए बॉडी स्कैन अभ्यास करना बहुत महत्त्व रखता है।

एंडी का रूपांतरण

मैं एंडी के साथ काम कर रही थी, वह एक छत्तीस वर्षीय युवक है जो मीडिया में काम करता था और उसे निमोनिया के बाद से दमा रहने लगा। वह बहुत ही मुरझाया हुआ और बीमार दिखता था। उसने बताया कि कई बार तो उसकी यह हालत हो जाती थी कि इमारत के एक से दूसरे हिस्से तक जाने में ही उसकी साँस फूलने लगती थी। वह लगातार कई घंटों तक काम करता और उसे कंपनी से घर तक आने-जाने में रोज़ तीन घंटे लगते थे। यह उसके परिवार के लिए किसी सपनों के घर से कम नहीं था जिसे बनाने के लिए उसे कंपनी में अपने शेयर बेचने पड़े। अब वह पिछले तीन साल से ऐसे माहौल में काम कर रहा था, जिसे वह सोने की हथकड़ी का नाम देता था। जब मैंने उससे पूछा कि वह थोड़ा ठहर कर अपने हालात का जायज़ा कब लेगा तो उसने रोते हुए कहा, 'जब फिर से अस्पताल में भर्ती होना होगा।'

जब भी मैं एंडी से बात करती और उसके पिछले शौक़ की चर्चा होती तो उसका चेहरा दमक उठता। उसे प्रतियोगी डिस्टेंस साइकलिंग करने का शौक़ था। अब उसके काम के घंटे बढ़ गए थे और आने-जाने में लगने वाले समय का मतलब था कि उसके पास इस काम के लिए जगह नहीं थी। सप्ताह के अंत का समय उसके लिए बहुत ही पवित्र पारिवारिक समय था, वह नहीं चाहता था कि अपने प्रशिक्षण के कारण बच्चों से दूर रहना पड़े। फिर मैंने एंडी को सलाह दी कि वह थोड़ा पैसा लगा कर, ऑफ़िस के पास ही छोटा-सा अपार्टमेंट किराए पर ले ले, इस तरह वह सप्ताह के कुछ दिन वहीं रह सकता था, पर उसने उसी समय कहा कि वह पूरे सप्ताह अपनी पत्नी और छोटे बच्चों से दूर नहीं रह सकता।

मैंने उसे छह सप्ताह बाद देखा और वह पूरी तरह से बदल चुका था। उसकी चमड़ी का पीलापन जा चुका था, उसकी चाल में थिरकन थी और उसके आसपास का माहौल ही जैसे बदल गया था। जब मैंने पूछा कि ऐसा क्या बदल गया था तो उसने बताया कि उसने उस रात घर जा कर अपनी पत्नी को मेरी सलाह के बारे में बताया। उसकी पत्नी ने उसी समय आग्रह किया कि उसे लंदन में एक घर किराए पर

ले लेना चाहिए और वह घर से काम कर सकेगी। फिर उसने बताया कि लंदन में रहने के कारण ही उसका काम पहले से बेहतर हो गया और अब वह शुक्रवार को ऑफ़िस से जल्दी निकल सकता था, वह हर सुबह ऑफ़िस आने से पहले लंबी बाइक राइड पर जाने लगा था। उसने अपना ध्यान का अभ्यास भी चालू कर दिया था। वह अठारह साल की आयु में पूरे एक साल तक भारत में रहा था इसलिए उसे मुझसे ज़्यादा मेडिटेशन के तरीक़े पता थे। एंडी ने अपने शरीर और दिमाग़ के साथ तालमेल साधते हुए, उन सभी कामों को करना आरंभ किया जो उसके लिए जीवन में बहुत महत्त्व रखते थे। अब वह अपने पुराने चुनावों से दूर था, जब उसे लगता था कि उसके जीवन को वैसा होना चाहिए था। जब उसने अपने शरीर की बात सुनी तो उसे अपना खोया हुआ जुनून और सेहत दोबारा पाने में देर नहीं लगी।

अपने शरीर को 'पढ़ना' सीखें

तो हम अपने अंतर्ग्रहण में सुधार कैसे ला सकते हैं? क्या यह कुछ ऐसा है जिस पर काम हो सकता है या फिर यह हमारे पास सहज रूप से होता है? अक्सर इस अंतर्ग्रहण को समझना थोड़ा मुश्किल होता है, जब आप योग या फिर कोई ऐसा स्पोर्ट नहीं करते हों जिसमें आपको शरीर से बायो-फ़ीडबैक लेने की ज़रूरत होती हो। आप अपने शरीर के साथ जितना अधिक जुड़े होंगे, आपकी अंतर्ग्रहण शक्ति उतनी ही तेज़ होगी पर आप चाहें तो इसे बना भी सकते हैं।

यह बहुत ही आसान है कि आप सड़क पर निकलें और बहुत-सी छोटी चीज़ों पर ध्यान नहीं दें। यह भी हो सकता है कि हम जिस इलाक़े में बरसों से टहलते आए हों, अगर उस पर ख़ास तरह से ध्यान नहीं दिया जाए तो उसे अपनी कल्पना में नहीं जिया जा सकता। अंतर्ग्रहण इंद्रिय के साथ भी ऐसा ही है। पलक का कंपन, टाँगों की बेचैनी या पेट में होने वाली खलबली को उपेक्षित करने के बजाए इस बारे में कौतूहल रखें कि वे आपको क्या बताना चाहते हैं। इनमें से कुछ के लिए वैज्ञानिक व्याख्या हो सकती है जैसे मांसपेशियों की ऐंठन या, पेट में संकुचन या फिर माइग्रेन, जो कि मैग्नीशियम के घटते स्तर के कारण हो सकता है पर कई बार इनके अनूठे अर्थ होते हैं और हमें ही उनके अर्थ को सामने लाना होता है। मेरा एक दोस्त है, वह

हमेशा कहता है, ''जब भी मेरे मुँह में छाले होते हैं तो मैं जानता हूँ कि मैंने खाने-पीने में ज़्यादती कर ली है और मेरे शरीर को भरपूर पोषक पदार्थ नहीं मिल पा रहे।'' मैंने ख़ुद भी इस बात को ध्यान से देखा है। मेरे एक कज़िन का कहना है कि उसका तनाव उसे हमेशा ही महसूस होता है मानो उसके कंधों में ज़हरीली भावनाओं की गाँठें बन गई हों। मैंने भी इसे पहचाना है!

मैंने शरीर को पढ़ने के इस काम को पूरी सजगता से किया और अपने अंदर सुधार लाई। अब मैं अपने शरीर के छिपे हुए संकेतों को समझ सकती हूँ और अक्सर बीमार पड़ने से पहले ही मुझे आभास हो जाता है कि मेरा शरीर अस्वस्थ होने वाला है। अगर गले में थोड़ी खराश या कान में दर्द हो तो मैं बहुत-सा गर्म पानी पीने लगती हूँ। शहद, मुनक्का, नींबू और अदरक का सेवन करने बाद जल्दी सोने चली जाती हूँ। इसके साथ ही थोड़ा योग करती हूँ ताकि न्यूरोएंडोक्राइन तंत्र को संतुलित किया जा सके और एड्रीनल ग्रंथियों को अपनी सेहत बनाए रखने में मदद मिले, क्योंकि जब हम ख़ुद को बहुत थका देते है तो हमारी रोग प्रतिरोधक शक्ति बहुत कम हो जाती है। नतीजतन, मैं कई बार ऐसी परेशानी को रोग बनने से पहले ही समाप्त कर देती हूँ जो ध्यान नहीं देने पर सेहत को नुक़सान पहुँचा सकती थी।

मेरा मानना है कि हम सबके भीतर अपने शरीरों को जानने की एक सहज क्षमता है और हम अपने दिमाग़ के साथ संप्रेषण करते हुए बेहतर चुनाव कर सकते हैं। मिसाल के लिए, अगर सीफ़ूड खाने के बाद आपके होंठों में सनसनाहट हो या पिज़्ज़ा खाने के बाद अफरा महसूस हो तो हो सकता है कि आपको सीफ़ूड से एलर्जी हो या फिर आप गेहूँ और ग्लूटन को पचा नहीं पा रहे हों। ऐसे कौन-से संकेत हो सकते हैं जो आपके तनाव, बेचैनी या असहजता को दिखा रहे हों? यदि आपको यह जानकारी है, तो आप कहीं तेज़ी से अपनी देख-रेख की रणनीति अपना सकते हैं और अपनी दिनचर्या में अपने शरीर के कहे अनुसार ठहराव ला सकते हैं।

> हम सभी मनोवैज्ञानिक समस्याओं के कारण परेशान हो सकते हैं और यह समझना बहुत महत्त्वपूर्ण हो जाता है कि वे क्या हैं और उनका प्रबंधन कैसे हो सकता है? पर कई बार, अगर आप अपने भीतर देखें तो आपको शारीरिक कारण या हार्मोनल असंतुलन का

पता चलेगा जिसे सुधारा जा सकता है। यह कुछ भी हो सकता है जैसे ब्लड शुगर कम होते ही कुछ खाना, किसी विटामिन की कमी की भरपाई। अगर आप ध्यान नहीं दें तो ये चीज़ें किसी गंभीर रोग की ओर बढ़ सकती हैं।

यास्मीन और स्व-निरीक्षण

यास्मीन एक दुकान पर सहायिका का काम करती है। एक दिन वह सुबह टी.वी. देख रही थी जिसमें स्व-निरीक्षण के बारे में बताया गया था। तभी उसे मेरी बात भी याद आई कि हमें अपने शरीर से मिलने वाले संकेतों को समझते हुए उसकी बात सुननी चाहिए। इसके बाद ही उसका ध्यान अपने शरीर पर होने वाले मस्से पर गया जो कैन्सरयुक्त था।

हालाँकि वह क़िस्मतवाली निकली कि सेहत के लिए पैदा होने वाले इस डर ने उसे दिमाग़ और शरीर के बनने वाले संपर्क के बारे में चेता दिया। यास्मीन ने अपनी सेहत में होने वाले कई फ़ायदों को देखा और महसूस किया जैसे वज़न कम करना, मन का शांत रहना, डाइट में बदलाव के साथ नए खाद्य पदार्थों को शामिल करना, अधिक व्यायाम करना और कहीं अधिक माइंडफुल जीवनशैली अपनाना। इस सारे अनुभव ने सेल्फ़-केयर और अपने शरीर के बारे में ध्यान देने के उसके रवैए को पूरी तरह से बदल दिया।

पर आपको अपने साथ कुछ ऐसा जानलेवा घटने का इंतज़ार नहीं करना चाहिए। आपको जल्दी से जल्दी अपने शरीर के साथ संपर्क साधना सीखना चाहिए। शुरुआत करने के लिए बॉडी स्कैन अभ्यास ठीक रहेगा। भोजन, मूड और आपके शौच की जानकारी की डायरी भी एक तरीक़ा हो सकती है। पूरे एक सप्ताह तक, हर दिन नोट करें कि आपने क्या खाया, आपका मूड कैसा रहा (एक से पाँच के स्केल पर) और आप दिन में कितनी बार शौच के लिए गए। यह छोटा-सा अभ्यास ही आपको समझा देगा कि आपका शरीर कैसे काम करता है, इसे क्या पसंद है और ऐसा क्या है जो इसे धीमा कर देता है।

आपकी भावात्मक अवस्था की एक झलक

हालाँकि अंतर्ग्रहण का संबंध प्रमुख तौर पर शारीरिक सजगता से है - इसके बारे में बात करने से मुझे वे रोगी याद आते हैं तो अपनी छाती के दर्द को अनदेखा करते हुए, अपने उच्च स्तरीय तनाव और गैरसेहतमंद जीवनशैली को जारी रखते हैं - यह काफ़ी हद तक उनकी सामान्य भावात्मक आत्म-सजगता से भी संबंध रखता है। शारीरिक लक्षण काफ़ी समय पहले ही सटीक तरीक़े से हमारे मन की अवस्था का परिचय दे देते हैं, तब तक बौद्धिकता या तर्क को बीच में हस्तक्षेप करने या उसकी व्याख्या करने का अवसर तक नहीं मिला होता है।

जिन लोगों को अपनी भावनाओं को महसूस करने में परेशानी होती है, उनके लिए हर तरह से, अपने निजी और पेशेवर संबंधों को सँभालना कठिन होता है। यह सब कुछ सिर में होने वाले दर्द को अनदेखा करने से ले कर किसी सहकर्मी से कटने या अपने साथी को अनजाने में नाराज़ करने तक, कुछ भी हो सकता है। हो सकता है कि उनके पास अपने ही दुख-दर्द, पीड़ा और उदासी की भावनाओं के लिए अपने ही बचाव के तर्क हों, इसके साथ ही वे दूसरों के भावों के लिए भी अनुचित प्रतिक्रिया रखते हों, चाहे वे उनके कितने भी निकट क्यों नहीं हों - जैसे इंकार, निष्क्रिय आक्रामकता, पलायनवादी लत आदि। अध्ययनों से पता चला है कि शारीरिक पीड़ा के लिए हमारी सहनक्षमता का संबंध तनावपूर्ण भावों को सहने की योग्यता के अनुसार होता है - हमारी पीड़ा की ये दहलीज़ें आपस में जुड़ी हैं और जीवन के अनेक क्षेत्रों में सामने आ सकती हैं। क्या आपने कभी सोचा कि आप एक्यूपंचर के बारे में क्या महसूस करेंगे? और क्या इस बात का संबंध इस चीज़ से है कि आप तनाव या निराशा के लिए कितनी और कैसी प्रतिक्रिया रखते हैं?

हो सकता है कि आपको अपनी बात असरदार तरीक़े से रखना चुनौतीपूर्ण लगे, यह जानना कि आप क्या महसूस करते हैं, सोचते और चाहते हैं या फिर आपके लिए इन भावों को शब्द देना भी असंभव हो सकता है। लोग अक्सर कहते हैं, ''लोग मेरी बात नहीं सुनते।'' या वे जानबूझ कर भारी-भरकम बातचीत और बहस से दूर रहते हैं, उन्हें अहसास नहीं होता कि स्वस्थ संघर्ष के माध्यम से ऐसे अनेक मसले सुलझाए जा

सकते हैं जो आपकी सोच से कहीं बड़े हो सकते हैं। क्या आपके जीवन का कोई ऐसा क्षेत्र है जिसमें आपको बोलना चाहिए या किसी ग़लतफ़हमी को दूर करना चाहिए? अपने-आप से पूछें कि यदि आपने ऐसा किया तो इसका संभावित नतीजा क्या होगा और अगर आपने ऐसा नहीं किया तो क्या होगा?

आगे बढ़ें

इस बारे में वैज्ञानिक आम सहमति बढ़ रही है कि शरीर और दिमाग़ का प्रभावी संबंध, दिमाग़ में उच्चतस्तरीय चिंतन क्षमता से भी जुड़ा है। यह बात पूरी तरह से स्पष्ट है, क्योंकि अंतर्ग्रहण आपकी बाक़ी सभी इंद्रियों के साथ मिल कर सजगता प्रदान करता है ताकि आपको किसी भी क्षण में अपनी भावनाओं का एक सटीक चित्र मिल सके। उच्चस्तरीय अंतर्ग्रहण सजगता का संबंध संपूर्ण शारीरिक और मानसिक अवस्था के साथ पाया गया है। 2017 में हुए अध्ययन के लेखकों ने निष्कर्ष निकाला कि जो लोग सहज भाव से एक सजग नज़रिया रखते थे और जिनकी अंतर्ग्रहण क्षमता उच्चस्तरीय थी; उन दोनों की कुशलता और सलामती के बीच अनेक समानताएँ थीं। यह तथ्य तेज़ी से उभर रहा है जो आत्म-सजगता और शारीरिक लोच और ऊर्जा को सामने लाता है।

मेरे ब्रेन एजीलिटी मॉडल में, सभी पाथवे ऊर्जा की इच्छा आपूर्ति पर निर्भर करते हैं। हमारी आत्म-सजगता को बनाए रखने और भावों के प्रबंधन के लिए ऊर्जा का होना अनिवार्य है। जब हम क्लांत और निरुत्साहित होते हैं तो यह हमें आगे बढ़ने में मदद करती है, जब हम यह नहीं जानते कि हमें किस पर भरोसा करना है तो यह हमारी सहज वृत्ति पर विश्वास करती है, जब हम परेशान हों तो हमारे जीवन में एक अनूठा चिंतन सामने लाती है और जब मुश्किल हालात हों तो यह हमें जीवन के लक्ष्यों पर बने रहने में सहायक होती है। यह सब शरीर से ही आरंभ होता है। किसी अच्छे दिन में, जब हमारे मन और शरीर की ऊर्जा का उपयुक्त मेल होता है, तो हम उस दिन की तुलना में कुछ असंभव पा सकते हैं, जब हमें अच्छी तरह नींद नहीं आई हो या हमें अच्छी तरह खाने का समय नहीं मिला हो।

क्या आप कोई ऐसा उदाहरण खोज सकते हैं, जब आपने अपनी गिरती हुई शारीरिक दशा को उपेक्षित किया हो? आख़िरी बार, आपने कब अंदर और बाहर से अपनी अच्छी देख-रेख की थी? आप नियमित रूप से ऐसा कितनी बार करते हैं?

इसके बाद, हम अपनी सहज प्रवृत्ति को जानने के लिए सारे भावों और शारीरिक बल को एक साथ बाँधेंगे : वह प्रज्ञा जो हमारे मूल मस्तिष्क और पेट के न्यूरॉन्स में रहती है।

अध्याय 8

सहज ज्ञान : अपने अंत:करण पर करें विश्वास

'एक आवाज़ है जो शब्दों का प्रयोग नहीं करती, उसे सुनो।'

—*रूमी*

आप अपनी सहज प्रज्ञा को कितनी अच्छी तरह जानते हैं? क्या आपने कभी इस पर ध्यान दिया या अपने संशयों के चलते इसे लगातार उपेक्षित करते हैं? क्या आपको 'गट फ़ीलिंग' (आपके अंदर से उठने वाला भाव) का मूल्य पता है? जब मैं किसी व्यवसाय के संदर्भ में पहली बार 'गट फ़ीलिंग' की बात करती हूँ तो लोग अक्सर संदेह करते हैं क्योंकि यह अतार्किक लगती है, परंतु यही अच्छे निर्णय निर्धारण से ले कर, संशोधित आत्म-सजगता तक हर चीज़ की कुंजी है। इस जगह हम आपके जीवन में सुधार के लिए सहज ज्ञान के महत्त्व पर चर्चा करते हुए, यह देखेंगे कि किस तरह अपनी गट फ़ीलिंग के बल पर सकारात्मक चिंतन को बढ़ावा दिया जा सकता है।

गट और ब्रेन का कनेक्शन (भीतरी बोध और दिमाग़ का संपर्क)

कुछ समय पहले, मैं एक भूतपूर्व ग्राहक के साथ दोपहर का खाना खा रही थी। मैं उससे बहुत समय से नहीं मिली थी और इसी बीच मैं अपने नए पति से मिली और मेरा विवाह हो गया। उस ग्राहक ने पूछा, 'तुम्हें क्या हुआ, तुम्हारे चेहरे पर इतनी चमक कैसे लौट आई?' जब मैंने उसका मतलब पूछना चाहा तो उसने बताया कि उसे लगता था, पिछले कई साल से एक साथ काम करने के दौरान मैं अपनी पूरी शक्ति का प्रयोग नहीं कर पा रही थी और अब मुझे देख कर लग रहा था कि मैं अपनी पूरी शक्ति के साथ काम कर रही थी।

उस समय तक, मैंने उसके साथ निजी जीवन पर चर्चा नहीं की थी इसलिए यह भावना उसके मन में स्वयं ही आई थी। मैंने उसे कहा कि उसे

मेरे बारे में जो लगा, वह सच ही था – जब हम पहले एक साथ काम कर रहे थे तो मेरे जीवन के हालात अच्छे नहीं थे। हालाँकि मैंने बाहरी तौर पर किसी को पता नहीं चलने दिया था, पर बेशक मेरी ऊर्जा के स्तर से अनुमान हो जाता होगा।

हमें अक्सर दूसरों के बारे में भी अचानक ऐसा ही कोई भाव मन में आता रहता है। हमारा यह सहज ज्ञान ही हमें, चीज़ों की सच्चाई को परख़ने में मदद करता है, उस ऊर्जा से मेल करने में मदद करता है जिसके बारे में सजग विचार शायद जागरूक नहीं हों। हाल ही में इस गट फ़ीलिंग को दूसरा दिमाग़ कहा जाने लगा है पर मेरा मानना है कि यह सोच भ्रामक है और इससे कोई मदद नहीं मिलती। गट या आँतों को आप दूसरा दिमाग़ नहीं कह सकते, इसमें आँतों का वह स्नायु तंत्र शामिल है जो शरीर के स्वचालित स्नायु तंत्र के प्रमुख भागों में से है और यह असजग रूप से काम करता है, जिस तरह आप साँस लेते हैं और आपका दिल आपके दिमाग़ से कोई सजग संकेत मिले बिना ही लगातार धड़कता रहता है।

गट एक असतत लेकिन जुड़ा हुआ तंत्र है, जो मस्तिष्क से कई तरह से जुड़ता है, जिसमें निकटतम संबंधों के बारे में हमारी आंतरिक आवाज़ भी शामिल है।

अपने गट पर विश्वास रखने का नया विज्ञान

गट और दिमाग़ का संबंध – यह उन्नीसवीं सदी के मध्य से वैज्ञानिक अध्ययन का विषय रहा है और इस पर काफ़ी चर्चा भी होती रहती है। न्यूरोबायोलॉजिकल शोध से पता चलता है कि आँतों की दीवारों से जुड़े लाखों-करोड़ों न्यूरॉन्स और लिम्बिक दिमाग़ के बीच एक जटिल संप्रेषण तंत्र है जो हमारे निर्णय निर्धारण की प्रक्रिया से जुड़ा है। स्कैन दिखाते हैं कि ये पाथवेज़ कैसे काम करते हैं। जैसा कि हम जानते हैं, लिम्बिक मस्तिष्क भावों के अनुभव और अभिव्यक्ति के लिए उत्तरदायी है। यहीं हमारी आदतें और व्यवहार की संरचनाएँ जमा होती हैं; इस तरह गट और ब्रेन का सिस्टम, ना केवल हमारे पाचन तंत्र को सेहतमंद रखता है बल्कि यह जटिल दिमाग़ी कामों के लिए भी सहायक है जिनमें प्रेरणा तथा हमारी गहरी बुद्धिमत्ता तक पहुँच को भी शामिल कर सकते हैं।

इस भावात्मक कड़ी के साथ ही, पेट की सेहत भी जुड़ी है। अपनी देख-रेख से जुड़ी बातें - आहार, विटामिन और तनाव प्रबंधन - इन सबका हमारे पाचन तंत्र की सेहत पर गहरा असर होता है, हमारे सहज ज्ञान पर असर होता है। मिसाल के लिए, इस बात के भी प्रमाण मिले हैं कि अगर एक माह तक अच्छी गुणवत्ता का प्रोबायोटिक ले लिया जाए तो इससे पेट के बिगड़े हुए संतुलन को फिर से पाया जा सकता है जिससे नकारात्मक चिंतन घटता है। नीदरलैंड में हुए एक अध्ययन के अनुसार, प्रोबायोटिक सप्लीमेंट के कारण ख़राब मूड को भी सुधारा जा सकता है। मैं अक्सर अपनी लंबी हवाई यात्राओं के दौरान इन्हें लेती हूँ क्योंकि जैट लैग के कारण पेट का माइक्रोबायोम बिगड़ जाता है और मुझे यह भी पता है कि यह मेरी प्रचुरता संबंधित सोच के लिए भी अच्छा है तो यह मेरे लिए एक अतिरिक्त बोनस हो जाता है। जिस तरह सर्दी लगने या कोई दर्द होने पर हमारी सोचने की क्षमता धीमी और कठिन होती है, उसी तरह पेट की अलग-अलग दिक़्क़तें भी हमारे सहज ज्ञान में बाधा डाल सकती हैं। क्या आपने कभी इस बारे में सोच कर अपने साथ संपर्क साधने के बारे में विचार किया? और क्या आप अपने पेट की सेहत की सुरक्षा करते हैं? यदि नहीं, तो आपके लिए कुछ संभावित उपाय दिए जा रहे हैं : रेड मीट और हाई शुगर प्रोसेस्ड आहार की मात्रा कम करने से पेट की सूजन से छुटकारा मिलेगा। यह देखें कि कहीं आप ग्लूटन या लैक्टोज इन्टॉलरेंस तो नहीं रखते, प्रोबायोटिक आहार लें जैसे किमची वगैरह। अगर प्रोबायोटिक सप्लीमेंट ले सकें तो और भी बेहतर होगा।

आने वाले एक माह के दौरान रोज़ अच्छी क्वालिटी का प्रोबायोटिक आहार लें। क्वालिटी ब्रांड्स में पचास मिलियन से अधिक अच्छे बैक्टीरिया होने चाहिए (यॉगर्ट ड्रिंक के मुक़ाबले तरल आधारित पदार्थ या कैप्सूल ज़्यादा बेहतर रहेंगे क्योंकि वे छोटी आँत में जाते हैं और पेट के एसिड से ब्रोन डाउन नहीं होते।) इसके बाद देखें कि क्या प्रोबायोटिक लेने से आपकी सोच की गुणवत्ता में कोई असर आया?

अब एक बात वैज्ञानिक रूप से सुनिश्चित हो गई है : पेट और दिमाग़ का संबंध रहस्यमयी 'छठी इंद्रिय' से बहुत परे है और मैं इस शोध को अपने उन ग्राहकों के साथ बाँटती हूँ जो सहज प्रवृत्ति को नकारने की कोशिश करते हैं। जब वे उस विज्ञान को जान लेते हैं तो उन्हें यक़ीन हो जाता है कि वे अपने पेट और दिमाग़ के संबंध को सुधारने के लिए जो कर सकते हैं, वह वाकई करने लायक़ है और वे अपने अंदर से उठने वाली आवाज़ को बेहतर तरीक़े से सुनना सीख लेते हैं। अक्सर इन लोगों को ज़्यादा सफ़र करने, अनुचित आहार लेने, कम पानी पीने, व्यायाम नहीं करने के कारण पाचन संबंधी परेशानी होती है। ये अपनी देखरेख नहीं करते और फिर भी स्वयं से अपेक्षा करते हैं कि किसी अच्छी तरह से तेल दी गई मशीन की तरह मानसिक और शारीरिक तौर पर काम करते रहेंगे। जब मैंने उनके साथ काम करना चालू किया तो मेरी पहली चुनौती यही थी कि उन्हें समझा सकूँ कि वे अपना ध्यान नहीं रख रहे थे और यह शारीरिक उपेक्षा कई गहरे न्यूरोबायोलॉजिकल नतीजों की वजह बन रही थी।

ऐसे भी कई शोध हुए हैं जो गट माइक्रोबायोम को हमारे इम्यून तंत्र से जोड़ते हैं, बोन मैरो में होने वाले इम्यून सैल का पेट में होने वाले बैक्टीरिया की विविधता और गुणवत्ता से संबंध होता है। हम इस बारे में बहुत नहीं जानते, पर ये शोध का रोचक विषय है कि हम अपनी रोग प्रतिरोधक क्षमता, लोच और मस्तिष्क के आदर्श प्रदर्शन के आपसी संबंध को किस तरह समझ सकते हैं।

पेट और मूड

आप पेट और दिमाग़ से जुड़े दूसरे तथ्यों पर भी ध्यान दे सकते हैं : आपका पेट न्यूरोट्रांसमीटर पैदा करता है – सीरोटोनिन का नब्बे प्रतिशत, जो आपके दिमाग़ में काम करता है, वह पेट में ही पैदा होता है। यह कई तरह से कारगर है : यह दिमाग़ में एक हैप्पी हार्मोन है जो मूड को सही रखता है और शरीर की आसपास की कोशिकाओं में भी बदलाव लाता है। इसके कारण, इंसुलिन उत्पादन को नियमित करने में मदद मिलती है। यदि समय पर कसरत करते हुए, उचित व संतुलित आहार लिया जाए तो पेट में सीरोटोनिन का स्वस्थ उत्पादन हो सकता है और मूड पर भी अच्छा असर होता है।

अपनी देख-रेख करने से, हम तनाव के लक्षणों को भी बस में रख सकते हैं और शोध से पता चला है कि दिमाग़ लगातार पेट से तनाव के लक्षणों के लिए संप्रेषण करता रहता है। जब दिमाग़ परेशान होता है तो सिंपेथेटिक नर्व फ़ाइबर की मदद से पेट को जानकारी दे देता है। तब पेट इसकी प्रतिक्रिया में पाचन के लिए कम ऊर्जा लेते हुए, रक्त की आपूर्ति घटा देता है। जब तनाव लगातार बना रहता है तो इससे पेट के संसाधनों पर नकारात्मक असर होता है और कई तरह के लक्षण पैदा होते हैं जैसे पेट में अफरा होना, डायरिया या क़ब्ज़ आदि। समय के साथ आँतों की दीवारें कमज़ोर हो सकती हैं और इम्यून कोशिकाओं से ऐसा स्राव होता है जो शरीर और दिमाग़ में तनाव के लिए सहनशक्ति को कम कर देता है। इसी तरह नकारात्मक भाव लंबे समय तब बने रहते हैं और पेट के ख़राब होने का मतलब है कि हम तनाव के जाने के बाद भी लंबे समय तक उसके लक्षणों का असर महसूस करते हैं।

जब हम तनाव के लक्षणों को पहचान कर, इसके स्तर को बस में रखना सीख लेते हैं तो हमारी रोग प्रतिरोधक क्षमता बढ़ती है और सहज प्रवृत्ति भी पहले से अधिक निखर जाती है। इसका मतलब यह जानने से लेकर कुछ भी हो सकता है कि आपको व्यस्त प्रोजेक्ट या ढेर सारे सामाजिक दायित्वों को निभाने के बाद आराम करने और सँभलने की आवश्यकता है, यदि आप इस बात को अच्छी तरह से नहीं समझते तो मस्तिष्क की गंभीर चोट से लेकर सरलता से मनोविकार का शिकार हो सकते हैं।

जैकलीन : एक ऐसा पाठ जिसे मैं कभी नहीं भूलूँगी

एक डॉक्टर होने के नाते मुझे मानसिक तौर पर उभर रहे लक्षणों को समझने के दौरान, शरीर से मिलने वाले लक्षणों को भी देखना चाहिए और ऐसा नहीं करना ख़तरनाक हो सकता है। जब मैं बरमूडा में मनोचिकित्सक थी, तो जैकलीन नामक युवती मेरे पास आई, वह अपनी एक मित्र के साथ आई थी, जो एक ट्रेनी मनोचिकित्सक थी। वह पिछले कुछ सप्ताह से, बहुत सारे भावों और अलग से व्यवहार के साथ, व्यक्तित्व में आने वाले भारी बदलावों से जूझ रही थी।

> उसने बताया कि वह हमेशा से अंतर्मुखी रही थी। यह बात चौंकाने वाली थी कि उसकी दोस्त इसी ज़िद पर थी कि जैकलीन को उसी समय अस्पताल में भर्ती कर लिया जाए। वे पहले भी कोशिश कर चुकी थीं पर उसे भर्ती नहीं किया गया था। दोस्त और परिवार वाले जैकलीन के इस बदलाव को सह नहीं पा रहे थे। मुझे बात समझ नहीं आई और मैंने उसे मनोचिकित्सा वार्ड में भर्ती करने से मना कर दिया और बताया कि उन्हें इमर्जेंसी वार्ड में ही वापस जाना चाहिए। वे बड़बड़ाते हुए लौट गईं।
>
> चंद घंटे बाद ही इमर्जेंसी से कॉल आया, आमतौर वे लोग इतना व्यस्त रहते हैं कि यूँ ही गप्प करने के लिए कॉल नहीं करते। मुझे लगा कि शायद वे भी मुझ पर दबाव डालना चाहेंगे कि जैकलीन को अपने वार्ड में भर्ती कर लिया जाए। पर ऐसा नहीं था। मुझे बताया गया कि तीन सप्ताह पहले, उसके सिर में चोट लगी थी जिससे खोपड़ी में कहीं ख़ून जम गया था और दिमाग़ पर दबाव डाल रहा था। उसी वजह से उसके व्यक्तित्व में बदलाव आ रहा था। इमर्जेंसी के डॉक्टर ने मुझसे कहा कि अगर मैंने उनकी ज़िद पर जैकलीन को भर्ती कर लिया होता तो अस्पताल को उसके दिमाग़ का स्कैन करने का मौक़ा नहीं मिलता और जैकलीन मेरी निगरानी में ही दम तोड़ सकती थी। मैं उस फ़ोन कॉल को कभी नहीं भूलूँगी।

क्या आप पीछे मुड़ कर ऐसा कोई उदाहरण देख सकते हैं, जब आपका मन आपको कुछ कहने से रोक रहा था पर आपने उसे अनसुना कर दिया था? आपने आख़िरी बार अपने मन की बात सुन कर उस पर अमल कब किया था? आप अक्सर कितनी बार अपनी परख़ पर भरोसा करने के बजाए दूसरों से सलाह लेते हैं और फिर भ्रमित और परेशान महसूस करते हैं?

चाहे यह आपकी सेहत से नहीं जुड़ा हो, फिर भी आप अपने शरीर और मन की बात सुन सकते हैं, इस पर भरोसा रख सकते हैं। जैकलीन और उसकी दोस्त का जो लग रहा था, वह ग़लत था। अगर आपके पास कोई छोटा बच्चा है तो आप इसे समझ सकते हैं। अगर नहीं है तो आपने कभी अपने लिए ऐसा महसूस किया होगा। अगर नहीं, तो जान लें कि यह ताक़त आपके भीतर है। इसका पोषण करें, इसका भरोसा करें। यह अद्‌भुत है!

अध्याय 9

प्रेरणा : लक्ष्य प्राप्ति के लिए लचीलापन बनाए रखें

जिसके पास जीने के लिए एक 'क्यों' होता है, वह लगभग किसी भी 'कैसे' को सहन कर सकता है।

—*नीत्शे*

मनुष्य की बुनियादी प्रेरणाएँ सोना/जागना, भूख/प्यास और प्रजनन हैं। इन सबसे ऊपर, कुछ ऐसी चीज़ें होती हैं जो हमें प्रेरित करती हैं - यह दूसरों की मदद करना, बौद्धिक चुनौती, वित्तीय सफलता और अन्वेषण जैसी बातें हो सकती हैं। इसके अतिरिक्त कई प्रकार की नकारात्मक प्रेरणाएँ भी होती हैं जैसे भय, प्रतिशोध और गुस्सा या फिर दूसरी लतें। हम इन प्रेरकों को बहुत अच्छी तरह जानते हैं परंतु कुछ और विचित्र प्रेरक हैं जिनके बारे में हम अधिक जानकारी नहीं रखते, जैसे त्यागने का भय या संपूर्ण दिखने की प्रबल प्रेरणा।

जहाँ सब छोड़ देना सहज हो, उस जगह प्रेरणा हमें निरंतर चलते रहने के लिए प्रेरित करती है, वहीं लोच हमें विपरीत परिस्थितियों से वापस लाते हुए भविष्य की चुनौतियों का सामना करने के अनुकूल बनाती है। यदि हमारे पास एक स्पष्ट 'क्यों' हो, तो हमें अपने आशाओं की राह में आने वाली बाधाओं को पूरी लोच के साथ देखने की प्रेरणा मिलती है। किसी भी प्रेरित व्यक्ति के लिए आसानी से पराजित होना कोई विकल्प नहीं होता, यदि आप स्रोत को अधिकतम करने और एक लोचयुक्त मस्तिष्क बनाने के बारे में गंभीर हैं, तो आपको अपनी प्रेरणाओं को समझना होगा।

उद्‌देश्य - एक्स फ़ैक्टर

जापान का ओकीनावा, अपने नागरिकों की लंबी आयु के लिए जाना जाता है। नतीजतन वैज्ञानिकों ने उनकी जीवनशैली का अध्ययन किया ताकि यह पता लगाया जा सके कि उनके लंबे और स्वस्थ जीवन का क्या रहस्य है। उन्होंने यह पता लगाया कि ओकीनावा के निवासियों के पास 'इकिगाई' का बहुत ही सशक्त भाव होता है - जिसका शाब्दिक अर्थ है, 'ऐसा कारण, जिसके लिए मैं सुबह उठता हूँ।' एक उद्‌देश्य का भाव। एक 'क्यों।'

उद्‌देश्य का सशक्त भाव आपके आरोग्य से संबंध रखता है; यह सुनिश्चित करता है कि हम अपने लक्ष्य पर ध्यान दें और एक निश्चित परिणाम की इच्छा से प्रेरित हों जो हमें आगे बढ़ने की लोच प्रदान करती है। यह मस्तिष्क की एक जटिल असजग अवस्था है जो उत्तरजीविता से जुड़ी है। यह सुनिश्चित करती है कि हम आसानी से विनाशक आदतों और लतों से ग्रस्त हो कर भटकें नहीं। यह बहुत महत्त्वपूर्ण है, क्योंकि किसी संदेश के पिंग की ध्वनि से ले कर, शराब की लत या खाने-पीने से जुड़ी अव्यवस्था हमें हमारे लक्ष्यों से भटका सकती है। हमारे उद्‌देश्य का भाव जितना मज़बूत होगा, लक्ष्य की ओर जाने के लिए हमारा मस्तिष्क राह की बाधाओं से उतना ही परे रहेगा।

एक सशक्त उद्‌देश्य होने पर हम अपने दिमाग़ में उस समय बड़ी तसवीर को भी देख पाते हैं, जब हम छोटे लक्ष्यों से संघर्ष कर रहे होते हैं। जब मैंने पहली बार स्टीव जॉब्स को कहते सुना : 'अगर आप अपने जुनून का पीछा करेंगे तो निश्चित रूप से सफल होंगे।' मुझे लगा था कि यह किसी बहुत ही क़ामयाब इंसान की ओर से मिलने वाली बहुत ही आसान-सी सलाह थी। परंतु जब मैंने अपने करियर में बदलाव किए तो मैंने अपने लिए इस सादे सत्य का अनुभव पाया और अब इस पर पूरी तरह से विश्वास करती हूँ।

जब महत्त्वाकांक्षी युवा आ कर मुझसे पूछते हैं कि उन्हें कौन-से विश्वविद्यालय में पढ़ना चाहिए या अपने लिए कौन-सा करियर चुनना चाहिए, तो मुझे लगा कि मैं अपनी ओर से यह बेहतरीन परामर्श दे सकती थी, क्योंकि जब हालात बुरे हों तो हमारा जुनून ही हमें आगे बढ़ने को प्रेरित करता है। हमारे अपने जुनून का पीछा करना, एक सशक्त आंतरिक उद्‌देश्य का भाव है। एक निश्चित धनराशि अर्जित करने या एक जीवनशैली के भौतिक पहलू को अपने लक्ष्य के रूप में चुनना भारी भूल होगी, यदि वह आपके किसी भी तरह के जुनून से मेल नहीं खाता। मैंने ऐसा कई बार देखा है, जब लोग किसी समस्या से घिरते हैं तो पता चलता है कि वे जो कर रहे थे, वे उसे दिल से नहीं चाहते थे, बस एक निश्चित जीवनशैली बनाए रखने के लिए ऐसा करना पड़ा। यह जीवन के प्रति हमेशा बनी रहने वाली पहल नहीं हो सकती, जीवन में अर्थ और उद्‌देश्य का अभाव अंततः शारीरिक, मानसिक और भावात्मक मसले के रूप में सामने होगा और इंसान को

बर्नआउट की ओर ले जाएगा, वह अत्यंत मानसिक और शारीरिक थकान का शिकार हो कर कुछ भी नहीं कर सकेगा।

मैं अनेक प्रेरित और लोचयुक्त लोगों से मिली हूँ और उनमें से अधिकतर बचपन में मिली पीड़ाओं से उबर कर ही यहाँ तक आए हैं। जब भी मैं अपने बारे में भावुक होने लगती हूँ, तो मैं उन लोगों के प्रसिद्ध उदाहरणों को देखती हूँ जो अपने संकटों से उबर कर सामने आए, वे मुझे यह याद दिलाने में मदद करते हैं कि उनके आगे तो मेरी समस्या कुछ भी नहीं है। जैसे नेल्सन मंडेला और होलोकास्ट की त्रासदी झेल चुके विक्टर फ़्रैंकल को ही लें। यदि मैं दिशाहीन अनुभव करती हूँ या मुझे सुरंग के दूसरी ओर रोशनी की किरण नहीं दिखती तो मैं हमेशा मंडेला के लेखन को पढ़ कर या उनके भाषण सुन कर बेहतर महसूस करती हूँ। आप भी पढ़ें, इन शब्दों को पढ़ कर नकारात्मक भावों को मुक्त कर, अच्छे विचारों के लिए स्थान बनाया जा सकता है :

> *ज्यों ही मैं अपनी मुक्ति की ओर जाने वाले द्वार की ओर बढ़ा,*
> *तो मैं जानता था कि यदि मैंने अपनी कटुता या घृणा को यहीं नहीं*
> *छोड़ा तो, मैं अब भी क़ैद में ही रहूँगा।*

मेरे विचार से, भावी त्रासदी और लोच उत्पन्न करना, कोई संयोग नहीं है। यदि आरंभ में ही अस्तित्व से जुड़ी चुनौतियों - वियोग, तलाक़, प्रवास, मित्रों तथा परिवार से दूर होना आदि से जूझना सीख लिया जाए तो अपने भीतर से एक सशक्त संकल्प पैदा होता है जो जीवन की अनपेक्षित चुनौतियों के बीच भी साहस प्रदान करता है।

यदि हम अपनी असफलताओं को भी प्रचुर मानसिकता के साथ ग्रहण करते हुए, न्यूरोप्लास्टीसिटी के संदर्भ में देखें और उनका स्वामित्व लें, तो उन्हें स्रोत के साधन के रूप में प्रयुक्त कर सकते हैं। यह बहुत महत्त्व रखता है कि आप इस तथ्य की शक्ति का ह्रास नहीं होने दें।

अपने भीतर बसे प्रेरकों तक जाने के लिए पहले हमें अपने साथ पूरी तरह से ईमानदार होना होगा। हम अपने जीवन से वास्तव में क्या पाना चाहते हैं और हम इसे वास्तव में क्यों पाना चाहते हैं? इस प्रश्न को अपने मस्तिष्क में बीज की तरह रोपित करें और इसे अंकुरित होने के लिए छोड़

दें। पृष्ठभूमि में बहुत सारा मनोवैज्ञानिक कार्य होगा जो आपको अपना एक्शन बोर्ड बनाने में सहायक होगा। इसके बारे में अध्याय - 13 में बताया गया है। अगर आपको किसी कोच के साथ काम करना सहज नहीं लगता तो आप किसी कार्यशाला में हिस्सा ले सकते हैं या किसी रिट्रीट में जा सकते हैं।

प्रेरणा के उतार-चढ़ाव

मैं अपने निजी अनुभव से कह सकती हूँ कि प्रेरणा का अभाव होना या उसे खो देना कैसा लगता है - मेरे मेडिकल करियर के अंत के समय ऐसा ही हुआ था। प्रेरणा घट रही थी और यही चिंता सताती रहती थी कि मुझे करियर में बदलाव लाना था, मैं बहुत क्लांत और व्यग्र महसूस करने लगी मानो मैं अपना काम करने लायक़ नहीं रही थी। प्रेरणा के अभाव ने मुझे घेर लिया था। पहले तो मैंने इसे डॉक्टरों के लिए एक सामान्य लक्षण के रूप में लिया, मेरे आसपास के सभी डॉक्टर बहुत थके हुए और काम के बोझ से दबे जान पड़ते थे। परंतु धीरे-धीरे मेरे अंत:करण ने बताया कि असल बात कुछ और थी।

आत्मविश्लेषण के बल पर मैं उन शारीरिक लक्षणों को पहचानने में सफल रही जो मेरे शरीर में उभर रहे थे; मैं निरंतर थकान महसूस करती, अपने सहकर्मियों से खीझती और मेरे भीतर बौद्धिक उत्साह का अभाव हो रहा था। मैं स्वयं को, आने वाले दस या बीस वर्षों के दौरान एक मनोरोग चिकित्सक के रूप में नहीं देख पा रही थी। मैं इसे नहीं देख सकती थी और मैं अपने लिए यह भविष्य नहीं चाहती थी। रचनात्मकता, रहस्य और स्वायत्तता जैसे मेरे अन्य महत्त्वपूर्ण पहलू बुरी तरह से उपेक्षित हो रहे थे, उन्होंने ही तो मुझे मनोविज्ञान पढ़ने की प्रेरणा दी थी।

जब मैंने अंतत: एक कोच बनने का निर्णय लिया, तो मैं जानती थी कि यह जोख़िम का काम था (मेरे कुछ मित्रों तथा परिवार को भी यह उलझन से भरा और जल्दबाज़ी में लिया गया निर्णय लगा) परंतु मैं अपने नए लक्ष्य से इतनी उत्साहित थी कि मुझे पूरा विश्वास था, मेरा निर्णय ग़लत नहीं था। मैंने किसी चीज़ से इतना अधिक प्रेरित अनुभव नहीं किया था। कोचिंग कोर्स के दौरान उपजे आत्म-संदेह के बावजूद (मैं बहुत सारे

अनुभवी व्यावसायिक लोगों से घिरी थी और ऐसी मछली की तरह महसूस कर रही थी जिसे पानी से बाहर निकाल दिया गया हो।) मैं सफल होने के लिए दृढ़ संकल्प थी परंतु यह काम आसान नहीं था। मैं कोर्स ट्यूटर जेन के साथ मिड-टर्म मूल्यांकन के दौरान सारे रास्ते रोती रही, क्योंकि मैं करियर बदलाव के कारण भावात्मक रूप से बहुत बुरी तरह से टूट गई थी और चाहती थी कि बस किसी तरह मेरा निर्णय क़ारगर हो जाए। मुझे पूरा यक़ीन था कि वह कहेगी कि मैं इस काम में कभी सफल नहीं हो सकती और मुझे अपने पुराने करियर में वापस जाना होगा। जेन ने बड़े ही ध्यान से मेरी बात सुनी और समानुभूति दिखाती रही और फिर कहा, ''तारा, मैं तुम्हें यह बताने की कोशिश कर रही हूँ कि तुम बहुत बढ़िया कर रही हो परंतु मुझे नहीं लगता कि तुम मेरी बात सुन रही हो।'' बाद में, एक बार जब मैंने अपनी प्रैक्टिस आरंभ कर दी तो वह मुझसे कहती, ''कुछ लोगों में एक ख़ास तरह की प्रेरणा और भूख होती है जो उन्हें भीड़ से अलग दिखाती है और तुम उनमें से एक हो।''

लोग अक्सर कहते थे कि मैं एक अच्छी डॉक्टर बनूँगी इसलिए मैं इस तरह की बातें पहले भी सुन चुकी थी, परंतु इस बार, मैंने इसे स्वीकार करने का चुनाव किया, इस प्रशंसा को सामने वाले की झूठी विनम्रता नहीं मान कर, स्वयं को और निखारने का प्रयत्न किया। मैंने तय किया कि मैं इसे ही सच मानूँगी, भले ही मेरे भीतर से उठता नकारात्मक स्वर मुझे अपने अधीन करने के लिए जो भी कहता रहे। मैं अपने संकल्प पर अडिग थी कि किसी भी हाल में सफलता हासिल करूँगी। मुझे संकट के संभावित सकारात्मक परिणाम पर एक सिद्धांत का स्मरण था - प्रारंभ में हीनभावना का अनुभव आपको अतिरिक्त श्रम करने को विवश करता है और आपको क्षमता के उच्चतम स्तर तक ले जाता है। मैं पूरे विनय से स्वीकार करने को तत्पर थी कि कुछ बड़ा होने वाला था और यदि मैं उसे प्राप्त कर सकी तो अपना आदर्श भविष्य रच सकती थी।

मेरे लिए, मेरी इच्छा और प्रेरणा एक ऐसे स्थान से आती थी, जहाँ सकारात्मकता और नकारात्मकता का मेल होता था। मैं एक सफल कोच बनने के लिए दृढ़ निश्चय कर चुकी थी, क्योंकि मुझे काम करना पसंद था और अपनी विशेषता को दिल से चाहने का अर्थ था कि मेरे पास दूसरों को देने के लिए कुछ अमूल्य था। परंतु मैं बदलाव के लिए इसलिए भी प्रेरित

थी, क्योंकि मैं एक अस्पताल की डॉक्टर बनने से बहुत दूर होना चाहती थी। सकारात्मक और नकारात्मक भावों के मेल का एक और उदाहरण यह दिया जा सकता है कि आप किसी संबंध से बाहर इसलिए आना चाहते हैं क्योंकि आप इसमें उदास महसूस करते हैं और इससे बँधे हुए हैं, परंतु इसके साथ ही आप एक ख़ुशहाल भविष्य पाना चाहते हैं और अपने लिए कोई ऐसा साथी चाहते हैं जिसके मूल्य और आकांक्षाएँ आपके जैसे ही हों। ठीक इसी तरह, अवकाश लेना और अपने घर को किराए पर दे कर लंबे समय के लिए घूमने जाना पलायन लग सकता है (आपको अपने काम से नफ़रत है और आप अपने संबंध के प्रति नकार का भाव रखते हैं), परंतु यह उस प्रेरणा से भी प्रेरित है जहाँ आप जीवन को बदलने वाला रोमांच पाना चाहते हैं जो आपको नया नज़रिया देगा। अवकाश से पूर्व सेहत की जाँच भी एक और ऐसा ही उदाहरण है जहाँ सकारात्मकता और नकारात्मकता का मेल होता है (आप स्वयं को तैराकी की पोशाक में देखने से भयभीत हैं और आत्मविश्वास से भरपूर महसूस करना चाहते हैं।)

हालाँकि कुछ नकारात्मक प्रेरणा ऐसी भी होती हैं जिन्हें आरंभ में ही समाप्त कर देना चाहिए। रोज़मर्रा के जीवन में, अगर हमें पहले से पता हो कि कौन-सी बात हमें नीचा दिखा रही है या हमारी ऊर्जा सोख रही है तो उससे अपना बचाव करते हुए लक्ष्य पर केंद्रित रह सकते हैं और विनाशक आदतों से अपना बचाव कर सकते हैं।

नकारात्मक प्रेरकों से सावधान रहें

उत्तरजीविता से जुड़े सशक्त भाव जैसे भय, निराशा या लज्जाबोध आदि बलशाली प्रेरकों का काम करते हैं। हमारा मस्तिष्क उत्तरजीविता की भावना से सबसे अधिक प्रेरित होता है और यह एक और चीज़ है जिसमें हम उपयुक्त रूप से उन्नत नहीं हो सके; जब हम गुफाओं में रहते थे, तब से ले कर आधुनिक जगत में रहने तक, हम इनमें महारत हासिल नहीं कर सके। शर्मिंदगी या उदासी के भावों को आसानी से ग़लत समझा जा सकता है, मस्तिष्क इन्हें अग्रसक्रिय चुनाव के रूप में पेश करेगा। उदाहरण के लिए, हम स्वयं को एक ख़राब विवाह संबंध में रहने के लिए मना सकते हैं, उदाहरण के लिए, क्योंकि हमें लगने लगता है कि ऐसे अनेक कारण हैं, जिनकी वजह से यही करना उपयुक्त होगा। वास्तव में, हालाँकि सच्ची

प्रेरणा भय या लज्जा पर आधारित हो सकती है : बस हम अकेले नहीं रहना चाहते। ऐसा ही करियर के लिए भी सही हो सकता है या फिर कोई मित्रता, जिसमें अब हमें अच्छा नहीं लग रहा हो।

जब हमारी गतिशीलता में बाधा आती है तो ऐसे में ही ये नकारात्मक प्रेरक अपनी जगह बना लेते हैं – जब हालात कठिन हों और ऐसा लगे कि हम अपने लक्ष्यों के साथ कहीं नहीं जा पा रहे। हो सकता है कि वे अवचेतन स्तर पर हमारे सकारात्मक कामों को प्रभावित करने और उन्हें अधीन करने की चेष्टा करें। स्वयं को जानना, अपने मन की बात सुनना, भावों को वश में रखते हुए उचित निर्णय लेना ही आपको मदद करेंगे कि आप नकारात्मक प्रेरकों से दूर रहें और एक बेहतर भविष्य निर्माण के लिए उन्हें चुनौती दे सकें।

ली : बाधा को कम से कम करने की चुनौती

ली, एक तीस वर्षीय फ़िल्ममेकर है, वह मेरे पास शिकायत ले कर आई कि वह बहुत ही भावुक और द्रवित महसूस कर रही है। एक परियोजना बुरी तरह से असफल हुई। वह जानती थी कि उसे अपने-आप को सहारा देते हुए, प्रेरणा के माध्यम को सामने लाना होगा और अच्छा काम करने के लिए तैयार होना होगा, परंतु हालात साथ नहीं दे रहे थे। वह बिलकुल भी केंद्रित नहीं हो पा रही थी। मैंने उसे कहा कि वह अपने काम में आने वाली बाधाओं की सूची तैयार करे और देखे कि ऐसा क्या है जो उसकी प्रेरणा का ह्रास कर रहा है। उसने एक सप्ताह के निरीक्षण के बाद अपने लिए यह सूची तैयार की :

- सोशल मीडिया देखना और दूसरे फ़िल्म-निर्माताओं के साथ अपनी तुलना करना।
- खुद को अपने खुशनुमा दिनों की याद दिलाने के लिए बिना कुछ सोचे-समझे अपने सोशल मीडिया की फ़ीड को लगातार देखते रहना।
- जब मैं घर से काम करती हूँ तो घर की साज-सज्जा और घरेलू कामों में मेरा ध्यान भटक जाता है।

- डेटिंग प्रोफ़ाइल देखने में समय नष्ट करना।
- किसी प्रिय मित्र को सहारा देना परंतु वह मुझे अपने साथ उलझन में डाल देती है।
- शाम को बहुत अधिक शराब पीना।
- बिना सोचे-समझे देर तक टी.वी. देखना।

इसके विपरीत, उसके प्रेरणा स्रोतों की सूची कुछ इस तरह थी :

- कोई प्रेरणादायक फ़िल्म देखना।
- किसी पुराने मेंटर से संपर्क कर सलाह लेना और कॉफ़ी के लिए मिलना।
- ध्यान करना।
- सारी टेक नोटिफ़िकेशंस ऑफ़ करके सुबह के समय अपने नए विचार पर काम करना।
- किसी प्रदर्शनी में जाना।
- दौड़ लगाने जाना।

ली ने पहले इन बातों को जाना और फिर स्वयं को याद दिलाया कि उसे पटरी पर आने के लिए क्या करना होगा, इसके बाद बदलाव लाने की बारी थी। कुछ समय तक, जब उसका ध्यान भटकता तो उसे वह सूची देखनी पड़ती जिसमें लिखा था कि उसे किन बातों से प्रेरणा मिलती थी, परंतु इसके बाद सहज रूप से धीरे-धीरे उसने ख़ुद को निरुत्साहित करने वाली बातों के लिए नियम तैयार कर लिए। उसका कहना है कि काम अभी भी जारी है पर हर बार उसके कोशिश करने से सब आसान होता जा रहा है।

अपनी डायरी में दो पन्ने अलग रखें ताकि आप भी अपने लिए ऐसी सूची बना सकें और साथ यह देखें कि आप इसमें तत्काल क्या परिवर्तन ला सकते हैं।

सोशल मीडिया प्रेरक या फिर ध्यान भटकाने वाला हो सकता है। मैं इसकी प्रशंसक हूँ परंतु इसके लिए कुछ सीमाओं को तय करना ज़रूरी होता है। अगर आपको सारा दिन यूँ ही अपना स्मार्ट फ़ोन देखने की आदत हो गई है तो आप अपने एप्स को फ़ोन से निकाल कर टैब में रख दें और उसे शाम को एक बार ही खोल कर देखें। अनेक अध्ययनों से स्पष्ट हो गया है कि ऑनलाइन बहुत सारा समय बिताना हमारे मानसिक स्वास्थ्य के लिए बुरा हो सकता है। अपने लिए कुछ करना चाहते हैं तो फ़ोन के प्रयोग के साथ थोड़ा नियंत्रण लाने का प्रयत्न करें। जो भी आपको अपने लक्ष्य से भटका रहा हो, उसका प्रबंधन करना ही चाहिए।

दृष्टिकोण : प्रेरणा का मूक साझेदार

तनावग्रस्त समय में, ख़ासतौर पर तब जब इस बात में बहुत अंतर आ गया हो कि आप कहाँ हैं और आप कहाँ होना चाहते थे तो उस समय एक तरह का दृष्टिकोण रखते हुए, जीवन का पूरा जायज़ा लेना चाहिए। हर किसी को जीवन में चुनौतीपूर्ण समय का सामना करना पड़ता है जैसे किसी प्रिय से वियोग, दिल का टूटना या फिर वित्तीय कठिनाई; यह सब जीवन की लय का एक हिस्सा है। हमें अपनी समस्याओं के बारे में यही दृष्टिकोण रखना चाहिए कि इस संसार में ऐसे लोग भी हैं जिनकी समस्याएँ हमसे भी बड़ी हैं। हाँ, ऐसे भी बहुत से लोग होंगे जो हमसे बेहतर हैं, परंतु हम फिर भी स्वयं को याद दिला सकते हैं कि हमारी समस्या दुनिया में सबसे बुरी नहीं है – भले ही हमें कभी-कभी ऐसा लगता है। उदाहरण के लिए, यदि आप यह पुस्तक ख़रीद सकते हैं; अगर आप और पुस्तकें भी ख़रीद सकते हैं; अगर आपके पास निजी विकास पर केंद्रित होने का समय है, तो आप इस ग्रह के बहुत से लोगों से पहले ही कहीं बेहतर हैं। जैसा कि पहले भी कहा गया, इतिहास में लोगों ने ऐसी परेशानियों को झेला है जिनके बारे में आज हम कल्पना तक नहीं कर सकते – दासता, रंगभेद और होलोकास्ट – तो हम स्वयं को अधिकतर समय भाग्यशाली मान सकते हैं... यदि हम ऐसा चुनना चाहें तो!

मैं प्राय: स्वयं से एक प्रश्न करती हूँ, "यह सब पाँच वर्ष के समय में कितना महत्त्व रखेगा?" आप अपने दृष्टिकोण को समय तथा दूसरों के अनुभवों की तुलना में देख सकते हैं। भले ही मामला थोड़ा बड़ा ही क्यों नहीं हो, आपको अपना उत्तर अधिकतर 'बहुत अधिक नहीं' या फिर 'बिलकुल नहीं' ही मिलेगा। अपने लिए एक दृष्टिकोण पाने का एक उपाय यह भी हो सकता है – स्वयं से पूछें कि अगर आपका छोटा भाई या आप स्वयं अपनी किशोरावस्था में होते तो ऐसे हालात में उन्हें क्या राय देते। अगर आप अपने मामले को थोड़ा कम निजी बना दें पर फिर भी उसे किसी ऐसे व्यक्ति से जोड़ें जो आपका प्रिय हो, तो इस तरह आपका मस्तिष्क उस मसले का बेहतर प्रबंधन कर सकेगा। इसका अर्थ है कि आपके लिए निर्णय निर्धारण बेहतर होगा, क्योंकि समस्या का निजीकरण नहीं करने से यह हमारे मस्तिष्क के लिए ख़तरा नहीं रहती।

वहीं दूसरी ओर, जो लोग मेरे साथ काम करते हैं, जब वे 'पहली दुनिया की समस्याओं' के बारे में अपराध बोध महसूस करते हैं, उन्हें लगता है कि संसार में कितने लोग ग़रीबी रेखा से नीचे जी रहे हैं, तो मैं उन्हें आश्वस्त करती हूँ कि जिस तरह हमारा दिमाग़ इसकी भावात्मक प्रतिक्रिया, कल्पित दृश्य या फिर किसी वास्तविक दृश्य में अंतर नहीं करता, तो हमारी सभी समस्याएँ हमारे लिए असली और चुनौती से भरी हैं। और मैं अपनी ही सलाह पर अमल करती हूँ जिसका अर्थ है कि जब मुझे लगता है कि मुझे भी सुपरवूमन और सिपाही होना चाहिए तो मैं कई बार स्वयं को याद दिलाती हूँ कि अगर कोई रोगी मेरे पास सेहत से जुड़े एक्स मसलों, घर से जुड़े वाई मसलों और तनाव से जुड़े जैड मसलों के साथ आता है, तो मैं उसे सलाह दूँगी कि हर इंसान की अपनी एक सीमा होती है जिस हद तक वह सहन कर सकता है! इस नज़रिए के साथ हम स्वयं को थोड़ी दयालुता से देख सकते हैं, ख़ासतौर पर इसके साथ वे पूरी तरह से विकसित रणनीतियाँ और पहल काम में लाई जा सकती हैं, जिन्हें मैंने इस पुस्तक में दिया है।

इस तरह का दृष्टिकोण हमें तथ्य को समझने में सहायक होता है कि कोई भूल, तब तक एक भूल है जब तक हम उससे कोई सबक़ नहीं लेते और इस तरह हम अपने दिमाग़ को प्रशिक्षित करते हैं कि वह उस ढाँचे को नहीं दोहराए। जब हमें लगता है कि जीवन हमारे आसपास आहट दे रहा है, तो यह हमें किसी ऐसे सर्प की तरह मानसिक चित्रण करने में सहायक

हो रहा है, जो अपनी केंचुली बदल रहा है। हो सकता है कि हमें बार-बार इस प्रक्रिया से गुज़रना पड़े, परंतु हम हर बार कहीं चमकदार और नए हो कर बाहर आते हैं और उस कठिन समय से सबक़ भी लेते हैं।

एक्शन का समय

इससे कोई अंतर नहीं पड़ता कि आपका अभिप्राय या लक्ष्य क्या है - यह एक संतुलित जीवन जीने का संकल्प या फिर बेहतर सेहत या आपके करियर में बदलाव हो सकता है - परंतु अपनी प्रेरणा को मज़बूत करने से आप कल्पना से एक्शन तक आ सकते हैं। अगर आप चाहते हैं कि आपके सपने साकार हों, तो आपको इसके बारे में नए सिरे से आरंभ करना होगा और आपको थोड़ी लोच अपनानी होगी ताकि आप पूरे धीरज से आगे बढ़ सकें और बिना किसी बाधा के यहाँ तक आ सकें। आप वास्तव में अपने लक्ष्यों के लिए कितने सजग हैं, आपको उनकी ओर प्रगति करने के लिए क्या करना होगा और इस राह की संभावित बाधाएँ क्या हो सकती हैं।

यदि आप संभावना की प्रचुरता में पूरा विश्वास पैदा कर सकें और यह मान लें हमारी संभावित शक्ति सपनों को साकार कर सकती है तो आपके लक्ष्यों को गहरी प्रेरणा मिलेगी। जब भी हमारे मन में धन, प्रेम, सफलता और प्राचुर्य की संभावित प्रचुरता होती है तो हम अभाव की मानसिकता से काम नहीं करते, जो हमें सीमाओं में बाँध देती है। यही प्रोत्साहन की कुंजी है इसलिए मैं आपको इस जगह इसकी याद दिला रही हूँ। इस नज़रिए से सोचने पर, हम अपनी इंद्रियों को यह समझने में मदद कर सकते हैं कि क्या-क्या संभव है। प्रचुरता को प्रकट करने के लिए, यह बहुत महत्त्व रखता है कि आप जीवन में इसके लिए जगह बनाएँ। कई बार, इसका अर्थ होता है कि एक छलाँग भरी जाए - कोई नौकरी छोड़ना या फिर किसी संबंध से बाहर आना। कई बार, यह और भी सूक्ष्म स्तर पर होता है, किसी बड़े रूपांतरण को लाने के लिए अनेक छोटे बदलाव करने की आवश्यकता होती है।

अध्याय 10

तर्क : अच्छे निर्णय लें

'सबसे बड़ी भूल कोई मनुष्य यही कर सकता है कि वह भूल करने से डरे।'

—*एल्बर्ट हबर्ड*

हम यह मानते थे कि तर्कसंगत चिंतन आंतरिक होता है : हमारे पास या तो अच्छा तार्किक मस्तिष्क होता है या नहीं होता है। शायद हमारे माता-पिता और अध्यापक हमारे लिए तय करते हैं कि बचपन में हमारे लिए क्या सही रहेगा और फिर हमेशा के लिए हमारे दिमाग़ में वही बात बैठा दी जाती है - चाहे वह भले के लिए हो या बुरे के लिए!

हमें यही लगता है कि विज्ञान और गणित की ओर रुझान रखने वाला दिमाग़ अधिक तार्किक और विश्लेषक होता है और कलात्मक मन कम विश्लेषक होता है। आधुनिक समाज में, तार्किक और विश्लेषक दिमाग़ को बहुत अधिक महत्त्व दिया जाता है और रचनात्मक, सहज और समानुभूति रखने वाले मस्तिष्क को इतना मान नहीं दिया जाता। इन्हें सॉफ़्ट स्किल कहते हैं, परंतु मनोचिकित्सा क्लीनिक से ले कर, सामान्य जीवन में समाज के सफलतम व्यक्तियों तक, लोगों के लिए इन कौशलों को साधना ही कठिन रहा है। शायद ये कहीं ज़्यादा परिष्कृत और कठिन होते हैं या फिर हमें आरंभ से तर्कशील होने का अभ्यास करवाया जाता है। दोनों ही तरह से, यदि हम जीवन में आगे जाना चाहते हैं - इस आर्टिफ़िशियल इंटेलीजेंस और मशीन लर्निंग के बीच आगे बढ़ना चाहते हैं तो बेहतर यही होगा कि हम अपने अंत:करण की बात पर ध्यान दें, अपने भावों को साधें और अपनी भावनाओं को नियंत्रित करते हुए, अपना भविष्य रचें।

आप इस पुस्तक को पढ़ रहे हैं, वही इस बात की गवाह है कि आप एक तर्कसंगत मस्तिष्क रखते है। परंतु यह समझने के भी अतिरिक्त लाभ हो सकते हैं कि आपका तर्क किस तरह, सशक्त भावों या अवचेतन में छिपे पक्षपातों से भ्रमित हो सकता है।

दाएँ और बाएँ मस्तिष्क का मिथ

लंबे समय तक दाएँ और बाएँ मस्तिष्क का न्यूरो-मिथ, कई पर्सनेलिटी टेस्ट, सेल्फ़-हेल्प किताबों और टीम-बिल्डिंग अभ्यासों का आधार रहा है। परंतु विज्ञान इस विषय में आगे बढ़ा कि हम मस्तिष्क की इस व्यवस्था को कैसे समझते हैं। मस्तिष्क को जानने और इसकी कुछ बाधाओं को हटाने के लिए, हममें यह समझना होगा कि यह दो आधे हिस्सों की कहानी के बजाए, तंत्रों की एक शृंखला है।

हमें लगता था कि दिमाग़ के बाएँ हिस्से का संबंध तर्कशील और विश्लेषक चिंतन से और दाएँ हिस्से का संबंध रचनात्मक और भावनात्मक सोच से था। हालाँकि, आधुनिक न्यूरोविज्ञान हमें बताता है कि किसी भी तरह के परिष्कृत निर्णय-निर्धारण के लिए दिमाग़ के दोनों हिस्सों का प्रयोग होता है। लोगों के दिमाग़ के स्कैन से पता चला कि जब वे किसी कठिन समस्या का हल खोजते हैं तो वे दिमाग़ के असंबंधित हिस्सों का भी प्रयोग करते हैं। सारी सूचना बाईं से दाईं ओर, आगे से पीछे, ऊपर से नीचे और हर मामले में इसके विपरीत भी चलती है। दिमाग़ जितना चुस्त और स्वस्थ होगा, उसके लिए सारे दिमाग़ से संपर्क साधना उतना ही आसान होगा।

ऐसा नहीं होता कि विश्लेषण की क्षमता दिमाग़ के एक हिस्से में होती है और रचनात्मकता दूसरे हिस्से में हो। ऐसा भी नहीं कि रचनात्मक लोग अपने दिमाग़ के दाएँ हिस्से का ज़्यादा प्रयोग करते हैं और तर्कशील लोग दिमाग़ के बाएँ हिस्से का ज़्यादा इस्तेमाल करते हैं। 2013 में, उटाह यूनिवर्सिटी में, 7 से 29 वर्ष के 1000 लोगों के मस्तिष्कों के एमआईआर स्कैन (ये ऑक्सीजन के स्तर को दिखाते हैं जो दिमाग़ के अलग-अलग हिस्सों में गतिविधि से संबंध रखते हैं) किए गए। इनमें पता चला कि दिमाग़ के दोनों हिस्सों का आपसी संबंध ही हमें रचनात्मकता और विश्लेषणात्मक चिंतन के योग्य बनाता है। दोनों ही हिस्सों को समान रूप से सक्रिय किया जाना चाहिए और इनके साथ न्यूरल नेटवर्क और संपर्क को भी सक्रिय करना आवश्यक है।

स्वस्थ मस्तिष्क को देखने की यह योग्यता हाल ही में विकसित हुई है। हम दिमाग़ी रोगों से पीड़ित मरीजों के दिमाग़ की जाँच से पता करते थे कि दिमाग़ कैसे काम करता है। साठ के दशक में जिन स्किजोफ्रीनिया

मरीजों के दिमाग़ के दो हिस्सों के बीच बने पुल (कॉरपस कॉलेज़म) को काटा गया, उनके माध्यम से ही वैज्ञानिकों ने पता लगाया कि दिमाग़ के कौन-से हिस्से भाषा, गणित या फिर कला से संबंध रखते थे। हालाँकि इस बात में थोड़ा सच है पर स्वस्थ मस्तिष्कों के एमआईआर आने के बाद यह साबित हो गया कि मस्तिष्क तंत्रों और नेटवर्क का गतिशील संग्रह है जिसमें क्रॉस-ब्रेन कनेक्शन और कांप्लेक्स लेटरल फ़ायरिंग भी होती है।

तर्क के ख़तरे

जब हमारा दिमाग़ किसी हालात में तर्क देना चाहता है तो यह कारण और प्रभाव के नियम को जानने की कोशिश करता है : यानी हर काम का एक नतीजा होता है। इसका सकारात्मक पक्ष यह है कि यह हमारे अपने कामों की ज़िम्मेदारी लेने से जुड़ा होना चाहिए, माफ़ करने और हमारी भूलों से सीख लेने से जुड़ा होना चाहिए - ये सभी हमारे मस्तिष्क की स्वस्थ अवस्थाएँ हैं। इसका नकारात्मक पक्ष यह है कि यह हमें जोख़िम से दूर रहने वाला और आवश्यकता से अधिक सचेत बना सकता है।

तर्कसंगत निर्णय, अंधाधुंध और बिना विचारे लिए गए निर्णयों से ठीक विपरीत होते हैं पर इस तरह हम तर्क को जोख़िम लेने का शत्रु मान सकते हैं। दरअसल, तर्क को जोख़िम लेने के लिए स्वस्थ विकल्प की तरह प्रेरित किया जाना चाहिए। यह हमें जोख़िम को पहचानने में मदद करे ताकि हम कहीं बेहतर निर्णय लेते हुए, सुरक्षा और स्थिरता से कोई समझौता किए बिना विकसित हो सकें। जब किसी बड़े निर्णय के अच्छे और बुरे पक्ष पर विचार हो, तो यह याद रखना बहुत मायने रखता है, हालाँकि प्राय: आवश्यकता से अधिक सोच और निर्णय लेने की थकान अशक्त कर देते हैं। सामान्य नियम के अनुसार, जब हम कोई निर्णय ले लेते हैं तो हमें लगने लगता है कि एक निर्णय इतना बुरा भी नहीं था, जितना हमें लग रहा था। बस कुंजी यही है कि हम निर्णय लें और उसे क़ारगर होने दें।

तर्कसंगत निर्णय-निर्धारण की माप जटिल और परिष्कृत है। यह ऊर्जा के लिहाज़ से भी बहुत गहन होती है। शायद यह एक आश्चर्य होगा कि हालाँकि किसी भी निर्णय पर आने के लिए मानसिक ऊर्जा चाहिए, निर्णय स्वयं हमारे दिमाग़ के लिए ऊर्जा के लिहाज़ से बहुत गहन होता है। इसी से

पता चलता है कि हमारे दिन में अनावश्यक चुनावों की संख्या कम करने से (क्या देखना, खाना, पहनना है या सोशल मीडिया पर कैसे उत्तर देना है) आप अहम निर्णयों के लिए अपनी ऊर्जा बचा सकते हैं। इसे 'चयन घटाना' कहते हैं और इसमें यह भी शामिल हो सकता है कि आप एक रात पहले ही सुबह पहने जाने वाले कपड़े निकाल लें ताकि आपको छोटी-छोटी बातों पर दिमाग़ी ताक़त नहीं लगानी पड़े।

यह ध्यान देना भी महत्त्व रखता है कि तर्कसंगत चिंतन का आपके जीवन के सभी क्षेत्रों पर निरंतर लागू होना अनिवार्य नहीं है। उन लोगों के बारे में सोचें जिनके साथ आप काम करते हैं या जो आपके निजी जीवन का हिस्सा हैं। क्या आप ऐसे उदाहरण सोच सकते हैं जिनमें लोग काम के समय तो अच्छे निर्णय लेते हैं पर उनका निजी जीवन ख़राब निर्णयों से घिरा होता है। विनाशकारी दोस्तियों में बने रहना, तनावपूर्ण पारिवारिक संबंधों का अप्रबंधन, बच्चों से दूर होना। कई लोग कार्यस्थल पर कमाल करते हैं पर घर में सब गड़बड़ कर देते हैं। इससे पता चलता है कि सशक्त तर्कशीलता और भावात्मक निपणुता का साथ-साथ होना अनिवार्य नहीं है। आपको इन्हें अधिकतम करने के लिए हर पाथवे पर काम करना होगा। द सोर्स : इसके लिए कोई शॉर्टकट नहीं है, और आप किसी एक पाथवे की शक्ति को दूसरे पाथवे के लिए प्रयुक्त नहीं कर सकते।

ढाँचे की पहचान और दिमाग़

ज़रा देखें कि जब हम तर्कसंगत निर्णय लेते हैं तो हमारे दिमाग़ में क्या होता है। एक आदर्श दुनिया में, यह निर्णय हमारे दिमाग़ के साथ शारीरिक, मानसिक, भावात्मक और आध्यात्मिक तौर पर सुसंगत होगा, यह सभी पाथवेज़ का उचित रूप से प्रयोग करेगा। वास्तव में, ऐसा बहुत कम होता है, इसलिए हमें हमारे न्यूरल पाथवेज़ में परेशानी का सामना करना पड़ता है और उन्हें महत्त्व के हिसाब से लगाना होता है, हम फ़िल्टर प्रक्रिया के माध्यम से जोख़िम लेने के संभावित नकारात्मक नतीजों को कम कर सकते हैं।

'अब क्या करें,' जब हम ऐसी समस्या का सामना करते हैं तो हमारे दिमाग़ के ढाँचे की पहचान सामने आती है, यह एक जटिल प्रक्रिया है जो दिमाग़ के अलग-अलग हिस्सों से सूचना का समन्वय करती है, ऐसे

ही पुराने निर्णयों की यादों को सामने लाती है। हम हर चुनाव के साथ पूरी तर्कशीलता से अपने कोर्टेक्स में काम करते हैं और दिमाग़ वर्तमान और पिछले हालात के हिसाब से बेहतर प्रतिक्रिया और उत्तर देने का प्रयत्न करता है। वह स्वयं से प्रश्न करता है : क्या यह मेरे पास उपलब्ध आँकड़ों के हिसाब से जायज़ है? फिर हम हम देखते हैं कि यह हमारे लिम्बिक तंत्र को कैसा लग रहा है : क्या यह उचित है? हमारा तार्किक मन नतीजों और संभवित नतीजों का अनुमान लगाता है और इसके बाद, 'अगर ऐसा हुआ तो' जैसे प्रश्नों की झड़ी लगा देता है। जैसे कोई शतरंज का खिलाड़ी आगे आने वाली चालों का अनुमान लगाता है।

राह दिखाने के लिए भावात्मक वैल्यू टैग, हमारे लिए चमकीले हाइलाइटर का काम करता है, यह हमें बताता है कि हमें अतीत और वर्तमान के किन हिस्सों पर ध्यान देना है। यह सब हमारी पिछली यादों की भावात्मक प्रतिक्रिया से पता चलता है - क्या हुआ था, क्या नतीजा रहा और हमारी उस प्रतिक्रिया से हम सफल रहे या असफल। हमारी हर याद में यह याद भी जुड़ी होती है कि हमने उस समय कैसा महसूस किया था, इस तरह हम वर्तमान क्षण का तर्कसंगत मूल्यांकन करते हैं। हमारी सहज प्रवृत्ति तार्किक और भावात्मक उत्तरों का साथ देती है या उनके विपरीत होती है। फिर हम तय करते हैं कि कौन-से पाथवेज़ के साथ चलना कम जोख़िम भरा होगा, इस तरह हमेशा एक स्थायी संदेह मंडराता रहता है कि हम बेहतर निर्णय ले सकते थे। कुंजी यही है कि हम जो भी निर्णय लें, वह जितना भी तार्किक क्यों ना हो, यह हमेशा भाव से प्रभावित होता है।

हम किसी भी तरह अपने दिमाग़ को इस मूल्यांकन के सिलसिले से दूर नहीं कर सकते। निर्णय निर्धारण के लिए भावात्मक तत्त्व बहुत ही अहम है - शोध बताते हैं कि जब दिमाग़ के वे हिस्से नष्ट हो जाते हैं जो भाव पैदा करते हैं तो निर्णय करना बहुत धीमा और अक्षम-सा हो जाता है, जबकि वस्तुगत विश्लेषण की क्षमता बनी रहती है। इससे पता चलता है कि तर्कशीलता किसी भी दशा में अपना काम अकेले नहीं कर सकती - यह विचार के अन्य रूपों के साथ मिल कर काम करती है - विशेष तौर पर भावों के साथ!

हम अपने तर्क को पटरी पर रखने के लिए इतना तो कर ही सकते हैं : हमें अपने ढाँचे की पहचान के तंत्र पर नज़र रखनी होगी। द सोर्स को अपना पहरेदार बनाना होगा, जो भावात्मक टैगिंग के लिए रचनात्मक चुनौती हो सकता है और देख सकता है कि हम पिछले अनुभवों के आधार पर किस तरह के निर्णय ले रहे हैं।

कई बार, ये तरीक़ा काम आता है पर कई बार बेकार भी हो जाता है। तीन प्रबंधन शिक्षाविदों ने अपनी पुस्तक, *थिंक अगेन : वाई गुड लीडर्स मेक बेड डिसीज़ंस* और *हाउ टु कीप इट फ़्रॉम हैपनिंग टु यू,* में सफल नेताओं के 84 ख़राब निर्णयों का विश्लेषण किया। उन्होंने पाया कि अधिकतर मामलों में यह जोख़िम तब सामने आया, जब नेताओं के मस्तिष्क को उन हालात का सामना करना पड़ा, जिसमें पिछले अनुभव भी प्रकट हो गए। जो उन्हें तार्किक निष्कर्ष लग रहे थे, वे वास्तव में ख़तरनाक तरीक़े से दोषयुक्त अनुमान थे।

कई लोगों में किसी पूरे निर्णय को ले कर संपूर्ण रूप से विचार करने की भी कमी होती है। कई बार वे अपने ही नज़रिए के कारण कट्टर सोच रखते हैं, भावात्मक बुद्धिमत्ता की कमी हो सकती है या फिर मज़बूत अवचेतन का पक्षपात अपना खेल दिखाता है। यही समस्या दीर्घकालीन संबंधों में भी आती है, ख़ासतौर पर तलाक़शुदा पति-पत्नी में, जहाँ दोनों में से कोई एक या दोनों ही असंतुष्ट महसूस करते हैं परंतु उन्हें बच्चों की वजह से दूसरे पक्ष से बात करनी पड़ती है। जब हम एक तयशुदा बर्ताव और सोच में उलझ जाते हैं, तो ऐसे में समस्या को दूसरे के नज़रिए से नहीं देख सकते। हो सकता है कि हम अपनी ही सच्चाई या फिर उस संबंध में अपनी भूमिका से बँधे रहें (चाहे वह देख-रेख करने वाले की या फिर देख-रेख पाने वाले की भूमिका या कोई और भूमिका क्यों नहीं हो) ऐसे हालात में तर्क की कोई गुंजाइश नहीं रहती और हमारे पूर्वाग्रह सामने आ जाते हैं। झूठा तर्क अपना स्थान ले लेता है। यह बहुत ही ख़तरनाक है, क्योंकि 'जो आप नहीं जानते, आप उसे नहीं जानते।' इस संतुलन को पुन: पाने के लिए संकल्प शक्ति, भावात्मक तालमेल और आत्म-सजगता पर सजग भाव से काम करना होगा ताकि संतुलन बनाया जा सके परंतु ऐसा करना संभव है।

झूठे तर्क की पहचान

यदि हममें से सबसे चतुर व्यक्ति ऐसी भारी ग़लतियाँ कर सकता है, सच के लिए पूर्वाग्रह रख सकता है, तो ऐसे झूठे तर्क से बचते हुए, वास्तविकता तक जाने का क्या उपाय हो सकता है? मेरी राय में, सबसे महत्त्वपूर्ण प्रकार का आलोचनात्मक चिंतन भीतर की ओर निर्देशित करता है ताकि हम अपनी ही सोच की विश्वसनीयता को पा सकें। पहले चरण में, हमें सजग भाव से अतीत में घटे ऐसे ही हालात की यादों को ताज़ा करना होगा जो शायद हमारे वर्तमान मूल्यांकन को प्रभावित कर रही हो (शायद अवचेतन रूप से)। फिर हमें सजग रूप से तुलनात्मक चिंतन की कड़ी को चुनौती देते हुए, स्वयं से पूछना होगा :

- इस बार हालात में क्या अलग है?
- पिछली बार जो भी हुआ, क्या उसके बारे में मेरी व्याख्या उचित है?
- क्या मैं वर्तमान परिस्थिति के बारे में अलग नज़रिए से सोच सकता था?

हमें अपनी मान्यताओं को चुनौती देने के लिए अपने ही चिंतन को चुनौती देनी होगी।

जब हम किसी समस्या के बारे में लोच और समायोजन के साथ विचार करते हैं, तो तर्क ही काम करता है। यह बहुआयामी तरीक़े से काम करता है और 'ए से बी' तक की सोच का विपरीत है। हम इस प्रकार जितना अधिक सोचेंगे, इसमें उतने ही बेहतर होते जाएँगे। न्यूरोप्लास्टीसिटी के नज़रिए से, हमें तर्क और तार्किकता को पाने के लिए स्वयं को पुनः प्रशिक्षित करना होगा, ताकि जब भी हमारे सामने कोई नई परिस्थिति आए तो हम दूसरे पाथवेज़ को अधिकतम कर सकें।

हमारे तर्क और निर्णय निर्धारण करने वाले पाथवे किस तरह निरंतर, हमारे आसपास की हर चीज़ से प्रभावित होते हैं – हमारे आसपास के लोगों से ले कर हमारे घर का माहौल और नई सीख – हमें याद दिलाते हैं कि हमारे पास तर्क की भावना को संतुलित करने की शक्ति है। जब ख़ासतौर

पर तर्क की सहायता से बड़े निर्णय लेने का अवसर आता है, तो आपके हिसाब से आपकी ताक़त और कमज़ोरियाँ क्या होती हैं? यह किताब पढ़ने और इसमें छिपे हुए विचारों को जानने से, आप बेहतर निर्णय लेने से जुड़े तर्क को प्रभावित कर सकते हैं। हालाँकि किसी भी तरह का दीर्घकालीन बदलाव, आपकी अपनी ही कार्रवाई से सुनिश्चित होगा : चाहे आप सभी सुझावों और अभ्यासों पर काम क्यों नहीं कर चुके हों।

अध्याय 11

रचनात्मकता : अपना आदर्श भविष्य रचें

'यदि आपके भीतर से कोई आवाज़ कहती है कि आप पेंट नहीं कर सकते, तब चाहे जो भी हो, पेंट अवश्य करें और वह आवाज़ आनी बंद हो जाएगी।'

—विन्सेंट वॉन गॉग

हम जैसा जीवन अपने लिए चाहते हैं, उसे रचने के लिए विज़न चाहिए। केवल मनचाहा यथार्थ पाने के लिए ही विज़न नहीं चाहिए, हमें उन संभावित अवसरों को भी पहचानना होगा, जो हर समय हमारे आसपास मंडरा रहे हैं और भविष्य की ओर जाने वाली राह में हमारे सहायक हो सकते हैं। इस तरह, रचनात्मकता को केवल नए विचारों से भरपूर या कलात्मक होने के पारंपरिक विचार से नहीं जोड़ा जा सकता, यह हमारे अपने ही मस्तिष्क को आकार देने की योग्यता है, जिसके साथ हम इसे सामने लाते हैं, अपने ही चुनावों से अपने लिए भविष्य रचते हैं। जब आप देखना आरंभ करेंगे तो आपको इसके उदाहरण हर जगह मिलेंगे : अपने-आप को नए सिरे से गढ़ने वाले महान लोग, स्वयं को नई पहचान देने वाले लोग जैसे विक्टोरिया और डेविड बैकहम, माइली साइरस, मार्क वालबर्ग, एंजलीना जोली, रिहाना, किम कादर्शियन, जस्टियन टिम्बरलेक या आर्नोल्ड श्वार्जनेगर और ऐसी महान हस्तियाँ जिन्होंने दुनिया को बदल दिया,जिनमें अब्राहम लिंकन, नेल्सन मंडेला, गाँधी, मैरी क्यूरी, मदर टेरेसा, मार्टिन लूथर किंग और एमेलाइन पैंकहर्स्ट उल्लेखनीय हैं।

रचनात्मकता स्वतंत्रता है। यह हमें इस योग्य बनाती है कि हम द सोर्स की ओर सारी शक्ति निर्देशित कर, उस जीवन को रच सकें जिसका सपना हमने अपने लिए देखा है। यह हमें इस लायक़ बनाती है कि हम अपने लिए नई राहें बना सकें और अनपेक्षित तरीक़ों से उनका प्रयोग कर सकें, अपनी इच्छाओं को सामने प्रकट करने के लिए आकर्षण के नियम और मानसिक चित्रण की तकनीक का प्रयोग कर सकें।

एक रचनात्मक मस्तिष्क विचारों को अनपेक्षित रूप से प्रस्तुत कर सकता है, इसके लिए हम विचारों के विपरीत मेलों का प्रयोग कर सकते हैं ताकि नए विचार सामने आ सकें। यह मनुष्य के मन की सबसे नई और

इसके साथ ही सबसे प्राचीन शक्ति या सुपरपावर है : वह चीज़ों की नए सिरे से खोज करते हुए, कल्पना कर सकता है, सुधार करते हुए दोबारा सोच सकता है। जब हम अपने संपूर्ण मस्तिष्क के साथ कुछ सोचते हैं और किसी समस्या और हालात के लिए पूरी रचनात्मक शक्ति लगा देते हैं, तो हमें उस जगह भी संभावना दिखने लगती है, जहाँ दूसरे सीमाओं को देखते हैं। मैं एक बार किसी पार्टी में किसी ओलिंपिक सेलिंग मेडलिस्ट से मिली थी, उन्होंने कहा था : 'अधिकतर लोग किनारे पर खड़े, क्षितिज तक सागर को देखते हैं तो उन्हें अंत दिखाई देता है, मुझे वहीं से आरंभ दिखता है।' रचनात्मकता हमें व्याख्या करने की शक्ति देती है।

हमें रचनात्मक बनने के लिए एक प्रकार के आत्मविश्वास की ज़रूरत होती है ताकि हम अपनी भावनाओं को सही तरह से प्रकट कर सकें; अपने ही विचारों और व्याख्याओं को मान दे सकें। जब मैं लोगों को ऐसा करने के लिए कहती हूँ तो यह उन्हें एक बहुत ही बढ़िया सुझाव जैसा लगता है। मुझे अक्सर ज़वाब मिलता है, 'पर मैं तो रचनात्मक नहीं हूँ।' यह सुन कर मन को दुख होता है। हमें यही सिखाया गया है कि रचनात्मकता कला की प्रतिभा से जुड़ी है, जो कि एक संकीर्ण परिभाषा है। माना जाता है, तर्कशील मस्तिष्क की तरह, आपके पास रचनात्मक हुनर होता है या नहीं होता। मुझे स्कूल में कहा गया था कि मैं रचनात्मक नहीं थी, क्योंकि मैं अच्छी ड्राइंग नहीं कर पाती थी। फिर पता चला कि लोगों की पूरी पीढ़ी इसी तरह के मिथ में जी रही है।

हो सकता है कि आप इसी वजह से अपना बिज़नेस चालू नहीं कर सके या किसी ख़ास तरीक़े से कोई पोशाक नहीं पहन सके। महान कलाकारों के हुनर के आगे यह भ्रम नहीं टिकता, लेकिन थोड़ी गहरी जानकारी लेने पर पता चलता है कि उन्होंने भी अपने परिश्रम, लोच और आत्म-विश्वास के बल पर इसे साकार किया और अपने सामने आने वाले अवसरों का भरपूर लाभ उठाया। आप भी उनसे प्रेरणा ले कर अपने दिमाग़ में बसी रचनात्मकता की परिभाषा बदल सकते हैं। किसी कलात्मक या सांस्कृतिक प्रतिभा के साथ सीमित रहने के बजाए, यह आपका भविष्य रचने की योग्यता से जुड़ा है ताकि आप पूरी तरह से वर्तमान में जीते हुए, अपने जीवन का दायित्व अपने कंधों पर ले सकें।

रचनात्मकता का न्यूरोविज्ञान

न्यूरोविज्ञान अब यह खोज कर रहा है कि रचनात्मक मस्तिष्क में क्या विशेषता होती है। हार्वर्ड के शोधकर्ताओं ने पता लगाया कि मस्तिष्क के जुड़ाव का एक ढाँचा, विचार पैदा करने से जुड़ा है। उन्होंने अपने अध्ययन के दौरान लोगों के दिमाग़ स्कैन किए और उनसे रोज़मर्रा की वस्तुओं से जुड़े नए-नए प्रयोगों के बारे में बात करने को कहा जैसे जुराब, साबुन और च्यूइंग गम रैपर आदि। कुछ लोग रोज़मर्रा के इस्तेमाल के अरचनात्मक विचारों से इतने घिरे थे कि उनके लिए कोई और उत्तर देना कठिन रहा। उन्होंने कहा कि जुराबें पैर ढँकती हैं, साबुन से बुलबुले बना सकते हैं और च्यूइंग गम रैपर में च्यूइंग गम रख सकते हैं। इसके उलट, मौलिक चिंतकों ने मस्तिष्क के इन तीन नेटवर्क के बीच मज़बूत संपर्क का प्रदर्शन किया (मन का भटकाव, केंद्रित चिंतन और सलेक्टिव अटेंशन), जब वे सोच रहे थे तो वे नए उपायों के साथ सामने आए जैसे वाटर फ़िल्टरेशन सिस्टम, लिफ़ाफ़े चिपकाने का साधन और एक एंटीना वायर।

नकारात्मक फ़िल्टरिंग नहीं करें

मन का भटकाव, केंद्रित चिंतन और सलेक्टिव अटेंशन; आप इन्हें अभ्यास के साथ और मज़बूत कर सकते हैं। अपने-आप को समय और स्थान दें ताकि आप बिना किसी बाधा के नए विचारों और नज़रियों को अपना सकें। जब आप अपने मन को बिना किसी बाधा के भटकने देते हैं तो इससे आपको यह लाभ होता है। जब आप सजग भाव से अपनी इच्छाओं, आशाओं और सपनों को मस्तिष्क के सामने लाते हैं तो वह कहीं अधिक आसानी से ऐसे अवसरों को प्रकट करता है जो हमारे लिए मनचाहे नतीजे पैदा कर सकते हैं। यह केंद्रित चिंतन है और आप इसे एक्शन बोर्ड और मानसिक चित्रण की मदद से पा सकते हैं। अक्सर हम अपने उन विचारों को फ़िल्टर करके हटा देते हैं जो हमारे तत्काल उद्देश्य को पूरा नहीं करते। हम अवचेतन रूप से सोच सकते हैं कि वे हमारे काम के नहीं पर, जब हम कई तरह के विचारों को अपनाते हैं तो हमारे लिए क़दम उठाना और आसान हो जाता है। यही वजह है कि हमें सलेक्टिव अटेंशन और फ़िल्टरिंग कौशल को तेज़ करना चाहिए। अध्याय नौ में हमने इस बारे में बात की

कि हमारे पास एक 'क्यों' होना चाहिए; इस जगह हमारी सोच के मामले में कह सकते हैं, 'क्यों नहीं?' हमें उस नई नौकरी के लिए खोज क्यों नहीं करनी चाहिए या अपने दोस्तों के साथ घूमने क्यों नहीं जाना चाहिए? उस नए शौक़ को क्यों नहीं अपनाना चाहिए जिसे आप जाने कब से टालते आ रहे हैं? उस नई परियोजना का विचार, जो आपके मन में तब से चल रहा है, जब आप किसी और काम पर ध्यान दे रहे थे : उसे कहीं लिख लें और दोबारा उस पर लौटें। या फिर आप ऐसा भी कर सकते हैं, किसी समस्या को पलट कर किसी और नज़रिए से देखें। जब भी आप अगली बार यह काम करें तो स्वयं से पूछें कि आप जिस विचार को अपने से परे कर रहे हैं, क्या वह कहीं आगे चल कर आपके काम आ सकता है? स्वयं को याद दिलाएँ कि आपको अभाव के बजाए प्रचुरता के नज़रिए से विचार करना है।

'रैपिड प्रोटोटाइपिंग' नाम से एक अभ्यास है, जो कहता है कि आपको यथासंभव विचार पैदा करने चाहिए, उन्हें भी शामिल करें जिन्हें भविष्य में या फिर किसी दूसरे हालात में प्रयुक्त कर सकते हैं और तब तक ये काम जारी रखें, जब तक आप उन विचारों तक नहीं आ जाएँ जो आपको अभी के लिए बिलकुल सही लगें। जब मैं अपना काम चालू करने के बारे में सोच रही थी तो मेरे भूतपूर्व पति के अंकल, जो कि एक बहुत प्यारे इंसान और उद्यमी हैं। उन्होंने कहा कि मुझे संभावित व्यवसायों की सूची बनानी चाहिए और जब उनकी संख्या सौ तक होगी तो उस सूची में, मैं किसी एक को अपने लिए चुन सकती थी। मुझे वे सौ विचार पैदा करने में दो साल लगे, पर फिर मैं अपने भीतर से जान गई कि मेडिसिन को छोड़ने की वजह कोचिंग ही थी। मैंने एक साथ घबराहट और उत्तेजना को महसूस किया पर यह आत्मविश्वास भरपूर था कि मैं मनचाहा भविष्य पाने के लिए कुछ भी करने को तैयार थी।

रेड-पेन थिंकिंग को अपने से दूर करें

मेरे रचनात्मक दोस्तों में से एक, उद्यमी है जिसने लगभग शून्य से अपना ब्रांड बनाया। वह हमेशा कुछ नया सोचते हुए, अनूठी योजनाओं पर काम करती है। उसका साथी भी ऐसा ही है। जब मैंने उससे उसका राज़ जानना चाहा तो उसने उत्तर दिया, ''हमारे घर में बुरे उपाय जैसा कुछ नहीं है।''

उसने बताया कि उसे, उसके साथी और बच्चों को खुल कर अपनी बात कहने या उपाय प्रस्तुत करने की अनुमति है। अच्छे विचार और उपाय स्वयं ही अपने लिए जगह बना लेते हैं। अगर आप उन्हें (आपके या किसी और के विचार) परख़ने से पहले ही उन पर कोई ठप्पा लगा देते हैं तो आप उन्हें नष्ट करने के सिवा कुछ नहीं कर रहे।

जब हम एक बार स्वयं को संभावित विचारों और संभावनाओं के साथ खुल कर खेलने का मौक़ा देते हैं, तो रचनात्मकता हमें पुरस्कृत करते हुए, बिलकुल अनजान जगहों पर अवसर पाने के योग्य बना देती है। इसका अर्थ है, हम भाँप सकते हैं कि हमें कब कोई काम करना है, कब किसी चीज़ पर सवाल करना है। इस तरह हमें एक सहज अंतर्दृष्टि का उपहार मिलता है, उन संभावनाओं को जानने की लोच मिलती है जो अन्यथा हमारे पास से ऐसे ही निकल जातीं।

लेखक कुर्ट वॉनगट के शब्दों में :

हमें लगातार चट्टानों से छलांग लगानी होगी और नीचे उतरने की इस प्रक्रिया के दौरान ही हमारे पंख उगेंगे।

यहीं से रचनात्मकता का अनिवार्य स्वभाव प्रकट होता है; यह कुछ भी अतिरिक्त नहीं है – यह आपके जीवन में कठिन चुनौतियों और समस्याओं के बीच चिंतन करने की संसाधनशीलता है जो आपको हर मुश्किल से बाहर ला सकती है। और इस कला को कौन नहीं साधना चाहेगा?

याद रखें, आप पहले से ही रचनात्मक हैं!

अगर आपको अब भी अपनी रचनात्मक योग्यता पर थोड़ा-सा भी संदेह है, तो अपने आसपास देखें। आपने अपना घर बनाया। आपने अपना करियर बनाया। आपने एक संबंध बनाया और हो सकता है कि आपके बच्चे भी हों। आप अपना खाना पकाते हैं, आपके पास बात करने के विषय हैं, आपके घर में स्वागतयोग्य माहौल है जिसमें मेहमान आना पसंद करते हैं, आपका बाग, आपकी दोस्तियाँ... यह एक लंबी सूची है और इसमें आपके दूसरे रचनात्मक शौक़ भी शामिल होंगे, जिनके बारे में मुझे नहीं पता। और अगर आपको लगता है कि ये उदाहरण कम हैं, तो कुछ नया

आज़मा कर देखें। याद रखें, हमने न्यूरोप्लास्टीसिटी में नएपन के बारे में क्या कहा था। आप कितने और किस तरह से रचनात्मक हैं, इसके बारे में आपकी क्या पूर्वधारणा है? हम सभी सहज भाव से रचनात्मक हैं और अब समय आ गया है कि हम अपनी विलक्षण आत्म-अभिव्यक्ति की खोज में खुल कर सामने हों - वह जीवन जिसे हम सदा पाना चाहते थे। एक बड़ी तसवीर की चुनौती लें और अपने विज़न को सामने साकार होता देखें। आने वाले अध्यायों में दिए गए अभ्यास इस तरह बनाए गए हैं कि आप अपनी रचनात्मकता को प्रकट करते हुए, आने वाले कल के लिए विज़न को साकार करें।

भाग 4

द सोर्स को उन्नत करें

''आप जो भी करते हैं या करने का सपना देखते हैं, उसे आरंभ करें। निर्भीकता में अपनी एक बुद्धि, शक्ति और जादू होता है।''

—गोथे

और अब रोचक भाग! आपने इस किताब में दिए गए विचारों पर काम किया और समझा कि किस तरह आपके मस्तिष्क के पाथवे विकसित हुए हैं और आप न्यूरोप्लास्टीसिटी की शक्ति से उन्हें और मज़बूती कैसे दे सकते हैं; आपने प्रचुरता से भरी सोच की रूपांतरणकारी शक्ति के बारे में सीखा और अब आप समझते हैं कि इस तरह अपने आदर्श भविष्य का मानसिक चित्रण करने से आपको उसे साकार करने में मदद मिल सकती है। अब समय आ गया है कि आप इन विचारों को अभ्यास में लाएँ ताकि आप अपनी सच्ची मंशा साकार कर सकें।

चाहे आपके लक्ष्य काम से जुड़े हों, रोमानी हों या फिर आपके आत्म-विकास से संबंध रखते हों, मैं आपको प्रोत्साहित करूँगी कि आप पहले से बने पाथवे तोड़ें और बदलाव पैदा करें। एक ऐसा बदलाव जो सरल और जटिल अभ्यासों के मेल से आपके लिए एक द सोर्स को उन्नत करने का कार्य करेगा।

ये अभ्यास चार चरणों की योजना के अनुसार बनाए गए हैं। आप इन्हें चार सप्ताह या चार महीनों के समय में पूरा कर सकते हैं - आप स्वयं तय करें कि आपके लिए कौन-सी गति सही रहेगी। **सुनहरा नियम यही है कि आपको अगले चरण पर तभी जाना है जब आपको लगे कि आपने एक चरण से सार्थक लाभ और समझ को पा लिया है।** जब आपको लगे कि आपको पिछले चरणों को भी दोहराना है तो आप आगे चलते हुए, उन्हें भी कभी-कभी दोहरा सकते हैं।

यह चार चरणों वाली योजना संज्ञानात्मक विज्ञान पर आधारित है, ख़ासतौर पर यह नियम कि दीर्घकालीन व्यवहार का बदलाव चार चरणों में पूरा होता है :

- **पहला चरण : सजगता बढ़ाएँ** (अवचेतन को चेतन करें और ऑटोपायलट को बंद करें।) इस पुस्तक को पढ़ने के दौरान आप

पहले ही इसके बारे में भरपूर जान चुके हैं। आशा करते हैं कि आप पहले ही परिवर्तन लाने के लिए प्रेरित होंगे। अध्याय 12 में दिया गया यह अभ्यास आपको अपनी आत्म-सजगता के विस्तार के लिए प्रेरित करेगा, आपके अपने व्यवहार और सोच से जुड़ी बातों को दिखाएगा जिन्हें रूपांतरित किया जाना चाहिए।

- इससे **दूसरे चरण** में जाने के लिए कच्ची सामग्री मिलेगी जो तेरहवें अध्याय में है। आपको भविष्य का विज़न तैयार करने के लिए **एक्शन बोर्ड** तैयार करना होगा ताकि बदलाव के लिए लक्ष्य तय हो सकें।
- अपने कल्पित भविष्य को साकार रूप देने के लिए एक्शन की ज़रूरत होगी। यहीं से **तीसरा चरण** सामने आता है। आपको नए व्यवहार का अभ्यास करते हुए, स्वयं को नए तरीक़े से सोचने का प्रशिक्षण देना होगा ताकि आपको वर्तमान से जुड़े रहने में मदद मिले, आप सजगता और मानसिक चित्रण की मदद से उन चीज़ों के लिए अपनी ऊर्जा लगा सकते हैं जो आपके लिए मायने रखती हों।
- **सुचिंतित अभ्यास - चौथे चरण** में आपको स्रोत के विभिन्न पक्षों पर काम करना होगा, जब आप स्रोत के विभिन्न चरणों पर काम करेंगे और अपने दिमाग़ को अच्छी आदतें देंगे, तो स्रोत को इसकी प्रचुरता और पूरी संभावना के साथ सामने आने का अवसर मिलेगा।

जब भीतर बसे विश्वास तंत्रों के बारे में लिखेंगे, तो आपकी सोच का नया तरीक़ा आपको नए सिरे से परिभाषित करेगा। जब एक बार यह हो जाएगा, तो आप उन आश्चर्यों की ओर हैरानी से देख सकेंगे जो जीवन आपको देता है और आप जीवन से वह और अधिक पाने लगेंगे जो आप इससे चाहते हैं।

मैं अपने अनुभव से जानती हूँ कि जब मैं लोगों के साथ इन चरणों पर काम करती हूँ, तो उन्हें होने वाले लाभ संचयी हो जाते हैं। जब आप एक बार इन बदलावों के प्रभाव को देख कर महसूस करने लगते हैं तो यह प्रेरणा आपको सही रास्ते पर रहने में सहायक होगी। जब आप प्रचुरता और प्रकटीकरण के इस नज़रिए के साथ जीने लगते हैं, तो अपनी ही शक्ति और

सकारात्मक विश्वास बनाए रखने के लिए विश्वास बढ़ेगा। आप उत्सुकता और विस्मय से देखेंगे और द सोर्स आपको आपकी नियति की ओर ले जाएगा।

अध्याय 12

पहला चरण : सजगता बढ़ाएँ – ऑटो पायलट को बंद करें

'जब तक आप अचेतन को चेतन में नहीं बदलते, यह आपके जीवन को निर्देशित करता रहेगा और आप इसे भाग्य का नाम देते रहेंगे।'

—*कार्ल जुंग*

मुझे पिछले पृष्ठ पर दी गई कार्ल जुंग की ये पंक्तियाँ प्रिय हैं - इनसे द सोर्स के मर्म का परिचय मिलता है और पता चलता है कि इसमें किस तरह हमारे सुनहरे भविष्य की संभावना को साकार करने की क्षमता छिपी है। अब हम उन अभ्यासों और मानसिक चित्रणों के लिए तैयार हैं, जो द सोर्स को ताक़तवर बनाते हुए, हमारे अवचेतन को सचेतन में बदलने में सहायक होंगे। यह ध्यान रखें कि आप अपने लिए थोड़ा एकांत में समय निकाल सकें जो किसी भी तरह की बाधाओं से मुक्त हो ताकि आप स्वयं पर पूरी तरह से केंद्रित हो सकें।

जैसा कि हमने अध्याय - 2 में देखा, आश्चर्यजनक तौर पर मस्तिष्क के लिए बाहरी दुनिया में होने वाली किसी घटना या फिर उसी घटना के सशक्त मानसिक चित्रण में कोई भारी अंतर नहीं होता - चाहे वह कोई ख़ास या फिर रोज़मर्रा की आम बात हो। इस भाग में दिए गए अभ्यास आपको ऐसे सशक्त मानसिक चित्रण करने में मदद करेंगे जो आपके मस्तिष्क की गहराई में उस भावी जीवन का कल्पित संस्करण बनाने में मदद करेंगे जो आप पाना चाहते हैं। इस तरह, द सोर्स उस मनचाहे प्रचुर यथार्थ को पाने से पहले ही अनुभव करेगा और आप सामने आने वाले अवसरों के लिए और अधिक समायोजित होंगे। आपके लिए सकारात्मक जोख़िम उठाते हुए, उन्हें भविष्य में साकार करना आसान होता जाएगा। अपनी डायरी पास ही रखें ताकि आप अभ्यासों से मिलने वाली अंतर्दृष्टि और जानकारी को उसमें लिख सकें।

अपने संबंधों और उनकी 'छाप' की पड़ताल

हमारे लिए परिवार, प्रेम या स्व क्या मायने रखते हैं, वे मॉडल हमारे प्राथमिक जुड़ावों के साथ ही तय हो जाते हैं। परंतु उनका सबसे अधिक

प्रभाव तब सामने आता है, जब हम इन जुड़ावों, अनुभवों और विश्वासों को अपने भीतर सँजोते हुए, जीवन में आगे बढ़ते समय, दूसरे संबंधों और परिस्थितियों पर भी उसकी छाप छोड़ने लगते हैं। यही कंडीशनिंग बताती है कि समय के साथ हमारे दिमाग़ में ट्रिगर और प्रतिक्रिया कैसे बन जाते हैं। हम किसी चीज़ का जितना अधिक अनुभव लेंगे, दिमाग़ में न्यूरोप्लास्टीसिटी के साथ उतने ही अधिक पाथवे बनते जाएँगे। दिमाग़ के ढाँचे का पहचान तंत्र, किसी नए हालात या संबंध के, किसी पुराने संबंध या हालात से मिलता-जुलता होते ही सामने आ जाता है।

इसमें आहार के लिए हमारी प्रतिक्रिया, हिंसा, आलोचना आदि कुछ भी शामिल हो सकता है और हममें से हर कोई इनके लिए अलग तरह से पेश आता है, क्योंकि वह हमारे बचपन में मिले अनुभवों पर आधारित होता है। जिन घरों में पैसे की तंगी रही हो, उन घरों के बच्चे बड़े हो कर भी भोजन की बरबादी नहीं देख सकते और वहीं दूसरी ओर पैसे वाले घरों के लोग ऐसा कर सकते हैं कि वे भोजन जूठा छोड़ें या फिर बचा हुआ भोजन नहीं करें, क्योंकि उन्हें नहीं पता कि भोजन की कमी क्या होती है। कुछ लोग दुखदायी संबंधों में बने रहते हैं क्योंकि वे इसके आदी हो गए हैं। उनमें से कुछ फ़ीडबैक के माध्यम से ऐसे संबंधों को रचनात्मक बना लेते हैं जबकि दूसरे आलोचना सुनते ही अपने खोल में सिमट जाते हैं। क्या आपके दिमाग़ के ये ढाँचे प्रचुरता की सोच से जुड़े हैं? या फिर उनमें से कुछ सीमित और आत्म-घातक हो सकते हैं?

अगर आप इस छाप को समझ लें तो आपके लिए यह समझना आसान होगा कि आप अपने अतीत से उबर कर, कैसे भविष्य को रच सकते हैं। यह हमें समझाने में मदद करता है कि किसी तरह कोई वर्तमान संबंध – काम के दौरान, दोस्तों के साथ या फिर आत्मीय संबंधों के बीच – किसी ऐसी प्रतिक्रिया को सामने ला सकता है, जो पहले कहीं बचपन में ही जड़ें जमा चुकी हो।

अपने भूतों को जानें, अपनी क़िस्मत बदलें

क्या आप उन तरीक़ों की खोज के लिए तैयार हैं जिनसे आपके परिवार और आरंभिक जुड़ावों ने आपके न्यूरल पाथवेज़ को आकार दिया और आपको

अपने-आपको देखने का नज़रिया दिया। उन्होंने किस तरह आपको वे अपेक्षाएँ दीं जिनके बल पर आप अपने जीवन में आने वाले नए लोगों और हालात को परख़ते हैं? आपको अपने भूतों को पहचान कर, यह देखना होगा कि वे सोर्स की कार्रवाई पर कैसे असर डालते हैं। यह उन्हें आपसे अलग करने की दिशा में पहला क़दम होगा, जो आपको बार-बार पीछे की ओर ले जाते हैं।

अपनी डायरी में एक नया पन्ना खोलें और निम्नलिखित बातों को विस्तार से लिखें कि जब आप बड़े हो रहे थे तो आपके जीवन में परिवार और निजी संबंधों के बीच इनका क्या अर्थ था। आप कौन-से उदाहरण सोच सकते हैं?

- भूमिकाएँ : परिवार में आपकी भूमिका क्या थी? इसके अलावा और कौन-सी भूमिकाएँ थीं और आप उनसे कैसे संबंधित थे? एक उदाहरण हो सकता है : 'मध्यस्थ,' 'बलि का बकरा,' 'शांति करवाने वाला,' 'विद्रोही' या फिर 'डिप्टी मदर।'
- रहस्य : जब आप बड़े हो रहे थे तो आपके परिवार में कौन-से रहस्य छिपे थे? वे किनके पास थे? उन्होंने आपके बचपन पर कैसे असर डाला? एक उदाहरण हो सकता है : 'कोई भी अंकल रे की शराब पीने की आदत के बारे में बात नहीं करता था।'
- विश्वास : आपके बचपन में, आपके परिवार के आम विश्वास क्या थे? क्या वे अनकहे नियम थे जिन पर कोई सवाल नहीं उठा सकता था? क्या विभिन्न मतों के बीच आपसी मतभेद थे? लोग अक्सर कहते थे, कड़ी मेहनत का फल हमेशा मीठा होता है, जैसी करनी वैसी भरनी।
- मूल्य : आपके परिवार के बुनियादी मूल्य क्या थे? क्या ईमानदारी, परिश्रम, दयालुता, सफलता, न्याय, आत्म-अभिव्यक्ति और बौद्धिकतावाद को दूसरी चीज़ों से अहम माना जाता था? क्या आपको भी वे सही लगते थे?
- सीमाएँ : आपके परिवार में सीमाओं के लिए क्या रवैया था : नियम, गैरक़ानूनी बर्ताव, वादा करना और तोड़ना, हर तरह का उल्लंघन।

अपने साथ चल रहे इन भूतों की पड़ताल करना और यह देखना कि वे अब तक आपके कैसे काम आ रहे हैं; यह अपने-आप में एक उल्लेखनीय और पुरस्कृत करने वाला क़दम होगा। क्या आपने इन्हें बिना कोई सवाल उठाए या फिर इनकी सटीकता की जाँच के बिना अपना रखा है? क्या आप स्वयं को ऐसे नियमों का पालन करते हुए पाते हैं जो आपकी गहरी इच्छाओं से मेल नहीं खाते? ऐसी किसी भी परख़ को अपनी डायरी में लिखें। इन्हें दिमाग़ में ताज़ा रखें और जब वे असल ज़िंदगी में सामने हों तो उन पर ध्यान दें। डायरी में लिखें कि वे वर्तमान में किस तरह सामने हैं? कुछ ऐसे छोटे बदलाव करना आरंभ करें ताकि आप इन अवचेतन प्रतिक्रियाओं के साथ सहज हो सकें। इस तरह आप अपने भविष्य की डोर अपने हाथों में ले सकते हैं।

क्लोइ - भार से दबी हुई

मैंने यह अभ्यास क्लोइ के साथ किया जो तीस साल की उम्र में तीन बच्चों की माँ है। उसके परिवार में, जब वह छोटी थी तो वह सबके बीच समझौता करवाने का काम करती थी। उसने पाया कि अब भी वह अपने पारिवारिक जीवन में ठीक उसी दशा में है। वह अपने बच्चों के बीच आपसी बहस को सुलझाती और अपने पति और उसके भाई के बीच मध्यस्थ बनती।

जब हमने उस पर काम करना शुरू किया, तब वह भावात्मक रूप से बुरी तरह से थक चुकी थी और अब वह सबको उस तरह अपना सहारा नहीं दे सकती थी जैसे अब तक देती आ रही थी। उसे ही अपने दिमाग़ में चल रही इस भूमिका पर रोक लगाते हुए, अपने लिए सीमाओं को तय करना था।

यह एक चीज़ उसके अपने व्यवहार को बदल देने वाली थी पर परिवार की ओर से इस बदलाव के लिए होने वाले विरोध ने उसे चौंका दिया। पहले-पहल जब उसने दख़ल देने से मना किया तो क्लोइ के बच्चे बुरी तरह से पेश आने लगे। वे चाहते थे कि वह पहले की तरह उनके झगड़े सुलझाए और जब क्लोइ ने उनसे कहा कि वे अपने मतभेद स्वयं ही हल करें तो वे उसका ध्यानाकर्षण पाने के लिए नए-नए उपाय करने लगे। उन्होंने क्लोइ पर इल्ज़ाम भी लगाया

> कि अब वह उनकी ओर ध्यान नहीं देती थी। वे चाहते थे क्लोइ पहले वाली भूमिका में वापस आ जाए। वे अपनी प्रतिक्रियाओं को बढ़ा-चढ़ा कर जताने लगे। क्लोइ ने एक दिन उन्हें पास बिठाया कि जब भी वे परेशान हों तो उन्हें भाग कर उसके पास नहीं आना, वह उनकी कोई मदद नहीं कर सकेगी। अब उन्हें स्वयं ही अपने मसले हल करने होंगे। अपने मतभेदों को हल करना होगा। धीरे-धीरे, बच्चों की ओर से आने वाली शिकायतें कम होने लगीं और अब वे स्वयं ही अपनी परेशानी हल कर लेते थे। घर में एक अपूर्व शांति रहने लगी।
>
> क्लोइ बच्चों की हरकतों से बहुत डर गई थी जो उसे जबरन उसी भूमिका में वापस लाना चाहते थे, पर उसे यह भी अहसास हुआ कि वह उनके लिए अस्वस्थ संबंधों की भूमिका रच रही थी। क्लोइ का प्यार ऐसा होना चाहिए था कि वे अपने मुश्किल वक़्त का सामना स्वयं कर सकें और वह अपने लिए कुछ कर सके। क्लोइ ने अपने परिवार की मदद के लिए एक साइकोथेरेपी अध्ययन भी किया और फिर दूसरों को भी स्वस्थ सीमाएँ बनाने की सलाह देने लगी।

आपके दिमाग़ में बहुत ही जटिल और आपस में गुँथे हुए नेटवर्क हैं और वे किस तरह आपके बर्ताव पर असर डालते हैं; यदि आप उन्हें जान कर अपने बस में करना सीख लें तो सब कुछ कितना सरल हो सकता है। इन ढाँचों को जानने के लिए अपनी पिछली कंडीशनिंग को देखना सही रहेगा, वही आपको बताएगी कि आपके दिमाग़ में क्या भरा गया। आपको क्या सिखाया गया कि दुनिया क्या है और इसमें आपकी क्या जगह है। अब हम देखने वाले हैं कि यह ढाँचे और निश्चित विषय किस तरह आपके जीवन को सीमित करते हुए अपने बस में कर रहे हैं ताकि ये आपके आने वाले कल पर और असर नहीं डाल सकें।

अपनी सीमाओं को स्वयं जानें

आपने अपने बचपन और परिवार के उन कारकों को पहले ही देख लिया है जिन्होंने आपकी नकारात्मक सोच के ढाँचों पर असर डाला होगा और अब अगला चरण यह है कि आप अपने सीमित विश्वासों की और अधिक खोज करें, और अपने रोज़मर्रा के जीवन में उनके प्रभाव और संबंध को जानें।

1. अपनी डायरी का एक पन्ना खोल कर उसे तीन हिस्सों में विभाजित करें। पहले कॉलम में, उन छह सीमित करने वाले विश्वासों के बारे में लिखें जो आपने अपने बारे में सोच रखे हैं। वे ऐसे किस्से होंगे जिन्हें आप अपने साथ या अपने परिचितों के बीच दोहराते होंगे, उन्हें यह बताते होंगे कि आप जो महसूस करते हैं; वह शर्मिंदगी से भरी क्रिया या प्रतिक्रिया है। मिसाल के तौर पर - 'मेरा स्वभाव रचनात्मक नहीं है,' 'मुझे लोगों से मिलने में मुश्किल होती है' आदि। यदि आपको कठिनाई लगे तो वाक्यों की शुरुआत, 'मैं नहीं...' या 'मैं नहीं कर सकता...' से करने की कोशिश करें।
2. अब हर वाक्य को देख कर स्वयं से पूछें : मेरे पास इस बात पर विश्वास करने के लिए क्या सबूत है? दूसरे कॉलम में, अपने सीमित विश्वास के साथ यह वाक्य लिखें।
3. तीसरे कॉलम में, इस वाक्य के ख़िलाफ़ मिलने वाले सबूत को लिखें। क्या यह वास्तव में सच है? इस कथन की पूरी जाँच के लिए अपने पिछले अनुभवों पर ध्यान दें। ज़रा सोचें कि आपके पास कौन-सा सबूत है, यदि है तो आप उस सबूत को और संदेहास्पद दृष्टि से कैसे देख सकते हैं?
4. अब स्वयं से पूछें कि ये विश्वास आपकी प्रसन्नता के लिए कितने सहायक हैं?

ज़रा सोचें कि ये विश्वास आपके जीवन को क्या देते हैं और ये आपके व्यवहार और प्रसन्नता को किस तरह प्रभावित करते हैं। क्या आप अपने बारे में इन विश्वासों पर क़ायम रहना चाहते हैं? यदि ऐसा नहीं चाहते तो क्या उन्हें छोड़ सकते हैं? इस प्रक्रिया को पूरा करने में किससे मदद मिलेगी? अपने अभिप्राय या बड़ी तसवीर के लक्ष्य के बारे में सोचें और मानसिक चित्रण करें कि इन विश्वासों को बदलने से आपकी बड़ी तसवीर के लक्ष्य पर भी प्रभाव होगा।

इस अभ्यास के बाद स्वयं को प्रोत्साहित करें। अपनी मौज-मस्ती के लिए थोड़ा समय निकालें, केवल अपने लिए। किसी भी तरह की गहरी आलोचना या निंदा के भावों को खोज कर मुक्त मन से विचार करना इतना आसान नहीं होता। क्या आप ऐसे दोस्तों और परिवार के सदस्यों को

पहचान सकते हैं, जो आपको बेहतर महसूस करवा सकें, उनसे जल्दी ही मिलने की योजना तैयार करें।

अपनी डायरी में ऐसी चीज़ों की सूची तैयार करने के लिए अच्छा समय हो सकता है जो आप अपने बारे में पसंद करते हैं। इनमें यह सब शामिल हो सकता है : 'मुझे अपनी आज़ादी; मेरी रचनात्मकता, मेरी दयालुता, मेरी संवेदनशीलता आदि पसंद है।' अपनी इस सूची को नियमित रूप से पढ़ें ताकि आपका यह प्यार बना रहे। जब भी वे नकारात्मक विश्वास मन में आएँ तो आप स्वयं को याद दिलाएँ कि आपने ख़ुद को उन विश्वासों से मुक्त कर दिया है। इस तकनीक के माध्यम से अपनी सोच को तब तक चुनौती देते रहें, जब तक यह सहज भाव से आपके साथ नहीं होने लगे–और ऐसा होगा।

जब आप इन चरणों के साथ आगे बढ़ें और आपको लगे कि आप अभाव की सोच की ओर जा रहे हैं या नकारात्मक आत्मालाप के जाल में फँस रहे हैं, तो अपनी सूची को फिर से देखें और उससे सहजता और आत्म विश्वास प्राप्त करें।

असफलता को नए सिरे से तैयार करें

हमारे अहसास से कहीं ज़्यादा, हमारी असफलताएँ ही, जीवन में अहम बदलावों और रूपांतरण की सूचक होती हैं। परंतु उस समय हम कड़ाई से अपनी परख़ करते हैं जितनी हम दूसरों की करते। परीक्षा में फ़ेल होने से ले कर अच्छे करियर तक आने या किसी बुरे संबंध के सही समय पर समाप्त होने के बीच हम इन कामों की अनपेक्षित प्रकृति को बुरी तरह से परख़ते हुए यही मान लेते हैं कि हम असफल हो गए हैं। हम यह नहीं मानते कि यह आगे बढ़ने और चलने की प्रक्रिया का एक हिस्सा है।

आपको बुनियादी चरणों का पालन करते हुए, इस समय सोर्स को पोषित करना चाहिए और स्वयं को इसी बात पर केंद्रित रखना चाहिए कि आप उन भूलों से क्या सीख सकते हैं? बेशक़ असली भूल तो केवल वही है जिससे हम कुछ नहीं सीखते।

अपने आसपास के उन विकल्पों पर गौर करें जिनके बारे में आपने कभी विचार नहीं किया। यह ध्यान दें कि आप कम जोख़िम वाले माहौल

से काम शुरू करें, वह आपके काम या संबंधों से समझौता नहीं करेगा। ज्यों ही आपको लगे कि कोई नई पहल अभी के लिए काम नहीं आ रही, तो उसे छोड़ कर अगले विचार पर काम करें – यह बाद में आपके काम आ सकती है। जो विचार अभी विकल्प नहीं बन रहे, वे भविष्य में काम आ सकते हैं।

कई उद्यमी और सफल तकनीकी कंपनियाँ जैसे नेटफ़्लिक्स और फ़ेसबुक तेज़ी से असफल होने की अवधारणा की हिमायत करती हैं। अपने विकल्पों की सूची में किसी ऐसे विचार को शामिल करें, यह आपके ताश के पत्तों में जोकर का काम करेगा। यह बहुत ही सरल हो सकता है जैसे कोई नया हेयरस्टाइल, या आपकी लुक से अलग चश्मा, अगर आप कार्पोरेट वातावरण में हैं तो रचनात्मक लोगों के साथ समय बिताना (इसके विपरीत); या फिर आपको किसी आर्ट शो में जाने या फिर कॉफ़ी पर जाने के बजाए दोस्त के साथ टहलने की सलाह दी जाती है।

उपलब्धियों की सूची तैयार करें

अपनी डायरी में उन सभी चीज़ों की सूची तैयार करें, जिनकी आपने कभी इच्छा रखी हो। इनमें किसी पत्नी/माँ की या पति/पिता की भूमिका निभाना भी शामिल हो सकता है; या फिर अपनी रचनात्मकता को प्रकट करने का गुण या फिर अपने क्षेत्र में मिलने वाली सफलता और संपत्ति। आप जिन्हें पा चुके हों, उनके नीचे एक रेखा लगा दें। आपकी जो इच्छाएँ पूरी हो चुकी हों, उनसे जुड़े शब्दों को देखें और आत्मसंतोष के भाव से भरा हुआ महसूस करें।

आपकी सूची में कुछ नाम ऐसे भी हो सकते हैं जिन्हें आप इतने लंबे समय पाना चाहते थे कि आपने अभी तक उन्हें यह मान्यता नहीं दी कि वे आपको मिल चुके हों। उन्हें अपना लें, जैसे – 'मैं एक स्नेही सौतेला पिता हूँ,' 'मैंने एक स्थिर और सफल व्यवसाय पा लिया है,' वैकल्पिक तौर पर, यह ध्यान भी रखें कि आप उन उपलब्धियों को भी शामिल करें जो आपके किए जाने वाले कामों की सूची में नहीं थीं, पर वे भी आपकी क्षमता, सहनशक्ति, कौशल और संकल्प का प्रदर्शन करती हैं।

आभार सूची तैयार करें

डायरी में बीच वाला पन्ना खोलें और उन पर छोटे किंतु मोटे अक्षरों में लिखें, 'मेरा प्रचुर जीवन।' आने वाले कुछ महीनों के दौरान, जब आपकी नई आदतें जमने लगें, तो इन पन्नों पर वह सब लिखें जिसके लिए आप आभारी महसूस करते हों। प्रचुरता पाने के लिए आपको अपने अंदर आभार का रवैया लाना होगा। आकर्षण का नियम कहता है कि आपको पहले से यक़ीन करना है कि आप अपना मनचाहा पा चुके हैं। अपनी डायरी में अपनी आभार सूची तैयार करने से, आप दिमाग़ को यह संकेत देंगे कि अच्छी बातें कब घटेंगी। जब भी संभव हो, इसमें लिखें – आप डायरी लेखन नियमित रूप से भी कर सकते हैं।

किसी भी पल में मिली उपलब्धि से सीधा आगे भागने के बजाए उसका आनंद लें, यह नहीं सोचें कि इसके बाद क्या करना है। दूसरे लोगों के लिए आभार महसूस करें, यह देखें कि आपके हालात और योग्यता क्या रहे। इस तरह आपके दिमाग़ की मूल्यांकन क्षमता बढ़ेगी, आपके लिए आने वाले समय में ख़ुशियों से जुड़े पलों को याद रखना आसान होगा। इस तरह नियमित रूप से ऐसा करने पर आप प्रचुरता प्राप्त कर सकते हैं।

अपनी डायरी में लिखें

अपने चार चरणों से सबसे अधिक लाभ पाने का तरीक़ा यही होगा कि आप अपने जीवन में आने वाले लोगों और घटनाओं के बारे में रोज़ अपनी डायरी में लिखें। आपको पूरी ईमानदारी से अपने भाव, प्रेरणा और व्यवहार के बारे में बताना होगा।

रात को सोने से पहले, अपने कुछ विचारों को डायरी में लिखें। फिर देखें कि आपने स्रोत को पोषित करने और अपने आदर्श भविष्य को बनाने के लिए आज कौन-से तीन नए सकारात्मक क़दम उठाए। ये क़दम छोटे या बड़े हो सकते हैं – जैसे आप समस्या को समझने के लिए दूसरे के नज़रिए से सोचें, सजगतापूर्ण सैर के लिए निकलें, या फिर डिनर के बाद फ़ोन लेने के बजाए कोई उपन्यास उठा लें।

आप उन चीज़ों पर भी ध्यान दे सकते हैं, जो आपकी ऊर्जा को घटाती और बढ़ाती हैं। अपनी सोच का दायरा उन वैकल्पिक रणनीतियों

की ओर ले जाएँ जो आपको राह में आने वाली अड़चनों से बचा सकती हैं, जैसे अगली बार जब भी किसी रिश्ते से मुझे अपने बारे में बुरा लगेगा या फिर अगली बार काम के दौरान कोई ग़लती होगी तो मैंने पहले जो किया, उसके बजाए ऐसा करूँगा/करूँगी। आप रोज़ मिलने वाली छोटी असफलताओं के बारे में सोच सकते हैं, अनकही बातों के बारे में सोच सकते हैं, अपनी अदयालुता या फिर परेशानियों के बारे में सोच सकते हैं। आपको सोचना है कि आप अगली बार किस तरह अलग रूप में पेश आने वाले हैं। अपने ऑटोपायलट को हिलाते हुए, इस डिफ़ाल्ट सेटिंग के लिए सवाल करें। आप आने वाले समय में चीज़ों को जिस आदर्श रूप में देखना चाहें, उनके आदर्श संस्करण को दिशा दें।

आपको हर सप्ताह अपनी डायरी में, सप्ताह के लिए तीन लक्ष्य लिखने चाहिए। वह आपके काम, संबंधों या निजी विकास से जुड़े लक्ष्य हो सकते हैं। इन बड़े लक्ष्यों को पाने के लिए आप छोटे पाने योग्य क़दम चुन सकते हैं। आपको पहले से पता चल गया होगा कि बड़ी तसवीर वाले ये लक्ष्य कैसे होने चाहिए और बाक़ी पुस्तक आपको विकसित करने में मदद करेगी। साप्ताहिक लक्ष्यों के उदाहरण ऐसे हो सकते हैं :

- संबंध : अपने साथी/साझेदार की बात को और सक्रिय रूप से सुनने की कोशिश करें (बड़ी तसवीर का लक्ष्य - प्रमुख संबंधों को मज़बूत बनाने के लिए भावात्मक बुद्धिमत्ता और समानुभूति को विकसित करें।)
- काम : अपने विचारों, शोध मेंटर के बारे में अधिक से अधिक बात करें (बड़ी तसवीर का लक्ष्य : अपना काम चालू करना।)
- निजी विकास : अपने आत्मविश्वास को बढ़ाने के लिए प्रतिदिन एक अभिकथन दोहराने का संकल्प लें (बड़ी तसवीर का लक्ष्य : आत्म-आलोचना बंद करें, अपने जीवन के चुनावों के लिए आत्मविश्वास से भरपूर और प्रसन्न रहें।)

जब आपको एक बार इन छोटे बदलावों से होने वाले लाभ समझ आ जाएँगे तो आप स्वयं को भविष्य की ओर धकेलने में सफल होंगे – अपने घर, काम और आने-जाने के समय का बेहतर उपयोग कर सकेंगे। स्वयं

से ये बड़े सवाल पूछें : क्या मुझे घर बदलना चाहिए या किराया देना बंद करके अपना घर ख़रीदना चाहिए? क्या मुझे नौकरी छोड़ने के बारे में सोचना चाहिए, घर से काम करना चाहिए या कार्यस्थल के आसपास चले जाना चाहिए?

जब आप बचे हुए चरण पूरे करेंगे और अपने आदर्श भविष्य का मानसिक चित्रण करेंगे, तो इन सवालों के ज़वाब स्वयं ही आपके पास होंगे। आपकी डायरी आपको यह यात्रा पूरी करने में मदद करेगी, इस तरह आप जीवन में दूसरी संभावनाओं का अन्वेषण भी कर सकते हैं। इसका इस्तेमाल करें।

केंद्रित ध्यान चेकलिस्ट

आपको यह करना है :

- 'नो यूअर घोस्ट, चेक यूअर डेस्टिनी, सेंस-चेक यूअर सेल्फ़ लिमिट्स' के अभ्यास करें और इनके नतीजे डायरी में लिखें।
- उपलब्धियों की सूची तैयार करें और अपनी आभार सूची बना लें।
- अपनी डायरी में प्रतिदिन लिखते हुए, सप्ताह में अपने तीन लक्ष्यों को जानें।

आपको सकारात्मक ऊर्जा से भरपूर रहते हुए, उन सभी चीज़ों पर केंद्रित होना चाहिए, जो इस समय आपको अपने बारे में पसंद हों। यह आपके एक्शन बोर्ड पर काम करने के लिए अद्‌भुत स्प्रिंगबोर्ड होगा, जो इस प्रक्रिया का अगला चरण है।

अध्याय 13

दूसरा चरण : एक्शन बोर्ड

'जो व्यक्ति किसी महान उपलब्धि के बाद मिली जीत को जानता है, या फिर सबसे बदतर, असफल होने पर भी जानता है कि उसने साहस किया; उसका स्थान कभी भी उन लोगों के बीच नहीं हो सकता, जो निष्क्रिय और कायर आत्माएँ कभी जीत या हार को जान ही नहीं पातीं।'

—थियोडोर रूज़वेल्ट

अब आपके लिए एक्शन बोर्ड तैयार करने का समय आ गया है। मैं चाहती हूँ कि आप इस बोर्ड को तैयार करने के लिए एक सप्ताह का समय दें। जब आप इस प्रक्रिया में बार-बार इस चीज़ पर ध्यान देंगे तो आपको और अधिक लाभ होगा।

आपके लिए बोर्ड तैयार करने का समय निकालना बहुत महत्त्व रखता है, जो आपको अपने लिए प्रामाणिक लगे। यह प्रेरक होगा और आपकी भीतर छिपी इच्छाओं की सच्ची झलक देगा। इसके लिए आपको किसी तरह की जल्दबाज़ी नहीं करनी है। इसका अर्थ यह भी नहीं कि आपको जो भी कोई सकारात्मक छवि अच्छी लगे, आप उसे बोर्ड पर लगा दें - आपकी छवि का वर्तमान और आपके भविष्य के अनुसार कोई महत्त्व या प्रतीक होना चाहिए।

एक एक्शन बोर्ड क्या है?

एक एक्शन बोर्ड एक तरह का कोलॉज है, जो आपकी सारी इच्छाओं का प्रतिनिधित्व करता है। अक्सर इसे ड्रीम या विज़न बोर्ड भी कहते हैं, मैं इसे एक्शन बोर्ड कहना पसंद करती हूँ क्योंकि हम कुछ ऐसा रचना चाहते हैं, जो आपके कामों से भविष्य को प्रेरित और प्रकट करने के लिए हो, यह केवल दिवास्वप्नों, अन्य देशों में आपके दूसरे घर या फिर बहुत-सा पैसा कमाने की इच्छा को प्रकट करने का साधन नहीं हो। हमें अपनी सकारात्मक इच्छा को भावात्मक गहराई की ऊर्जा और एक्शन से जोड़ना होगा।

एक एक्शन बोर्ड को तैयार करने का मतलब होगा कि आप अपने भीतर छिपे सपनों को पहचानते हुए, उन्हें चित्रों के माध्यम से प्रकट कर रहे हैं। हालाँकि, जैसा कि मैंने बताया, इसका मतलब यह नहीं कि आपको

बैठ कर, चीज़ों के घटने देने की प्रतीक्षा करनी होगी – ऐसा नहीं होगा कि आपके पास अपने-आप ही पैसे का अंबार लग जाएगा, रातों-रात आपका शरीर मनचाहा आकार ले लेगा या फिर कोई और जादू हो जाएगा। आप एक एक्शन बोर्ड इसलिए तैयार करते हैं ताकि आपका दिमाग़ उन अवसरों को ग्रहण कर सके, जो आपको उन चीज़ों के निकट लाएगा, जिन्हें आपने अपने जीवन में अपनी ज़रूरत के रूप में पहचाना है। इससे भी अधिक, आप इस बोर्ड की मदद से अपने सपनों को साकार करने की दिशा में भी क़दम रख सकते हैं। मिसाल के लिए, अगर आपने बोर्ड पर लिखा है कि आपको अपना वज़न कम करना है तो उससे जुड़ी कोई छवि आपको जिम जाने, योग करने या अपनी डाइट में बदलाव लाने की प्रेरणा दे सकती है।

जो चीज़ें आपके बहुत अधिक बस में नहीं हैं, जैसे शादी करना, गर्भवती होना या फिर पदोन्नति के लिए चुने जाना, जब आप अपने किए जाने वाले कामों की सूची में शामिल पहले कुछ कामों को पूरा करेंगे तो वे काम भी अपने-आप ही होने लगेंगे। सबसे पहले आपको उन कामों पर ध्यान देना है जिन्हें पहले और तत्काल पूरा किया जाना चाहिए। मैं इसे पेंशन स्कीम की तरह लेती हूँ, जिसमें आप जितना निवेश करते हैं, आपके लिए नियोक्ता भी उतना ही निवेश करता है। आपको निष्क्रियता से नहीं, सक्रियता से इसका प्रयोग करना चाहिए : आपका मानसिक रूप से चित्रित भविष्य ऐसा हो जो आपके एक्शन को प्रोत्साहित करे।

मैंने इस पुस्तक के माध्यम से स्पष्ट किया है कि यही द सोर्स की सारी शक्ति को निर्देशित करने के सिलसिले में एक महत्त्वपूर्ण हिस्सा है। यही आपके मन को इसकी कल्पना करने और साकार करने में सहायक होगा। आने वाले पृष्ठों पर, आपको अपने बोर्ड को तैयार करने की प्रक्रिया के बारे में बताया जाएगा, आपको सलाह दी जाएगी कि आप कैसी छवियों को चुनें ताकि वे आपके जीवन के लिए सबसे महत्त्वपूर्ण प्रतीक बन सकें और आप पूरी प्रभावशीलता के साथ इस काम को पूरा कर सकें। अब इसे आरंभ करने का समय आ गया है।

इस पूरी पुस्तक के दौरान, मैंने आपको निमंत्रित किया कि आप उन छवियों को चुनें जो आप अपने लिए प्रयोग में लाते हैं। एक्शन बोर्ड आपके लिए अद्भुत रूप से शक्तिशाली साधन हैं – छवियाँ आपके मस्तिष्क

के विजुएल सेंटर तक जाती हैं, चेतन विचारों को बाईपास करती हैं यानी दिमाग़ का फ़िल्टर तंत्र ना तो उनका संपादन कर सकता है और ना ही उन्हें नकार सकता है। ये भावात्मक और प्रतीकात्मक हैं, यथार्थ जगत में ऊर्जा और एक्शन को प्रेरित करती हैं। 'निजी लक्ष्यों' या 'किए जाने वाले कामों की सूची' के पारंपरिक लेखन की तुलना में, एक एक्शन बोर्ड आपके मस्तिष्क और भावी व्यवहार को कहीं अधिक गहराई से प्रभावित करेगा। हो सकता है कि आपको पहले-पहल एक्शन बोर्ड तैयार करना अजीब और मूर्खतापूर्ण लगे, परंतु मानसिक चित्रण और एक्शन बोर्ड का निर्माण ऐसे कौशल हैं, जिनके साथ आप लंबे समय तक तारतम्य बना सकते हैं। इस तरह के दोहराव से, इन गतिविधियों के लिए मस्तिष्क के पाथवेज़ को मज़बूत बनाया जा सकता है।

इस अध्याय में, मैं आपको दिखाने जा रही हूँ कि आप अपना एक्शन बोर्ड स्वयं कैसे बना सकते हैं, जो आने वाले 12 से 18 महीनों के दौरान आपकी आशाओं और उम्मीदों का प्रतिनिधित्व करेगा। यह स्रोत की मदद करेगा कि वह आपके सपने को साकार कर सके। मैं आपसे वादा कर सकती हूँ कि यह अनुभव आपका जीवन बदल देगा पर मैं यह भी कहूँगी कि यह धीमा और कुंठित करने वाला हो सकता है और आपको यह भी लग सकता है कि आप किसी दिशा में नहीं जा रहे। जब यह किसी संघर्ष की तरह लगे, तो अध्याय एक और नौ में दिए गए धैर्य के नियम पर वापस आ जाएँ। इन उतार-चढ़ावों से पार पाने की आपकी योग्यता ही तय करेगी कि आपने बोर्ड पर क्या लगाया है।

मेरे एक्शन बोर्ड

एक्शन बोर्ड मेरे अपने अभ्यास का अहम अंग हैं और आशा करती हूँ कि आपके लिए भी लाभदायक होंगे। मुझे एक ऐसा एक्शन बोर्ड पाने में सात बरस लगे जो मेरे जीवन के लिए उपयुक्त हो और मुझे थोड़े बदलावों के साथ प्रेरित कर सके, इसलिए धैर्य ही कुंजी है। इस राह में कभी-कभी जीत हासिल हुई पर मैंने 2015 में, 2016 के लिए एक एक्शन बोर्ड बनाया था, जिसने सही मायनों में मेरे जीवन के एक उल्लेखनीय मोड़ को परिभाषित किया और वास्तव में इस किताब के लेखन तक ले आया।

सात साल पहले, मैं अपने फ़्रीलांस अभ्यास को आरंभ करने जा रही थी, मुझे अपने लिए पैसों की एक निश्चित धनराशि को बोर्ड पर लिखना था, जिसे मैं भविष्य में कमाना चाहती थी। मेरी एक साथी कोच थी, मैंने उसके साथ उत्तरी इंग्लैंड में काम किया था। वह सस्ते होटलों में रहती और रेलगाड़ियों में सफ़र करती, उसने मुझे प्रेरित किया कि मैं जो कमाना चाहती थी, उससे कहीं बड़ी धनराशि अपने बोर्ड पर लिखनी चाहिए। उसने मुझे मूल धनराशि से दुगना लिखने का सुझाव दिया। मुझे लगा कि वह ज़रूरत से ज़्यादा आशावादी हो रही है और शायद मैं उस संख्या को कभी नहीं पा सकूँगी। अगले ही साल मैं ठीक उस धनराशि को पा रही थी, जो मैंने बोर्ड पर लिखी थी।

एक साल, मैंने एक पूरे पन्ने पर बना हुए चित्र चुना, उसमें एक चमकदार घोड़ा पानी को पैरों से उछाल रहा था। मैं चाहती थी कि मेरा काम स्थिर और मज़बूत हो और पारंपरिक सोच से परे हो सके। उस साल, मैंने फ़्रीलांसिंग को छोड़ कर लि. कंपनी खोली, अकेले काम करने के बजाए टीम के साथ काम करने लगी और बाद में एमआईटी स्लोन स्कूल ऑफ़ मैनेजमेंट में प्रोफ़ेसर, एक पुरस्कार प्राप्त लेखक और लंदन के कोरिंथिया होटल में, दुनिया की पहली न्यूरोसाइंसिस्ट रेजीडेंट हुई। मैं दुनिया भर में अपनी थॉट लीडरशिप के लिए जानी गई और कान्फ्रेंसों में अपनी बात रखने के निमंत्रण आने लगे। जब मैंने उस घोड़े को चुना था तो अपने जीवन की इन कुछ आख़िरी चीज़ों के बारे में सोच तक नहीं सकती थी।

आख़िर में, मुझे अहसास हुआ कि मैंने ख़ुद को तलाक़ से उपजी भावात्मक अस्थिरता से उबारने के लिए, काम में पूरी तरह से डुबो दिया था। मैं ख़ुद को उस भावात्मक पीड़ा से बचाना चाहती थी। 2014 में, मैंने अपने बिज़नेस और यात्रा पर केंद्रित एक्शन बोर्ड पर छोटा-सा दिल लगा दिया। यह सब देखने में अच्छा था पर मैं अभी मन से प्रेम के लिए तैयार नहीं थी और काफ़ी हद तक अतीत में ही जी रही थी।

2015 के आख़िर तक, मैंने आत्मविश्लेषण, योग रिट्रीट, लंबे डिजीटल डिटॉक्स और जीवन से नकारात्मक लोगों को हटाते हुए अपनी सोच में भारी परिवर्तन कर लिया था और प्रचुरता से जुड़ी सोच और मानसिक चित्रण के बारे में अपनी ही सीखों पर चल रही थी। दिसंबर में, मैंने एक ख़ास मक़सद से, 2016 के लिए एक्शन बोर्ड बनाना शुरू किया।

पहले, मैं पुराने बोर्ड में ही कुछ बातों को जोड़ती थी पर इस बार मैंने पुराने बोर्ड को हटा दिया। मैंने उसके बाईं ओर एक सगाई की अँगूठी रखते हुए एक विज्ञापन की पंक्ति लिखी (अगर कोई शब्द मेरी मानसिक इच्छा से मेल खाते हों, तभी उनका प्रयोग करती हूँ), उस पर लिखा : 'ख़ुशी अचानक सामने आती है।'

फ़रवरी 2016 में मैं जोहानिसबर्ग से लंदन की उड़ान के दौरान अपने होने वाले पति से मिली। मुझे यक़ीन है कि हमारी वह मुलाक़ात, अचानक आने वाली ख़ुशी से कम नहीं थी। उन्होंने नौ महीने बाद शादी का प्रस्ताव रख दिया। हम दोनों ही ऐसे लोग थे जिन्होंने जीवन में दोबारा शादी नहीं करने के बारे में सोचा था और वाकई नौ और सत्रह साल से अपने संकल्प पर पक्के थे। उनका दावा था (जो भी कोई सुनता) था कि उन्हें इस बार अपने जीवन में पहली बार सच्चा प्यार मिला। उनकी असीम प्रसन्नता की साक्षी बन कर महसूस किया कि यदि अगर सही मायनों में कोई दिल से कुछ पाना चाहे तो वह उसे किसी भी उम्र में पा सकता है।

कहाँ से आरंभ करें?

एक एक्शन बोर्ड आपके मस्तिष्क को आकार देने में अहम भूमिका निभाएगा ताकि आप अपने जीवन का नया ख़ाका बना सकें। आप इसे अपने हाथों से रच कर, रोज़ देखते हैं और इसके सारे रंग आपके मस्तिष्क के अनेक पाथवेज़ को सक्रिय करते हैं जैसे दृश्य और भाव संबंधी, सहज प्रवृत्ति और प्रेरणा संबंधी। उन्हें संदेश मिलता है कि आप सच में क्या चाहते हैं, यह समय-समय पर अपने लक्ष्यों के बारे में पढ़ने या उनकी सूची बनाने की तुलना में कहीं अधिक शक्तिशाली है। आपको सलेक्टिव अटेंशन की अवधारणा को निखारना होगा, इसके साथ ही व्यवहार में बदलाव के लिए न्यूरोप्लास्टीसिटी को अपनाने से भी नतीजे मिल सकते हैं।

आप ए4 कार्ड से लेकर विशाल पोस्टर साइज़ तक, कभी भी अपने लिए एक्शन बोर्ड तैयार कर सकते हैं। इस गत्ते के अलावा आपको पत्रिकाओं, स्रोत के लिए चित्रों, कैंची, गोंद वगैरह की आवश्यकता होगी। आप ऑनलाइन भी तसवीरें खोज सकते हैं पर वे तसवीरें बेहतर होंगी जिन्हें आप छू कर देख सकें। जब आपको लगे कि सारी तसवीरें मिल चुकी हैं,

उसके बाद भी एक बार फिर से किसी नई जगह से और तसवीरें खोजें। इस तरह आप अपनी कोचिंग के लिए और बेहतर मदद पा सकते हैं। अगर आप चाहते हैं कि दिमाग़ को दृश्य संबंधी शक्तिशाली केंद्र मिले, तो मैं आपको सुझाव दूँगी कि आप चित्रों की मात्रा बढ़ाते हुए, लिखे हुए शब्दों को कम रखें। अगर कोई ऐसा वाक्य मिले जो वाकई आपके दिल के पास हो, उसे अवश्य रख लें। आपको कितना पैसा कमाना है, इस जगह इसका एक अपवाद है, अगर यह आपके लिए अहमियत रखता है, तो आपको बड़े और मोटे अक्षरों में इन अंकों को लिखना होगा।

आपको अपना मनचाहा पाने के लिए उससे जुड़ा एक तात्विक प्रतीक अवश्य रखना चाहिए, केवल ठोस उदाहरणों से बात नहीं बनेगी जैसे अगर आप मकान बदलना चाहें तो घर की आंतरिक गृहसज्जा की तसवीरें तो ठीक हैं पर आपको अपने तार्किक और सजग हिस्सों के अलावा भावात्मक और अवचेतन हिस्सों को भी जगाना है, आप चाहें तो शाब्दिक छवियों का प्रयोग कम कर सकते हैं। आप कोई गुब्बारा लगा सकते हैं जो आपको याद दिलाएगा कि आपको बोझ से मुक्त होना है, या कोई ऐसा प्रतीक चुन सकते हैं जो आपको अपने अस्तित्व की ख़ूबियों का यक़ीन दिला सके।

ऐसी छवियों से आपके अवचेतन को संदेश मिलेगा और ऐसे अवसरों को भी पहचान सकेंगे जो अब तक उपेक्षित होते आ रहे थे। जिस तरह कई बार आप सपनों में प्रतीक देखते हैं, आपका अवचेतन इन प्रतीकों की मदद से आपके अनुभव और विचारों को रचने लगेगा और आप अपने अवचेतन को इनके माध्यम से दिशा दे सकते हैं। ऐसी तसवीरों से आपका एक्शन बोर्ड और व्यक्तिगत होगा, आप घर में किसी भी ख़ास जगह पर इसे आराम से लगा सकेंगी, क्योंकि उसके प्रतीकों के अर्थ केवल आप समझती हैं।

अपने मन की सुनें

जब आप अपना एक्शन बोर्ड बनाना आरंभ करें, तो जो तसवीरें ली हों, उन्हें एक जगह जमा करें और उनके विषय के अनुसार छाँट लें। इसके बाद, अपनी सहज बुद्धि के बल पर, उनमें से कुछ को कार्ड पर लगाना चालू करें – उन्हें रख कर देखें, गोंद नहीं लगानी। पहले उन तसवीरों को बीच में रखें जो आपके लिए अहम हों। फिर काम, प्यार, सेहत या यात्रा

से जुड़ी तसवीरों के समूह बना लें। आप जीवन के अलग-अलग क्षेत्रों को भी बोर्ड पर अलग रख सकते हैं ताकि वे आपस में जुड़े रहें। अगर आप चाहते हैं कि आपके जीवन में थोड़ी जगह ख़ाली रहे तो अपने बोर्ड को पूरी तरह से नहीं भरें।

जब आप बोर्ड का यह काम पूरा कर लें तो इसे संपूर्ण रूप में देखें। फिर पीछे हटें और दोबारा काम पर आने से पहले विश्राम लें। इसके बाद जो सही नहीं लगे, उसे बोर्ड से हटा दें, चाहे वह तसवीर पहले कितनी भी आकर्षक क्यों नहीं लगी हो। अब अपनी पत्रिकाओं को फिर से पलटें, हो सकता है कि पहले आपका ध्यान कुछ चित्रों पर नहीं गया हो पर अब वे आपको अच्छी लगें। उनके लिए बोर्ड पर जगह बना लें। जब आप दूसरा ड्राफ़्ट पूरा कर लें तो उसे बच्चों, पालतू जानवर और तेज़ हवा से बचा कर, किसी कोने में चौबीस घंटों के लिए रख दें।

एक दिन बाद, समय मिलते ही उसमें अंतिम सुधार करें फिर उन्हें चिपकाने की तैयारी करें। हो सकता है कि आप उन्हें किसी जानकार को दिखाना चाहें, वे आपको चुनौती देते हुए बोर्ड के बारे में पूछ सकते हैं जैसे 'क्या तुम्हें ये सचमुच चाहिए? क्या तुम उससे ज़्यादा माँग रहे हो जिसके हक़दार हो? कहीं कुछ ऐसा तो नहीं जो आने से चूक गया हो?' जब आपको यक़ीन हो जाए कि आपने सारे सवालों के उत्तर दे दिए हैं तो उसके बाद उन चित्रों को बोर्ड पर लगा दें और फिर उसके लिए कोई मेज़ खोजें।

एक्शन बोर्ड किधर रखना है

आपको अपना एक्शन बोर्ड ऐसी जगह रखना होगा, जिस जगह से आप उसे आराम से देख सकें। अपने पलंग के पास रखेंगे तो रात को सोने से पहले देख सकते हैं या फिर अलमारी के अंदर लगा सकते हैं, सुबह कपड़े निकालते हुए देख सकते हैं। अगर आप चाहते हैं कि उसे सब नहीं देखें तो यह विकल्प उचित रहेगा। अगर आपको उस पर गर्व हो तो सबके सामने आने दें, सबको देखने दें पर ऐसा हमेशा हो नहीं पाता या फिर कभी-कभी ख़ुद को सही नहीं लगता।

पलंग के पास एक्शन बोर्ड रखने का एक लाभ यह होगा कि आप उसे सोने से पहले देख सकेंगे। सोने से पहले और गहरी नींद में जाने के

बीच के समय को चेतना की हाइपनागोगिक अवस्था कहते है। चेतना की इसी अवस्था के दौरान आपके मन में सुझाव आते हैं, विचार आते हैं और आप स्वयं को सुझाव दे भी सकते हैं। अगर आपने सोने से पहले जान कर किसी गतिविधि को दोहराया - ख़ासतौर पर जो आपके लिए नई हो तो वही आपके सपनों में ख़ासतौर पर होगी। इसे 'टेटरिस प्रभाव' कहते हैं। इसका नाम 1980 के दशक की एक वीडियो गेम पर रखा गया, जब लोग किसी एक काम को बहुत समय और ध्यान देने लगते हैं तो यह उनकी सोच, मानसिक छवियों और सपनों को आकार देने लगता है और यह आपके अवचेतन पर उन चीज़ों की छाप भी अंकित कर सकता है जिन्हें आप दिन में खोज रहे थे।

किसी भी नएपन का अहसास, आपके दिमाग़ पर कहीं गहरा असर डालता है इसलिए लाइट बंद कर, सोने से पहले, अपने एक्शन बोर्ड को गहराई से देखें, इसके साथ कोई मंत्र या दृढ़ वचन दोहराएँ। या फिर प्रतीकात्मक छवियों के अर्थ भी बोले जा सकते हैं। बोर्ड इस्तेमाल करने के पहले महीने में ऐसा ही करें। इसके बाद, केवल देखने भर से अवचेतन पर इन छवियों का असर होगा।

अगर आप इसे अकेले में रख कर भी प्रतिदिन देखना चाहें तो इसकी एक फ़ोटो, अपने स्मार्ट फ़ोन में रखें और उसे अपना स्क्रीनसेवर बना लें। अगर इसे ऑनलाइन तरीक़े से सेव करना चाहें तो पिंटरेस्ट पर अपना एकाउंट बना कर इसे प्राइवेट बोर्ड की तरह सेव करें। तब इसे आसानी से अपने फ़ोन और कंप्यूटर पर देख सकेंगे। अगर आप चाहते हैं कि ये आपके दिमाग़ के पाथवेज़ पर जादुई तरीक़े से अपना असर करे तो आपको इसे प्रचुर मात्रा में देखना होगा।

एक एक्शन बोर्ड कब तैयार करें

बेशक, एक एक्शन बोर्ड तैयार करने का सबसे बेहतर समय अभी है! आपका जन्मदिन, नया साल या कोई और अच्छा मौक़ा, इसे शुरू करने का दिन हो सकता है। आप किसी नई परियोजना, जीवन के किसी अहम मोड़ या शैक्षिक वर्ष के साथ भी इसका आरंभ कर सकते हैं। अगर आपने पहले कभी इसे नहीं बनाया तो अभी शुरू करें और अगले वर्ष के अंत तक

प्रयोग करें। इसके बाद इसे नियमित रूप से अद्यतन करें और लगभग एक साल बाद नया बोर्ड तैयार करें।

आपके एक्शन बोर्ड को पूरे साल एक जैसा होना ज़रूरी नहीं है। हालाँकि मेरा व्यक्तिगत रूप से मानना है कि एक साल के समय में बोर्ड पर लिखी अधिकतर बातें सच हो जाती हैं, आपके मस्तिष्क के पाथवेज़ सशक्त हो कर, आपके लिए नया यथार्थ रचने लगते हैं। इस दौरान आपको धैर्य और संकल्प के बीच संतुलन साधना होगा।

एक्शन बोर्ड का अभ्यास

जब आप अपने लिए एक्शन बोर्ड तैयार कर लें और इस हद तक प्रयुक्त कर लें कि वे छवियाँ आपके दिमाग़ में बस जाएँ तो इसके बाद वह आपके लिए एक विज़ुअल डायरेक्टरी का काम करेगा। इसके साथ ही आपकी डायरी होनी चाहिए, इसमें वह सब लिखा है जो आपको चाहिए और इसके साथ ही आपको उन तीन चरणों के नोट्स भी लेने हैं जो अपना मनचाहा पाने के लिए आपने एक सप्ताह के भीतर दोहराए। जब भी अपने बोर्ड को देखें और कुछ ऐसा दिखे जो साकार हो चुका हो तो उसे अपनी उपलब्धि सूची में डाल दें। अपनी उपलब्धि सूची को बढ़ता हुआ देखें और जब भी बोर्ड से कुछ हटाना, जोड़ना आदि हो तो उसे गाइड के तौर पर लें, यह इस बात पर निर्भर होगा कि आपने अपने साल के बारे में कैसे लिखा है।

एक्शन बोर्ड चेकलिस्ट

आपके पास होगा :

- एक ऐसा शक्तिशाली एक्शन बोर्ड, जो उन छवियों से भरा होगा जो सच में आपके सपनों से सजे जीवन का प्रतिनिधित्व करती हैं।
- इसे रोज़ देखें, आदर्श तौर पर दिन में कई बार देखें, अपनी याद को ताज़ा करते हुए, छवियों को स्रोत पर काम करने दें।
- अपने बोर्ड पर लिखी बातों के साकार होने का मानसिक चित्रण करें।

अध्याय 14

तीसरा चरण : केंद्रित ध्यान – न्यूरोप्लास्टीसिटी

'ध्यान देने की कला में असीम शक्ति छिपी है।'

—दीपक चोपड़ा

अब आप उन व्यवहार और सोच के ढाँचों को पहचान पा रहे हैं, जो आपको 'द सोर्स' की ओर जाने से रोकते हैं। आप स्वयं को एक नए सिरे से सोचने के लिए प्रशिक्षण देने को तैयार हैं। अगर आप नए न्यूरल पाथवे बनाना चाहें तो इसके लिए आपको पुराने ढाँचों को हटाना होगा, यह काम तभी संभव है जब आप पूरी तरह से क्षण में जीते हुए, केंद्रित ध्यान के लिए अधिक सक्षम हो सकें। परंतु यह कहना ही सरल है। इस तरह आपके लक्ष्य के लिए आपका चरण तय होगा। आपको प्रतिदिन नियमित रूप से उपस्थिति का अभ्यास करना होगा और इन्हें कई प्रकार से किया जा सकता है।

हम आगे चल कर, संपन्न जीवन तथा इस बारे में भी चर्चा करेंगे कि आप स्वयं को एक उज्ज्वल और प्रसन्नतापूर्ण भविष्य के मार्ग पर कैसे ले जा सकते हैं।

उपस्थिति क्या है?

अगर साधारण शब्दों में कहें, तो वर्तमान क्षण में घट रहे अनुभवों पर ध्यान देने की प्रक्रिया ही, और अधिक उपस्थित होना है, जिसे आप ध्यान, माइंडफुलनेस अथवा प्रशिक्षण के अन्य रूपों के माध्यम से पूरा कर सकते हैं।

मैं उपस्थिति को किसी गुप्त अभ्यास के बजाए, एक जीवनशैली के रूप में देखना पसंद करती हूँ। मैं निजी तौर पर सजगतापूर्ण ध्यान, सजगतापूर्ण सैर आदि पर ध्यान देते हुए, उन लोगों पर भी पूरा ध्यान देती हूँ जिनसे हम मिलते हैं क्योंकि यह भी योग और ध्यान जैसे औपचारिक सजगतापूर्ण अभ्यासों की तरह महत्त्वपूर्ण है। प्राय: इस दैनिक उपस्थिति को

भुला दिया जाता है और मैं लोगों को प्रोत्साहित करती हूँ कि वे 'ध्यान' के पारंपरिक रूप को सही तरह से करने के जुनून की बजाए इसे अपने सजगतापूर्ण ध्यान का हिस्सा बनाएँ। यदि प्रतिदिन, थोड़ा-सा अभ्यास भी किया जाए, चाहे वह कुछ क्षणों का ही क्यों नहीं हो, तो यह आपके मस्तिष्क के लिए भारी अंतर पैदा कर सकता है। इस सप्ताह के अंत तक, आप एक निजी माइंडफुलनेस अभ्यास रच चुके होंगे और आप प्रतिदिन, 'द सोर्स' को पोषित कर सकेंगे। आपको जल्दी ही यह अंतर भी महसूस होने लगेगा।

उपस्थिति के लिए मेरी यात्रा

मैं पैंतीस वर्ष की आयु के आसपास माइंडफुलनेस ध्यान में रुचि लेने लगी, जब काम और जीवन में भ्रम का कोहरा बढ़ गया था और मेरे पास दिशा और केंद्र का अभाव था। मेरा ध्यान किसी भी नई चीज़ की ओर भटक जाता और भीतर ही भीतर मुझे पता था कि मैं अपने असली रूप से दूर जा रही थी और जिसे समर्थन देना चाहती थी, उससे बहुत दूर जा चुकी थी। मैंने अपनी युवावस्था में, अपने माता-पिता के माध्यम से माइंडफुलनेस के बारे में जाना – हमारे घर में एक पूजन-स्थल था, जहाँ मेरे माता-पिता पूजा और ध्यान करते, वे अगरबत्ती जला कर, उस जगह पर थोड़ी देर शांति से बैठते या फिर श्वसन संबंधित अभ्यास करते। यह उनके लिए दैनिक अभ्यास था, परंतु मैंने उसे कभी नहीं आज़माया और यही माना कि यह उन सांस्कृतिक रूप से विविध चीज़ों में थी, जो मेरे माता-पिता करते थे। पर पच्चीस वर्ष की आयु के लगभग मैं इसे कई बार याद करने लगी, क्योंकि मैं और मेरे मित्र योग में रुचि लेने लगे थे। कई बार योग कक्षा में कोई टीचर माइंडफुलनेस के बारे में बात करते, और मैं किसी ऐसी हस्ती का साक्षात्कार पढ़ती जो इसे अपनाने का दावा करता था, परंतु मैं योग और उसके अंत में ध्यान के छोटे सत्र से ही जुड़ी रही।

हालाँकि, मस्तिष्क की स्कैनिंग से प्रमाण मिलता है कि मैं उस बिंदु तक आ गई थी, जहाँ मैं हर जगह माइंडफुलनेस ध्यान के बारे में बात करने लगी थी। मुझे लगता था कि इससे पहले कि मैं दूसरों को इसके बारे में परामर्श दूँ, मुझे पहले इसका व्यावहारिक अनुभव पा लेना चाहिए।

पूरे दस वर्षों से, नियमित रूप से योगाभ्यास करने के बाद भी, मुझे पूरे नौ महीने तक कानों में ईयरफ़ोन लगा कर, एक एप के माध्यम से अभ्यास करना पड़ा। इसके बाद मैं इस योग्य हुई कि यू ट्यूब देख कर स्वयं 12 मिनट का ध्यान सत्र निर्देशित कर सकूँ। अब मैं एमआईटी स्लोन स्कूल ऑफ़ मैनेजमेंट और अपने बिज़नेस की अन्य कार्यशालाओं में गाइडेड मेडीटेशन करवाती हूँ।

निजी तौर पर, मैं सप्ताह के अधिकतर दिनों में बारह मिनट तक ध्यान करती हूँ जिसके लिए यू ट्यूब की मदद लेती हूँ और कई बार ऐसा भी हुआ है, जब मैंने कई सप्ताहों तक औपचारिक ध्यान का अभ्यास नहीं किया, हालाँकि मैं उस दौरान पूरे होश के साथ भोजन करती थी और जब भी आवश्यकता लगती, अपनी श्वास पर ध्यान को केंद्रित करती। कई बरसों के दौरान मैंने पाया कि जब मैं बहुत थकी हुई होती हूँ, जैट लैग का असर होता है और किसी तरह के दबाव में होती हूँ तो उस समय जितना अधिक अभ्यास करती हूँ, वह मेरे लिए उतना ही लाभदायक और असरकारक होता है। जब इसे करने का समय नहीं मिलता तो इसके लिए अपराध बोध महसूस करने के बजाए, मैं इसे अपने मस्तिष्क को फ़्यूचर-प्रूफ़ करने का माध्यम मानती हूँ। मैं खुद को उस बौद्ध भिक्षु की कहानी याद दिलाती हूँ जिसने एक एक्जीक्यूटिव को रोज़ एक घंटा ध्यान करने की सलाह दी थी। जब उत्तर मिला कि व्यस्तता के कारण ऐसा करना संभव नहीं होगा तो भिक्षु ने कहा : 'तब तो तुम्हें दो घंटे ध्यान करना चाहिए।' मैं इसे कभी नहीं भूलती।

उपस्थिति का विज्ञान

जब आप वर्तमान पर काम करने लगते हैं तो आप आश्चर्यजनक रूप से स्वयं को शांत पाते हैं। अपनी उपस्थिति को बढ़ाने के दो या तीन महीने के अंदर और ध्यान का अभ्यास बढ़ाने के साथ, आपके मस्तिष्क में बुनियादी बदलाव आएगा - यही नियमित अभ्यास का अद्‌भुत प्रभाव है।

न्यूरोविज्ञान के नज़रिए से, यह प्रमाण स्पष्ट है। क्लीनिकल अध्ययनों से पता चला है कि स्वस्थ व रोगी व्यक्तियों (अवसाद, उद्वेग, तनाव, लत, पोस्ट-ट्रॉमेटिक स्ट्रेस डिसऑर्डर) में माइंडफुलनेस के कारण शारीरिक और मानसिक लाभ दिखाई देते हैं। माइंडफुलनेस मेडिटेशन का प्रयोग करने वाले

लोगों के स्कैन से पता चला कि उनके मस्तिष्क में इसके कारण महत्त्वपूर्ण न्यूरोप्लास्टिक परिवर्तन हुए।

निरंतर किए जाने वाले ध्यान के अभ्यास से मस्तिष्क की तहों और सतह में वृद्धि होती है। ये बदलाव सेरीब्रल कोर्टेक्स में स्थित हैं, मस्तिष्क की परत या लेयर ही बाहरी दुनिया से आँकड़ों की प्रोसेसिंग और नियमन का काम करती है। यदि आप प्रतिदिन कुछ मिनट भी ध्यान का अभ्यास करें तो आपको इस बारे में एक नया नज़रिया मिल सकता है कि आप कौन और क्या हैं, जीवन में आपकी प्राथमिकताएँ क्या हैं, इससे आपके मस्तिष्क में उच्च स्तरीय नियमन में सुधार होगा, इसकी लोच बढ़ेगी और आपकी पहल पहले से कहीं बेहतर और संतुलित होगी। यदि आप 'द सोर्स' की शक्ति को और अधिक करना चाहें तो माइंडफुलनेस वाकई क़ारगर है।

जब भी मैं टाइप-ए बिज़नेस टाइप लोगों के साथ काम करती हूँ, जो इस तरह की किसी भी बात को ख़ारिज़ कर देते हैं तो मैं हमेशा उन्हें यू.एस. नौसैनिकों से जुड़ा यह अध्ययन बताती हूँ, जो स्पष्ट करता है कि प्रतिदिन तीस मिनट तक माइंडफुलनेस का अभ्यास करने वाले, तनावपूर्ण प्रतिरोधक प्रशिक्षण में उन लोगों की तुलना में अधिक लोच से काम कर पाते हैं, जो ऐसा ध्यान नहीं करते।

उसके बाद एक और अध्ययन हुआ, जिसमें 320 नौसैनिकों को शामिल किया गया, उन्हें अफ़गानिस्तान भेजने के लिए तैयार किया जा रहा था। आधे दल को आठ सप्ताह का माइंडफुलनेस कोर्स करवाया गया जिसके साथ उनके लिए गृहकार्य और आत्मविश्लेषण का प्रशिक्षण भी शामिल था - शरीर के संकेतों को पढ़ने की योग्यता, जिसके बारे में हमने अध्याय सात में चर्चा की थी। उन्हें शारीरिक संवेदनाओं की बेहतर सजगता विकसित करने के लिए प्रोत्साहित किया गया जैसे पेट में खलबली, दिल की धड़कन का बढ़ना और त्वचा में सरसराहट-सी महसूस होना।

प्रशिक्षण में, एक झूठे अफ़गान गाँव में, लाइव-एक्शन के साथ प्रतिरोधक अनुभवों को भी प्रस्तुत किया गया। जिनमें अभिनेताओं ने अफ़गानों की भूमिका निभाई और वास्तविक संघर्ष की स्थितियों को दर्शाया गया। इसके दौरान और इसके बाद, शोधकर्ताओं के एक दल ने माइंडफुलनेस प्रशिक्षित नौसैनिकों और उन नौसैनिकों का अध्ययन किया

जिन्हें माइंडफुलनेस मेडीटेशन का प्रशिक्षण नहीं दिया गया था। उनके रक्तचाप, दिल की धड़कन और श्वास की जाँच हुई। इसके साथ ही तनाव के लिए उनकी न्यूरोकेमिकल प्रतिक्रियाओं को भी देखा गया।

माइंडफुलनेस प्रशिक्षित दल इस अभ्यास के दौरान और उसके बाद भी शांत रहा और ख़तरा सामने आने पर उसके लिए कहीं तत्काल प्रतिक्रिया दी। एमआरआई स्कैन के माध्यम से नौसैनिकों के मस्तिष्कों के अध्ययन हुए जिसे पता चला कि माइंडफुलनेस प्रशिक्षित नौसैनिक के दिमाग़ के उन हिस्सों में तनाव से जुड़ी गतिविधियों के ढाँचे कम दिखाई दिए जो भावात्मक प्रतिक्रिया, संज्ञान और आत्मविश्लेषण के लिए उत्तरदायी हैं। दूसरे शब्दों में, मस्तिष्क और शरीर का संबंध बनाने से शारीरिक और मानसिक रूप से बहुत लाभ होते हैं। यही स्रोत को सामने लाने का मूल बिंदु है।

दूसरे अध्ययनों से भी पता चलता है कि यदि कम से कम बारह मिनट के लिए भी ध्यान का अभ्यास कर लिया जाए तो इसका भी महत्त्वपूर्ण लाभ हो सकता है। जब लोग किसी माइंडफुल अभ्यास के परिचय के समय विरोध करते हैं, तो मैं हमेशा कहती हूँ कि मैं कुछ और समय नष्ट करने वाली गतिविधियों और उनकी अव्यावहारिकता को जानती हूँ, परंतु सच कहूँ तो यह यक़ीन नहीं आता कि क्या कोई ऐसा भी होगा जिसे पूरे दिन में कुछ ऐसा करने के लिए बारह मिनट का समय नहीं मिले, जो संभावित रूप से उसका जीवन सदा के लिए बदल सकता है। अधिकतर लोग मेरी बात से सहमत होंगे!

कोई एप तलाश लें

मैं वाकई चाहती हूँ कि आप माइंडफुलनेस को अपने उन कामों में शामिल कर लें, जो आपको निश्चित रूप से करने चाहिए, कुछ ऐसे काम जिन्हें आप अपने जीवन में, एक सप्ताह में कई बार करते हैं। इसे करने का एक आसान उपाय यह हो सकता है कि आप अपने माइंडफुलनेस अभ्यास के लिए कोई माइंडफुलनेस एप तलाश लें जो आपको पसंद आ रहा हो – तब आपके पास उससे नहीं जुड़ने का कोई बहाना नहीं रहेगा और आप दिन के किसी भी समय में उसे प्रयोग में ला सकेंगे, जब आपको लगेगा कि आप इसे नियमित रूप से कर सकते हैं।

कुछ अलग-अलग तरह के माइंडफुलनेस एप्स आज़मा कर देखें, जैसे काम, हैडस्पेस और बुद्धिफ़ाई आदि। पर आपको उन्हें लेने से पहले थोड़ा ध्यान देना होगा कि उनमें से कौन-सा एप आपके लिए उपयुक्त होगा। अगर आपके पास समय की बहुत कमी है तो आप इस काम के लिए ऐसे समय का उपयोग करें, जब आप कुछ और नहीं करते जैसे आप किसी वाहन में एक से दूसरे स्थान पर जा रहे हों। आप ध्यान के लिए कितना समय देते हैं, इसके लिए ज़्यादा परेशान नहीं हों क्योंकि अध्ययन कहते हैं कि ध्यान के अभ्यास में लगने वाले समय की तुलना में इसकी बारंबारता अधिक महत्त्व रखती है। यदि आप प्रतिदिन दस मिनट का भी समय निकाल सके तो यह आपके लिए लंबे सत्रों के बजाए कहीं अधिक असरकारक होगा।

लिंडा : एक सादा-सा हस्तक्षेप

कई बार किसी संगीत को सुनने से भी ध्यान जैसा ही असर दिखाई देता है, यह आपको अपनी एक इंद्रिय पर ध्यान केंद्रित करने को विवश करता है।

मेरी एक क्लाइंट थी, लिंडा। वह कोचिंग सत्र के आरंभ में इतने तनाव में थी कि वह बुरी तरह से खीझी हुई थी। वह बेहद तीव्र गति से बोल रही थी। मैं जानती थी कि मुझे उस क्षण में उसकी भावात्मक अवस्था में बदलाव लाने के लिए मदद करनी होगी। मैंने उसे कहा कि वह तीन मिनट आँखें बंद करे और मेरे फ़ोन से एक क्लासिक गीत को सुने। उन तीन मिनट के बाद ही उसने आह भरी और पहले से कहीं शांत दिखी। वह वर्तमान से जुड़ चुकी थी। हमने आपस में तय किया कि वह अपनी मीटिंग के बीच विश्राम के क्षणों में, ऐसे माइंडफुल क्षण पाने के लिए यह अभ्यास कर सकती थी।

लिंडा ने यह भी कहा कि वह अपना मनपसंद मग काम पर ला सकती थी। इस तरह उसे याद रहेगा कि उसे अगली मीटिंग से पहले, कॉफ़ी पीने के बजाए अपने मग में हर्बल चाय पीनी है जिससे उसे सुकून मिलेगा और उसकी व्याकुलता और निर्णय नहीं ले पाने की क्षमता भी प्रभावित होगी। हालाँकि यह एक छोटा-सा अभ्यास था, पर अपने मग में हर्बल चाय पीना उसे अपने घर की याद दिलाता

था। यह अपनी देख-रेख का ऐसा छोटा-सा उपाय था जो लिंडा को याद दिलाता था कि उसे थोड़ा विश्राम करना है, थोड़ा ठहरना है।

माइंडफुलनेस अभ्यास विकसित करने से हम अपने दिमाग़ में चल रहे शोर को शांत कर सकते हैं, यह हमें एक बटन दबाने की इजाज़त देता है जिसके बाद हमारे भाव और विचार शांत होते हैं और हम प्रचुरता के नज़रिए से बेहतर सोच पाते हैं। माइंडफुलनेस जीवन के लाभों पर चर्चा करना और उन्हें समझना अलग बात है पर आपको इसे पूरी तरह से समझने के लिए ख़ुद आज़माना चाहिए।

बॉडी स्कैन

जब हम माइंडफुलनेस और उपस्थिति के बारे में विचार कर रहे हैं, तो हम उस बॉडी स्कैन अभ्यास पर चलते हैं जिसके बारे में पहले बताया जा चुका है। मैं आपको सलाह दूँगी कि आप प्रतिदिन पूरे एक सप्ताह तक इसका अभ्यास करें और नतीजों की परवाह नहीं करें। अगर आपने अभी तक इसे नहीं आज़माया तो आज ही आरंभ करें। यह आपको शीघ्र ही शरीर को वर्तमान से जोड़ने में मदद करेगा।

क्या आपने देखा कि शरीर के किन हिस्सों में तनाव आ रहा है? क्या शरीर का एक हिस्सा दूसरे हिस्से की तुलना में अधिक विश्रांत है। जब आप इसे सजग भाव से करते हैं तो क्या उस तनाव को दूर कर पाते हैं? अपनी डायरी में लिखें कि आप कुछ सप्ताह के स्कैन या परीक्षण के बाद कैसा महसूस कर रहे हैं।

समय के साथ, यह देखें कि आपके शरीर के कौन-से संकेत हैं, जो आपको कह रहे हैं कि आपको अपनी बेहतर देख-रेख करनी चाहिए जैसे कहीं दर्द होना, ऊर्जा का स्तर घटना या त्वचा से जुड़ी परेशानियाँ। आप इस बॉडी स्कैन का जितना अभ्यास करेंगे, आप सहज भाव से अपने शरीर के साथ तालमेल बना सकेंगे। ऐसा अभ्यास करने से आप अपने मन और शरीर के बीच निरंतर संपर्क बना सकते हैं।

अपनी इंद्रियों का आनंद लें

माइंडफुलनेस के अतिरिक्त, तीस से नब्बे मिनट तक घर में या कक्षा में योग का अभ्यास भी बढ़िया रहेगा। यह मस्तिष्क और शरीर में संपर्क साधता है परंतु यदि यह कुछ ऐसा है जिसे करने के लिए समय निकालना थोड़ा कठिन हो तो आप कुछ क्षण निकालें, जब आप वर्तमान से पूरी तरह जुड़े हों, फिर उनके अनुभव को अपनी डायरी में अवश्य लिखें।

ऐंद्रिक उत्तेजना के माध्यम से दिमाग़ को फिर से सजग उपस्थिति की ओर ला सकते हैं, जब आप किसी भी तरह की बाधा महसूस नहीं करते। आपकी इंद्रियों से जुड़ने का सरल और आनंददायक तरीक़ा, जो आपके जीवन को संपन्न कर सकता है, आपको कहीं अधिक शांत और प्रसन्न कर सकता है।

- माइंडफुल सैर के लिए जाएँ; आकाश, पत्तियों और फूलों के रंग देखें।
- अपने चाय के प्याले का भरपूर आनंद लें।
- अपने वर्तमान घर के किसी कोने में बचपन की यादें संजोएँ।
- अपने घर की सजावट या कपड़ों में नई बनावट और पैटर्न लाएँ।
- कोई मनपसंद संगीत सुनें, नृत्य कक्षा में हिस्सा लें और अपने शरीर के संपर्क में आएँ।

आप जान लेंगे कि ऐसा क्या है जो आपको पूरी तरह से उपयुक्त लग रहा है और आप अपने जीवन में फ़िट होंगे – हो सकता है कि यह हर सप्ताह अपने काम के मेज़ के लिए फूलों का गुच्छा लेने की बात हो ताकि आपके काम करने की जगह पर रंग, सुगंध और मुस्कान शामिल हो सके। एक सप्ताह के दौरान ऐसे दो या तीन उपाय करें कि आपकी इंद्रियाँ जीवंत हो सकें।

अनूठे और ऐंद्रिक अनुभव, ख़ासतौर पर ऐसे अनुभव जो आपको मग्न कर दें, वे आपके दिमाग़ को भटकने से बचा सकते हैं और डिफ़ाल्ट नेटवर्क को बढ़ावा देते हैं।

कोई भी ऐसी चीज़ जो आपके अमूर्त चिंतन को बढ़ावा दे, वह आपके लिए ऐसे अवसर पैदा करेगी कि आप स्रोत के माध्यम से और

अधिक अवसर पा सकें, जो अन्यथा आपके पास से निकल जाते और आप आवश्यकता से अधिक चिंतन और विश्लेषण में खोए रहते।

आपका अभिप्राय

अब तक, हमने माइंडफुलनेस पर शक्तिशाली साधन के रूप में ध्यान केंद्रित किया जिसके माध्यम से, रोज़मर्रा के जीवन में न्यूरोप्लास्टीसिटी को शामिल कर सकते हैं और यह वास्तव में आपके लिए दुनिया बदल देने वाला अनुभव हो सकता है, अब आपको अपने अभिप्राय और लक्ष्य को देखना है। उसे प्रचुर मानसिकता के साथ देखते हुए योजना बनानी है कि इसे जीवंत कैसे किया जा सकता है।

प्रचुरता का रोडमैप

यह तीन कॉलम वाला अभ्यास आपके लिए कुछ ऐसे काम लाया है जो आपकी साप्ताहिक दिनचर्या का हिस्सा होने चाहिए। आपको इन अभ्यासों के लिए ज़वाबदेह होना होगा। यह तभी संभव है जब आप इनके अनुभव किसी डायरी में लिखें या किसी दोस्त और साथी को बताते रहें।

आपको अपने अभिप्राय और अंतर्दृष्टि के आधार पर भविष्य के कुछ आदर्श नतीजों पर विचार करना होगा। उदाहरण के लिए, आप तय कर सकते हैं कि आपके आदर्श भविष्य में :

- मैं जीवन के बारे में आत्मविश्वास से भरपूर रहूँगा और किसी भी तरह के संशय को बीच में नहीं आने दूँगा।
- मैं स्वस्थ, प्रसन्न और पूरी तरह से नियंत्रण में हूँ।
- मुझे मेरी मनपसंद नौकरी मिल गई है या मैंने अपना व्यवसाय चालू किया है।
- मैं अपने जीवनसाथी से मिला/मिली और हमने विवाह कर लिया है।

1. बड़े काग़ज़ या फ़्लिपचार्ट पेपर लें और इसके साथ ही रंगीन मार्कर भी होने चाहिए। यह डायरी की तुलना में बड़े काग़ज़ पर लिखना बेहतर होगा पर आप चाहें तो इसके नतीजे, बाद में डायरी में लिख

सकते हैं। तय करें कि आप अपने आदर्श भविष्य को किस रूप में देखना चाहेंगे और फिर पहले पन्ने पर इसके बारे में लिखें। यह आपकी मंशा बताएगा और इसके साथ ही आप जीवन के दूसरे कुछ पहलू भी शामिल कर सकते हैं। मिसाल के लिए, 'मैं एक स्नेही और वचनबद्ध संबंध से बँधा हूँ,' 'मुझे नियमित रूप से सार्वजनिक वक्ता के रूप में बुलाया जाता है और मैं पूरे आत्मविश्वास से इसे कर पाता हूँ,' या 'मैंने अपने शौक़ को व्यवसाय में बदल दिया है।'

2. अब बाक़ी पन्ने को तीन हिस्सों में विभाजित करें। पहला शीर्षक होगा -अवरोधक (इसे पूरा किए बिना बाक़ी दो शीर्षकों के बारे में पहले ही नहीं पढ़ें) इस कॉलम में, आपको अपनी आदर्श अवस्था से जुड़े संभावित अवरोधकों और बाधाओं के बारे में लिखना है। आपको कम से कम एक पूरा पन्ना भरना होगा और संभव हो सके तो इस सूची को अगले पृष्ठ तक लें। यह बहुत ही महत्त्व रखता है क्योंकि जब तक आप सफलता की राह में आने वाली सारी बाधाओं की सूची नहीं बना लेते, तब तक यह अभ्यास उतना बेहतर नहीं हो सकेगा, जितना इसे होना चाहिए। आप बाधाओं के बारे में लिख सकते हैं जैसे समय की कमी है, पर्याप्त आय नहीं है, बहुत संकोची हैं, इस बारे में सोच कर ही उलझन होती है, आप बहुत व्यस्त हैं या प्रेरणा का अभाव है।

3. दूसरे कॉलम का शीर्षक है - विपरीत कथन। अब आपने पहले कॉलम में जितने भी कथन लिए हैं, उनका विपरीत लिखना है। भले ही आपको इनका होना असंभव लगता हो। मिसाल के लिए, आपके पहले कॉलम के आधार पर ये हो सकते हैं : 'मेरे पास तो समय ही समय है,' 'मेरे पास बेशुमार दौलत है,' 'मुझे परवाह नहीं कि लोग मेरे बारे में क्या सोचते हैं,' 'यह बहुत आसान और सरल होगा,' 'यह काम मेरी प्राथमिकता है,' आदि। आपको इस कॉलम में निर्भीक हो कर लिखना है, क्योंकि इसमें आपकी कोई हानि नहीं है। इस तरह आपको और कई विकल्प मिल सकते हैं कि आपका दिमाग़ उन बाधाओं से मुक्त हो कर क्या-क्या कर सकता है, जो आपने अपने दिमाग़ में बना रखी हैं।

4. तीसरे कॉलम का शीर्षक है - मैं सबसे अलग क्या करता हूँ।

आपको इस सूची में आपको अपनी रोज़मर्रा की गतिविधियों के बारे में लिखना है जो दूसरे कॉलम के कथनों के नतीजों के रूप में होंगे। इनमें आप शारीरिक गतिविधियों, विचारों या दूसरों के साथ मेलजोल को शामिल कर सकते हैं जैसे - 'मैं सप्ताह में तीन बार डेट पर जाता हूँ,' 'मैं अपने सी.वी. को पेशेवर रूप से अपडेट करता हूँ,' 'मैं अपने दोस्तों के साथ बहुत समय बिताता हूँ और पूरे आत्मविश्वास के साथ उनसे कहता हूँ कि वे नए लोगों से मेरी भेंट करवाएँ,' 'मैंने एक वेबसाइट तैयार की और अपना सारा ध्यान उस ओर लगा दिया' या 'मैंने अपने लिए एक नई पोशाक बनवाई है।'

5. अंत में, तीसरे कॉलम के विचारों को तीन विषयों में विभाजित करें। अब दो या तीन काम चुनें और उन्हें आज से ही करना आरंभ करें जैसे नेटवर्किंग, अपने लक्ष्य के लिए समय निकालना या फिर आपकी दैनिक आभार सूची। अपनी सारी बाधाओं और अवरोधकों को जड़ से उखाड़ दें और उन्हें परे फेंक दें। अपने निरीक्षण को डायरी में लिखें।

प्रमाणों पर आधारित मानसिक चित्रण

अगला अभ्यास आपके बेहतरीन को बाहर लाने के नियम पर काम करता है। यह नैशनल यूनिवर्सिटी ऑफ़ सिंगापुर के शोध पर आधारित है। यह उस धारणा के विपरीत है, जिसमें हमें लगता था कि सारी मानसिक चित्रण और ध्यान तकनीकों का मन और शरीर पर एक जैसा प्रभाव होता है। इस अध्ययन में चार प्रकार के ध्यानों का अभ्यास किया गया। इनमें दो प्रकार वज्रयान ध्यान से हैं जिन्हें तिब्बती बौद्ध धर्म से लिया गया है, यह एक देवता के रूप में आत्म-उत्पत्ति का मानसिक चित्रण है (आपको किसी देवी या देवता की शक्तियों के साथ अपना मानसिक चित्रण करना है), और रिगपा, जिसका शाब्दिक अर्थ है, 'सतह का ज्ञान'(ये अभ्यास रिगपा को दैनिक जीवन में शामिल करने के लिए है।) इसी अध्ययन में दो प्रकार के थेरवाद अभ्यास भी शामिल किए गए हैं, समता (एक बिंदु पर एकाग्रता) और विपश्यना (अंतर्दृष्टि प्राप्त करना।)

इन शोधकर्ताओं ने अध्ययन के दौरान सहभागियों के ईसीजी, ईईजी (मस्तिष्क) और संज्ञान परीक्षण के आँकड़े जमा किए। उन्होंने यह सूचना मिलने के बाद पाया कि थेरवाद और रिगपा के अभ्यास ऑटोनॉमिक स्नायु तंत्र में पैरासिंफ़ेथेटिक गतिविधि को बढ़ाते हैं जैसे शिथिलता। हालाँकि, वज्रयान मानसिक चित्रण से शिथिलता नहीं आती परंतु संज्ञान संबंधी कार्यों में तत्काल नाटकीय वृद्धि होती है, जो शरीर की कहीं अधिक सजग और सतर्क अवस्था है। इससे पता चला कि ध्यान की विभिन्न श्रेणियाँ न्यूरोफ़िजियोलॉजिकल प्रतिक्रियाओं पर आधारित हैं।

हालाँकि योग और ध्यान के अभ्यास से बहुत लाभ होते हैं और ये तनाव को कम करते हुए उसे मुक्त कर सकते हैं। गहरी नींद लाने में सहायक होते हैं। मैं आपको परामर्श दूँगी कि निम्नलिखित मानसिक चित्रण का अभ्यास करें, जिसमें वज्रयान ध्यान के समान ही पद्धति प्रयोग में लाई गई है। ये आपको उन परिस्थितियों में सहायक होगी, जब आपके मस्तिष्क को बेहतर प्रदर्शन करना होता है। मैंने इसे बहुत उपयोगी पाया, क्योंकि मैंने बहुत-से लोगों पर इसका प्रयोग किया है।

अभी शोध जारी है कि क्या एक ही सत्र के बाद मस्तिष्क के प्रदर्शन में आने वाले अनूठे सुधार को देखते हुए, नियमित अभ्यास से स्थायी लाभ हो सकते हैं और मानसिक चित्रण के कौन-से विशेष तत्त्वों के कारण ये संज्ञानात्मक लाभ संभव हो सकते हैं।

किसी शक्तिशाली मूर्ति से पहचान

वज्रयान अभ्यास तिब्बती भिक्षुओं के लिए बहुत ही पवित्र और रहस्यमयी रहा है और इसे विशेष प्रशिक्षण और दीक्षा के बाद ही सिखाया जाता है। इस ध्यान में आपसे उम्मीद की जाती है कि आप इसकी दीक्षा के लिए किसी धार्मिक मूर्ति को चुनेंगे परंतु यह एक धर्म निरपेक्ष पुस्तक है इसलिए मैं आपको सलाह दूँगी कि आप अपनी ओर से किसी ऐसे ऐतिहासिक पात्र या फिर धर्म निरपेक्ष हस्ती को भी चुन सकते हैं जिसका आप बहुत आदर करते हों, श्रद्धा रखते हों। इससे अंतर नहीं पड़ता कि आप जिसे चुनेंगे, वह स्त्री होगा या पुरुष, वह आपके लिंग से होगा या अलग होगा। बस, यह कोई ऐसा होना चाहिए जिसे आप अद्‍भुत रूप से शक्तिशाली मानें और उसके जैसी

योग्यताओं और गुणों को अपने अंदर शामिल करना चाहें। इसके उदाहरणों में आप अपने दादा-दादी, किसी लेखक, एक्टिविस्ट या प्रसिद्ध उद्यमी को भी शामिल कर सकते हैं। इस व्यक्ति के बारे में अपनी डायरी में लिखें।

1. अपनी आँखें बंद कर, किसी शांत और सुरक्षित स्थान पर लेटें या बैठें। अपनी आँखें बंद करने से पहले, आप एक क्षण के लिए अपने चुने गए पात्र की छवि देख सकते हैं।
2. अब जबकि आपकी आँखें बंद हैं, तो अपने आगे उस पात्र की कल्पना करें। कल्पना करें कि वे कैसे दिखते हैं और आपके आगे उनकी क्या छवि बनती है।
3. तब तक अभ्यास करें, जब तक आपको यह नहीं लगे कि अब आप उनके पास जा कर उन्हें छू सकते हैं, उनसे बात कर सकते हैं या फिर अगर आप अपनी आँखें खोलेंगे तो वे आपके ठीक सामने होंगे।
4. जब आप इस अवस्था को साध लें, तो इस व्यक्ति के रूप में अपनी कल्पना करें। अपने-आपको सिर से पैर तक, उस पात्र के रूप में देखने का अभ्यास करें। यह देखें कि आपको उनके जैसे सभी अंग, आवाज़ और शारीरिक भंगिमा मिल गई है, वह शक्ति जो आप पाना चाहते थे।
5. अपने शरीर में गूँजने वाले इस संपर्क को अनुभव करें मानो अब आप उस व्यक्ति से अलग नहीं हो सकते। हो सकता है कि आपको इस अवस्था तक आने में कई सप्ताह का समय लगे।
6. इस मानसिक चित्रण का अभ्यास तब तक करते रहें, जब तक आपको यक़ीन नहीं हो कि अब आपके अंदर भी वही गुण आ गए जो आप उनसे पाना चाहते हैं, अब आप अपनी मर्ज़ी से उन गुणों को अपने जीवन में उतार सकते हैं।

इस अभ्यास का उद्‌देश्य यही है कि आपको मानसिक चित्रण के माध्यम से अहसास हो कि आप पहले से ही अपने भीतर वही गुण रखते हैं। द सोर्स। इस मानसिक चित्रण में अपने विशुद्ध और केंद्रित ध्यान को शामिल करने से, आप उस सकारात्मक ऊर्जा से भरपूर होंगे, जिसे आप प्रकट करना चाहते हैं।

भार मुक्त होना

अभाव की सोच को मस्तिष्क के सबसे मज़बूत लाभों में से एक कह सकते हैं। मस्तिष्क का स्वभाव ही ऐसा है कि यह अविश्वास करता है। हमारे उत्तरजीविता के भावों का हमारे मोह रखने वाले भावों की तुलना में कहीं अधिक प्रभाव होता है। मनोवैज्ञानिक रूप से हमें मिले हुए लाभों की तुलना में हम पर हानियों का दुगना प्रभाव होता है।

यदि आप अपने आदर्श जीवन को सामने लाना चाहें तो आपको अपने मस्तिष्क को इस तरह प्रशिक्षित करना होगा कि यह संभावित हानियों का अवमूल्यन करे और उन अनावश्यक चेतावनी संकेतों को छाँट ले, जो आपका लिम्बिक मस्तिष्क आपके मस्तिष्क के आगे वाले हिस्से, प्री-फ्रंटल कोर्टेक्स में भेज रहा है। अगर हम चाहते हैं कि हम हमेशा इन लाल निशानों से परेशान नहीं हों तो इसकी रोकथाम करना ज़रूरी है। निम्नलिखित मानसिक चित्रण आपको ऐसा करने में मदद करेगा और आप अपने भीतर दबी हुई नकारात्मक सोच को मुक्त कर सकेंगे। आप इस मानसिक चित्रण को बोल कर, अपने फ़ोन पर रिकॉर्ड कर सकते हैं या फिर अपने लिए निर्देशित मानसिक चित्रण के रूप में किसी से सुन सकते हैं।

मानसिक चित्रण : हॉट एयर बैलून

अपने लिए कोई शांत और सुरक्षित जगह खोजें, जिस जगह आपको कोई बाधा नहीं दे। पहले चार गहरी साँसें लें और फिर सामान्य रूप से साँस लें। बॉडी स्कैन अभ्यास करने से पहले एक से बारह तक गिनते हुए साँस लें।

1. जब आप पैर से ले कर सिर तक बॉडी स्कैन पूरा कर लें तो कल्पना करें कि आप किसी सुगंधित फूलों के खेत में खड़े हैं और गुनगुनी हवा आपको सहला रही है। पक्षी चहचहा रहे हैं और चारों ओर फूलों की भीनी गंध है। अपनी सारी इंद्रियों को आसपास के परिवेश से जोड़ दें - अनुभव, गंध, स्वर, दृश्य और कल्पना करें कि आप फ्रांस के दक्षिण में कहीं लैवेंडर फूलों के खेत में खड़े हैं।
2. जब आप दूर तक देखते हैं, जहाँ हरा और बैंगनी रंग विशाल नीले आकाश में मिल रहा है, तो आपको एक छोटी पहाड़ी पर एक हॉट

एयर बैलून दिखता है। आप उस गर्म हवा के गुब्बारे के पास जाते हैं और जल्दी ही आपको उस पर लगी बेंत की टोकरी और रेशमी गुब्बारे के इंद्रधनुषी रंग दिखने लगते हैं।

3. जब आप उस गर्म हवा से भरे गुब्बारे के पास पहुँचते हैं, तो आपको अहसास होता है कि यह धरती पर रेत के चार बोरों से बँधा है, जो उसकी टोकरी से बाँधे गए हैं। रेत के बोरों और रस्सी के रंग को देखें। इस मानसिक चित्रण में स्वयं को डुबो दें।
4. गर्म हवा से भरे गुब्बारे के पास ही रस्सी से बनी सीढ़ी दिख रही है, आप उस पर चढ़ कर टोकरी में जा सकते हैं। जब आप एक बार इसके अंदर होंगे तो आपके लिए गुब्बारे में उड़ना आसान होगा, पर पहले आपको टोकरी को रेत के बोरों से अलग करना होगा।
5. जब आप पहले रेत के बोरे को अलग करेंगे तो आपको दिखेगा कि उस पर बड़े-बड़े काले अक्षरों में 'भय' लिखा होगा। उसे खोल दें और देखें कि वह किस तरह पहाड़ी से लुढ़कते हुए नीचे कहीं दूर ओझल हो जाता है। टोकरी धरती पर थोड़ी-सी हिलती है।
6. अब रेत के दूसरे बोरे की ओर आएँ और इससे पहले कि आप इसे खोलें, देखें कि उस पर बड़े लाल अक्षरों में 'जलन' लिखा है। उस बोरे को खोलें और उसे धरती पर लुढ़कते हुए देखें। उसके साथ ही उसमें से निकली सामग्री हवा में ओझल हो रही है। अब वह टोकरी धरती से उठते हुए एक ओर झुक गई है।
7. आप जा कर तीसरे रेत के बोरे को भी खोल देते हैं और देखते हैं कि उस पर बड़े रंगीन अक्षरों में 'अपेक्षाएँ' लिखा है। इस रेत के बोरे को भी खोलें, यह धरती पर धड़ाम से गिरते ही ओझल हो जाएगा। अब आप धरती से थोड़ा ऊपर उड़ रहे हैं और केवल एक ही चीज़ जो आपको पीछे रोक रही है। मैं आपको यह नहीं बता सकती कि उस चौथे रेत के बोरे पर क्या लिखा है, परंतु यह आपका सबसे बड़ा निजी बोझ है। यह देखें कि इस पर क्या लिखा है (यह आपके लिए अनूठा होगा।) ज़रा ठहर कर ध्यान से देखें और इसे भी खोल दें। आपका गर्म हवा का गुब्बारा आकाश में उड़ने लगा और आप दूर से अपने रेत के आख़िरी बोरे को ग़ायब होते हुए देखें।
8. गुब्बारे का नियंत्रण अपने हाथ में लें और आकाश में जिस ऊँचाई

पर उड़ना चाहें, उस पर ही उड़ें। आप ही तय करेंगे कि उसे किस ओर जाना है। यह आपको अंतरिक्ष की ओर ले जाते हुए सागरों और पर्वतों पर उड़ सकता है। आप ही तय करें। मानसिक चित्रण करें कि आपके गर्म हवा के गुब्बारे की यात्रा लगभग पाँच मिनट की होगी।

9. जब आप तैयार महसूस करें तो गर्म हवा के गुब्बारे को आराम से नीचे ले आएँ। आप इसे किसी बेंच पर, पार्क में या फिर उसी जगह भी उतार सकते हैं, जहाँ से इसे लिया था। गुब्बारे से बाहर आ कर, अपने मन की आँखों से अपने शरीर पर केंद्रित हों। एक से ले कर बारह तक अपनी श्वास की उल्टी गिनती करें।

10. एक क्षण के लिए सामान्य रूप से साँस लें और फिर चार गहरी साँसें लेते हुए पैर की अँगुलियाँ हिलाएँ। इसके बाद पैर के अँगूठे हिलाएँ। अब आराम से आँखें खोलें और अपनी डायरी में लिखें कि वह चौथा भार कौन-सा था, जिसे आपने रेत के बोरे के रूप में मुक्त किया।

हम इसे आपके एक्शन बोर्ड पर किसी छवि की तरह प्रयुक्त नहीं करेंगे पर आप चाहें तो उस बोझ से जुड़ी कोई छवि खोज सकते हैं या फिर आप अपने एक्शन बोर्ड पर गर्म हवा के गुब्बारे का चित्र भी लगा सकते हैं, जैसा कि मैंने पिछले कुछ वर्षों से कर रखा है।

मेरे लिए, यह गुब्बारा पुराने और नकारात्मक बोझ से मुक्ति, व्यवहार के मदद नहीं करने वाले ढाँचों और नकारात्मक लोगों का प्रतीक है।

जितना संभव हो सके, समय-समय पर इस मानसिक चित्रण को करते रहें और ख़ास तौर पर तब जब, रेत के बोरों पर लिखे वे शब्द आपके मन को किसी रूप में व्याकुल कर रहे हों।

यह अभ्यास आपको अपनी मानसिक चित्रण की शक्ति को कई गुना करने में सहायक होगा। अपने एक्शन बोर्ड पर इन छवियों का प्रयोग, आपको सशक्त बना सकता है कि आप उन अवरोधकों और बोझ से मुक्त हो सकें, जो आज तक आपका रास्ता रोके हुए थे। यहीं से केंद्रित ध्यान आपके एक्शन से मिलता है और इसी मोड़ पर मेरी प्रक्रिया का चौथा चरण सामने आ जाता है।

केंद्रित ध्यान चेकलिस्ट

आपको यह करना है :

- बॉडी स्कैन ध्यान करें और इसे एक सप्ताह तक निरंतर करें ताकि अपने शरीर और मन में आने वाले बदलावों पर ध्यान दे सकें।
- अनेक माइंडफुलनेस एप्स पर प्रयोग करें और देखें कि इनमें से आपके लिए कौन-सा क़ारगर होगा और फिर उसके साथ नियमित अभ्यास करें।
- अपनी इंद्रियों का आनंद लेने और प्रचुरता के रोडमैप वाले अभ्यासों को करना भी जारी रखें।
- किसी शक्तिशाली मूर्ति से पहचान तथा हॉट एयर बैलून वाले मानसिक चित्रण को भी करते रहें।

अध्याय 15

चौथा चरण : सुचिंतित अभ्यास – स्रोत को जीवित करना

'भाग्य वही है, जिसे हम स्वयं अपने लिए बनाते हैं।'

—*द टर्मिनेटर*

न्यूरोवैज्ञानिक जानकारी के आधार पर, हमारे दिमाग़ में बने पाथवेज़ आपस में जुड़े हुए और बहुआयामी होते हैं। अगर आप न्यूरल पाथवे को ए से बी की ओर जाने वाले एक रेखीय ढाँचे के रूप में देखते हैं तो इससे आपको कोई मदद नहीं मिलेगी। ये बहुत गहराई से जुड़े व्यवहार संबंधी कंडीशिनिंग, पर्यावरणीय प्रभावों, संक्रमण तथा अन्य कई कारकों के मेल से प्रभावित होते हैं। मेरी चार चरणों वाली प्रक्रिया – सजगता बढ़ाना, परिवर्तन की परिकल्पना, ध्यान को केंद्रित करना और सुचिंतित अभ्यास किसी भी परिवर्तन के लिए तीन सौ साठ डिग्री की पहल देती है। प्रत्येक चरण, दूसरे चरणों का सहायक है और इनके प्रति पूरी तरह समर्पित होने से, आप अपनी सोच और पेश आने के तरीक़े में बदलाव ला सकते हैं।

पहले चरण में अपनी सजगता को बढ़ाते हुए, आप अपने अवचेतन को स्वचालित व्यवहार पर ला कर इसे संबोधित कर सके। दूसरे और तीसरे चरण में आपको मनचाहा भविष्य मानसिक.. रूप से चित्रित करने में मदद मिली होगी और आपके ध्यान को केंद्रित करने में सहायता की होगी।

इस अंतिम चरण में, आप जीवन के लिए आपकी सजगता और केंद्रित होने की योग्यता का मेल कर रहे होंगे ताकि आप बदलाव के लिए पूरी शक्ति से निर्देशित हो सकें। चौथे चरण में दिए गए अभ्यास, सुचिंतित अभ्यास पर आधारित हैं। वे आपकी सोच और अंतर्दृष्टि को ऐसी क्रिया में बदल देंगे जिससे आप अपना मनचाहा भविष्य रच सकते हैं। नियमित मानसिक चित्रण से इसे बढ़ाते हुए, बनाए रख सकते हैं।

एलेक्स : सुचिंतित अभ्यास के बल पर व्यक्तित्व का रूपांतरण

मुझे एलेक्स के लिए कुछ करना था और यह काम उसके एचआर डायरेक्टर ने सौंपा था। लगभग चालीस साल का सीईओ, एलेक्स एक सफल करियर के बीच था परंतु इसके बावजूद उसकी टीम को उसके साथ काम करना मुश्किल लगता था। अंत:परस्पर कौशल और सहानुभूति से रहित एलेक्स अपने स्टाफ़ के साथ बहुत कड़ाई से पेश आता और इस तरह कई बरसों का यह टकराव अब एक गंभीर मसला बन गया था। प्रमुख वित्तीय अधिकारी और प्रमुख तकनीकी अधिकारी ने धमकी दी थी कि वे काम छोड़ कर चले जाएँगे। जब मैंने एलेक्स के साथ काम करना आरंभ किया तो उसे यक़ीन नहीं था कि मैं कोई मदद कर सकती थी।

''मैं तो हमेशा से ही ऐसा रहा हूँ; मुझे नहीं लगता कि मैं बदल सकता हूँ। अगर लोग मेरे साथ काम करना पसंद नहीं करते तो यह मेरी समस्या नहीं है। मैं अच्छा काम करता हूँ। एक सीईओ होने का मतलब है कि मुझे हर चीज़ के टॉप पर होना होगा, मुझे कुछ बदतर होने से पहले सबकी चिंता करनी होगी। मैं बुरी ख़बर देने वालों में से हूँ, यही कारण है कि लोग मुझे पसंद नहीं करते। मुझे इस बात की चिंता क्यों हो?''

मैंने एलेक्स को बताया कि अक्सर महान नेताओं में जो गुण होते हैं उनमें से उनकी लचीली सोच और भावात्मक बुद्धिमत्ता को लोग अधिक सराहते हैं। मैंने यह भी बताया कि हम उसे करुणा तथा दूसरे व्यक्तियों के लिए सहानुभूति का प्रशिक्षण भी दे सकते हैं ताकि वह दूसरे लोगों के साथ बेहतर तालमेल बना सके और इसके लिए थोड़ा काम करना होगा। मैंने उसे बताया कि वह किस तरह की नकारात्मक भाषा का प्रयोग करता था और उसमें दूसरों को बस में करने की प्रवृत्ति भी है। मैंने उसकी सोच को चुनौती दी कि एक मज़बूत नेता को लगातार कड़े नियंत्रण के साथ नकारात्मकता पर केंद्रित रहना ही पड़ता है।

एलेक्स ने अपनी भावात्मक बुद्धिमत्ता पर काम करते हुए, अपनी टीम को और अधिक सकारात्मक फ़ीडबैक व प्रोत्साहन देना

आरंभ किया, उसने लोगों को बस में रखने की आदत को क़ाबू किया। एलेक्स हमेशा जीवन में लोगों के साथ अपने संबंधों पर कड़ी मेहनत करता आया था - उसके बच्चे (दो बेटे, आठ और दस वर्ष आयु), उसकी पत्नी, उसका पी.ए. और टीम। वह ग्राहकों के साथ अच्छी तरह पेश आता था, इसलिए मैं जानती थी कि वह ऐसा कर सकता था। उसने अपनी ओर से हर तरह की कोशिश करनी आरंभ की। पहले जब कभी वह अपने पी.ए. पर कटाक्ष करता था तो उसे उसमें आनंद आता था पर अब उसे अहसास हुआ कि वे बातें किसी के दिल को आहत कर सकती थीं। और एक बार उसने बच्चों के साथ समय बिताने को बेबीसिटिंग का नाम दिया था, जबकि अब उसे लगने लगा था कि बच्चों के साथ समय बिताना कितना आवश्यक था और वे उसे कितना याद करते थे। कई बार तो वे कोई काम होने पर अपनी मॉम से भी पहले उसे पुकारने लगे थे - जबकि पहले कभी ऐसा नहीं हुआ था।

एलेक्स कंपनी के भविष्य के लिए अपना सकारात्मक विज़न बाँटने लगा और टीम के लोगों की सफलता का जश्न मनाना सीख गया। उसने यह ध्यान रखना आरंभ किया कि वरिष्ठ प्रबंधकों को पता चले कि वह उनके काम पर भरोसा रखता है और वह ख़ुद क़दम पीछे हटाने लगा। जब टीम में नए लोग शामिल हुए तो उनके मन में कोई पूर्वाग्रह नहीं थे, उन्हें एलेक्स दोस्ताना स्वभाव का मज़ाक़िया आदमी लगा। यह देख कर बाक़ी टीम प्रेरित हुई और एलेक्स के बारे में उनकी सोच बदलने लगी। जब वे लोग खुल कर मिलने लगे तो एलेक्स में और बदलाव आया, उसने सीनियर नेतृत्व टीम के साथ अपने संबंध सुधारे जो उसे पहले सहन नहीं कर पाते थे।

एलेक्स की कहानी दिखाती है कि आपको स्वयं को सकारात्मक रूप से बदलाव लाने को तैयार होना होगा और गहरे बदलाव के लिए उसी पर पूरा ध्यान देना होगा ताकि बची हुई बाधाओं को पार कर, स्रोत से भरपूर ऊर्जा ली जा सके जो आपकी सोच और कर्म को प्रभावित करेगी। यदि आप वास्तव में ऐसा करना चाहें तो अपने बारे में बुनियादी चीज़ों को बदल सकते हैं।

अपनी प्रचुरता के शत्रुओं को दूर करें

जब आप प्रचुरता की राह पर निकलें तो आप कैसे सुनिश्चित कर सकते हैं कि आप राह नहीं भटकें? पहले आपको उन बातों को पहचानना होगा जिन्हें वास्तव में बदलने की ज़रूरत है। आपको कोई नया अभिप्राय तय करने के बजाए लंबे समय से चले आ रहे ढाँचों को हटाना होगा। ये दोनों ही आपको गतिशीलता से आगे ले जाने के लिए अहम हैं। आपने ध्यान दिया होगा कि इनमें कुछ तो पहले ही आपकी डायरी में होंगे, जब आपने आगे बढ़ने के लिए अपने आत्म-संदेह और बाधाओं को देखा होगा। हो सकता है कि वे कुछ समय के लिए आपके लक्ष्य रहे हों परंतु आप उन्हें पाने में असफल रहे। इन उदाहरणों में निम्नलिखित को शामिल कर सकते हैं : कोई नई नौकरी खोजना या फिर विवाह करना आदि।

1. अपनी डायरी में तीन आड़ी और तीन तिरछी पंक्तियों वाला ग्रिड तैयार करें। पहले कॉलम में अपने लक्ष्य लिखें। दूसरे कॉलम में ईमानदारी से उन व्यवहारों को लिखें जो लक्ष्य की राह में बाधा बन रहे हों। पहले कॉलम में उस विश्वास को दर्ज़ करें जो इस प्रतिकूल व्यवहार को प्रेरित कर रहा हो। हो सकता है कि आप जिस पर विश्वास करते हों, वह आपकी निष्क्रियता को सहयोग दे रहा हो? हो सकता है कि आपके मन में यह भाव हो कि आप किसी हालात को नहीं सँभाल पा रहे या आपके पास सकारात्मक बदलाव लाने की ऊर्जा नहीं है, या फिर यह गहरा विश्वास भी हो सकता है कि आप अपने लिए सोचे गए भविष्य को पाने के लायक़ नहीं हैं।
2. एक बार उन कॉलमों को भरने के बाद, उन सभी ढाँचों को देखें जिन्हें आप पहले भी देख चुके हैं। इसे आपकी जेनेटिक विरासत के मेल से बनाया गया है, आपका किस तरह का पालन-पोषण हुआ या आपने कौन-से चुनाव किए - ये दोनों चुनाव और नतीजों के लिए आपके भावात्मक और व्यवहार संबंधी प्रत्युत्तर को साधने का कौशल। ये सभी मिल कर ही 'स्रोत' को आकार देते हैं।
3. तीसरे कॉलम में आपकी प्रचुरता के शत्रु शामिल होंगे। उन पर एक नज़र मारें। आप उन्हें तोड़ने के लिए क्या कर सकते थे? क्या आप ऐसे कथन तैयार कर सकते हैं जो आपके विश्वासों को सकारात्मक

बना सकें या आपके विश्वास को बदल सकें ताकि आप ऐसी गतिविधियों में मन रमाएँ जो आपकी ऊर्जा को घटाने के बजाए उसे बढ़ा सकें। प्रत्येक लक्ष्य के लिए सुनिश्चित हों और उन्हें इस सप्ताह पूरा करने के लिए योजना तैयार करें।

निजी अभिकथन तैयार करें

'प्रचुरता की ओर' में दिए गए वाक्यों में से अपने लिए अभिकथन चुनें। कुछ ऐसे वाक्य, जिन्होंने आपको प्रेरित किया हो या फिर कोई ऐसा प्रशंसात्मक वाक्य, जो आपसे कहे गए हों; कोई भी ऐसा मंत्र जो अभी आपको आकर्षित कर रहा हो।

आप मनचाहे अभिकथनों के साथ काम कर सकते हैं, परंतु मुझे लगता है कि तीन या चार अभिकथन ही काफ़ी होंगे और उन्हें याद करना व पालन करना भी आसान होगा। मैं अपने लिए कुछ ऐसे अभिकथन चुनती हूँ :

- 'मैं इस समय, पूरी तरह से ठीक हूँ।' (*द पावर ऑफ़ नाउ*, इक्हार्ट टोल)
- 'चीज़ें ठीक वैसी हैं, जैसा उन्हें होना चाहिए।' (ज्योतिषी और लेखक लिन बर्कबेक)
- 'यह भी बीत जाएगा।' (संभवतः मूल रूप से फ़ारसी सूफ़ियों और कवियों से संबंधित परंतु अंग्रेज़ कवि एडवर्ड फ़्रिटज़िराल्ड और प्रेजीडेंट अब्राहम लिंकन ने अपने औपचारिक भाषणों में इसका प्रयोग किया है।)
- 'यह वास्तविक नहीं है।' (*डाइवर्जेंट* मूवी के एक दृश्य से, जिसमें ट्रिस अपने भय से उबरने की कोशिश कर रही है।)
- 'अब मुझे कोई चोट नहीं पहुँचा सकता।' (एक मित्र की ओर से, जो एक अद्भुत वैज्ञानिक और उद्यमी हैं।)
- 'कुछ बातें बाद में समझ आती हैं - कई बार और भी बाद में।' (मेरी ओर से)

जैसा कि आप देख सकते हैं, आप पुस्तकों, फ़िल्मों, आपसी बातचीत या फिर निजी खोज से जुड़ी यात्रा के दौरान मिली अंतर्दृष्टि के आधार पर स्वयं के लिए निजी मंत्र तैयार कर सकते हैं और उन्हें इस तरह सीख सकते हैं कि वे आपके चेतन से अवचेतन का एक हिस्सा बन सकें। आपके प्रचुरता अभ्यासों से कोई भी नई अंतर्दृष्टि, मंत्र का प्रयोग करने से आपके भीतर के स्रोत को प्रकट कर सकती है।

1. अपने अभिकथनों को डायरी में लिखें या फ़ोन में टाइप करें ताकि आप उन्हें सारा दिन अपने साथ रख सकें, या फिर उन्हें पोस्ट-इट-नोट्स पर लिख कर, पलंग के पास चिपका दें। शौचालय या किचन में भी लगा सकते हैं; जहाँ आप उन्हें आसानी से देख सकें।
2. पूरी सजगता से उन्हें दोहराने का अभ्यास जारी रखें, दिन में कई बार दोहराते हुए मानसिक चित्रण करें कि वे सच हो रहे हैं।

अपनी सीमाओं को धकेलें

इन चरणों पर काम करने से आपको अपने व्यवहार और सोच में अंतर दिखेगा, परंतु हम न्यूरोप्लास्टीसिटी से जुड़े कुछ चरण भी इसमें शामिल कर सकते हैं और इस तरह हमें आश्वासन मिलेगा कि हम स्वयं को अपने स्वचालित मोड से बाहर ला रहे हैं, अपने जीवन के प्रत्येक क्षेत्र में परिवर्तन को स्वीकार कर रहे हैं।

असफलता का भय हमें एक जगह पर जड़ कर देता है और यह सकारात्मक कार्रवाई का दुश्मन है। एक और शक्तिशाली प्रसंग यह होगा कि आप स्वयं को अपने आरामदायक घेरे से बाहर निकालें और स्वचालित मोड को बंद करें और नियमित रूप से कभी-कभार स्वस्थ जोख़िम उठाने से पीछे नहीं हटें। प्रयोग और असफलता के माध्यम से खोज के कई ऐसे बड़े उदाहरण देखे जा सकते हैं, जिनके बारे में हम पहले बात कर चुके हैं। अगर आप भी अपने प्रयोगात्मक पक्ष को बनाना चाहते हैं तो कोई बड़ी शुरुआत नहीं चाहिए, आप छोटे क़दम से भी आरंभ कर सकते हैं।

अगर आप न्यूरोप्लास्टीसिटी से जुड़े नए अनुभवों को अपने दोस्त या साथी से बाँट सकें तो इससे आपका मूड भी बेहतर होगा। कोई नया खेल खेलें। कुत्ते को घुमाने के लिए किसी नए पार्क की खोज करें। कोई

नया रेडियो स्टेशन सुनें। कोई ऐसी किताब पढ़ें जिसे आप अक्सर नहीं पढ़ते। आपको अपने मस्तिष्क को क्रॉस-कनेक्शन देने होंगे; अनुभव जितने अधिक विविध होंगे, आपके संदर्भों का दायरा जितना विस्तृत होगा, आपका स्रोत उतना ही अधिक संपन्न होगा।

आज कोई ऐसा व्यंजन पकाएँ जो आपने पहले कभी नहीं पकाया। अगर आप हमेशा व्यंजन पकाते हों तो अपनी पहल बदलें और फ्रिज में जो भी दिखे, उसे ले कर कुछ तैयार करें। अगर हो सके तो किसी को खाने पर बुला कर उसके साथ अपना प्रयोग बाँटें।

आप जो भी बदलाव लाते हैं - छोटा या बड़ा - इससे आपके स्रोत को बदलाव लाने का आत्मविश्वास मिलता है और वह यथा स्थिति बनाए रखने और सुरक्षा का पक्ष लेने से दूर होता है।

अपनी विरासत पर गौर करने के लिए ठहरें

मंडेला, गाँधी, मदर टेरेसा या एमेलाइन पैंकहर्स्ट जैसे लोगों को बच्चे पैदा करने या नहीं पैदा करने, पड़ोसियों की ख़रीददारी में मदद करने या जीवन में मित्रों और परिवारों की मदद के लिए नहीं जाना जाएगा, उन्हें याद रखा जाएगा कि वे मानवता पर कितना बड़ा प्रभाव डालने में सफल रहे। परंतु इसके साथ ही, अपने आसपास के लोगों की मदद करने से भी हमारा संसार बेहतर होगा। हमें अपने बच्चों, परिवार, सामाजिक और पेशेवर समूहों के मस्तिष्कों को पोषित करते हुए इसे प्राप्त करना होगा। ज़रा सोचें कि आप इस संसार को बेहतर बनाने के लिए कब और क्या कर सकते हैं।

1. कल्पना करें कि आप एक वृद्ध हैं जो अपने जीवन के अंतिम समय में हैं, पूरी तरह से मानसिक चित्रण करते हुए कल्पना करें कि आप कैसा महसूस कर रहे हैं, आपने क्या पहना हुआ है, आप खड़े हैं या बैठे हुए हैं।
2. अब स्वयं से पूछें कि आपको कैसा लग रहा है। आपको किस उपलब्धि के लिए गर्व हो रहा है? आपके जीवन के उल्लेखनीय क्षण कौन से रहे? आपके आसपास आपके लिए कौन सबसे अधिक मायने रखता है?

3. अपने प्रत्युत्तर कहीं लिखें और देखें कि वे आपकी वर्तमान जीवनशैली और आदर्श भविष्य को कैसे प्रभावित करते हैं। अपने एक्शन बोर्ड की एक तसवीर शामिल करें और उस पर अपने जुनून और मक़सद लिखें। यह देखें कि आप उन्हें जीवन में साकार रूप में लाने के लिए क्या तरीक़े अपना सकते हैं।

अपने भीतर छिपे स्रोत का मानसिक चित्रण करें

यह एक अतिरिक्त और अंतिम मानसिक चित्रण है जिसे आपने अपने बाक़ी मानसिक चित्रणों में शामिल करना है। जब भी मन चाहे, इसकी ओर वापसी करें। आप इस तरह स्रोत को अधिकतम शक्ति के साथ प्रकट कर सकेंगे।

1. शरीर के स्कैन के साथ आरंभ करें और फिर पाँच बार गहरी श्वास लें। अब सामान्य रूप से श्वास लेते हुए, अपने मन में एक से बारह तक श्वास गिनें - पहली बार में श्वास भीतर, दूसरी बार में श्वास बाहर... इसी तरह बारह तक करने के बाद हर श्वास के साथ मानसिक चित्रण करें कि आपके पैर किसी पत्थर की सीढ़ी चढ़ रहे हैं। कल्पना करें कि आप एक ऐसे दरवाज़े के सामने हैं जो एक पहाड़ की दीवार में दिखाई दे रहा है। दरवाज़े को खोल कर भीतर प्रवेश करें। जब आपकी आँखें उस धीमे प्रकाश में देखने की आदी हो जाएँगी तो आपको अहसास होगा कि आप एक बड़ी-सी गुफा में हैं, जिसमें पाँच विशाल दर्पण लगे हुए हैं। दीवारों का रंग देखें, यह देखें कि कोई खिड़की है या नहीं, दर्पणों का आकार कैसा है - वे चौरस, अंडाकार या फिर किसी भी आकार में हो सकते हैं।
2. पहले दर्पण के पास खड़े हों। इस दर्पण में आपकी परछाईं ने आपकी मनपसंद स्पोर्ट किट पहनी है। आपकी शान ही निराली है, चेहरे की आब और मांसपेशियों की बनावट बता रही है कि तनाव से कोसों दूर, शारीरिक रूप से फ़िट हैं। अपनी परछाईं को देखें और शक्ति, क्षमता तथा आंतरिक शांति से भरपूर इस छवि को ग्रहण करें।
3. अब दूसरे दर्पण की ओर चलें। आप केवल अपने अंतर्वस्त्रों में हैं, आपके पेट का सपाटपन, आँखों की चमक, बालों की दमक और खिली हुई त्वचा गवाह है कि आप स्वस्थ हैं, क्योंकि आपने अपने

शरीर की देख-रेख और पोषण देने में समय लगाया है। अपने इस स्वस्थ रूप का मन ही मन एक चित्र बना कर रखें।

4. अब तीसरे दर्पण की ओर चलें। इस दर्पण में आप ऑफ़िस या काम पर जाते समय पहनने वाले वस्त्रों में हैं। यह कोई बढ़िया-सा बिज़नेस सूट और जूते, स्टाइलिश पोशाक या कुछ भी ऐसा हो सकता है जो आपको पसंद हो। आपको स्वयं को देख कर पता लग रहा है कि आप सफलता के शिखर पर आ गए हैं। आपके पास इससे जुड़ी सारी सुरक्षा और सुविधा मौजूद है, चाहे वह आपके अनुसार कैसी भी क्यों ना हो। आपके शरीर की हर कोशिका से आत्मविश्वास झलक रहा है। अपने उस प्रतिबिंब में हर चीज़ को बारीकी से देखें ताकि आप इस अहसास को याद रख सकें।

5. चौथे दर्पण के आगे जाएँ। इस दर्पण में आप प्रसन्न और सहज दिख रहे हैं। आपके आसपास ऐसे लोग हैं जो आपको प्यार करते हैं या आप जिनसे प्यार करते हैं। आप अपने मनपसंद सामाजिक परिवेश में, आरामदायक वस्त्रों में हैं। हँसने की आवाज़, आपके चेहरे की ख़ुशी और आपके आसपास के लोगों के बीच का प्रेम सहज भाव से दिख रहा है। इन पलों को भरपूर जी लें।

6. पाँचवें दर्पण की ओर चलें। इस दर्पण में आप पूरी तरह से फ़िट, स्वस्थ, आत्मविश्वास से भरपूर, सफल और प्रसन्न दिख रहे हैं। यह पिछले सारे दर्पणों में दिख रहे रूपों का मेल है। यह कोई दर्पण नहीं, एक दरवाज़ा है। इस दरवाज़े से अपने नए जीवन में क़दम रखें। प्रसन्न, स्वस्थ, आत्मविश्वास और स्नेह से भरपूर। जितना जी चाहे, इसका आनंद लें।

7. जब आप दरवाज़े से बाहर होंगे तो आपकी पीठ पत्थर के दरवाज़े से लगी होगी। आप जान लेंगे कि आपके जीवन में हमेशा के लिए कुछ बदल गया है। कुछ अच्छा हो गया है।

8. बारह से एक तक उल्टी गिनती के साथ अपनी साँसें गिनें - हर साँस के साथ मानसिक चित्रण करें कि आप उल्टे होकर सीढ़ियाँ चढ़ रहे हैं। एक क्षण के लिए सामान्य रूप से साँस लें और फिर पाँच गहरी साँसें लेने के बाद पैर की अँगुलियों को हिलाएँ और फिर अपने अँगूठे हिलाएँ। अपनी आँखें धीरे से खोलें। इस अभ्यास के बारे में

कुछ लिखना हो तो अपनी डायरी में नोट करें और किसी भी ऐसी छवि का ध्यान करें जिसे आप अपने एक्शन बोर्ड पर लगा सकें जो इन चीज़ों का प्रतिनिधित्व करती हों।

और यह अंतिम चरण का अंत है, हम सुविचारित अभ्यास के साथ छोटे और बड़े क़दम रखते हुए नए जीवन की ओर जा रहे हैं। आपने द *सोर्स* के व्यावहारिक पक्ष को अभी कुछ समय पहले ही जाना है पर यह ध्यान दें कि आपको यह देखना है, इस दौरान आपके जीवन में क्या बदलाव आए, आपके पिछले और वर्तमान कार्यों और व्यवहार में कैसी सजगता और प्रबोध दिखाई दिया। अपनी डायरी को फिर से पढ़ें और जानें कि आपको इस राह में कौन–सी प्रेरणा व अंतर्दृष्टि प्राप्त हुई। और आप अपने भविष्य को बनाने के लिए कौन–से क़दम उठाने वाले हैं।

सुविचारित अभ्यास चेकलिस्ट

आपको यह करना है :

- अपनी प्रचुरता के शत्रुओं को जानें और उन्हें दूर करने के लिए तीन एक्शन प्लान तैयार करें।
- इस यात्रा में प्रगति के दौरान प्रेरित होने के लिए निजी अभिकथन तैयार करें।
- नियमित रूप से नई चीज़ों को अभ्यास में लाएँ ताकि आपके सुविधाजनक दायरे का विस्तार हो सके।
- अपनी विरासत पर विचार करें।
- अपने भीतर छिपे स्रोत का मानसिक चित्रण करें - आपके पास अधिकतम शक्ति है।

निष्कर्ष
स्रोत को बनाए रखना

मैं अब उन लोगों की गिनती भी भूल चुकी हूँ जिनके साथ मैंने काम किया, वे कई सप्ताहों, महीनों व वर्षों पूर्व से मेरे संपर्क में रहे और मुझे बताया कि उन्होंने इन चार चरणों वाली प्रक्रिया के आधार पर जो एक्शन बोर्ड तैयार किया था, वह उनकी वास्तविक दुनिया में साकार हुआ। उन्होंने मुझे अपने विवाह, बच्चों, उत्पादों के लांच, पदोन्नति की ख़बरें, नए घर आदि की तसवीरें ई-मेल कीं : अनेक गरिमामयी रूपों में सफलता और प्रसन्नता। ये सभी बातें इस बात का प्रमाण हैं कि द सोर्स पूरी क्षमता के साथ काम कर रहा है : मस्तिष्क, देह व आत्मा का अद्‌भुत मेल!

मानसिक चित्रण करते हुए, इसे साकार करते रहें। जब आपका एक्शन बोर्ड एक साकार रूप लेगा तो उस चमत्कार को देखने के लिए तैयार रहें। आपने जो जीवन पाना चाहा, वह आपके सामने होगा। एक ऐसी सामूहिक शक्ति तैयार करें जिसका अर्थ होगा कि आप प्रति वर्ष अधिक से अधिक को अपनी ओर आकर्षित कर सकते हैं।

बदलने और विकसित होने की अपनी योग्यता पाने के बाद उस पर गर्व अनुभव करें। लोग प्राय: मुझसे कहते हैं, 'आपने मेरा जीवन बदल दिया।' और मैं उत्तर देती हूँ, 'धन्यवाद, पर यह कार्य आपने स्वयं किया है।' यह आपकी सजगता, आपके कर्म और विश्वास थे जिन्होंने आपके भीतर उस परिवर्तन को जाग्रत किया। कल्पना करें कि जब आप अपने सपने साकार कर लेंगे तो आने वाले पाँच, दस या पंद्रह वर्षों के भीतर आपका

जीवन कैसा होगा। जब आपने यह पुस्तक पढ़ने के लिए उठाई थी, तब से आप निरंतर बदलाव की यात्रा पर हैं। इसका आनंद लें और इस पर विश्वास रखें।

जब आप एक के बाद एक, चारों चरण पूरे कर लें तो अंत में दिए गए पैराग्राफ़ को पुन: पढ़ें। एक गहरी साँस लें और छोड़ें। अपनी मांसपेशियों से बाहर जा रहे तनाव को महसूस करें।

आपने कर दिखाया! आप एक नए व्यक्ति के रूप में सामने हैं – एक ऐसा व्यक्ति, जिसके जीवन का मार्ग अब उस मार्ग से पूरी तरह से अलग है जो इस किताब को उठाने से पहले था। अब आप समझते हैं कि आप जीवन में मनचाही चीज़ों को अपनी ओर आकर्षित कर सकते हैं। यह संसार आपको कितना कुछ दे सकता है। आपका अद्भुत रूप से लचीला, प्रचुर और फुर्तीला मस्तिष्क आपको अवसरों की पहचान करने और जीवन में अनकहे सकारात्मक अनुभवों को आकर्षित करने में मदद करता है। आप जानते हैं कि आप इस प्रचुरता के अधिकारी हैं और आपको यह सब जानने और उत्तेजक संभावित रोमांच को पाने में कोई संकोच नहीं है। जहाँ आप पहले गहराई से भीतर जा चुके ढाँचों और विश्वास तंत्र में उलझे हुए थे, वहीं अब आप एक नई आज़ाद सोच के साथ उभरते हैं। आपने इसे पूरी सादगी और ईमानदारी से कर दिखाया। आपके मस्तिष्क, देह व आत्मा की संपूर्णता। आप स्रोत हैं – अपने जीवन के सर्जक!

अब आपको कोई नहीं रोक सकता।

आभार

मैं जो मैकडोनाल्ड को धन्यवाद देना चाहूँगी, जिन्होंने अपने विवेक और समझदारी से मेरी कहानी को साकार करने में मदद करते हुए अपना धैर्य बनाए रखा।

मैं जोल रिकेट, ली फ़ैलथम, केट लाथम, कैरोलीन बटलर, सराह बेनी, लूसी ब्राउन, रे शिरविंगटन, बीथनी वुड, एलिस लाथम, माइरीड लोफ़्स, सेरीना नाज़ारथ, द ईबरी सेल्स टीम, हेलेन क्राफ़ोर्ड- वाइट निकी ग्योपरी और जूलिया कैलावे का आभार प्रकट करना चाहूँगी जिनके सहयोग के बिना यह पुस्तक साकार रूप नहीं ले सकती थी।

तारा स्वार्ट इंक. में मेरी टीम ने मुझे लेखन की सारी प्रक्रिया के दौरान और उससे भी परे जा कर हमेशा अपना सहयोग दिया। ट्रेसी डेविस, लुईस मामस्ट्रोम, गिलियन जे और सारा डिवाइन, शुक्रिया!

लंदन के कोरिंथिया होटल में, न्यूरोसाइंटिस्ट-इन-रेज़ीडेंस के रूप में मेरी भूमिका के कारण मैं जोल के संपर्क में आई, उस जगह मेरे साथ काम करने वाले हर व्यक्ति का धन्यवाद। ख़ास तौर पर फ़िओना हैरिस, रीका रेलन और थॉमस कोच का नाम लेना चाहूँगी।

मैं जूल्स चैपल, जेन स्टीबिंग, फ़्लोरा ब्लैकेट-ओर्ड और जोहेना पेंबरटन को उनके सहयोग और कोरिंथिया रेज़ीडेंसी के आइडिया के लिए शुक्रिया कहना चाहूँगी जिसके कारण यह पुस्तक अपना आकार ले सकी। मैथ्यू राइट्स को धन्यवाद, आपने मुझे जूल्स से मिलवाया और मुझे मेरे काम के लिए भरपूर सहयोग प्रदान किया।

मेरे सभी ग्राहकों, सहकर्मियों, भूतपूर्व रोगियों को मेरा आभार, आप सबके अनुभवों से यह किताब संपन्न हुई है।

अंत में, मैं अपने दोस्तों और परिवार को धन्यवाद देना चाहूँगी जिन्होंने पुस्तक लेखन के दौरान मेरा साथ देते हुए धैर्य बनाए रखा।

लेखिका की ओर से

द *सोर्स* पढ़ने के लिए आप सबका बहुत-बहुत धन्यवाद! आशा करती हूँ कि आपको लग रहा होगा कि आपने अपने जीवन को एक नए और रोमांचक मार्ग की ओर मोड़ दिया है। इससे आगे जो भी है, वह आपको जीवन के प्रत्येक क्षेत्र में सजगता, कर्म और चिंतन के आधार पर मिलेगा। इस किताब में दिए गए चरण मेरे लिए भारी बदलाव लाने में सफल रहे!

मैं उन लोगों की बातें सुनना पसंद करूँगी, जिन्होंने इन पद्धतियों को आज़माया। अक्सर ऐसे लोगों के जीवन में उनके एक्शन बोर्ड पर लगी तसवीरों से साकार होते हुए अद्‌भुत परिवर्तन और उपलब्धियाँ सामने आते हैं। यदि आप भी ऐसे लोगों के समूह का हिस्सा बनने जा रहे हैं जो द सोर्स की शक्ति का उत्सव मनाते हैं, तो मुझे आपके विचार जान कर अच्छा लगेगा। कृपया संपर्क में रहें और अपने अनुभव ट्विटर व इंस्टाग्राम पर भी बाँटें।

ट्विटर : @taraswart

इंस्टाग्राम : drtaraswart

लेखिका के बारे में

न्यूरोविज्ञानी और भूतपूर्व मनोचिकित्सक डॉक्टर तारा स्वार्ट लंदन के एमआईटी स्लोन तथा किंग्स कॉलेज में सीनियर लेक्चरर हैं। वे मीडिया और व्यवसाय के क्षेत्र में दुनिया के जाने-माने प्रतिष्ठित लोगों की एक्ज़ीक्यूटिव सलाहकार रही हैं। उन्होंने 2016 में पुरस्कार प्राप्त न्यूरोसाइंस फ़ॉर लीडरशिप का सहलेखन किया और उनका नाम लंदन के कोरिंथिया होटल में न्यूरोविज्ञानी के रूप में दर्ज हुआ। वे दूसरों को यह सिखाने में बहुत रुचि रखती हैं कि अपने रोज़मर्रा के जीवन को निखारने के लिए संज्ञानात्मक विज्ञान की शिक्षाओं को जीवन में कैसे उतारा जा सकता है।

अनुवादक परिचय

रचना भोला 'यामिनी,' पिछले 24 वर्षों से मौलिक लेखन व अनुवाद के क्षेत्र में कार्यरत हैं। मौलिक लेखन में जीवनी साहित्य, धर्म, पत्रकारिता, समाज, अध्यात्म, सामान्य ज्ञान, साहित्य, महिलोपयोगी, बाल साहित्य, पेरेंटिंग आदि विविध विषयों पर पचास से अधिक पुस्तकें प्रकाशित। इनमें लघुकथा संग्रह *प्रयास*, द्रौपदी पर आत्मकथात्मक शैली में लिखा गया उपन्यास *याज्ञसेनी* तथा वर्ष 2018 में प्रकाशित रूहानी इश्क़ की इबादत में रचे गए लव नोट्स *मन के मंजीरे* उल्लेखनीय हैं।

वे अनुवाद के क्षेत्र में राष्ट्रीय तथा अंतरराष्ट्रीय ख्यातिनाम लेखकों की लगभग 170 से अधिक कृतियों का अंग्रेज़ी से हिंदी में अनुवाद कर चुकी हैं। उन्होंने ख़ुशवंत सिंह, देवदत्त पटनायक, आनंद नीलकंठन, किरण बेदी, सुधा मूर्ति, शिल्पा शेट्टी, ट्विंकल खन्ना, नेपोलियन हिल, ज़िग ज़िगलर, अगाथा क्रिस्टी, डेल कारनेगी, राधाकृष्णन पिल्लै, ऑर्थर ऑसबोर्न, निक वुई चिक, डॉ. जोसेफ़ मर्फ़ी, डॉ. डेविड जे. श्वार्ट्ज़, डॉ. वेन डायर, रयुहो ओकावा, महात्रया रा, जेवियर मोरो, विक्टर ई. फ्रैंकल, श्री श्री रविशंकर, सिस्टर शिवानी, ब्रैंडा बार्नबी, नमिता गोखले, दुर्जोय दत्त, डोमिनीक लापियर, विनोद चौधरी, टी लोबसांग रम्पा, डान मिग्युअल रूइज़, अनीता रैना थापन, स्वामी राम, रॉबिन शर्मा, रूज़बेह एन. भरूचा व ब्रायन ट्रेसी, सोग्याल रिंपोचे आदि अनेक लेखकों की कृतियों का अनुवाद किया है।

रचना भोला 'यामिनी' की अनूदित कृतियों में *चार परम रहस्य, रमण महर्षि के अनमोल वचन, सीता, देवलोक-2, देवलोक-3, अजेय, कलि का उदय, असुर, असीम आनंद की ओर, रहस्य से परे, आकर्षण के नियम से आगे, फ़क़ीर, अधिकतम से अधिक, तिरुपति : एक जीवन दर्शन* व *ध्यान साधना का सरल अभ्यास* आदि उल्लेखनीय हैं।

उनके लिए उनका लेखन कार्य पैशन से प्रोफ़ेशन और मेडिटेशन तक जाने की एक अद्भुत यात्रा रहा है, जिसे वे अनवरत जारी रखना चाहती हैं। लेखन व पठन-पाठन के अतिरिक्त वे पर्यटन, संगीत की विविध विधाओं, विश्वस्तरीय सिनेमा व लोक परंपराओं के अध्ययन में विशेष रुचि रखती हैं।

संपर्क : rachnabhola25@gmail.com